Scrittori italiani e stranieri

Chiara Gamberale

LE LUCI
NELLE CASE DEGLI ALTRI

Romanzo

MONDADORI

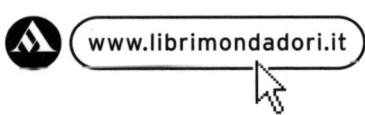

Le luci nelle case degli altri
di Chiara Gamberale
Collezione Scrittori italiani e stranieri

ISBN 978-88-04-59544-1

© 2010 Arnoldo Mondadori Editore S.p.A., Milano
I edizione settembre 2010
Anno 2011 - Ristampa   10 11 12 13

Le luci nelle case degli altri

*Per Lidia, Rocco,
Pietro, Jonathan,
che sono usciti,
ma hanno lasciato
la luce accesa.*

Talvolta, camminando per la via,
non t'è venuto accanto a una finestra
illuminata dire un nome, o notte?
Rispondeva soltanto il tuo silenzio.
Ma le stelle brillavano ugualmente.
      SANDRO PENNA, in *Stranezze*

Mamma. Per tutto il tempo in macchina, fino a quel posto assurdo dove per la prima volta avevo trovato ad aspettarmi tutte ma proprio tutte le persone che conoscevo (che non erano poi così tante, ma vederle insieme faceva un certo effetto), non mi era venuto in mente nient'altro. E ancora, seduta su quei gradini freddissimi mentre tutte le persone che conoscevo facevano no con la testa e piangevano e si abbracciavano, con le ginocchia allacciate al petto non riuscivo a pensare a qualcosa che non fosse mamma. Mamma, mamma, mamma. Non c'era verso. Mamma mamma mamma. Mi alzavo a fare un giro e ripetevo mamma, impossibile fermarsi, mamma, mamma mamma, le persone mi accarezzavano la testa e io dicevo mamma. Povera Mandorla: loro, io solo: mamma, mamma, una cosa da vergognarsi, mamma mamma, almeno i registratori se s'incantano hanno un tasto con su scritto STOP per smetterla, pensavo, e allora mi cercavo quel tasto addosso, fra i pensieri, le parole, il cerchietto che mi aveva regalato la signorina Polidoro, i capelli, le orecchie, ma non lo trovavo, e continuavo: mamma mamma mamma mamma mamma.

VIA GROTTA PERFETTA 315

EX LAVATOIO

INGEGNER BARILLA   CARMELA BARILLA
MATTEO   GIULIA

V PIANO

LORENZO FERRI   LIDIA FREZZANI

EFEXOR

IV PIANO

PAOLO DE SANTIS   MICHELANGELO ARCA

III PIANO

SAMUELE GRÒ   CATERINA GRÒ

LARS

II PIANO

TINA POLIDORO

I PIANO

Prima

Al primo piano

Quando era squillato il telefono, quella mattina, Tina Polidoro temeva fosse una suora dell'istituto in cui viveva sua madre (che una settimana prima, tanto per dirne una, aveva accusato la cuoca di averle avvelenato il crème caramel). Le altre possibilità erano che i gemelli fossero di nuovo in bancarotta o semplicemente che Gianpietro volesse darle il buongiorno.

D'altronde, le persone che avevano il suo numero finivano lì, le dita di una mano erano una di più.

Le telefonate che si ricevono a quest'ora, pensava Tina trascinandosi dalla cucina al salotto per rispondere, si dividono sempre in due categorie. Ci sono quelle che al momento di andare a dormire avrai dimenticato e quelle che invece ti torneranno in mente: a loro volta le seconde si dividono fra quelle che ti concilieranno il sonno e quelle che ti impediranno di prenderlo.

Ma non si trattava né di una suora, né dei suoi fratelli, né del suo ex alunno preferito.

Era un poliziotto.

«Mia madre è molto anziana, qualunque cosa abbia detto o fatto contro le suore non l'ha detto e non l'ha fatto con intenzione, glielo assicuro» *Tina si era subito sentita in dovere di chiarire.*

«Che?»
«Le suore dell'istituto.»
«Quali suore?»
«Ah. Mi perdoni, lasci stare.»
«Nessun problema. Ecco...»

«Che hanno fatto, allora, i gemelli?»

«...»

«Neanche i gemelli c'entrano? Ma allora, scusi: che cosa è successo?»

E se le telefonate del mattino rivelano la loro natura a fine giornata: be'.

La notizia che quel poliziotto (tanto gentile) doveva darle non aveva certo bisogno di arrivare a sera per essere considerata una tragedia. Una tragedia vera.

Al quinto piano

Il telefono squillava a vuoto.
Certo. Apparentemente quello era un normale martedì mattina, come tanti altri: come tutti.
Non c'era motivo perché l'ingegner Barilla non fosse in azienda, la signora non fosse in ospedale, Giulia e Matteo non fossero a scuola.
Tina stava per rinunciare, ma finalmente una voce all'altro capo del telefono le aveva risposto.
«Casa Barilla, buongiorno.»
«Ehm. Sono Tina Polidoro, del primo piano.»
«Signori no casa, torna una e mezza.»
«Mmm. Può lasciare detto che ho chiamato, per cortesia?»
«Io lascia detto.»
«Grazie.»

Al secondo piano

La lista di Cate, oddio, aveva pensato all'improvviso Samuele Grò.

DUE PETTI DI POLLO
PANE (UN FILONE O TRE CIABATTE)
POMODORI CILIEGINI (UNA CONFEZIONE)
ASSORBENTI
MONURIL (BUSTINE)
SEMOLINO
PAGARE BOLLETTA TELEFONO + GAS
TEL. PEDIATRA PER VACCINO LARS
TEL. TUOI GENITORI PER DISDIRE CENA DOPODOMANI

L'aveva completamente dimenticata, e se non faceva in fretta rischiava che la posta e la farmacia chiudessero. Si era infilato di corsa la giacca a vento, i jeans sopra i pantaloni del pigiama e stava per passare alle scarpe quando era squillato il telefono.

«Questa è mamma, orsacchiotto, meglio non rispondere» si era rivolto a Lars, impegnato nel frattempo a ficcarsi in bocca con determinazione il tallone di un piedino.

Ma il telefono insisteva. E ancora. E ancora.

Va a finire che Cate si incazza di più se non rispondo e lei doveva dirmi qualcosa di urgente, piuttosto che se rispondo e scopre che non ho ancora fatto niente di tutto quello che dovevo fare.

«Pronto?» aveva detto infine sollevando la cornetta, con la voce trafelata di chi è tornato a casa proprio in quell'istante.

«*Sono Tina Polidoro.*»
«*Oh... signorina... pensi, le stavo per suonare. Non è che posso lasciarle Lars per dieci minuti? Fuori fa freddo e dev...*»
«*Signor Grò.*»
«*Signorina...?*»
«*Sono all'obitorio.*»
«*Cosa?*»
«*Non sa che disgrazia.*»

Al terzo piano

Tina, a essere onesta, non aveva ancora capito bene chi dei due facesse la donna e chi l'uomo. Durante una riunione Maria le aveva spiegato che non c'era nessun ruolo da interpretare, si trattava di due uomini innamorati e basta, ma lei non ci riusciva proprio a ragionare così: troppa confusione.

Comunque, sperava che a rispondere al telefono fosse Paolo. Tina preferiva sempre avere a che fare con lui, figuriamoci in un giorno del genere.

Michelangelo la imbarazzava, con quello sguardo sfuggente di chi concede attenzione solo in prestito, come se nel frattempo avesse sempre qualcosa di più importante su cui concentrarsi. E poi, se ricordava bene (ma lei non riservava mai ai fatti degli altri quell'attenzione particolare che, anziché cortese, poteva farla sembrare invadente), un tempo erano stati molto legati, Michelangelo e Maria.

«Paolo?»
«Sono Michelangelo, Paolo non c'è.»
«Perfetto.»
«Chi è?»

Al quarto piano

«... e lui, sa che mi risponde lui? *Allora me ne vado, risponde, perché i problemi mica si affrontano, no, si scappa se ci sono dei problemi, anzi: si batte in ritirata, che è ancora peggio, perché la strada la conosciamo già, sappiamo tutti e due com'è che è fatta, dov'è che ci coglierà un imprevisto... e io?, allora gli domando: io quindi secondo te che cosa dovrei fare? Abbatterti, fa lui. La coppia è un organismo artificiale che non ha niente di sano, solo gli ingenui o i deficienti possono pretendere qualcosa di buono da qualcuno con cui stanno. Allora vado fuori di me, dottoressa. È arrivata la cazzata, gli dico. Facile chiamare cazzata un concetto filosofico che siamo troppo ignoranti per comprendere: lui. Come se l'analfabeta fossi io, capisce dottoressa? Io! Mentre il vero analfabeta è lui, che appena qualcuno gli parla di pancia va in tilt e può controbattere solo di testa! Lo fa perché ha paura, certo dottoressa, non mi sfugge: ma con quale violenza inammissibile li attacca, gli altri, mentre è impegnato a difendersi! Come riesce a farli sentire inutili, gli altri. Non sarà mica un caso se Efexor sceglie sempre di dormire sotto alla mia parte del letto, no? Secondo me lo sente anche lui che non c'è da fidarsi, non può esserci da fidarsi: i cani mica sbagliano, in certe cose... aspetti un attimo, si è svegliato... è quasi l'una, ce l'ha fatta, mi scusi eh: che c'è?*»

Lorenzo stava urlando qualcosa, dalla cucina. Nemmeno la fatica di attraversare il corridoio, aveva pensato Lidia.

«Che c'è?» gli aveva ripetuto, urlando anche lei da una stanza all'altra, per non dargli soddisfazione.

«*Smettila di parlare male di me e attacca.*»
«*Adesso non posso neanche più sfogarmi con la mia dottoressa?*»
«*Attacca.*»
«*No.*»

Lorenzo, la maglietta del pigiama di Lidia addosso, senza mutande, gli occhi sporchi di sonno, una tazzina di caffè in una mano e una sigaretta nell'altra, si era affacciato alla porta.

«*Ha citofonato Grò, dice che la Polidoro sta provando a telefonarci da un'ora ma trova sempre occupato.*»

«*E che vuole?*»

Dopo

Maria era morta come si muore a metà dicembre, come si muore di martedì, come si muore sempre, se proprio non te l'aspetti e un attimo prima di volare dal motorino a terra, rimbalzando su una macchina parcheggiata in seconda fila, stavi pensando: domani, diciassette e quarantacinque, andare dal dentista.

Aveva i capelli che le arrivavano fin sotto la schiena, una gonna colorata, più o meno trent'anni, una figlia di sei, un posto fisso in uno studio di amministrazioni condominiali e un bel po' di persone che le erano davvero legate, nota il ragazzo delle pompe funebri, esperto abbastanza da non chiedersi più perché certe cose debbano capitare, ma non così tanto da smettere di osservare di volta in volta a chi.

Funerali come quello, poi, non capitavano tutti i giorni.

«Perdonatemi, ma che cosa c'è nel rito cattolico che non va?» aveva domandato la signorina Polidoro, la sera prima, quando tutti si erano finalmente riuniti al sesto piano, nell'ex lavatoio, e ognuno in cuor suo aspettava che all'improvviso Maria sbucasse fuori, in ritardo come al solito, e ridendo come solo lei sapeva ridere dicesse è stato solo uno scherzo, non ditemi che c'avete creduto, vi pare che me ne andavo così, senza nemmeno salutare?

«C'è che Maria non era cattolica» aveva sentenziato Lidia Frezzani, del quarto piano.

«Scusami, Lidia» era intervenuta allora l'avvocatessa Caterina Grò, del secondo, «ma ieri hai sostenuto che Maria aveva di-

chiarato espressamente di non desiderare un funerale cattolico, non vorrei che invece ti sia presa tu, perdonami, il diritto di attribuirle delle volontà che invece...»

«Avvocatessa Grò» l'aveva interrotta l'ingegner Barilla, del quinto piano, che risultava autorevole perfino quando non desiderava esserlo, «ma certo che ieri la dottoressa Frezzani ha mentito. Mi pare evidente: perché secondo lei una ragazza di trentatré anni avrebbe dovuto sentire l'esigenza di esprimere delle volontà in merito al suo funerale?»

«Una come Maria, poi» gli aveva fatto eco la moglie.

«Non credo che discorsi del genere abbiano senso» aveva sospirato Lorenzo Ferri. «La vita è un'illusione a trenta come a novant'anni. Lo è per pezzi di merda come me, ma anche per persone luminose come Mar...»

«Devi parlare di te anche in un giorno come questo?» era esplosa Lidia.

«Guarda che stavo difendendo te» le aveva fatto notare lui.

«Non ne ho bisogno, grazie» e con un respiro aveva ricacciato indietro le lacrime. Ancora più magra e nervosa del solito, gli occhi da manga tumefatti e il naso a lampone, sembrava la più incapace a sopportare quanto era successo. Non che avesse con Maria un rapporto diverso da quello privilegiato che ognuno in quel condominio intratteneva con lei. No: è che fin da piccola viveva aspettando la tragedia, Lidia. Frugando in un cassetto aperto anziché chiuderlo, studiando le occhiate della gente, senza risparmiarsi l'odore cattivo che hanno i segreti che ci riguardano, il veleno delle bugie, l'ambiguità delle intenzioni.

Più so, meno qualcosa di brutto, quando inevitabilmente capiterà, mi potrà sorprendere: era la sua convinzione. Innamorarsi di uno come Lorenzo e imbattersi nella sua vaghezza aveva già sferrato un duro colpo a quella folle urgenza di tenere a bada tutto il male del mondo. Ma la morte di Maria, adesso, l'aveva investita con una violenza sconosciuta e le si era attaccata addosso come una febbre.

«Lidia, tesoro, noi non vogliamo dubitare di te, ma capisci bene che anche se Maria non era cattolica, la benedizione di un prete ci vuole» era intervenuta di nuovo la signora Barilla, con quella

dolcezza vischiosa che di solito si riserva a chi non è in grado di venire esattamente a patti con la realtà.

«E tu? Tu che dici?» si era rivolta d'improvviso Lidia a Michelangelo, del terzo piano. «Perché rimani zitto? Sei quello che conosceva meglio Maria, no?»

Tutti gli sguardi si erano concentrati su Michelangelo. Aveva trentun anni e un'aria sempre annoiata, da aristocratico rotto a qualsiasi possibilità di stupore: ma l'aspetto da principe stanco non era bastato a fargli ottenere un contratto a tempo indeterminato nell'azienda di software per cui lavorava. Un giorno, però, aveva conosciuto Paolo: e dopo nemmeno un mese dal loro primo bacio, una mattina, era stato Michelangelo stesso a presentare le dimissioni. Per come era fatto, la certezza della disoccupazione era più sopportabile dell'incertezza del precariato e per contribuire alle spese che comportava la loro vita insieme (fosse anche solo simbolicamente, ripeteva in continuazione a Paolo: *è proprio una questione di principio la mia*) adesso si arrangiava con lavoretti casuali che il più delle volte prevedevano come fine o come mezzo la difesa dei diritti omosessuali. Perché Michelangelo era, come dire?, ininterrottamente gay. Nel senso che se qualcosa non aveva a che fare con le sue inclinazioni sessuali, non sembrava proprio interessarlo.

«E allora?» aveva insistito Lidia, forte della maleducazione che il dolore consente.

Michelangelo si era messo a fissare la punta delle sue scarpe da ginnastica. Gli era andato in soccorso Paolo: dal pizzetto che pareva scolpito, alle cravatte che esplodevano fosforescenti in petto a comunissimi gessati, agli allestimenti eleganti e mai scontati della vetrina della gioielleria di famiglia che si trovava a gestire da quando era solo un ragazzino, tutto in lui esprimeva la determinazione a tenere insieme originalità e contegno.

«Lasciatelo stare. Non vedete che sta male?»

«Stiamo tutti male» aveva precisato Caterina Grò, «ma vorremmo capire che cosa è più opportuno fare domani, Paolo.»

«E non possiamo chiederlo alla sua famiglia?»

«Se non sai come stanno le cose, Swarovski, perché cazzo parli?» lo aveva assalito Samuele Grò che, abituato a ingoiare le sue

rabbie, al momento di esprimerne una non riusciva a individuare esattamente destinatario e calibro.

«Samuele, per favore» gli aveva intimato la moglie.

«Scusa, Cate.»

«Veramente è con me che ti dovresti scusare» aveva sottolineato Paolo.

A quel punto, finalmente, Michelangelo aveva parlato: «Paolo, i genitori di Maria sono morti molti anni fa».

«Maria non aveva fratelli» aveva aggiunto Lidia.

«Ci sarebbe uno zio, pare, ma vive a Goa, in una specie di comune» ancora Michelangelo.

«La sua famiglia eravamo noi» aveva tagliato corto Caterina.

Ma la signora Barilla si era sentita in dovere di chiosare: «Altrimenti perché Maria si sarebbe messa in testa di trasformare le nostre riunioni condominiali in una specie di terapia di gruppo, come la chiamava lei? Ci avete mai pensato? Maria amava farci credere che fosse successo tutto per caso, che dalle spese per il riscaldamento avessimo cominciato come niente fosse a parlare dei nostri problemi personali, ma non era così. La verità è che era stata lei a sentire il bisogno di diventare più intima con noi, povera stella: il suo problema più grande era chiaramente la solitu...».

Caterina, che proprio non poteva tollerare i discorsi che girano su loro stessi invece di portare da qualche parte, l'aveva interrotta: «Non a caso la polizia ha chiamato la signorina Polidoro per riconoscere il cadavere, ed è sempre la signorina che... che ha preso con sé... la bambina...».

Ma no: nemmeno lei riusciva a proseguire senza che la voce le restituisse quell'eco di assurdità a cui di solito tentiamo di non prestare ascolto. Erano rimasti per qualche minuto a galleggiare nel male impossibile che faceva pensare al corpo di Maria senza più Maria a tenerlo in vita.

E poi la bambina: dio santo.

Trovassi almeno il modo di porre fine a questa conversazione folle, pensavano tutti: e l'ingegner Barilla si era deciso a farlo. Sono l'amministratore delegato della prima azienda di cantieri edili della regione, porco Giuda, si era dovuto ricordare per risvegliarsi da quella specie di ipnosi generale. Ieri pomeriggio

ho chiuso un accordo con una società americana per quattrocento miliardi, com'è possibile che adesso non trovi la maniera di risolvere il problema di questo benedetto funerale (che magari fosse benedetto a prescindere: e invece no! Siccome Maria non era una persona come tutte le altre, la necessità di una benedizione non può essere data per scontata perché eccetera eccetera eccetera)?

Allora: «Ai voti. Mettiamo la decisione ai voti» aveva stabilito l'ingegnere. E nessuno ormai era più in grado di poter replicare qualcosa.

La signora Barilla si era lanciata in un ultimo, flebile appello: «Che si creda o no in Dio, la presenza di un sacerdote assicura comunque, come dire, che il dolore venga gestito, mentre in un rito civile le emozioni esplodono incontrollate e...».

«Appunto. E vi sembra che Maria fosse per il controllo delle emozioni?» aveva replicato Lidia.

Poi si era passati a votare: e adesso, sotto lo sguardo vigile del ragazzo delle pompe funebri, tutti gli abitanti del condominio di via Grotta Perfetta 315 erano attorno a Maria, nel tempio egizio del Verano, mescolati agli amici di Maria, ai conoscenti, alle compagne del corso di yoga, ai colleghi, chissà, forse agli amanti occasionali, agli amori di Maria, guarda quanta gente amava Maria, non si poteva che amarla: Maria.

«Qualcuno deve pur cominciare» aveva sussurrato Carmela Barilla al marito.

L'ingegnere si era schiarito la voce: «Buongiorno» aveva cominciato, «siamo tutti qui per salutare Maria».

Ma non aveva fatto in tempo a continuare che un ragazzo alto e asciutto, con una giacca da cowboy sul petto completamente nudo, si era avvicinato alla tomba. Sembrava masticasse una radice di liquirizia: e invece, a osservarlo bene, stava dicendo no. No, no, no.

L'ingegner Barilla, pensando fosse il caso di ignorarlo, stava per proseguire, ma la moglie gli aveva stretto il braccio: «Aspetta, avrà qualcosa da dire».

Il cowboy, però, non sembrava intenzionato ad aggiungere qual-

cosa al suo no. No no no, ripeteva: nel frattempo era scivolato per terra, silenzioso come un fiore che all'improvviso per leggi tutte sue appassisce, e si era attaccato al bordo della bara.

Fatto un cenno alla moglie, l'ingegnere allora aveva ricominciato da capo: «Siamo qui, tutti...».

Ma un altro tipo, con gli occhi stravolti da quello che non poteva essere solo dolore, ma sembrava proprio mascara, l'aveva interrotto: «Vorrei leggere una poesia. È di Allen Ginsberg. Allora: "Il metodo dev'essere purissima carne"...».

Una ragazza con i capelli rasati a zero, che forse voleva piangere e basta, aveva preso però a farlo con dei gemiti talmente acuti e lunghi che pareva ululare e Matteo, il figlio più piccolo dei Barilla, le era andato dietro.

Accanto a lui, una donna che pareva nello stesso tempo bambina e vecchia allungava le braccia verso l'alto, come per afferrare qualcosa.

«È una posizione yoga» aveva spiegato Paolo a Michelangelo, indicandola.

E siccome è sempre misterioso e imponderabile quello che fa breccia nelle nostre difese e ci raggiunge proprio dove, senza saperlo, ne avevamo bisogno, alla parola "yoga" Michelangelo era esploso: «Non le ho mai spiegato nemmeno perché, all'improvviso... lei me l'aveva chiesto tante volte, il perché, così tante...».

«Non sentirti in colpa, amore» aveva subito provato a tranquillizzarlo Paolo. «Maria capiva le cose senza bisogno che gliele spiegass...»

«Ma se tu la odiavi!» Lidia si era sentita libera, o forse addirittura in dovere, d'intervenire.

«..."noi mangiamo sandwiches di realtà"»

«Siamo qui, tutti, per salutare Maria.»

«No no no no no.»

«Non è meraviglioso? Tutti questi sentimenti allo stato brado?» La ragazza rasata aveva improvvisamente smesso di ululare e si era rivolta a Tina Polidoro: «Guardi! Pure il ragazzo delle pompe funebri s'è messo a piangere!».

Ma quale meraviglioso!, avrebbe voluto rispondere Tina – la sola, oltre ai signori Barilla, ad aver votato per il rito cattolico.

Sembra di stare al mercato invece che a un funerale, pensava. E non vedeva l'ora di lamentarsi per quello scandalo con Gianpietro Costanza.

Quando qualcuno, accanto a lei, le aveva pizzicato una gamba per attirare la sua attenzione.

«Che succede, piccola?» mi ha domandato Tina.

«Mamma» ho detto. E dalla tasca del cappottino ho tirato fuori una lettera.

25 ottobre 1993

Amore mio.

Ti ho vista solo di sfuggita, poi un'infermiera ti ha portato via. Avevo così tanta tantissima voglia di conoscerti che evidentemente tu l'hai avvertita e sei arrivata con due mesi di anticipo.

Minuscola come una mandorla, dice il dottore.

È per questo che adesso bisognerà tenerti per un po' in una scatola di vetro: per trasformarti da una mandorla a una bambina vera! Il dottore mi assicura che tutto andrà bene, però in questo letto d'ospedale che ci sto a fare io, se tu non ci sei?

Allora ti scrivo.

Perché non ce la faccio a pensare ad altro che non sei tu.

E perché sono così tante le cose che da qui a sempre vorrei darti, è così grande la paura di non farcela che almeno, se mai un giorno leggerai questa lettera, saprai che ce l'avevo messa tutta ma tutta tutta quanta.

Vorrei averti qui con me adesso, ma questo già te lo detto.

Vorrei vorrei vorrei.

Vorrei trovare per te un nome perfetto, di quelli che le persone quando ti chiedono: "Come ti chiami?",

tu gli rispondi: "Mi chiamo così" e loro ti dicono: "Ma ti sta proprio benissimo questo nome! Sembra creato a posta per te!".

Vorrei vorrei vorrei.

Vorrei aver studiato un po' di più l'italiano e vorrei aver letto tanti bei libri per scriverti una lettera piena delle parole più preziose del mondo: ma a scuola non ci sono mai andata troppo volentieri. Poi quando sono morti i nonni ho dovuto sbattermi per cercare un lavoro, e addio cultura! per non parlare del lavoro che alla fine ho trovato, allo Studio Amministrazioni Poggio Ameno: sono sempre alle prese con i conti e le tasse che le persone pagano o non pagano, altro che parole belle! Ma proprio una ragazza che conosco grazie a questo lavoro, che si chiama Lidia, un giorno mi ha detto una cosa da rifletterci sù: ha detto "Più sai usare le parole più ti allontani anziché avvicinarti a quello che vuoi realmente esprimere". Quindi sai che ti dico? Sono felice di non saper scrivere bene per dirti quello che vorrei!

Vorrei vorrei vorrei.

Farti mangiare tutto il cioccolato che vuoi senza che ingrassi (è buonissimo, il mio preferito è quello al latte).

Che se i compagni di classe ti prendono in giro per qualche motivo, tu pensi che sono sbagliati loro, mica tu.

Fare molti viaggi con te (io non ho nemmeno il passaporto, ma adesso me lo faccio perché il mondo là fuori è tantissimo e tu dovrai vederlo tutto, dovrai conoscerlo).

Vorrei che non ti ammalerai mai.

Che non ti spuntano i denti del giudizio (toglierli fa davvero male).

Che ti piacciono i cappelli come piacciono a me, così possiamo collezionarli insieme.

Vorrei che hai tanti amori di quelli scemi, che fanno girare la testa e ronzare i calabroni in pancia: tutti non fanno che ricordarmi che l'amore nella vita non è tutto, e certamente hanno ragione. Ma che ti devo dire? I giorni più felici che ho passato (senza contare oggi, naturalmente) sono stati quelli che ho passato innamorata. Magari di qualcuno che non ne valeva affatto la pena, ma che fà? Non c'è cosa al mondo più bella di svegliarsi in un letto dove non avevi mai dormito prima di quella notte, e pensare: ecco, in questo momento non mi manca niente.

E quindi vorrei che di quel genere di mattine tu ne vivi tante.

Ma naturalmente che poi, a un certo punto, trovi la persona giusta (giusta per te: intendo). Io non ci sono riuscita, ma ancora ci spero. Il problema è che gli uomini rimangono incantati quando allo zoo vedono per la prima volta una giraffa: ma poi a casa preferiscono tenere un cagnolino.

È per questo che vorrei che cresci rara come una giraffa in città, ma con l'istinto domestico del cagnolino (che a me è sempre mancato).

Vorrei vorrei vorrei.

Che ti piacerà ballare.

Che nei momenti di disperazione non ti viene in mente di invidiare la felicità degli altri, le fortune, i successi degli altri, le certezze, i risultati, le luci nelle case degli altri: dappertutto c'è del bene, dappertutto c'è del male.

Vorrei pensarti sempre più forte di quello che potrà capitarci.

Insegnarti a cucinare.

A riconoscere i nomi delle piante (anche quelle strane).

Vorrei che trovi un amico come per me è Michelangelo, qualcuno che mentre tutto il resto gira e cambia, rimane fermo.

Che impari almeno una lingua straniera (io non ne sò nessuna e mi sento una deficiente).

Vorrei che leggerai questa lettera quando ne avrai bisogno, così potrà farti bene come oggi stà facendo bene a me scriverla.

Vorrei che fino a quel momento tu la tieni con te, in una busta, come una specie di amuleto magico che ti protegge da tutto quello che di brutto stà là fuori.

Vorrei vorrei vorrei.

Che litighiamo quel poco che basta per capire che siamo davvero importanti l'una per l'altra.

Che ti crescono i capelli lisci (quelli ricci pare che sono una scocciatura).

Vorrei che tuo papà fosse un astronauta che cammina sulla luna ma pensa sempre a noi, e non un uomo come tanti, che abita in via Grotta Perfetta 315 e una sera di marzo, forse per noia forse per curiosità, nell'ex lavatoio del sesto piano ha fatto l'amore con me.

Vorrei vorrei vorrei.

Che le infermiere ti portano al più presto qui.

Perché sò che tutti i giorni qualcuno nasce, così come purtroppo qualcuno muore. Ma che ci vuoi fare? Quando tocca a te credi che è la prima volta che capita, in assoluto. E oggi mi sembra che nessuna donna, oltre a me, è mai diventata

Mamma

Nell'ex lavatoio del sesto piano, l'ultima parola di quella lettera si dimenava come una mosca in trappola, che più tenta di liberarsi più fa rumore e attira l'attenzione sulla sua presenza.

Il silenzio generale non faceva che darle tempo, darle modo di mettersi a fuoco: esistere, inevitabile. E con lei quelle quattro righe: inevitabili. Ormai esistevano.

«Volete... volete che ve la legga di nuovo?» aveva domandato Tina Polidoro.

Un pianto sommesso aveva incespicato nel silenzio. Era della signora Barilla. O forse di Lidia. Comunque. Tutte e due in breve avevano preso a singhiozzare, piano.

«Volete che legga di nuovo?», ancora.

E ancora nessuna risposta: il che confermava in Tina Polidoro quel vago disagio di sé che aveva cominciato ad assalirla fin dall'inizio di quella riunione condominiale improvvisata la sera stessa del funerale, come fosse colpa sua che Mandorla le avesse consegnato quella lettera, come se lei avesse potuto evitare che Maria sei anni prima l'avesse scritta, che Maria non ci fosse più, che Maria: quella sera di marzo.

Perché Tina Polidoro era fatta così. Avrebbe potuto benissimo dare la colpa di tutte le sue disgrazie alla famiglia, alla sorte, a Dio o a chi per lui.

Ma non ci pensava proprio.

Se gli esseri umani possono dividersi fra quelli che si sentono in diritto di esistere e quelli che invece si sentono in dovere

di farlo, lei sicuramente era fra questi ultimi. Le era proprio impossibile considerare un'ingiustizia che la sua vita, a guardarla bene, apparisse come una lunga, ininterrotta sequenza di rogne: anzi. Si sentiva perfino fortunata per non essersi mai trovata fra i piedi il tranello di una speranza, così da potersi abituare senza inutili distrazioni alla solitudine che si era piantata subito nella sua vita per germogliare in giorni, mesi: sessantanove anni.

Non pensava di meritarsi niente di buono, tutto qui e non perché avesse mai fatto qualcosa di male. Questo no. Ma perché ci sono quelli che vengono fuori di testa e ce ne sono pochi che invece vengono fuori di piedi: Tina era uscita di piedi. Causando subito difficoltà, all'ostetrica e a quella poveraccia di sua madre, che per tutta la vita non aveva mai smesso di rinfacciarglielo.

«Se nascevi normale, come gli altri fratelli tuoi, a quest'ora magari mi c'entravano ancora i vestiti di quando avevo vent'anni» sibilava, quasi novant'anni e più di novanta chili spalmati su un divano dell'istituto di suore dove Tina era stata costretta a ricoverarla, quando per lei era diventato impossibile vigilare che la madre non svuotasse regolarmente il frigorifero, la credenza, il mobile con i cioccolatini in salotto e in mancanza d'altro si lanciasse all'assalto delle scatolette per i gatti.

«E tuo padre non mi lasciava mica, se mi c'entravano quei vestiti» aggiungeva alla fine, quando Tina stava per andarsene e lei fingeva di parlare fra sé e sé mentre in realtà era attentissima al fatto che la figlia potesse sentirla, tant'è che in certi casi aveva perfino il bisogno di ripeterlo: «Tuo padre non mi lasciava mica, se non era per te».

E Tina tornava a casa, al primo piano di quel palazzo stretto e corto, rosa e verde di Poggio Ameno, che un nome più spiritoso non poteva trovarlo, il quartiere della periferia sud di Roma dove era nata (di piedi), cresciuta e dove finalmente adesso invecchiava – in via Grotta PERFETTA, *come se non bastasse.*

Tornava a casa e si scaldava otto tortellini, ogni sera: la mattina alle sei e cinquanta insieme al caffè metteva una pentola d'acqua sul fuoco e ne faceva bollire sedici. Era un'abitudine che aveva preso ai tempi della scuola, prima di andare in pensione, di modo da poter tornare a casa anche alle due, se c'era la riunione

con i genitori, e trovare comunque ad accoglierla un pranzo già pronto. Bastava scaldarli, i sedici tortellini. E gli otto che rimanevano già le assicuravano la cena.

A volte li condiva con il sugo, a volte con il burro. Dipendeva. C'erano giorni in cui percepiva di essere fra quelli che se non c'è del pomodoro non considerano un primo piatto un primo piatto, altri in cui si includeva fra quelli per cui fa lo stesso, basta che si mangi.

Stabilire di volta in volta due categorie con cui spaccare il mondo era l'unico modo che aveva sempre avuto per capirci qualcosa di quello che le capitava, di chi la circondava e in primo luogo di se stessa.

Ragionare così la faceva sentire in tanti.

Per esempio, se ci sono uomini che delegano tutto al loro destino e altri che il loro destino lo determinano, suo padre una mattina di settembre, all'improvviso, era passato dalla prima alla seconda categoria.

«Ma che vuol dire fare il parmigiano?» chiedeva la piccola Tina.

«Cretina, si dice partigiano» le rispondeva la madre, e la conversazione finiva lì.

Anche con i gemelli, parlare era impossibile. Erano più piccoli di lei solo di un paio d'anni, ma da subito avevano stretto fra loro una sorta di segreta alleanza che escludeva tutto il resto del mondo e che li avrebbe portati, finite le scuole superiori, a intraprendere un'attività edilizia a Santo Domingo, con grande orgoglio della madre, ma con altrettanta perplessità della polizia internazionale che di lì a poco li avrebbe arrestati, costringendo Tina a spendere tutti i risparmi di famiglia che fino a quel momento aveva amministrato, a dare ripetizioni di matematica nel pomeriggio, a pulire i bagni della stazione Termini nel fine settimana, oltre che a insegnare alla scuola elementare Poggio Ameno.

Per fortuna, comunque, tutto alla fine si era risolto.

I gemelli erano usciti di prigione e Tina non riceveva più loro notizie da circa tre anni, da quando le avevano spedito una cartolina da Sihanoukville, una spiaggia cambogiana dove, stando a quello che scrivevano, avevano aperto un ristorante italiano ed erano felici.

Da lì in poi, più niente. Ma sicuramente se fossero nei guai lo

saprei, pensava Tina, perché la prima persona che contatterebbero per uscirne sarei io: e misteriosamente, anziché farla incazzare, questa certezza le procurava un certo sollievo.

D'altronde, i gemelli e la madre erano tutto quello che al mondo potesse definire suo, oltre alla casa di Poggio Ameno e senza considerare Arancione, il gatto che ogni sera per mangiare si arrampicava sul suo terrazzino, ma che per il resto della giornata viveva vagabondo per il quartiere: tanto che Tina gli era sì affezionata, ma non sentiva di avere con lui la confidenza necessaria per potergli dare del tu.

«Ha fame?» gli domandava, appena quel musetto egoista spuntava fra i gerani.

E poi. «La signorina Celeste e il signor Arancione» canticchiava, mentre gli riempiva la ciotola, «quanti colori in questa canzone.»

Perché il suo nome un tempo era stato Celeste. O meglio: all'anagrafe era ancora così.

Certo, dopo che il padre era sparito in guerra – e le persone che lo conoscevano si dividevano fra chi lo considerava un eroe, disperso misteriosamente in val Sangone, e chi invece lo pensava uno stronzo perché assicurava di averlo incontrato a braccetto per le strade di Parigi con una falsa bionda dalla scollatura esagerata e il sedere rotondo –, nessuno ce l'aveva più chiamata: sua madre e i gemelli evidentemente avevano sempre pensato che Tina le si addicesse di più.

In effetti, rifletteva lei, ci sono persone che hanno a che fare con il proprio nome e persone che non c'entrano davvero niente.

Celeste con Celeste non c'entrava niente. E tantomeno c'entrava con la mattina di inizio estate in cui era nata, quando il cielo, le aveva raccontato il padre, era talmente azzurro e fermo da sembrare finto.

Gianpietro una volta gliel'aveva domandato: «Titititi...tina è il di...di...dimmi...minutivo di...?».

E lei aveva nicchiato: lascia stare, gli aveva detto.

Lui a quel punto aveva cominciato a prenderla in giro: «Ssss... si vvv...vergo...go...go...gna? Chisss...sssà cc...che n...nome a... ssurdo devono...no...no aver...le da...dato! Asss...sun...titititi... na? Imma...mammammamma...colata? Ca...ca...ro...ro...tina...na».

E a questo punto si erano messi tutti e due a ridere come pazzi. Da non riuscire a fermarsi. Carotina: ma come gli venivano in mente certe cose, a Gianpietro Costanza?, pensava ogni tanto Tina, scuotendo la testa e sorridendo, grata. A Gianpietro, per essere com'era, e al fatto che non ci fosse giovedì alle diciotto in cui non la venisse a trovare per bere un tè, caldo o freddo a seconda delle stagioni, e fare quattro chiacchiere.

Era stato un suo alunno, circa vent'anni prima. Gli altri bambini fin dal primo giorno di scuola lo avevano preso di mira, per via di una gamba più corta dell'altra e per quel suo modo di esprimersi così simile a quello che aveva di camminare, come fosse sempre in preda a un continuo e violento singhiozzo che lo facesse saltellare incespicando tanto nei passi quanto nelle parole.

«Qual è il nome più lungo della classe? Quello di chi Gianpietro vuole chiamare!»

«Gianpietro, facciamo una gara di corsa? Vediamo quanti giri della scuola riesco a fare io mentre tu ne fai uno?»

«Gianpietro saltapicchio!»

«Gianpietro lo sciancato.»

«Gianpietro Gianpietro, tutti avanti e lui indietro!»

Finché: «Adesso basta» aveva intimato Tina, un giorno, spaventando i suoi alunni non tanto per il tono, fermo ma tutto sommato pacato, bensì per il fatto che a usarlo fosse lei.

«Adesso basta» aveva ripetuto. «Va bene, a Gianpietro manca un pezzetto di gamba.»

Qualche risolino, negli ultimi banchi, non ce l'aveva fatta a contenersi: e aveva dato ancora più determinazione a Tina per proseguire.

«Ma credete che Dio tenga per sé i pezzi che mancano alle persone?»

A questa domanda, aveva finalmente risposto il silenzio generale: Tina, per la prima volta in vita sua, provava l'ebbrezza di parlare e venire ascoltata. Le girava un po' la testa, dall'emozione. Forza, ce la fai: si era dovuta incoraggiare, fra sé e sé.

«Perché se Dio facesse così, significherebbe che Dio è cattivo. Giusto?»

Il silenzio cominciava ad appesantirsi di un certo turbamento.

«E qualcuno ha il coraggio di dire che Dio è cattivo? Alzi la mano chi ha il coraggio di dirlo.»

Nessuno aveva avuto il coraggio.

«Mi pareva strano» aveva sorriso Tina: e i suoi alunni potevano giurare che non era il sorriso di sempre, quello che scintillava sulle labbra pallide della maestra. «Dunque, se Dio non è cattivo, vuol dire che non toglie davvero i pezzi alle persone. Semmai glieli nasconde addosso: nel cuore, nel cervello, nei muscoli delle braccia, nei posti più strategici, insomma. E volete sapere una cosa? Lo fa solo con chi considera veramente speciale, con chi considera suo amico, perché vuole farlo apparire senza un pezzo agli sciocchi che così avranno modo di convincersi, poveri illusi, di essere superiori rispetto a lui e abbasseranno la guardia: mentre in realtà sono di gran lunga inferiori, dato che non nascondono nessun'arma segreta. Ignorano, gli sciocchi, che quando Gianpietro deciderà di mostrare anche a loro dov'è nascosto il pezzo che gli manca, sarà troppo tardi per chiedergli scusa di non essere stati gentili con lui: e si vendicherà con la forza di chi ha un cuore o un cervello o dei muscoli più potenti dei normali esseri umani. Non potete nemmeno immaginarvi quant'è forte, quella forza. Non ve lo potete proprio immaginare di che cosa sanno essere capaci, gli amici di Dio.»

Una bambina aveva cominciato a piangere.

Tina istintivamente le si era fatta vicino per aiutarla a soffiarsi il naso, ma non mollava: «E per quanto riguarda il fatto che Gianpietro balbetti, be'...». I bambini ora la guardavano con gli occhi spalancati, in attesa di un'altra rivelazione. «Be', non capite che prende tempo per parlare con voi perché intanto deve discutere con gli angeli? Voi non potete vederli, ma lui sì.»

«Gli diranno qualcosa da parte di Dio» aveva sussurrato al primo banco un bambino al suo compagno, e quello si era girato per dirlo a quelli seduti in seconda fila, e in breve tutti gli occhi della classe si erano puntati su Gianpietro Costanza, con un misto di terrore e di rispetto, una preghiera implicita, collettiva: abbi pietà di noi.

Il giorno dopo, per farsi perdonare, Tina avrebbe allungato la ricreazione di un'ora, ma da lì in poi tutto cambiò per Gianpietro.

Ci fu addirittura chi prese a imitare il suo modo di camminare, per dare l'impressione di essere anche lui amico di Dio.

E il merito era tutto della maestra Polidoro: questo, Gianpietro Costanza non l'avrebbe mai dimenticato.

Durante tutti gli anni delle scuole medie, e anche dopo, quando aveva cominciato a lavorare – come magazziniere prima e come commesso poi – a Pizza Pane e Fichi, l'alimentari più rinomato del quartiere, ogni 24 dicembre le portava in regalo una stella di Natale, ovetti di cioccolato per Pasqua, e tutti i giovedì biscotti al grano saraceno (i preferiti della maestra Polidoro) per inzupparli nel tè e in tutti i discorsi che facevano.

Con la maestra Polidoro si poteva parlare proprio di tutto. Ancora meglio: si poteva balbettare, di tutto. Di quello che gli capitava in negozio, di politica, del perché il fruttivendolo avesse incredibilmente alzato i prezzi: Gianpietro diceva la sua, e la maestra Polidoro lo ascoltava, gli occhi attenti dietro alle lenti spesse, e non gli metteva mai nessuna fretta, anzi. Mentre lui si sforzava di sollevare e tenere insieme la parola successiva, lei lo lasciava fare, e sembrava concentrarsi esclusivamente su quelle dette fino a quel momento.

Perché era realmente un piacere, per Tina, ascoltare Gianpietro, e non un piacere qualunque. L'unico: a parte la messa e certe riunioni condominiali.

Naturalmente, fra quelle, non c'era e non ci sarebbe mai stata quest'ultima.

La signora Barilla nel frattempo si era ricomposta. Lidia no. Ogni volta che tirava su col naso sembrava scandire il tempo dell'angoscia che dopo la lettura di quella lettera aveva assalito tutti. Lorenzo, Michelangelo, Paolo, Samuele Grò, sua moglie Caterina, i Barilla: tutti. Tina, naturalmente. Che: «Allora» aveva sospirato, «forse possiamo aggiornarci a domani».

E in un istante, nell'ex lavatoio del sesto piano, era rimasta da sola.

E poi?

Al secondo piano

Quand'è che gli uomini si sentono soddisfatti? Quando fanno tredici al Totocalcio, ottengono una promozione, arrivano fra i primi mille alla Maratona di New York, quando se ne escono con una battuta e tutti ridono, vincono la trattativa sul prezzo di una casa o di un paio di scarpe, quando entrano al bar e gli basta dire: "Il solito", quando incontrano per caso dopo vent'anni una loro ex che gli confida: "Nessuno mi ha mai più scopato come mi scopavi tu", e allora almeno una volta devono farlo di nuovo, anche solo per educazione, ma non è che la cosa gli vada poi tantissimo, perché quella culona in tailleur di lana cotta non c'entra più niente con la moretta di un tempo dagli occhi guizzanti, la vita stritolata nei jeans e le tette grosse, però bisogna: e un'erezione gli corre miracolosamente in aiuto.

L'unico giorno in cui Samuele Grò si era sentito davvero soddisfatto era quello in cui era nato suo figlio Lars.

Per questo, quando finalmente lui e Caterina erano tornati nel loro appartamento dopo quell'interminabile riunione condominiale, e Caterina gli aveva detto: «Qualunque cosa tu abbia da confessarmi, fallo domani, ti prego. Adesso non ce la farei ad ascoltarti. Ho bisogno di almeno sei ore di sonno. Anzi: controlli tu Lars?», lui non aveva opposto nessuna resistenza. Aveva ringraziato Giulia Barilla del quinto piano per essersi prestata a fare da baby-sitter, ci era rimasto un po' male nel notare che Caterina avesse deciso di addormentarsi sul divano piuttosto che a letto, nella loro stanza, ma aveva stabilito che si meritava, dopo

una giornata del genere, di dedicarsi alla sua occupazione preferita, e di lasciare tutto quello che non andava fuori dalla cameretta di Lars.

Guardatelo, pensava, mentre a guardarlo era solo lui. Guardatelo come succhia il suo tallone mignon, guardate con che eleganza lo fa, con che deliziosa sfrontatezza, come se anche mentre dorme sapesse che il resto del mondo non dormirebbe, se potesse avere il privilegio di contemplarlo.

A quel punto Samuele, strisciando per la casa silenzioso come un ladro, aveva preso la sua telecamera digitale per filmarlo.

Lo faceva tutte le sere.

Aveva in mente qualcosa di grande, lui. Qualcosa con cui avrebbe dimostrato a tutti chi era Samuele Grò, e in primo luogo l'avrebbe dimostrato a Lorenzo Ferri (non importava che mesi prima, in una riunione, Maria li avesse fatti confrontare e fosse risultato evidente che il Ferri non ricambiava minimamente il suo astio: quello di Samuele poteva benissimo bastare per due).

Perché in solo sette mesi (tanti ne aveva Lars), lui già vantava cinquantatré ore di girato in una decina di cassette archiviate con l'etichetta MFMD.

Meglio non scriverlo da nessuna parte, il titolo che ho in mente, meglio tenerlo nella mia testa e basta, che non si sa mai, pensava. Dopo quello che mi è successo, fidarsi sarà pure salutare, ma non fidarsi alla lunga risulta senz'altro meno pericoloso.

Da anni infatti per lui era cominciata la fine di tutto: finché la nascita di Lars non aveva riscattato quel tutto con nuovi, insperati significati.

Allora, adesso, fuori. Quello che non andava davvero poteva e doveva rimanere fuori dalla porta della cameretta di Lars.

A cominciare dalla lettera di Maria.

Fuori.

Al quinto piano

A Giulia Barilla non la si faceva facilmente.
   Nel salire tre piani di scale per tornare dall'appartamento dei Grò a quello della sua famiglia, aveva immediatamente avvertito che c'era qualcosa che non andava. La televisione della signorina Polidoro, che vivendo da sola aveva perso la capacità di valutare quanto fosse intollerabile un volume tanto alto, non invadeva la tromba delle scale. Lidia e Lorenzo non discutevano come quando era chiaro che di lì a poco le voci sarebbero lievitate e le porte avrebbero cominciato a sbattere. Dall'appartamento di Michelangelo e Paolo non galleggiava nessuno degli odori meravigliosi che ogni sera portavano il resto del condominio a fantasticare su che cosa Paolo si fosse inventato per cena.
   Ovvio, siamo tutti sconvolti per Maria, rifletteva Giulia. «Ma secondo me c'è dell'altro.»
   Era andata in cucina dove la madre stava armeggiando con una camomilla, e le aveva ficcato gli occhi negli occhi.
   «Tesoro, vai a dormire, ti prego, non ti ci mettere anche tu.»
   «Anche?»
   No, aveva deciso Carmela Barilla. *Questo è troppo: è davvero troppo. Due giorni fa muore Maria, una delle persone che mi erano più care al mondo, ieri provo a difendere il diritto che quella poveretta aveva di venire seppellita come Dio comanda, stamattina mi ritrovo in quella gabbia di matti che dovrei considerare un funerale, torniamo a casa, ho la presunzione di pensare che l'incubo sia finito. E invece no: salta fuori una maledetta lette-*

ra che parla di una maledetta sera di marzo, al sesto piano. Dove con Maria poteva esserci chiunque.

Poteva esserci mio marito.

E mia figlia adesso pretende che mi metta a discutere con lei. Che le racconti che cosa sta succedendo. Che le spieghi. Ma che le devo spiegare? Nemmeno io ci capisco niente. Non ci voglio capire niente. Perché se era mio marito – com'è che ha scritto Maria? "Forse per noia o per curiosità" –, se era mio marito che per noia o per curiosità, quella sera di marzo, nell'ex lavatoio, eccetera eccetera eccetera: se era mio marito, insomma, se era tuo padre, Giulia, non è più solo tuo e di Matteo, quel padre. Mentre io rimango vostra madre e basta.

E lo capisci da te che c'è qualcosa che non torna. Lo capisci da te che non è facile da spiegare. Lo capisci, che da capire c'è ben poco. Allora smettila di guardarmi così, perlomeno. Ringraziami per quello che non ti dirò. Ringraziami per quello che ti sto per dire.

«Vai in camera tua e mettiti a letto. Oggi avete già perso un giorno di scuola.»

«Tanto non me la sento nemmeno domani di andare.»

«E invece ci vai.»

«No.»

«Sì.»

«No.»

«Vai in camera tua.»

Giulia aveva sibilato fra i denti maledetta stronza: ma alla fine era andata in camera sua.

L'ingegner Barilla solo a quel punto era uscito dal bagno, e aveva raggiunto la moglie in cucina. Si conoscevano da diciannove anni, erano sposati da quindici: ormai non avevano più bisogno di cercare qualcosa di opportuno da dirsi.

Ma quella sera lo avevano cercato. E nemmeno lo avevano trovato.

A letto, in camera sua, nel frattempo Matteo ripensava alla ragazza che al funerale si era messa a ululare: certo che aveva due tette davvero enormi.

"Odio la vita" stava scrivendo Giulia, sul suo diario. "Vorrei essere morta io al posto di Maria."

Al primo piano

«Hai fame, Mandorla?» mi ha chiesto Tina.
   «Mamma» io.
   «Vuoi un biscotto?»
   «Mamma.»
   «Un bicchiere di latte?»
   «Mamma mamma mamma.»

Al terzo piano

Una volta a casa, Paolo si era subito infilato sotto la doccia.

«Mangiamo qualcosa?» gli aveva chiesto Michelangelo, che aveva l'abitudine di alludere a quello che gli passava per la testa, piuttosto che dichiararlo espressamente, sennò in questo caso avrebbe dovuto domandare: "Che cosa mi prepari stasera?".

Ma Paolo in tutta risposta aveva aperto il rubinetto della doccia.

Forse non mi ha sentito, aveva concluso Michelangelo. Aspetto che esca dal bagno e glielo chiedo di nuovo.

Si era buttato sul divano e aveva acceso la televisione.

A quell'ora c'erano dei documentari sugli animali che riuscivano sempre a portarlo lontano, che era quanto di meglio Michelangelo potesse chiedere, in generale. Figuriamoci in un giorno come quello.

"Il bonobo..." spiegava una voce fuori campo, mentre sullo schermo una specie di scimmia si arrampicava su un banano, e in basso sulla destra appariva la scritta RISERVA FORESTALE DI LOMAKO – CONGO *"... è stato uno degli ultimi grandi mammiferi a essere scoperto dagli scienziati. La specie è ben caratterizzata come egualitaria, centrata sulla femmina, e usa a sostituire il sesso all'aggressione." Ecco tanti bonobo, e in una gabbia gigantesca. In basso stavolta la scritta indicava* ZOO DI SAN DIEGO – CALIFORNIA. *"Mentre nella maggior parte degli animali il comportamento sessuale costituisce una categoria ben distinta, nel bonobo esso è parte integrante di tutte le relazioni sociali – e non solo di quelle tra maschi e femmine. I*

bonobo fanno sesso praticamente in tutte le possibili combinazioni, eccetto che tra parenti molto stretti." Nella gabbia, intanto, fra tre bonobo stava succedendo di tutto. Due si strofinavano la schiena. Un altro stuzzicava con un ramo i genitali di uno dei due. "Le interazioni sessuali avvengono in questa specie più spesso che fra tutti gli altri primati. Nonostante la frequenza dell'attività sessuale, però, il tasso di riproduzione dei bonobo in natura è circa uguale a quello degli scimpanzé. I bonobo, dunque, condividono con gli esseri umani una caratteristica molto importante: una parziale separazione tra riproduzione e sessualità. Il bono..."

Michelangelo, irritato e come al solito senza capire perché, aveva cambiato canale.

Una ragazza in primo piano, con una di quelle facce dai lineamenti perfetti ma prevedibili, stava spiegando perché, nonostante nessuno riuscisse a capacitarsene, le era così difficile trovare uno straccio di fidanzato.

"È che gli uomini quando si avvicinano a me" diceva "pensano solo alla me che posa per i calendari, che recita la parte della bomba sexy nei film, non alla vera me, quella che come tutte le donne della mia età ha semplicemente un gran bisogno d'amo..."

Eccheccazzo, pensa Michelangelo. E cambia di nuovo canale.
Il finale di Flashdance.

(Ci sono certi film che stanno al cinema come i pop-corn stanno a un'alimentazione sana: come dire, ogni tanto ne hai proprio un bisogno fisico... non credi? Io nella lista per esempio metterei Harry ti presento Sally, Ladyhawke, Flashdance, Dirty Dancing: *dice a Michelangelo quella strana ragazza che si chiama Maria, con cui da un po' condivide l'appartamento, e che pare avere al posto del cervello una specie di cilindro magico da cui tirare fuori una teoria su qualunque cosa. È diversa da tutto, capisce Michelangelo mentre ormai non l'ascolta ma la osserva continuare a snocciolare titoli di film a forma di pop-corn, agitando le mani, e gli sembra che tracci la traiettoria per un pianeta lontano, che lui nemmeno immaginava esistere.)*

Cambiare canale, cambiare canale.
Nel telegiornale di mezzanotte annunciano che pioverà per tre giorni.

(È perfetto, dice Maria, quando fuori piove. Così non siamo obbligati a uscire, no? E possiamo starcene tutta la sera a giocare a Nomi Città Cose Animali in pigiama, senza sentirci in colpa perché là fuori nel frattempo chissà quante cose interessanti succedono.)

Cambiare. Canale.
Di nuovo la tipa incredibilmente single. Adesso sembra in difficoltà.
"Mmmhhh..." e si mordicchia il labbro inferiore, con studiata disinvoltura. "Devo farmi una domanda e rispondermi da sola? Mmmh... Ok, ci sono. Mi chiederei: qual è il tuo desiderio più grande? E risponderei: avere un figlio."

(Guardala, quant'è piccolissima..., gli sussurra Maria, come se gli stesse rivelando un segreto, mentre in ospedale, al di là del vetro della nursery e di un'incubatrice, indica quel cosino minuscolo che in realtà è una bambina. Si chiama Mandorla... non è stupenda?)

Canale. Cambiare.
La replica di una puntata di "Friends": quella in cui Ross deve decidere fra Rachel, il suo amore di sempre, e Julie, la sua fidanzata del momento, e allora stila una lista dei pregi e dei difetti di tutte e due, e mentre Rachel di difetti ne ha tantissimi (è disordinata, viziata, non ha interessi in comune con lui), Julie non ne ha, a parte uno: "Non è Rachel" scrive Ross.
E allora lo fa apposta pure la televisione, crolla Michelangelo, perché non solo Maria andava pazza per "Friends", ma perché se vogliamo discutere dei difetti di Maria, be': altro che Rachel. Era disordinata anche lei, e viziata da se stessa, da quell'ascendente immediato che sapeva di avere sulle persone. Ma non finiva mica qui: era logorroica, invadente, fondamentalmente ignorante, rac-

comandava a tutti di fare la raccolta differenziata ma a volte era la prima a non farci caso, era stolidamente contraria alla medicina tradizionale, non si ricordava mai i compleanni, spediva sempre in ritardo i verbali delle assemblee condominiali, imponeva a chiunque le capitasse sotto tiro le variazioni del suo stato d'animo, viveva di impellenze momentanee e sotto sotto considerava le proprie più degne d'attenzione di quelle degli altri, predicava solidarietà ma soprattutto per riceverne, raccoglieva fondi per un asilo in Tibet e magari lasciava Mandorla a casa da sola per un intero pomeriggio, rideva esageratamente, piangeva esageratamente, tutto: esageratamente.

Finalmente Paolo esce dalla doccia.

Ecco: lui di difetti in pratica non ne ha, riflette Michelangelo.

«Mangiamo qualcosa?» *gli ripete.*

«Non ho fame» *risponde Paolo, secco.*

È un tono che Michelangelo non riconosce. Ma, com'è nella sua natura, preferisce non indagare e lasciarsi sfilare via dalla possibilità di un confronto così, come una maglia quando fa troppo caldo. Continua a saltare da un canale all'altro.

«Vuoi sapere perché non ho fame?» *Paolo gli si mette di fronte. La prima cosa che viene in mente a Michelangelo è: spostati tesoro, dài, non lo vedi che sto guardando la televisione!*

«...»

«Te lo dico lo stesso. Quella lettera me l'ha fatta passare.»

«Ah, certo. Chissà che mi credevo» *Michelangelo si sente sollevato. A volerci riflettere, non ha fatto niente di particolarmente grave da temere che proprio Paolo, proprio oggi, possa avercela con lui: ma il punto è che, in generale, non gliene frega un cazzo di niente. Tutto qui. E siccome per qualche motivo che non riesce a comprendere finisce sempre per attirare a sé persone a cui le cose invece stanno a cuore ancora più del necessario, vive in un continuo stato d'allerta, con la paura di venire scoperto. Che direbbero, gli altri, se si accorgessero che tutto questo loro partecipare da dentro a quello che succede a me sembra più esotico di una riserva di bonobo?, pensa. Che direbbe Paolo? Paolo che lo ama davvero: da dentro. Paolo che in pratica di difetti non ne ha.* «Il padre di Mandorla... pensa che io non ci avevo mai creduto alla

storia dell'astronauta: cosa non ci si inventa per farsi una scopata, pensavo. Ma ero certo che fosse stato lui a mentire a Maria, e che in realtà si trattasse di un cazzone qualunque che passava da Roma e il giorno dopo era ripartito, e invece...»

«Invece.» Paolo lo guarda negli occhi. Con una durezza sconosciuta, che chissà dove ha tenuto nascosta in questi anni, si domanda Michelangelo. E preferisce mettersi a elencare mentalmente i nomi degli attori che recitano in "Friends", se non fosse che fra il nome dell'attore che interpreta Joey e il nome di quello che interpreta Chandler, all'improvviso, capisce tutto: «Che cosa?».

«Ho detto solo: invece.»

«No... non vorrai mica insinuare che io... quella sera di marzo?»

Non vorrai, mica, insinuare, che io: le frasi fatte, già pronte per l'uso, per Michelangelo sono una lusinga irrinunciabile. Anche se si tratta di qualcosa che lo riguarda da vicino. Soprattutto se si tratta di qualcosa che dovrebbe riguardarlo proprio da lì: da quel maledetto, sopravvalutato, scivoloso, grottesco, inaccessibile dentro.

«Hai sempre subito il fascino di quella puttana, Michelangelo: ammettilo.»

«Ma sei pazzo? Io, una donna, non l'ho mai nemmeno toccata in vita mia.»

«Ma Maria per te non era solo una donna.»

«Sì: ma era anche, una donna.»

«Be'. Noia e curiosità pare possano provocare strani effetti.»

Al quarto piano

«Scopiamo.»
 Aveva detto Lidia, una volta a casa. Forse una minaccia, forse una preghiera. Scopiamo. Facciamolo come fosse la prima volta che lo facciamo, Lorenzo, come fosse l'ultima che lo faremo, ma facciamolo, perché non c'è soluzione, e anche se adesso mi dirai che tu quella sera di marzo eri a presentare un libro in chissà quale posto nel mondo e mi farai vedere la tua agenda per dimostrarmelo, anche se magari in effetti per una volta quella è proprio la verità, tanto che cambia? Me lo spieghi che cambia? Il verdetto è inesorabile: non sapremo mai fino in fondo chi è che amiamo, ecco bravo, così, toccami come solo tu sai (tanto non sapremo), entra piano ma entra subito (mai) e fallo durare più che puoi quello che stai facendo (chi è), rimani così, sopra di me e vai su, vai giù, prenditi tutto il male che ho (che stiamo amando), riprenditi tutto il male che fa: sapere che tanto non sapremo mai chi è che stiamo amando.

Due settimane dopo, o giù di lì

Al primo piano

«Shhh.» La signorina Polidoro si era portata un dito alle labbra. «Finalmente la piccolina, di là, si è addormentata: facciamo piano, mi raccomando» aveva intimato a Gianpietro.
 Con tutto il disastro di quei giorni, era la prima volta che si ritrovavano di nuovo insieme.
 «Mmmm...ma... cccccc...c-c-c-c-che s...s...s...succccc...e...succed...succ...succede... o...r...rra?»
 Come al solito mi fa sempre le domande più opportune, pensa lei.
 «Ora... caro Gianpietro, è proprio ora che devi tenerti forte, perché è qui che arriva la parte più assurda di tutta questa storia. Un'altra tazza di tè?»
 «Gggrrrr...a...»
 «Tieni.» Non succede mai che la signorina Polidoro gli impedisca di portare a termine una parola: evidentemente se la passa davvero male, povera maestra, nota Gianpietro. Devo mettercela tutta per capire esattamente che cosa sta succedendo e dirle almeno una parola di conforto. Se ne trovassi una corta, poi, sarebbe l'ideale.
 «Dunque» comincia, misteriosa e solenne, Tina. «Il giorno dopo ci vediamo di nuovo tutti nell'ex lavatoio. Puoi immaginarlo da te, Gianpietro, che con quanto c'era scritto nella lettera di Maria, quello è diventato un posto maledetto: ma che ci vuoi fare? Siamo sempre stati abituati a fare lì le nostre riunioni condominiali, magari sarebbe stato ancora più imbarazzante, data la situazione, proporre di vederci, chessò, qui da me.»
 «Ccccc...errrrr...c-e-rrr-to.»

«Certo. Comunque, a prendere la parola, per fortuna, è subito l'avvocatessa Grò: hai presente, quella signora un po' pienotta del secondo piano, con il marito sfaticato e quel frugoletto delizioso? Ecco, lei. Cerchiamo di essere pratici, dice: stamattina ho fatto un paio di telefonate e un mio collega si occuperà di gestire la questione del test del DNA di Mandorla con la massima riservatezza. Così dice.» Tina prende fiato due o tre volte: agitata com'è, sembra sull'orlo di un attacco d'asma. Invece prosegue: «Non sai, Gianpietro: l'aria che c'era si poteva tagliare a fette. Naturalmente guardavamo tutti grati l'avvocatessa, perché si stava prendendo la briga di togliere le castagne dal fuoco, ma nello stesso tempo, come posso dirti, eravamo imbarazzati... ma forse è più corretto che parli solo per me: e che diamine, certo che ero imbarazzata! È in gioco la vita di una bambina di sei anni, non se ne può parlare così, come se si stabilisse il prezzo di un chilo di patate, no?».

«Ccccc...errrrr...»

«Certo che no. Ma è pur vero che, se Mandorla ha un padre, è bene capire chi sia perché possa prendersi cura di lei.»

«Cccc...errrr...»

«No: certo proprio per niente, Gianpietro.» È comunque affettuoso, il biasimo con cui lo sta guardando Tina: «Certo proprio per niente. Perché a fare quella considerazione è stata Carmela Barilla, del quinto piano: ce l'hai presente? La moglie dell'ingegnere: quella signora alta, così cortese, con le spalle e le mani giganti, che fa l'infermiera... comunque: la signora Barilla dice la sua, ma credimi, la butta lì così, tanto per dire qualcosa, e invece non sai che vespaio! Scusa, che cosa c'entra il DNA?, sussurra l'ingegner Barilla in un orecchio a sua moglie, ma Paolo (il ragazzo della gioielleria, quello un po'... quello... quello frufrù, forza, diciamo le cose come stanno) salta su: proprio lui, Gianpietro! Lui che è sempre tutto una moina, un buongiorno e un buonasera, salta su e urla, forsennato: come, che c'entra il DNAAA?! È nostro diritto e nostro dovere sapere di chi è figlia quella benedetta bambina!». Gianpietro non sapeva che la maestra Polidoro fosse anche una brava attrice: come si scalda, nel raccontare come si sono scaldati gli altri condomini! La faccia sembra andarle a fuoco, parola dopo parola: «Dopo l'urlo di Paolo, Lidia non resiste più e interviene. Caro Paolo, e se Mandor-

la fosse figlia del tuo Michelangelo?, gli chiede... non ridere sotto i baffi Gianpietro, lei gli ha detto così! Anche a me è sembrato strano, perché si sa che Michelangelo è il fidanzato di Paolo e dunque è un frufrù pure lui, non possono piacergli le signorine: ma Lidia è tutta pazza, e proprio così gli ha detto! A quel punto Michelangelo ha pregato Paolo di lasciar perdere, ma ormai a Paolo dalla rabbia stava per scoppiare la vena del collo, non immagini Gianpietro, continuava a urlare: il DNAAA, *bisogna fare il test del* DNAAA! *La signora Barilla faceva un po' sì con la testa e un po' no, non si capiva a chi volesse dare ragione, suo marito invece, nonostante la situazione, sembrava soprattutto infastidito da Paolo e Michelangelo... che ci vuoi fare? L'ingegner Barilla è un uomo d'altri tempi, io certe cose mi limito a non capirle ma a lui invece proprio non vanno giù.»* Tina ha bisogno di bere un goccio di tè, ormai diventato freddo, per bagnarsi la gola e ne approfitta per prendere di nuovo fiato. Poi: «Comunque. *Continua per un bel po' questo parapiglia generale, finché l'avvocatessa Grò riporta tutti all'ordine: è bastato dicesse "oppure". Giuro, Gianpietro. E ci siamo azzittiti. Oppure, ha detto lei. E noi: muti come pietre».*

«Oppppp...p-u-r...oppppurrrr...e?»

«*Oppure, dice la Grò: niente test del* DNA. *E tira fuori da quella ventiquattrore mezza rotta e vecchia più di me che si porta sempre appresso (che se avessi la confidenza necessaria per farlo, penso sempre, gliene regalerei una nuova) un mucchio di carte e cartacce che mi viene il mal di testa solo a vederle, Gianpietro. Comincia a leggerle, si accorge che nessuno di noi è in grado di capirci niente e allora prende a spiegarcele: insomma, per farla breve ci annuncia che, per come stanno le cose, sarebbe possibile adottare Mandorla, perché per la legge è un'orfana a tutti gli effetti e dovrebbero occuparsene i parenti più stretti, ma siccome non ci sono nemmeno quelli, e Maria non apparteneva alla categoria di persone che a trent'anni già si preoccupano di buttare giù un testamento, be'... be', dice l'avvocatessa Grò, se qualcuno di noi volesse adottarla, potrebbe: certamente sarebbe un po' macchinoso in termini legali. Ma potrebbe. Paolo interrompe l'avvocatessa e prova a sottolineare ancora una volta che Mandorla un padre ce l'ha, e l'ideale sarebbe che questo padre trovasse il coraggio per*

dichiararsi, ma siccome questo coraggio evidentemente gli manca, be': si proceda con il DNA. Però nessuno sembra dargli retta, ormai. Siamo tutti presi a pensare e a pensare e a pensare, e a essere onesta non saprei nemmeno dirti che cosa mi metto a pensare io. A Maria, fondamentalmente.»

E Tina qui s'interrompe: solo un istante, ma chissà perché a Gianpietro pare lunghissimo, come se la sua maestra uscisse dal salotto per prendere qualcosa e lo lasciasse d'improvviso da solo, per poi tornare. E riprendere il discorso lì dove l'aveva lasciato: «Comunque. Fatto sta che alla fine Lidia dice: vorrei esprimere la mia opinione. E non sai come la prende da lontano, Gianpietro. Comincia a raccontare di quando i suoi genitori si sono separati, e povera ragazza, anche se è successo più di vent'anni fa, ancora ci sta male. È terribile, dice, terribile, lo ripete un bel po' di volte: terribile quando una famiglia si rompe, perché non si rompe mai in due, dice, si rompe in tre, o almeno in tante parti quante erano le persone di quella famiglia. I miei genitori e io ci siamo rotti in tre, dice, e da qui in poi ho perso il filo, perché si è messa a filosofeggiare che oltre a rompersi in tre nel senso di essere tre persone fondamentalmente sole, ognuno di loro si è rotto in tre parti: dentro... una cosa del genere. Ma voglio arrivare al punto». Le guance di Tina s'accendono, come illuminate da un neon bordeaux. «Sì, voglio arrivare al punto. Perché alla fine quello che voleva dire Lidia era: occupiamoci di Mandorla tutti insieme.»

«Ccccc...cco...ccc-o-ssss...sa?» All'improvviso a Gianpietro annuire non viene più così spontaneo.

«Non è finita qui. Perché il fidanzato di Lidia (Lorenzo Ferri, lo scrittore famoso, hai presente, no?), che di solito o rimane zitto o le dà addosso, stavolta la guarda, come fossero da soli, le prende la mano e le dice: è una grande idea, questa. E poi che fa? Attacca tutta una filippica sui frati trappisti, improvvisa una specie di lezione, ti rendi conto? Ci spiega che nei conventi di quest'ordine religioso, pensa te, se moriva il padre di uno dei frati, il, come posso dire...» Tina aveva strizzato gli occhietti da topo per concentrarsi.

«Cccc...ccc-h-eee?»

«Come si chiama quello che comanda, in un convento?»

«Cccc...cappp...pp...c-a-po?»

«Lorenzo ha usato un altro termine, ma va bene, chiamiamolo capo. Pensa che se moriva il padre di uno dei frati, siccome vivevano in isolamento, è a questo chiamiamolo capo che arrivava la notizia. E lui sai che faceva?»

«C...c...?»

«Li radunava e annunciava: è morto il padre di uno di voi. Ma non vi dico quale. Piangetelo come fosse il padre di tutti. Come fosse il vostro.»

«Mmm...mmma... il pppa...p-a-d-r-e d-i ccchi è...è...è... m... mmmorto?»

«Che hai capito?!» Tina rotea gli occhietti da topo: è da quando ho sei anni che se le faccio perdere la pazienza lei fa così, riflette Gianpietro. E per un attimo si sente irrimediabilmente felice. «Gianpietro! Ci manca solo questa, che sia morto il padre di qualcuno! Era un esempio! Non ci sono padri morti... anzi, il punto è proprio che non ci sono nemmeno padri vivi. O meglio, la povera piccola Mandorla non ce l'avrà... cioè, anzi, ne avrà tanti. Capisci?»

«Nnnn...no...» Gianpietro scuote la testa, per sottolineare come davvero no, non capisce. A costo di far roteare di nuovo gli occhi alla maestra.

«...»

«...»

«Abbiamo deciso di crescere Mandorla insieme» annuncia, finalmente, Tina. «Come fosse la figlia di tutti, per dirla come la direbbero i frati trappisti.»

«...»

«Non romperemo in due, in tre o in quattro, a seconda dei casi, nessuna famiglia del condominio, per dirla come la direbbe Lidia.»

«Mmm...ma...»

«Maria approverebbe, è questo che stai pensando, vero? Bravo, Gianpietro: è proprio quello di cui siamo tutti convinti. D'altronde bisogna avere un po' di fantasia sennò la vita, che è prepotente, finisce per comandare lei e ci riduce a schiavetti: non c'era riunione condominiale in cui Maria non lo ripetesse minimo tre volte, ha detto la signora Barilla, e ti giuro su Dio che in

quell'esatto momento stavo pensando alla stessa identica cosa. Bisogna avere un po' di fantasia. Maria lo recitava come un salmo.»

No: anche quella degli schiavetti Gianpietro non l'ha capita, ma intuisce che fa lo stesso. D'altronde è troppo preso dallo sforzo di portare a termine una domanda (l'unica che c'è da fare) senza che la maestra lo interrompa. E stavolta ce la fa.

«Qqqui...ndi?»

«Quindi uno di noi adotterà legalmente Mandorla e tutti ce ne occuperemo dal punto di vista economico. Ognuno secondo le sue possibilità naturalmente, ma facendo in modo che non le manchi mai nulla» risponde Tina. Improvvisamente serena. Soddisfatta, addirittura. Le guance cominciano a riprendere il loro colorito, se così si può dire, e si sgonfiano del furore di poco prima. Tornano a caderle sul viso: molli, bianchicce e rassicuranti, almeno per chi la guarda. Per Gianpietro, per esempio. Che però non si rassegna.

«Mmma... dddd...d-o-vvve?» insiste.

«Dobbiamo ancora organizzarci. Di fatto qui, nel condominio. Ospiteremo quella piccolina un po' per uno, stando ben attenti a che non si sballotti troppo, povera stella.»

«Mmmmaaaa...ma...ma...?»

«Ma certo, Gianpietro: ci sarà bisogno della massima riservatezza, questo è ben chiaro a tutti, perché la gente non capirebbe, non potrebbe mai capire... ci prenderebbe per matti, la gente, o peggio ancora per persone poco perbene. Ma, come giustamente ha fatto notare Lidia, la gente non conosceva mica Maria. E allora che ne può sapere, la gente, di che cosa succedeva in una riunione condominiale, se era lei a gestirla? Che ne può sapere di come ti faceva sentire Maria, quando le bastava darti un'occhiata per capire che qualcosa non andava e allora diceva: scusate, ma prima di parlare delle spese per l'ACI, vi siete accorti che fra noi c'è qualcuno che l'immondizia ce l'ha dentro e che forse avrebbe bisogno di svuotare il cassonetto di quello che gli passa per la testa? Che ne può sapere di come ti faceva sentire, quando diceva: coraggio, ricordati che non c'è cosa lì per lì assurda che un domani non ci sembrerà naturale aver vissuto? Ma a questo punto Lidia ha ricominciato a piangere. Eddai, adesso non trascinar-

ci in un Harmony però, le ha bisbigliato Lorenzo, in un orecchio: ma, dato il silenzio pieno di Maria che di nuovo s'era fatto, lo abbiamo sentito tutti. Dottoressa Frezzani, non è questo il momento di perdersi d'animo, è intervenuto allora l'ingegner Barilla: e la versione ufficiale da dare agli altri l'ha stabilito lui, che come al solito è bravissimo a prendere in mano le redini di una situazione. Agli altri racconteremo semplicemente che Maria ci era così cara (il che fra l'altro corrisponde a verità, Gianpietro, ci mancherebbe: Maria non ci era cara, *carissima* ci era, Maria, il punto sta lì, non ci piove su questo), comunque: Maria ci era così cara – racconteremo – che viene naturale a tutti trattare Mandorla come una figlia. Capisci la differenza, Gianpietro? Fra dire Mandorla ci "sembra" una figlia e dire "sicuramente è" la figlia di uno di noi? L'ingegner Barilla ha sottolineato questo passaggio tre volte, per essere certo che ci entrasse in testa.»

«Mmm...ma...»

«Ho capito: sei curioso di sapere che cosa diremo alla bambina. Naturalmente niente, Gianpietro. O meglio: le diremo tutto quello che potrà tornarle utile per crescere il più serenamente possibile. Che cioè sua madre ci era così cara che viene naturale a tutti trattarla come una eccetera eccetera eccetera.»

«Mmm...ma...»

«Ma certo. Lo so che sei d'accordo: d'altronde viviamo tutti all'oscuro di qualcosa che ci riguarda, come ha detto Lorenzo Ferri. E la riunione è finita perché non a caso lui fa lo scrittore e parole migliori nessuno poteva trovarle.»

«...»

«Be'? Che fai? Rimani zitto?»

Gianpietro non sa davvero che cosa dire. Vorrebbe con tutto se stesso essere d'aiuto alla maestra Polidoro, vorrebbe prometterle che tutto andrà per il verso giusto: ma qualcosa glielo impedisce. Gli torna in mente la sua infanzia, e non solo come un'idea, no. Lui non può permettersi di ragionare così: tutte le parole che vorrebbe dire ma a cui rinuncia, al momento di esprimersi, gli si accumulano in testa dove si mettono a suonare come un'orchestra stonata, in cui ognuno va per conto suo. Un rumore insopportabile. Per questo, almeno dai suoi pensieri, esige chiarezza.

E allora la sua infanzia, adesso, gli torna in mente in tanti scatti fotografici, così da vederla per bene. Ecco sua madre, che prepara la frittata con le cipolle: lui per aiutarla vorrebbe tagliare a pezzettini le cipolle, ma lei lo guarda, dolce e infinita, e gli dice: «Sei troppo piccolo, non puoi usare il coltello!», e allora gli insegna a rompere le uova e a separare il tuorlo dall'albume. Ecco suo papà, che torna dal lavoro e lo prende in braccio, e il piccolo Gianpietro, anche se dalla puzza di pesce vorrebbe vomitare, fa finta di niente, sia perché è felice di vederlo e sia perché la mamma gli ha spiegato che il lavoro di papà al mercato non ha un buon odore, certo, ma gli fa portare a casa i soldi: dunque bisogna rispettarlo. Eccoli che mangiano, tutti e tre, e al papà scappa un rumore dalla bocca e la mamma lo sgrida, ma solo per finta, perché in realtà le viene da ridere. Allora lui vuole imitare il papà e fa lo stesso rumore: e il divertimento è assicurato. Ecco ancora il papà, che stavolta lo porta al circo e gli fa fare la foto in groppa a un elefante. La mamma con la pancia enorme che gli dice metti la mano qui, senti che calcioni tira il tuo fratellino. Tutti e quattro in spiaggia, d'estate, a Lavinio: e sotto l'ombrellone la mamma scarta i panini, li apre per vedere quello che c'è dentro e di volta in volta li allunga al papà, a suo fratello, a lui.

Significa questo avere dei genitori, pensa Gianpietro: non saprebbe spiegare nel dettaglio che cos'è che significa, ma ha a che fare proprio con i panini di un picnic, riflette: a ciascuno il suo.

«Sembri sconvolto. O Gianpietro, e allora chissà che cosa penserai quando ti dirò chi è che è stato prescelto per adottare legalmente quella piccolina.»

«...»

«Ma io! Sono l'unica, mi hanno giustamente fatto notare gli altri, a non essere sposata, o fidanzata o comunque si dica nel caso dei frufrù, con qualcuno che potrebbe davvero essere il padre di Mandorla! Non guardarmi così Gianpietro, si tratta solo di un cavillo legale, dài, l'ha detto pure l'avvocatessa Grò.»

"È che non vorrei si mettesse nei guai" sta per articolare Gianpietro. Ma lei stavolta non gli permette nemmeno di cominciare: «D'altronde, hanno ragione loro. T'immagini se un giorno venisse fuori chi è che quella benedetta sera di marzo ha messo in-

cinta Maria? Insomma, io avrei decisamente più lucidità rispetto agli altri, se teniamo conto che non ho nessuno a me caro di cui sospettare, a meno che...».

«Aaaa... mmmmmen-o... ccc...che?»

«Non ci sia stato tu, con Maria, nell'ex lavatoio, sei anni fa!»

E scoppiano a ridere. Come solo lui e io sappiamo fare, pensa Tina. E più Gianpietro ride, più a lei viene da ridere e più le viene da ridere, più ne viene a Gianpietro. E ridono ridono ridono. Ridono ridono ridono e se, ridendo ridendo ridendo, non fosse che, invece, proprio Gianpietro, quella sera di... viene in mente, all'improvviso, alla signorina Polidoro. E le prende una specie di formicolio all'altezza dell'attaccatura delle orecchie. Ma Gianpietro non le consente nemmeno di arrivare a pensare: marzo.

«Mmmmmm...ma...ma...ma...es...tr... ma-e-stra?» la chiama, come se di nuovo fosse andata in un'altra stanza e non fosse seduta lì con lui, da più di tre ore, su quel divano rosa pallido dai braccioli consumati.

«Sì, Gianpietro?» risponde Tina, allora.

«Bbbbb...bbbb...bbu-o-nnnnnnn...atttt... Nat-ale.»

«Buon Natale anche a te, Gianpietro.»

«... non è tua figlia, vero?»

«... ti giuro Cate, te lo giuro su Lars: no, no e
no, Maria nemmeno mi piaceva fisicamente:
sicuramente è stato Ferri, lo sanno tutti che
la sua fidanzata non può passare attraverso le
porte, per le corna che ha...»

«Era una donna, Paolo! Una d-o-
n-n-a! Come puoi credere che io...
con lei... eddai, mi fa schifo solo
pensarlo!»

«... e comunque la piccolina non c'entra niente...»

«A parte che secondo me facevano bene a Sparta,
dove i figli li mettevano a crescere tutti insieme senza
sta pagliacciata psicotica della mammina e del papino,
e dunque Mandorla ha un gran culo: ma no, Lidia,
con Maria non ho mai fatto niente. Niente. Certo,
non posso negare che ci abbia pensato. Non tante volte.
Ma un paio sì. Che c'è di male?»

«Cesare, te lo chiedo oggi e non te lo chiederò mai più. È tua?»

«... ti assicuro...»

«... che no...»

«Fidati di me.»

«... mai...»

«... fidati.»

«Secondo me è di Lorenzo Ferri.»

«Sicuramente il padre è l'ingegner Barilla. Non lo vedi che la bambina ha gli occhi del suo stesso colore?»

«... il suo amico gay, del terzo piano...»

«Grò.»

«mma... Mannnnn...ndorrrrr...la? Ccc...cche... ddddii...dice Mmmandorla?»

E adesso?
(Undici anni dopo)

Viviamo tutti all'oscuro di qualcosa che ci riguarda.

Ho provato a farlo capire all'avvocato Pavarotti, ma lui non vuole sentire ragioni.

D'altronde è venuto qui solo per questo: per sapere.

«Ma che c'entra quello che è successo oggi pomeriggio con quello che è successo undici anni fa?» gli ho chiesto.

«C'entra c'entra» ha risposto Pavarotti (che di nome si chiama Luciano, ma del tenore non è parente neppure alla lontana).

Perché se adesso sono in carcere, secondo lui, la colpa – stringi stringi – è delle mie famiglie.

«Com'è possibile crescere una ragazzina a segreti e bugie e poi pretendere che sappia distinguere il bene dal male?» mi ha chiesto (ma in quel modo in cui, siccome la risposta è una sola, diventa inutile darla, e in questo caso immagino fosse: non è possibile crescere una ragazzina a segreti e bugie e poi pretendere eccetera eccetera).

Allora: «Devi fidarti di me, Mandorla» ha ripetuto due volte.

Ma il problema non è questo: l'unico lato positivo di essere finita qui è che ho scoperto di sapermi fidare benissimo.

Il problema è che a me pare un po' assurdo mettersi lì a raccontare a qualcuno: "Mi è successo questo e quest'altro e quest'altro ancora", come se dalla torre di controllo di quel-

la poveretta che è la nostra esperienza personale davvero potessimo avere una visione completa di tutto.

«Mandorla, sei impazzita? Esperienza personale? Visione completa?» Pavarotti ha cominciato a innervosirsi. «In carcere oggi ci sei finita TU», l'ha caricato come fosse uno sputo, questo tu, «e sempre TU», altro sputo, «ti sei resa complice di un criminale, uno da cui io non mi sarei fatto offrire neanche un caffè. Non possiamo permetterci di fare filosofia, mi pare.»

A quel punto mi è sembrato proprio il caso di ricordargli un dettaglio fondamentale: «Ma io sono innocente, avvocato!».

Lui (molto serio): «La legge si basa sui fatti, non sulle intenzioni. Solo quando ti deciderai a dirmi tutta la verità, io potrò raccontarla al pubblico ministero. E tirarti fuori di qui».

Anche se è il nuovo fidanzato di Cate, questo Pavarotti, e sicuramente un tipo a posto, ho l'impressione che abbia la testa un po' dura: insomma, gli altri! Come la mettiamo con gli altri? Vuoi o non vuoi, bisogna farci i conti. Sempre.

«E dunque?» mi ha chiesto Testa Dura. E dunque ci sono episodi che nemmeno immaginiamo, nella vita degli altri (questo io l'ho capito presto, l'ho dovuto capire subito): *episodi di cui non siamo a conoscenza, né lo saremo mai, dettagli minimi, inconfessabili, raggi ultravioletti che non possiamo percepire: ma che hanno condizionato tutto, e inevitabilmente, quando entreremo in contatto con loro, influenzeranno anche noi*, e allora parlare di verità va da sé che diventa piuttosto imbarazzan...

Pavarotti ha alzato la voce: «Adesso basta: smettila». Appena si è accorto di avermi spaventata però ha cambiato tono, e mi ha stritolato una mano (non per farmi male, ma per farmi capire che lui è dalla mia parte, credo): «Puoi stare certa che domani ti tirerò fuori di qui, Mandorla. Tu dovrai solo spiegarmi come sono andate le cose: al resto ci penso io. Poi, non appena risolveremo questo pasticcio, ti prometto che mi occuperò personalmente della tua situazione. Te

lo giuro su Cate, guarda. Non è più possibile perdere tempo: è decisamente arrivato il momento che tu abbia ciò che tutti hanno il diritto di avere».

Con tua situazione, Pavarotti intende dire DNA.
Con ciò che tutti hanno il diritto di avere, intende un padre.

«Quello che ti è successo oggi conferma che undici anni fa è stato commesso, se pur in buona fede per carità, un tragico errore» è andato avanti, «ma da domani tutto cambierà, Mandorla.» Mi sa che pensava fosse giusto che in quel momento partisse la musica con cui nei film si annuncia l'arrivo dei buoni.
Ma la musica non è partita, e forse Pavarotti ci è rimasto male, perché si è alzato e se ne è andato. Prima però ha avvicinato la sua faccia alla mia, tanto da farmi sapere che a pranzo aveva mangiato qualcosa con l'aglio, e mi ha detto, ficcandomi negli occhi i suoi occhialetti rettangolari: «Il peggio ormai è passato, Mandorla. Adesso devi solo riordinare le idee. Usa questa notte per dormire, se ci riesci. E stai tranquilla».
Ho fatto sì con la testa. Pavarotti ha sorriso come per dire allora siamo d'accordo, e ci siamo dati appuntamento a domani mattina alle otto.
E adesso?
Dovrei usare questa notte per dormire.
Dovrei stare tranquilla.
Ma che ci posso fare, se non mi viene?
Perché? Perché nella cella accanto alla mia una ragazza non fa che tossire e sembra lo faccia apposta per darmi fastidio, perché nessuno può avere un compleanno brutto come quello che oggi ho avuto io, perché il mio Grande Amore mi ha tradita e abbandonata, perché se devo dare retta a Pavarotti le mie famiglie si sono comportate molto male con me, perché finalmente, presto prestissimo, saprò chi è mio padre e la gioia, quando è troppa, somiglia all'an-

goscia, da come picchia in testa: i motivi per non dormire in effetti sono tanti.

Eppure l'unico davvero valido secondo me è che nascere uomo, donna o animale è quanto di peggio possa capitare a qualcuno. Non mi consolerò mai di non essere una cosa. Me ne sarebbe andata bene una qualsiasi: davvero. Ferro da stiro, mouse del computer, aspirapolvere, porta, piatto, bidone dell'immondizia.

Se per esempio adesso fossi una cosa programmata per raccontare-come-sono-andate-le-cose-a-Pavarotti, funzionerei, se funzionassi, e non funzionerei, se mi fossi rotta o avessi le pile scariche. Al massimo ogni tanto andrei in cortocircuito. Ma a quel punto basterebbe portarmi a riparare.

È che non c'è un posto dove si possa portare a riparare l'infanzia. Tanto più se ti è capitato di averne cinque.

Sarà una notte lunghissima, questa.

AL PRIMO PIANO

Se proprio dovrò raccontare a Pavarotti tutti i fatti miei, vorrei cominciare dal presupposto che all'orgoglio delle persone sole io non ci credo.

Ogni volta che la signorina Polidoro aveva bisogno di dirmi: «Oh, Mandorla, che bellezza starcene io e te a guardare i cartoni animati sole solette, senza nessuno che ci possa disturbare» sentivo che in realtà, proprio in quello stesso momento, le mancavano tutti. Suo padre, i gemelli, la migliore amica che non aveva mai avuto, i ragazzi con cui non si era mai baciata, le colleghe con cui non era riuscita a stringere un qualche rapporto che andasse al di là dell'orario di scuola.

Appena Tina se ne usciva così, soprattutto da quando avrei scoperto il segreto delle sue notti, era come se qualcuno azzerasse all'improvviso il volume alla televisione: non capivo più niente, i cartoni animati se ne andavano per conto loro e io li lasciavo fare, perché tanto ero esclusivamente presa dalla speranza che ci lasciassero presto in pace: che da quel divano, da quel salotto, da tutta quella casa sparissero i fantasmi delle persone che avrebbero potuto farle compagnia, ma in un modo o nell'altro avevano avuto di meglio da fare – chi moltissimi anni prima, chi l'altroieri.

Perché anche se il campanello di Tina suonava di continuo, lo faceva sempre e solo per chiedere qualcosa.

Dicembre 1999

«*Siamo d'accordo, allora?*» *domanda l'ingegner Barilla, per la settima volta dall'inizio della riunione più faticosa nella storia del condominio di via Grotta Perfetta 315. (E loro che pensavano che decidere di cambiare il riscaldamento da centralizzato ad autonomo fosse stata, a suo tempo, una svolta epocale.)*

«*D'accordo*» *dice Caterina Grò, e tutti fanno un cenno, chi con la testa chi con gli occhi, per fare eco: d'accordo, d'accordo.*

«*Dovremo continuare a comportarci come sempre, naturalmente*» *prosegue l'ingegnere.*

«*I primi giorni saranno i più difficili, ma poi sono certa che tutto andrà per il meglio*» *chiosa la signora Barilla.*

«*Il "meglio" non ha quasi mai a che fare col "bene"*» *Paolo ritiene importante far presente. Michelangelo gli posa una mano sul ginocchio, come a pregarlo: lascia stare, dài.*

«*Eh no, Paolo*» *interviene Lidia*, «*se cominciamo così non va. Ha ragione la signora Barilla: bisogna pensare al futuro, guardare avanti. Appena prenderemo confidenza con Mandorla, il resto verrà da sé. Insomma: se dev'essere figlia di tutti, che figlia di tutti sia!*»

«*Dottoressa Frezzani, vorrei che questo suo entusiasmo si arginasse*» *di nuovo l'ingegner Barilla.* «*Mi spiego: naturalmente sarà necessario entrare da subito in relazione con la bambina. Ma la invito alla prudenza. Invito tutti, alla prudenza.*»

«*Ai bambini non sfugge niente, sai Lidia.*» *La signora Barilla, al solito, prova a smussare con i suoi toni soffici e avvolgenti*

quelli ruvidi del marito: «Pensa che a Giulia, quand'era piccola, ogni volta che ci sentiva bisticciare, anche solo per una sciocchezza, veniva un attacco di nausea! Giuro. Anche se non aveva mangiato niente, correva al bagno e vomitava».

«Pure Efexor fa così!» Lorenzo Ferri finalmente si sveglia dal torpore in cui da quando ha smesso di disquisire di frati trappisti è ricaduto. «Ogni volta che Lidia e io litighiamo, e vi assicuro che sappiamo farlo arrivando a livelli di rara maestria, lui corre a nascondersi in cucina, dietro la credenza.»

«Ma non possiamo mica paragonare i cani ai bambini» gli fa notare Samuele Grò, senza accorgersi che Lorenzo adesso è troppo assorto a pensare a Efexor, per poterlo ascoltare. «Lars, per esempio, da quanto è intuitivo, se sto parlando al telefono con mia madre, se ne accorge e sapete che fa? Comincia a fare NAAA-NA! Capito? NAAA-NA! Come per dire: salutami nonna.»

«I bambini sono così sensibili...» gli fa eco Caterina.

Ma a Tina non sfugge il lieve broncio che è spuntato sulla faccia mobile e intensa di Lidia. Al solito, è certa che in qualche modo la responsabilità di una delusione possa essere sua, e vuole rimediare: «Questo però (che i bambini sono sensibili, intendo) non significa che mentre la piccola vivrà con me voi non potrete venire a salutarla. L'importante, se ho capito bene quello che voleva dire l'ingegnere, è che sembri tutto... come posso dire?».

«Naturale» le corre in soccorso Caterina Grò.

«Capita spesso che uno di voi abbia bisogno di qualcosa e mi venga a suonare» riprende il suo discorso Tina. Sperando di non far rimanere male nessuno, ci tiene a specificare: «A me fa un gran piacere potervi essere d'aiuto, quando siete in difficoltà». Ma a questo punto pensa: non è che specificare che mi fa piacere era inutile, e adesso tutti stanno pensando che l'ho detto proprio perché ho la coda di paglia e in realtà non mi fa piacere per niente? Povera me, si dispera: e dall'imbarazzo non riesce a proseguire.

Lo fa la signora Barilla per lei: «Quello che la signorina Polidoro vuole dire è che possiamo andare a trovare Mandorla ogni volta che ne sentiremo il bisogno, ma per non farla insospettire sarà bene inventarci delle scuse per capitare al primo piano. Giusto, signorina?».

«Giusto» fa Tina. *"D'altronde è da quando viviamo qui che ogni giorno qualcuno di voi mi chiede di fargli un favore"* vorrebbe ribadire. Ma avverte che dovrebbe dare alla sua voce l'inclinazione giusta perché la gioia che la spinge ad aiutare il prossimo non rischi di venir confusa anche vagamente per stizza: e preferisce tacere.

«Prudenza e naturalezza.» Saranno queste, le ultime parole di quella riunione che nessuno (nessuno) potrà mai dimenticare. «Prudenza e naturalezza.» L'ingegner Barilla le ripete tre volte: che non si sa mai.

«Prudenza e naturalezza.»

Signorina Polidoro, abbiamo finito il detersivo, non è che... signorina, Cate è in tribunale e io non so a chi lasciare Lars... lo zucchero... il sale... posso consegnare a lei la delega per la prossima assemblea condominiale?

Il motivo per cui il campanello di Tina suonava non era mai quello di fare quattro chiacchiere.

Certo, devo ammettere che inizialmente, prima che mia mamma morisse, prima che mi ritrovassi con cinque famiglie, prima di tutto insomma, anch'io di lei non pensavo niente di buono.

Ancora peggio: mi faceva paura.

Tutta colpa dell'adesivo gigante sulla vetrina della rosticceria sotto casa. Casa di Tina, intendo. Casa di tutti. Casa mia.

Perché quando mamma veniva a prendermi a scuola, andava sempre di fretta e mi portava difilato a casa (casa nostra: mia e di mamma, intendo), dove sempre di fretta mi preparava qualcosa da mangiare e sempre di fretta usciva, mi raccomandava non fare casini, che tanto appena fa buio io torno: e in effetti nove volte su dieci tornava. Ma quella volta su dieci che arrivava dopo il buio, potevo star certa che avremmo mangiato crocchette di patate e pizza.

Le comprava, appunto, alla rosticceria in via Grotta Perfetta. C'ero stata anch'io una volta. Ma non ero più voluta tornarci: perché c'era una strega, sulla vetrina di quella rosticceria. Una strega con la faccia fucsia, il naso pieno di

bolle, i capelli sporchi e una pelle di leone addosso, che teneva in una mano una bacchetta magica storta e nell'altra un pollo allo spiedo.

Come se non bastasse, in un occhio le brillava una piccola stella che sembrava dire: "Essere una strega per me non è un problema, anzi, ne sono consapevole e fiera, semmai il problema è vostro che non siete schifosi come me, quindi fate attenzione, potrei farvi di tutto e quando meno ve lo aspettate".

Bene: io mi ero messa in testa che Tina fosse quella strega. D'altronde abitavano a un passo, era facile confondersi. Così ogni volta che mamma nominava la signorina Polidoro, a me pareva volesse riferirsi alla strega.

«La signorina Polidoro mi ha regalato dei cioccolatini per te» mi diceva: e io pensavo alla strega.

«Scusa tesoro, ho finito tardi e non ce l'ho fatta a fare la spesa, ma sono passata dalla Strega e ho preso un po' di pizza e delle crocchette» e io pensavo alla signorina Polidoro.

Una volta l'abbiamo perfino incontrata, la signorina Polidoro – quella vera, naturalmente. È successo un sabato mattina, al mercato. Ci è venuta incontro questa tipa né alta né bassa, né grassa né secca, con i capelli un po' grigi un po' castani legati a cipolla, conciata come non avevo mai visto conciarsi nessuno, con una gonna di lana cotta marrone lunga fino ai piedi e un maglioncino rosso con i bottoni a forma di coccinelle.

«Mandorla, saluta la signorina Polidoro» mi ha invitato a fare mamma.

«Uh, Mandorla! Ti ho vista che eri appena nata, sai? Come sei cresciuta... non mi riconosci, vero?» si è rivolta a me: la strega. Perché di mattina, quando va al mercato, si traveste così per passare inosservata, ho pensato, e allora volevo solo scappare, difenderci dal terribile pericolo in cui ci trovavamo: se fossimo finite anche noi due allo spiedo, come quel pollo? Mia madre, ignara di tutto, nel frattempo si è messa a chiacchierare con lei come niente fosse. Addirittura si è sentita in dovere di giustificarmi: «La scusi, signori-

na Polidoro, ma Mandorla è tutta strana, a volte nemmeno io riesco a capire che cosa le passa per la testa».

«Figuriamoci» ha risposto la strega, «magari è colpa mia: sono io che con i bambini non ci so fare.»

E via così. Finché non ho più resistito. E ho preso a strillare. Andiamo via, andiamo via, dicevo a mamma.

«Adesso stai esagerando, Mandorla» mi ha sgridato lei – che non mi sgridava mai. Ma io non riuscivo a smettere. Dovevo metterci in salvo. Via, via, via, continuavo a strillare, tanto che tutte le persone che passavano di là si erano messe a fissarmi, e non capivano che cosa stesse succedendo, non capivano che, a fermarsi lì, presto sarebbero state in pericolo anche loro.

«Forse sono le tonsille» ha azzardato Tina. «Anche la figlia dei Barilla, per quanto le facevano male, strillava così: ma poi gliele hanno tolte ed è passato tutto.»

Va da sé che ho strillato ancora più forte: la strega era davvero davvero crudele come prometteva la stellina che aveva nell'occhio!, ho pensato. Non le basta infilarmi uno spiedo in pancia, prima vuole strapparmi le tonsille, e magari usarle come bottoni al posto delle coccinelle.

Non mi ricordo quando ho realizzato che Tina e la strega non fossero la stessa persona e che, anzi, solo una di loro fosse una persona, e l'altra un adesivo.

Mia madre, finché era viva, non è riuscita a farmi cambiare idea. Dopo la scenata al mercato sono stata costretta a confidarle i miei sospetti, e lei lì per lì si è messa a ridere. Era una festa quando succedeva: quando mia madre rideva, intendo. Di solito era sempre lei a far ridere gli altri. Fra tutti i ricordi di noi due che sono certa di conservare ma che quando mi servono e li vado a cercare non so più dove ho messo, questo almeno rimane sempre al suo posto. Mamma che mi lascia quasi sempre da sola, ma che quando c'è, fa la differenza. Che imita chiunque incontriamo, ed è incredibile: sa rifare esattamente le voci, cambia faccia alla sua faccia, diventa proprio un'altra persona. Oppure che racconta qualcosa che le è successo, e io

sono ancora troppo piccola per cogliere esattamente che cosa stia dicendo, ma da come chi la ascolta s'incanta a guardarla e si diverte, capisco che ha un talento speciale per far felici gli altri.

Così, quando le ho rivelato di aver scoperto la verità sulla signorina Polidoro e lei si è messa a ridere, lì per lì speravo di aver ereditato quel talento.

Ma è bastato un attimo: e ha preso, incredibilmente seria, a spiegarmi che sbagliavo di grosso a pensarla così.

«La signorina Polidoro semmai è una fata» mi ha spiegato. «Ed è l'amica di cui la tua mamma si fida di più. Il mondo è pieno di persone che sembrano speciali e invece sono una fregatura. Lei è esattamente il contrario. Imparerai anche tu a volerle bene.»

Fatto sta che, quando avrei imparato a farlo, non ci sarebbe più stato nessuno a cui dire avevi ragione tu.

Quando invece quel qualcuno c'era, cambiavamo sempre casa.

Mamma e io, intendo.

L'agenzia per cui lei lavorava gestiva una serie di immobili in tutto il piccolo quartiere di Poggio Ameno e le consentiva un prezzo d'affitto speciale, a patto che lei fosse disposta a trasferirsi all'istante, non appena qualche cliente si dimostrasse interessato all'appartamento dove al momento ci trovavamo. Passavamo indistintamente da monolocali senza nemmeno le finestre in bagno ad appartamenti su due piani, con cinque camere da letto e la vasca con l'idromassaggio: la regola era non considerare nessuna come casa nostra, perché non fosse inutilmente complicato abbandonarla.

Di buono c'era che ci spostavamo sempre al massimo di un paio di strade. Mi sono chiesta spesso quante volte, quando mamma era ancora viva, mi sarà capitato di passare davanti al portone di via Grotta Perfetta 315, senza sapere che sarebbe diventata quella, casa mia: e una volta per tutte.

Certo è che, dopo aver scoperto la strega sulla vetrina

della rosticceria, per quanto mi era possibile cercavo di evitare la sua strada.

Ma poi è arrivato quel giorno. Ad aspettarmi all'uscita di scuola mi sono ritrovata la signorina Polidoro. Se ne stava lì, in fondo al cortile, abbracciata a un borsone enorme con su scritto ERMANI, e torturava di pizzichi le frange dello scialle nero di pile con cui si riparava dal freddo. Appena l'ho riconosciuta e ho visto che stava guardando proprio me, ho cominciato a strillare dalla paura, come quella volta al mercato. Lei ha pensato che facessi così perché, sensibile com'ero, avevo già capito tutto senza bisogno di nessuna spiegazione e mi ha detto: «Piccolina, non ti preoccupare. Dal cielo Maria continuerà sempre a occuparsi di te».

È così che sono venuta a sapere che cosa era successo. O meglio, che cosa da quel momento non sarebbe successo più: chiamare mamma e sentirmi rispondere dimmi.

Quando Tina da scuola mi ha portata a casa sua, avevo la testa talmente piena di niente da non fare lì per lì nemmeno caso all'adesivo sulla vetrina della rosticceria. Tantomeno, va da sé, riuscivo a concentrarmi sul resto: perché evidentemente ci sono cose troppo brutte per entrare nel cervello al primo impatto.

È proprio questo che provavo a spiegare a Pavarotti, poco fa.

Prima o poi, presto o tardi, *qualcosa* ci spaventa, ci fa davvero male: e allora chiudiamo le saracinesche al resto. Ecco perché il mondo diventa incomprensibile! Perché ci sembra di farne parte, di stare male o stare bene assieme agli altri, ma non è vero. Siamo più concentrati su quello che teniamo chiuso dentro di noi, dietro le saracinesche abbassate, che su quanto succede là fuori: e non ci capiamo più niente di niente.

A me, per esempio, le saracinesche si sono abbassate nell'istante in cui ho avvistato Tina nel cortile della scuola. E da lì in poi le idee che stanotte dovrei mettere a posto hanno preso ad attorcigliarsi fra loro, irrimediabilmente.

Tant'è che, adesso, l'unico particolare su cui ricordo di aver fissato l'attenzione il giorno in cui mia mamma è morta sono state le tendine tirolesi alle finestre del primo piano. Penso che avrebbero dovuto rallegrare l'ambiente, nelle intenzioni di Tina. Invece, non so come spiegarlo: sembravano prenderlo in giro. Così ho passato le prime ore in quella casa desiderando solo essere quelle tendine. Avere la loro sicurezza, la loro indifferenza rosa a piccoli rombi blu.

> O tendine,
> è Mandorla che parla:
> giuro che non mangio dolci mai più,
> ma voi datemi subito i vostri rombi blu,
> per favore,
> che me ne infilo uno in pancia, uno nel cuore
> e uno in testa,
> dove, per capirci, adesso
> il dolore
> (anche se non dico ahi)
> fa festa.
> O tendine,
> facciamo a cambio:
> io mi appendo al posto vostro a non fare niente,
> mentre voi scoprite al posto mio,
> precisamente,
> quello che non riesco a scoprire io:
> perché,
> per esempio,
> mamma mia fuori scuola oggi non c'era,
> perché non la vedrò domani
> e nemmeno dopodomani sera,
> ma soprattutto scoprite perché,
> o tendine,
> mamma
> che mi diceva sempre tutto,
> stamattina però non mi ha detto
> che questa giornata finiva così,

che non ho scoperto ancora com'è
che finisce,
e il punto sta proprio qui:
mentre io mi appendo,
facciamo che voi,
o tendine,
lo scoprite.

Più o meno questo, pensavo. Ero troppo piccola per rendermi conto che nessuno avrebbe potuto fare niente per me, quel pomeriggio, e figuriamoci se avrebbero potuto fare qualcosa le tendine di Tina: ma, ancora oggi, credo che il desiderio di chiedere aiuto non debba mica per forza avere a che fare con la speranza di riceverlo davvero. Infatti da lì in poi non ho mai smesso di pregare. Prego tutte le notti, e ogni volta che non so bene che cosa fare ma so che dovrei fare qualcosa. Certo, prego a modo mio: come tutte le persone che hanno dovuto imparare a farlo da sole, immagino.

Che fossi nei guai, mi è tornato in mente molte ore dopo, quando è arrivato il momento di andare a letto.
Tina mi ha accompagnato in una cameretta con la moquette grigio cenere, dove una Madonnina sgranava i suoi occhioni a cuore nell'unico quadro appeso alla parete, sopra alla spalliera di un letto in ferro battuto a una piazza e mezzo, troppo grande per una persona sola, troppo piccolo per due.
«Piccolina, dormi qui, io mi sistemo sul divano» ha detto Tina. E mi ha domandato se per caso desiderassi che rimanesse lì con me finché non prendevo sonno. Allora: è allora che ho creduto di avere finalmente scoperto la verità. È stata lei a uccidere mamma. La strega. E adesso vorrà fare lo stesso con me. Tanto per cambiare, ho strillato. Volevo strillare no, volevo strillare lasciami stare, vattene via, assassina: ma Tina più in là mi avrebbe raccontato che avrei solo chiamato mamma, quella sera. Eppure (a proposito della Verità Dei Fatti così cara all'avvocato Pavarotti), io sono ancora assolutamente convinta che quella notte il

mio problema fosse come riuscire a liberarmi dalla strega. Ma forse mi sbaglio, se alla fine, sotto lo sguardo cuoriforme della Madonnina, ho preso sonno stringendo in pugno uno dei lunghissimi baveri di pizzo della camicia di Tina. Che, dal mattino dopo, ha semplicemente smesso di farmi paura. Così: come le pere a un certo punto cadono. O magari, siccome a quel punto mi faceva paura tutto, Tina si è confusa con il resto. Rispetto a quello che succedeva, non era poi così terribile pensare che in realtà fosse una strega. Potevo sopportarlo. Talmente bene, da non farci più caso.

Aprile 1948

Oddio oddio oddio. Tina continua a leggere il biglietto che ha trovato nel suo astuccio, lo legge e lo rilegge: ogni volta si raccomanda di smetterla, perché finirà per consumarlo a fare così, e allora lo ripiega e se lo mette in tasca: ma dopo un istante lo tira fuori di nuovo, per controllare che sia ancora lì, che siano ancora lì quelle parole, scarabocchiate di fretta come di fretta si va quando ci si dichiara:

> SEI LA PIÙ BELLA. CI VEDIAMO SUL RETRO DELLA SCUOLA QUANDO FINISCONO LE LEZIONI.
>
> ROCCO

Sì. Le cose stanno così. Non solo Rocco la considera bella. Ma la considera la più, bella.

A ripensarci, ci sarei potuta arrivare anche da sola, riflette Tina. Nonostante l'anno scorso le loro classi seguissero insieme le lezioni di scienze, lui quando la incontra non la saluta mai e finge di non conoscerla neppure. Perché si vergogna: ovvio!... Sciocco di un Rocco, bisbiglia Tina, seduta al suo banco, fra sé e sé, e scuote la testa, perché proprio non se l'aspettava che fosse tanto timido, il ragazzo più speciale della classe maschile del piano di sopra. Anzi: il più speciale di tutta la scuola. Uno che ogni settimana pesca una ragazza diversa da una classe femminile e, finito il giro di quelle con la vita più stretta e la pelle più chiara, lo ricomincia. Adesso, poi, si accompagna a una tipa che lo viene a prendere a scuola con un boa di piume di struzzo attorno al collo,

ogni volta di colore diverso: è alta, ha dei riccioli morbidi e biondi e si dice sia una ballerina.

Insomma, Rocco è fatto così, lo sanno tutti: ma forse adesso è diventato un uomo e vuole mettere la testa a posto, riflette Tina. Ha capito che con una ballerina ci si può divertire, niente di più. Che se cerca una moglie che gli sia devota, se cerca una madre per i suoi figli, deve rivolgersi altrove. Deve rivolgersi a me.

E allora Tina immagina, dentro di sé, quel matrimonio. Vede Rocco, i capelli tirati all'indietro dal grasso di balena, un vestito elegante come quello del presidente degli Stati Uniti, che la aspetta, all'altare. E vede una sposa, bianca e sottile come un giunco, andargli incontro: la accompagna il padre, che dovunque fosse ha saputo, ed è finalmente tornato a casa, perché al matrimonio della sua unica figlia femmina non poteva mancare per nessun motivo al mondo.

È questo che immagina, mentre fissa, ma non riesce proprio ad ascoltare, la professoressa di latino che traduce Lucrezio.

Finché la campanella si decide a suonare e lei vorrebbe correre, ma siccome teme di sembrare una ragazza facile addirittura rallenta il suo passo naturale, fino al retro della scuola.

Dove trova la sua compagna di banco e altre due amiche. Come faccio adesso? Pensa Tina. Poverine, mica posso dirgli di andarsene.

«Aspetti qualcuno, Tina?» le domanda la sua compagna di banco.

E lei abbassa lo sguardo, si morde il labbro e risponde sì. Sorridendo. È proprio quel sorriso che le sue amiche devono trovare irresistibilmente buffo, se scoppiano tutte e tre a ridere. Da tenersi la pancia con le mani, da non riuscire a smettere.

Tina ha le guance in fiamme: è vero, vedere una persona innamorata dev'essere piuttosto comico, fanno bene a ridere le sue amiche, ma tutto sommato le piace condividere quel segreto con loro. Magari le faranno da damigelle d'onore, e durante il pranzo di nozze ricorderanno fra loro quel giorno, sul retro della scuola, quando la più straordinaria delle storie d'amore stava solo per cominciare.

«Tina...» continua a ripetere la sua compagna di banco, ma non riesce ad andare avanti, ingolfata com'è dalle risate.

«Tina...» provano le altre, ma anche loro non ce la fanno: piangono, da quanto ridono.

«Ragazze...» balbetta Tina, confusa ed elettrizzata dall'emozione. «Ragazze, succederà anche a voi, un giorno...»

«Che cosa?» gli risponde la sua compagna di banco, a cui è venuto perfino il singhiozzo. «Di trovare nell'astuccio un biglietto di Rocco?»

E Tina forse allora capisce, ma non vuole capire. Le sue amiche ridono e ridono e ridono.

«Scherzo!» Ripetono due o tre volte, in coro.

«La più bella sei tuuuuuuu» gorgheggia una.

«Tina Polidoro, ti amooooooo!!!» un'altra.

«Guardalo lì, il tuo fidanzato!» la sua compagna di banco. Che indica Rocco, all'altro lato della scuola.

Sta andando via in bicicletta. Dietro di lui, la ballerina. Fa loro da scia un boa di struzzo che svolazza: nero.

I quartieri dormitorio agli occhi di chi non ci abita hanno un che di sconveniente, come se ci fosse qualcosa di male ad aspettare ognuno a casa sua che un giorno finisca e un altro cominci, senza la necessità di farlo tutti insieme in una discoteca, un ristorante, un pub o in posti del genere, dove tanto, a furia d'ingannarlo, il tempo prima o poi non ci casca più e si presenta comunque per quello che è.

Sarà che riuscire ad addormentarsi senza difficoltà mi pare un talento incredibile: e tirare dritto fino alla mattina dopo senza svegliarsi, un miracolo. Io, quando proprio non c'entra niente, e la notte è ancora solo a metà, apro gli occhi – sempre, sempre sempre – con un buco profondissimo nello stomaco. O meglio: a me pare sia nello stomaco. Perché la cosa strana è che se vado in cucina e mangio qualcosa, il buco comunque non si riempie.

Stanotte, almeno, non l'ho nemmeno messo in conto di riuscire a prendere sonno.

Perché Pavarotti, come al solito, la fa facile. Usa questa notte per dormire, dice. Come se le notti non ci mettessero un attimo a essere loro che usano te: prendono e ti tormentano con mille zanzare a forma di pensieri che non immaginavi nemmeno di saper fare.

Insetti schifosi. Sono destinata a perdere, contro di loro.

Ecco perché non ho mai capito che male ci sia, per un quartiere, a trasformarsi quando scende il buio in una specie di alveare di sogni, belli o cattivi, leciti e illeciti.

Tanto più se durante il giorno ha un aspetto riposato come Poggio Ameno.

Per quanto riguarda poi le sue palazzine, negli annunci dell'agenzia dove lavorava mia madre venivano definite "signorili": nel senso, credo, che non si danno nessun fastidio a vicenda. Sono tutte piuttosto basse, e forse per questo fra loro non c'è mai stata competizione. Certo, ci sono quelle magroline come la nostra e quelle più larghe: ma non si mettono a litigare, ognuna se ne sta per conto suo, con un girotondo di verde attorno a fare da cortile.

Tina mi ha raccontato che fino a neanche cinquant'anni fa, al posto di queste palazzine c'erano solo pascoli e grotte dove dormivano i pastori. Forse l'unica volta che ho visto tutti gli abitanti di via Grotta Perfetta 315 prendere una decisione che risultasse da subito la stessa per tutti è stato quando si è trattato di evitare che venisse costruito un parcheggio sotterraneo, nella piazzetta dove ci sono il bar, la farmacia, il tabaccaio e il ferramenta. Le mie famiglie si erano opposte per questioni più che altro sentimentali, ma non è stato comunque possibile procedere con i lavori perché si è scoperto che il sottosuolo era ancora tutto bucherellato da grotte.

Dunque niente parcheggio.

Non che ci fosse qualcosa di particolarmente bello da preservare, nella piazzetta: no. Ma la piazzetta è l'ombelico di Poggio Ameno, diceva in quei giorni l'ingegner Barilla: costruirci un parcheggio sotterraneo sarebbe come metterle un piercing (lui ce l'aveva a morte perché sua figlia Giulia se ne era appena fatto uno al naso. Non poteva immaginare che, negli anni, ne sarebbe seguito un altro al sopracciglio destro e un altro, ironia della sorte, proprio all'ombelico). E poi, da quando Porcomondo non c'è più, è un piacere per tutti andarsi a prendere un caffè e sedersi nei tavolini del bar sotto al portico, gli faceva eco la signora Barilla.

Porcomondo: già. Anche di lui a parlarmi per la prima volta è stata Tina.

«Piccolina, dammi la mano» mi invitava a fare, quando attraversavamo la strada, un giardino o anche solo camminavamo su un marciapiede.

Io lì per lì non capivo quali pericoli potessi correre a non allacciarmi a lei: ma, in generale, mi sembrava meraviglioso ubbidire a un ordine.

Nel disastro incomprensibile in cui si era trasformato il mondo appena mamma se n'era andata, cercavo solo indicazioni su che cosa fare: fosse stato per me, infatti, non avrei fatto proprio niente di niente, per tutta la giornata.

Ma non potevo permettermelo: non ero mica una tendina di Tina, maledizione.

Dunque se Tina mi diceva: «Dammi la mano», io gliela davo ed ero felice di avere qualcosa da fare, anche se mi sfuggiva il perché di quella mossa.

Finché, presto, tutto mi è sembrato chiaro.

Stavamo andando a ritirare dei medicinali per la pressione di Tina, alla farmacia della piazzetta. Nell'esatto istante in cui le ho stretto la mano, evidentemente si è sentita in dovere di giustificare una volta per tutte quella continua preoccupazione nei miei confronti. Ha finto spudoratamente che fosse un discorso come gli altri, fatto tanto per farlo, ma io non ci sono cascata: «Sai, piccolina» se ne è uscita, «molti anni fa Poggio Ameno non era un posto pacifico e distinto com'è adesso. C'erano drogati dappertutto! Una roba da doversi chiudere in casa con tre giri di chiave. Li comandava il più drogato di tutti, un signore molto cattivo che si chiamava Porcomondo. Ti dico solo che, una sera, avevo appena fatto la spesa da Pizza Pane e Fichi e stavo tornando a casa, quando mi si avvicina questo tipo con i capelli lunghi come una ragazza e addosso un odore insopportabile, di pecorino e spazzatura. Posso aiutarla a portare le buste?, mi domanda. Che signore gentile, penso allora io, e mi rimprovero per averlo giudicato male dalle apparenze. Insomma: il tipo prende le due buste dalle mani e che fa, piccolina?».

«Che fa?»

«Scappa! Sale sul motorino di un suo amico che aveva osservato tutta la scena, e via! Il tutto per cosa? Per dieci scatolette di cibo per gatti e cinque pacchi di tortellini! Immagina che cosa sarebbe stato disposto a fare per, che ne so, un paio d'orecchini d'oro! Ammazzata, mi avrebbe. Comunque, piccolina: erano altri tempi. Porcomondo è sparito da un bel po'.»

Ma allora che bisogno c'è che io le tenga la mano?, ho pensato io. Se Porcomondo è davvero sparito, perché Tina è sempre così in ansia per me? Perché quando mi accompagna a scuola sente l'urgenza di scortarmi fino alla porta della classe? Se non ci fosse più niente da temere, mica farebbe così.

Invece lo fa, lo ha sempre fatto da quando abito con lei: significa che Porcomondo è ancora nei paraggi.

Continua a spiare gli abitanti di Poggio Ameno. Chiaro! Quei poveretti vogliono convincere i bambini che il pericolo sia scampato, ma lo sanno benissimo che non è così: altrimenti perché tutti giurano che se n'è andato ma nessuno sa dire precisamente dove?

La leggenda, infatti, voleva che Porcomondo fosse nato dalle parti della Garbatella, il primo giorno del Sessantotto, e che avesse cominciato a girare per Poggio Ameno subito, quando era solo un ragazzino e già si faceva di qualunque cosa: erba, hashish, LSD. Poi eroina e basta.

«Abbiamo tutti dei soprannomi che non immaginiamo di avere» mi ha detto un giorno Lorenzo Ferri del quarto piano, citando non mi ricordo quale scrittore. Ma sembra che Porcomondo si presentasse lui stesso così: piacere, Porcomondo. E lo stesso valeva per i suoi migliori amici, Titti e Fazzoletto.

Dormivano tutti e tre in un taxi inglese senza una ruota, parcheggiato proprio in piazzetta.

Titti beveva sempre latte e menta e aveva dei baffi lunghissimi, che tingeva di giallo: proprio per questo la gente della piazzetta l'aveva ribattezzato col nome del canarino nemico del Gatto Silvestro. Anche se, dicevano tutti: il

giallo è lo stesso. Ma quel canarino è sempre agitato, Titti di Poggio Ameno, invece, non fa che dormire: perfino mentre cammina, sembra che dorma.

Fazzoletto, al contrario, pare non trovasse mai pace: tanto che dopo un esaurimento nervoso, a nemmeno dodici anni, gli erano caduti tutti i capelli e i peli dal corpo. Da quel giorno girava sempre con un fazzoletto nero avvolto sulla testa pelata.

Porcomondo era il loro capo. Se non cominciava una frase con una bestemmia o un'imprecazione, non sembrava convinto che gli altri due potessero capire che cosa intendesse precisamente dire.

Oltre ad avere i capelli lunghi come una ragazza e a puzzare da fare schifo, era talmente magro da riuscire a infilarsi nei tombini e ad attraversare le fognature per entrare negli appartamenti e ripulirli da cima a fondo. Se i padroni di casa lo pizzicavano, lui li stordiva di calci in pancia, perché sarà stato pure secco come uno spaghetto, ma era fortissimo. Rubava gli specchietti delle macchine, le buste della spesa e strappava gli orecchini direttamente dal lobo delle signore. Era uno così. Disposto a qualsiasi cosa, per una briciola di eroina.

Finché da un giorno all'altro, guarda caso poco prima che io nascessi, si erano perse le sue tracce. C'è chi diceva fosse morto, chi diceva si fosse convertito al bene e facesse il volontario per la Caritas in Africa, chi diceva fosse ricoverato in una comunità per tossicodipendenti in Umbria. Tina, al proposito, ammetteva di non essersi mai fatta un'idea precisa.

Questo naturalmente confermava i miei sospetti.

Tanto che nelle mie preghiere notturne, ce n'era una che non mancava mai, mai mai.

"O taxi inglese" cominciava.

O taxi inglese,
facciamo a cambio:
tu dormi al posto mio
in questo letto

troppo grande
o troppo stretto
(a seconda dei casi),
ma che comunque
ha le lenzuola profumate
(di vaniglia o mughetto),
e io faccio dormire dentro di me
Porcomondo, Titti
e Fazzoletto
così li vedo con gli occhi chiusi
e mi passa il terrore,
perché tutti
con gli occhi chiusi
sono capaci d'amore
(a parte quando non li aprono più
come
mamma,
perché allora è un'altra storia,
completamente diversa).

Diceva così, più o meno. Ma non serviva a molto. Così come non sarebbe servito a niente che quando, un giorno di settembre, il mondo sarebbe impazzito, tutti s'intestardissero a dare la colpa ai terroristi islamici. Perché tanto io lo sapevo che la colpa era di Porcomondo: e mentre con Tina e Gianpietro Costanza avrei guardato in televisione quei palazzi altissimi cadere giù come fossero di sabbia, trafitti da due aerei, mi sarei chiesta quale aereo guidasse Titti, quale Fazzoletto, e da quale nascondiglio di Poggio Ameno ricevessero gli ordini per distruggere tutto.

Non mi faceva né caldo né freddo quello che mi ripeteva Tina, ogni notte, prima di spegnere la luce nella sua camera ormai diventata mia.

«Ti giuro su Gesù Nero che Porcomondo non può farti alcun male» mi prometteva. «Se pure fosse ancora vivo, ormai avrebbe una certa età: e avrà sicuramente messo la testa a posto.»

Ma a me non bastava. Fosse stata mia mamma, a raccontarmi quella storia, avrei potuto dirglielo senza girarci troppo intorno: "Mamma, dài, non farmi ridere. Porcomondo è ancora in giro a rubare buste della spesa e a dare calci in pancia alle persone. Le cose stanno così, anche se voi genitori volete far credere di no ai vostri figli!".

Tina però non era un genitore.

La sua bugia quindi si faceva più complicata da smascherare con un solo, semplice ragionamento.

Oltre tutto, a ripensarci stanotte, non avrebbe mai e poi mai giurato il falso sul Gesù Nero. Era il crocifisso della chiesa dei Santissimi Martiri dell'Uganda, dove lei andava a messa tutte le domeniche, e ogni tanto perfino durante la settimana, se capitava.

«Ma quindi vuol dire che Gesù era un negro?» le domandavo io, quando la accompagnavo.

«Ma no» mi spiegava lei. «Questo è uno dei pochissimi crocifissi in Europa che lo raffigura così: l'hanno costruito in Uganda, dove tutti hanno la pelle scura e quindi immaginano Cristo Gesù così.»

«Dunque sono dei bugiardi, in Uganda.»

«Che cosa dici, piccolina! Gesù è sempre e comunque lo stesso.»

«Cioè chi è, Gesù?»

«Il figlio di Dio!»

«E Dio?»

«Cosa?»

«Dio chi è?»

«Ma come, piccolina? Dio è Dio!»

Potevamo andare avanti ore a ragionare, noi due: a meno che non si parlasse del perché ci ritrovassimo a vivere insieme.

In quel caso non c'era niente da discutere. Le cose stavano semplicemente così, punto. Proprio come Dio è Dio.

Solo più in là Caterina Grò del secondo piano mi avrebbe spiegato che in termini legali la mia adozione non era stata esattamente una passeggiata: a rendere tutto ancora

più difficile, poi, era stato il fatto che Tina non fosse sposata. Un'équipe di psicologi l'aveva perfino sottoposta a una lunghissima serie di test in cui le venivano mostrati dei fogli con delle macchie e lei doveva dire che cosa ci vedeva, ma, se ho capito bene, non poteva rispondere: macchie.

Alla fine, anche grazie all'aiuto di un amico dell'ingegner Barilla che lavorava al ministero della Giustizia, ce l'avevano fatta. O meglio: ce l'avevamo fatta. Insomma: ce l'aveva fatta Tina.

Che però, per l'appunto, sull'argomento tagliava corto.

«Piccolina, prima o poi raggiungerai un'età in cui potrai decidere tu che cosa sia giusto o sbagliato per te.»

«Sarà meglio o peggio di avere sei anni e mezzo?»

«Le persone si dividono in chi crede sia meglio e in chi crede sia peggio.»

«E tu?»

«Io cosa?»

«Tu che cosa credi?»

«Io... mah... io... prepariamo un bel piatto di tortellini, che dici Mandorla?»

Non c'era verso di farle dire per bene "io", a Tina. Mia madre, al contrario, era tutta un io. E dunque io (nel senso di Mandorla), a mia volta, non ero per niente abituata al tu. Che Tina usava di continuo.

Tu devi stare tranquilla, piccolina. Tutto andrà bene. Adesso per un po' rimarrai con me. Poi, siccome in questo palazzo eravamo tutti molto affezionati alla tua mamma e nessuno vuole perdersi il privilegio di passare del tempo con te, andrai a vivere in un altro appartamento, ma potrai venire a mangiare i biscotti qui ogni volta che vorrai.

«...»

«Poi cambierai di nuovo casa. E ancora: ma rimarrai comunque nel palazzo, naturalmente, con la porta dell'appartamento al primo piano sempre aperta per te. Fino a quando, un giorno, sceglierai tu dove abitare.»

«Con te?»

«Magari sì, deciderai di abitare con me.»

«Tu sei contenta se decido così?»

«Non essere frettolosa, piccolina! Le persone si dividono fra quelle che vanno di fretta e quelle che ragionano con calma, e le seconde fanno molti meno errori.»

"Ma non si divertono mai troppo" le risponderei ora che (a sentire Pavarotti che giura su Cate) il momento di prendere una decisione è arrivato. Ieri, o meglio, dieci anni fa, appena Tina tirava fuori le sue categorie io capivo semplicemente che la conversazione era arrivata al capolinea.

Giugno 1960

Com'è possibile?, si chiede Tina. Erano otto! Ero certa, assolutamente certa fossero otto: devono, essere otto. Compro sempre una confezione da sedici tortellini – sempre –, com'è possibile che ne manchi uno, proprio stasera? A pranzo ne ho mangiati otto, al solito, potrei giurarci. E adesso allora dovrebbero essere otto questi qui, e invece sono sette, e non mi capacito proprio sia potuta succedere una cosa del genere, proprio no, non me ne capacito. Non credo possa esser stato Nero, il gatto del quartiere: le finestre sono state chiuse per tutto il pomeriggio, da dove potrebbe essere entrato? È un mistero inspiegabile questo, inspiegabile. Adesso dovrei cenare come niente fosse? Come fossi abituata a mangiare sette tortellini, anziché otto? Come fosse normale?

Non l'ha mai fatto, in vita sua, tantomeno quando era piccola: ma oggi non resiste, e comincia a frignare. Frigna: «Erano otto» e più lo ripete, più le viene da frignare. Non è esattamente un pianto: sembra il cigolio sinistro di una porta che dev'essere oliata.

«Erano otto...» continua, inconsolabile. Vorrebbe smetterla, vorrebbe recuperare il contegno che la contraddistingue. Ma non ci riesce. Cigola, imperterrita, è più forte di lei. Allora si tira una sberla. Se ne tira un'altra. Un'altra. E più si schiaffeggia, più le viene da frignare, più frigna, più si schiaffeggia per obbligarsi a smettere.

Chissà per quanto tempo va avanti così: quando è mezzanotte la testa le brucia così tanto che ingoia con un bicchiere d'acqua un'aspirina.

Cin cin, si dice prima di bere, e tanti auguri: oggi Tina compie trent'anni.

Quando ho scoperto che cosa succedeva al primo piano appena io riuscivo a prendere sonno, al momento non ci ho capito niente. Era proprio una notte come questa, in cui addormentarsi pareva impossibile.

Continuavo a rigirarmi nel letto a una piazza e mezzo, come una cotoletta di pollo fritta: l'olio in cui non riuscivo a darmi pace era il fatto che l'inverno diventasse primavera, la primavera corresse per precipitare nell'estate, che tutto proseguisse il suo corso, insomma, fregandosene che mia madre non potesse più festeggiare il caldo, quando arrivava, o sostituire la coperta con il piumone, a metà novembre.

Se il mondo è così indifferente a chi risponde o non risponde al suo appello, pensavo, che senso ha esserci? Che senso ha alzare la mano e rispondere presente, lavandosi la faccia di mattina, andando a scuola, facendo i compiti?

E siccome il solito buco che credevo fosse nello stomaco cominciava ad allargarsi, mi sono alzata e sono andata in cucina.

È allora che li ho sentiti.

«Davvero?» diceva Tina. La voce arrivava dal salotto, sottile come uno spiffero, perché evidentemente era costretta a bisbigliare per non svegliarmi. «Davvero ti sei arrampicato su un albero, per nasconderti? E i soldati si sono messi a fare un picnic sotto a quell'albero e non si sono accorti che ci fosse un partigiano, fra i rami? Questa è una storia bellis-

sima, proprio bellissima!» Ma guarda, ho pensato. Quando tutti, durante la giornata, stanno in compagnia, Tina rimane da sola: ma quando tutti, a fine giornata, rimangono soli a friggere nel letto, Tina sta in compagnia. Allora anch'io: anch'io non sono sola, pure quando mi pare proprio proprio che sia così e il buco prende e s'allarga. Ci saranno anche per me, da qualche parte, un posto e un orario che tac! trasformano l'essere uno in essere tanti. E facendo molta attenzione a non fare rumore, in punta di piedi sono tornata nella mia stanza, con una specie di pace che improvvisamente riempiva il buco e scioglieva i pensieri pericolosi.

La mattina dopo ho provato a far finta di niente: se Tina non vuole parlarmi delle visite notturne che riceve avrà i suoi buoni motivi, ho stabilito.

Per la prima volta però, quando il campanello come al solito si è messo a suonare, non mi è salito il nervoso. Anzi. Tina sarà pure al servizio di tutti, mi sono detta, ma quando si tratta di scegliere chi invitare di notte, decide lei. I vicini di casa li esclude e allora ecco perché è così gentile con loro: la cosa più facile, quando qualcuno non ci piace ma non ci ha fatto niente di male, è essere educati (riuscivo a capire benissimo il meccanismo: più o meno per lo stesso motivo anch'io, alla mia maestra, ero sempre pronta a fare qualche carineria).

Improvvisamente quell'egoista del gatto Arancione mi è apparso come un povero animaletto sperduto, e i condomini di via Grotta Perfetta 315 più o meno della stessa razza.

Perché è proprio così che cominciavo ad associare dei caratteri alle facce delle persone che da lì in poi avrei dovuto considerare le mie famiglie: attraverso i bisogni che avevano, quando venivano al primo piano.

A volte capitava che qualcuno invece di suonare e basta si affacciasse in casa: per abituarsi a me, perché prima o poi sarebbe capitato anche a loro di avermi fra i piedi, naturalmente, oggi lo so. Lì per lì però non potevo immaginare, non potevo sapere: e mi sembravano solo tutti un po' fuori di testa, a scendere e salire come yo-yo.

Non che mi fossero antipatici. No no: tutto il contrario. Mi stupivo per come riuscissero a essere chiari gli occhi chiari di Caterina Grò del secondo piano (cosa su cui almeno l'avvocato Pavarotti e io dovremmo trovarci d'accordo), che sembravano finestre sul mare, quando si spalancavano per chiedere a Tina: «Signorina Polidoro, le dispiace se ho dato al corriere il suo cognome? Devo ricevere un documento importante e non vorrei mai che mio marito, preso com'è dalle sue cose, non sentisse il citofono». Suo marito, ecco: mi faceva così ridere che Samuele covasse sempre il sospetto di fare arrabbiare una incapace di arrabbiarsi come mi pareva Cate: «Signorina Polidoro, può dare un'occhiata a Lars? Mia moglie mi uccide se non...» compro la frutta, vado dal tappezziere, faccio in fretta quello che devo fare: una commissione valeva l'altra. L'importante era che Cate non lo sgridasse: tanto che quando la chiamava per nome invece che "mia moglie", i primi giorni avevo sempre il sospetto che si riferisse alla sua mamma.

L'ingegner Barilla del quinto piano, poi, mi faceva paura, sempre serio com'era, ma nello stesso tempo pensavo che se uno non s'impegnava nemmeno un po' per risultare simpatico, non avrebbe potuto impegnarsi neanche per essere cattivo: e poi, mi dicevo, se Carmela Barilla l'ha sposato avrà avuto i suoi buoni motivi. Perché, anche se doveva chiedere a Tina una cortesia, la signora Barilla lo faceva in un modo tutto suo: sembrava che al posto del carattere avesse la gentilezza, ecco.

«Signorina Polidoro, sarebbe così buona da prestarmi una schicchera di pepe, che purtroppo non mi sono accorta d'averlo terminato?», «Una goccia di ammorbidente: è un problema, signorina? Sicura che no? Grazie. Più tardi le faccio portare da Giulia un vasetto della marmellata di arance che ci ha spedito mia suocera. Ancora grazie, davvero».

Se Carmela Barilla insomma faceva tutti questi ghirigori, Lidia, del quarto piano, invece, andava sempre di corsa, come la inseguisse qualcuno di pericoloso: «Signorina, lascio a lei le chiavi di Lorenzo: le ha scordate a casa, al soli-

to, e altrimenti rimane fuori. Non sarebbe una gran disgrazia, me ne rendo conto. Vabbè, comunque». E via. Mentre Lorenzo, il suo fidanzato, quando poi quelle chiavi passava a ritirarle, poteva metterci mezz'ora per spiegare a Tina il motivo per cui se l'era dimenticate.

Paolo del terzo piano non si vedeva mai da quelle parti (perché forse è l'unico a sapere che cosa succede di notte al primo piano e si è offeso per non essere mai stato invitato, mi dicevo). Michelangelo, al contrario, suonava almeno una volta al giorno, anche se non si capiva mai bene di che cosa avesse bisogno.

«Si è rotto il tostapane, ma non è che si è rotto: credo sia proprio l'interruttore che non funziona. O forse il pane è vecchio. Che dice, signorina Polidoro?»

Robe del genere: poteva capitare che se ne tornasse a casa sua a mani vuote, senza nemmeno aver capito quale fosse il problema per cui sperava che Tina trovasse una soluzione. Quando gli aprivo io la porta, poi, non mi guardava in faccia nemmeno per sbaglio: «C'è Tina?» chiedeva, subito. Con gli occhi bassi, a giocare a nascondino. Che lui e Paolo fossero fidanzati aveva fatto in tempo a spiegarmelo mia madre, altrimenti non so come se la sarebbe cavata Tina. Sarebbe stato davvero impegnativo per lei, a cui per prima la cosa risultava facile da accettare ma impossibile da comprendere. Io invece non l'ho dovuta né accettare né comprendere: l'ho imparata e basta, come si fa quando capisci come si allacciano le scarpe, come si arrotolano gli spaghetti con la forchetta, come si fanno tutte quelle cose che, se scopri a cinque anni, dai per buone da lì a sempre.

Li avevamo incrociati per strada, un pomeriggio: io andavo ancora all'asilo e mia madre era venuta a prendermi. Ma appena aveva visto Paolo e Michelangelo aveva voluto cambiare marciapiede.

«Perché?» le avevo chiesto io.

«A Paolo, che è uno di quei due signori, non piaccio per niente» mi aveva risposto lei.

«Ma almeno non puoi salutare l'altro?» io.

«No, tesoro» lei. «Certe persone quando si fidanzano diventano una testa sola, un cuore solo: si chiama comunione dei beni.»

Solo più in là avrei capito che cosa voleva dirmi mia madre, quel pomeriggio. Al momento avevo realizzato solo che le figure dei libri che le maestre ci facevano sfogliare non la dicevano tutta sulle famiglie: c'erano solo papà maschi e mamme femmine, in quelle figure. Mentre fuori dai libri delle maestre poteva benissimo succedere d'incontrare per strada un papà e una mamma tutti e due maschi.

Per non parlare di quello che, a proposito di genitori, da lì a poco sarebbe successo a me! Da farle diventare pazze, le maestre dell'asilo e le loro figure.

Com'è possibile, dall'oggi al domani, si chiederebbero, considerare degli sconosciuti una famiglia?

Perché sconosciuti, gli abitanti di via Grotta Perfetta, in effetti per me lo erano davvero.

Certo: avevano voluto bene a mia mamma al punto di prendersi cura di me. Ma quando con loro c'era stata lei io mica c'ero. E adesso che toccava a me, non c'era lei a presentarci.

Così analizzavo il modo che avevano di dire: «Mi scusi signorina Polidoro, mi servirebbe questo, mi servirebbe quest'altro», e da come mi sorridevano o mi carezzavano la testa, provavo a farmi delle idee. Alcune si sarebbero rivelate utili, altre completamente sceme, come capita a tutti quando la vita, quella vera, si mette in mezzo e ti butta addosso le persone che fino a quel momento vedevi ferme come manichini, nella vetrina delle tue impressioni.

Solo una, fra tutte, non si limitava sicuramente a essere una mia impressione: a ognuno, in quel condominio, mancava qualcosa che c'entrava poco o niente con quello che venivano a chiedere al primo piano.

Fortuna, dunque, che arrivava sempre quell'ora magica in cui il salotto si trasformava in un posto pieno di gente senza problemi, in un posto pieno di bene, dove tutti si davano del tu, cosa che fra Tina e gli abitanti di via Grotta Perfetta, invece, non succedeva mai.

La comitiva dei suoi amici infatti non consolava più solo le sue notti, ma anche le mie: ogni volta che non riuscivo a dormire e mi alzavo per andare in cucina, ero certa di trovare il conforto delle chiacchiere che scoppiettavano in salotto. Da quanto riuscivo a catturare al di là della parete, erano molte, e diverse, le persone con cui Tina s'intratteneva: madri dei suoi ex alunni, cugini, una volta perfino con una tipa che doveva essere piuttosto famosa, perché Tina non faceva che complimentarsi con lei per la sua ultima canzone (anche se, sempre a detta di Tina, nel testo si sbandierava un po' troppo la felicità di essere innamorati, e una donna, secondo lei, avrebbe dovuto essere più discreta).

Adesso, se proprio proprio la devo dire tutta, io non origliavo solo così, come si ascolta una musica che ci fa bene: ma anche perché da qualche parte lo speravo che prima o poi, una notte o l'altra, fra tutti gli amici di Tina, spuntasse fuori lui.

Lui: sì. Proprio lui.

Mamma mi aveva sempre raccontato che era un astronauta, il mio papà. Che appena si era assicurato che me la potessi cavare, nonostante fossi nata settimina, l'aveva baciata sulla bocca, mi aveva baciato sulla pancia e, senza vergognarsi di piangere come una ragazzina, era stato costretto a partire di nuovo. Spesso lo salutavamo, mia madre e io. Prima di andare a dormire, lei si metteva alla finestra, mi faceva arrampicare in braccio e mi indicava la luna: «Eccolo lì, papà: lo vedi? Fai ciao con la mano, Mandorla. Chissà come si sente solo, lassù. Ha bisogno di sapere che tu non ti sei dimenticata di lui». Io naturalmente facevo ciao. Ci mancherebbe altro: ero molto fiera di quel papà pioniere del cielo.

«Lo fa per capire se è un posto adatto per portarci a vivere anche noi» mi raccontava lei. E io già immaginavo tutte e due a preparare le valigie per l'ennesima volta, che però sarebbe stata finalmente l'ultima, e trasferirci a vivere con papà. Sulla luna.

Ma adesso che mamma non c'era più, chissà? Magari viene lui sulla terra, mi dicevo. Se per parlare con Tina di

notte le cantanti famose scendono dal palco, per recuperarsi una figlia gli astronauti non possono scendere dal cielo?

E allora quando mi accorgevo che di là in salotto c'era un uomo, le mie orecchie diventavano antenne.

Quell'uomo, però, era quasi sempre un certo Rocco.

«Rocco, solo tu mi chiami ancora Celeste...» bisbigliava Tina. Come al solito, purtroppo, non riuscivo mai a capire che cosa le rispondesse chi era con lei, perché era così bravo a parlare sottovoce che dalla cucina non si sentiva niente. Ma bastava la voce di Tina per rendersi conto che le visite di quel Rocco erano ancora più speciali delle altre. Cambiava proprio tono, quand'era con lui. Infarciva le parole di urletti da neonato e di complimenti, mentre sembrava vergognarsi per quelli di cui evidentemente la ricopriva lui.

«Eddai, Rocco, non esagerare: ci sono miliardi di donne più affascinanti di me, non puoi dire che io sarei adatta a diventare Miss Italia! Sono una vecchietta, ormai!» l'ho sentita cinguettare, una notte.

L'unica persona che abitava i pomeriggi di Tina e che aveva accesso anche ai suoi party notturni era Gianpietro Costanza.

«Gianpietro!» lo rimproverava lei, ridendo. Di notte come di giorno.

A differenza degli altri, Gianpietro non aveva mai bisogno di niente quando suonava il campanello, ogni giovedì pomeriggio, e anzi: portava sempre qualcosa in regalo.

Sarà per questo (perché non veniva al primo piano per prendere, veniva per dare) che è stato lui a rompere la bolla d'imbarazzo in cui tutti galleggiavano e a nominare mia madre.

Sembrava proprio che gli abitanti di via Grotta Perfetta 315, infatti, potessero parlare di tutto, quando scendevano al primo piano o quando li incrociavo nell'androne, dai lampioni che non illuminavano abbastanza il cortile alle rogne del riscaldamento autonomo: ma non capitava mai, mai mai a nessuno nemmeno per sbaglio di dire Maria.

Forse che sono rimasta l'unica, qui dentro, a ricordarmi

di lei?, mi chiedevo. Forse che se una persona è tua mamma non ci credi alla sua morte, mentre se non è tua mamma, quando muore, dopo un po' non credi più che è stata viva? Allora com'è che funziona? Le persone in verità non esistono e sono solo sogni che fanno i loro figli? Se le cose stanno così il mondo è un posto veramente assurdo dove stare.

Eppure mentre passavano i mesi, a proposito di posti, era successo quello che l'avvocato Pavarotti fa tanta fatica ad accettare: cominciavo a pensare a quel condominio semplicemente come a una delle tante case in cui mi era capitato di abitare.

Lui (sempre Pavarotti) sostiene che io debba per forza aver subito un trauma in quel periodo, e che finché non sarò in grado di ammetterlo continuerò ad avere comportamenti sconsiderati come quello che, per esempio, mi ha portata dritto dove sono finita stanotte. Ma io non sono d'accordo: che cosa vuol dire trauma? E quanto dovrebbe durare, un trauma, secondo lui? Io credo semplicemente che quando una condizione assurda diventa la tua vita, dopo un po' non la consideri più tanto assurda. Non ti chiedi più se sia giusta (se così si può dire per dire normale). La consideri un'abitudine: smetti di considerarla. Da un momento all'altro non te ne accorgi più, sei troppo impegnato a viverla. Tanto che a quel punto non c'è una grossa differenza fra te e chi fa affidamento su presupposti più normali (se così si può dire per dire giusti): siamo tutti impegnati a cavare qualcosa di buono da quello che ci succede. Sia un bambino come poteva essere Matteo Barilla del quinto piano (sì, Matteo Barilla: a sei anni per me era solo matteobarilla, mica era già MATTEO BARILLA), con una madre (sempre gentile), un padre (troppo serio) e una sorella (piena di piercing) tutti suoi, sia una bambina com'ero io, senza più madre, con troppi padri, con cinque famiglie pronte ad accudirla a patto di non farle sapere la verità che avrebbe distrutto una di loro.

D'altronde, quello che di assolutamente pazzo da lì a poco avrebbe cominciato a montare, fino a trasformarsi nel ciclone che stanotte mi ha trascinata qui dove sono, a quell'epo-

ca già mi spiava di nascosto, pronto a scattare al momento opportuno: ma io non me ne rendevo mica conto.

Finché, un giovedì che fino a quel momento sembrava solo un giovedì, ho finalmente avuto la certezza che no: mia madre non era stata solo un sogno che avevo fatto io per sei anni.
Tina era in cucina a preparare il tè, e Gianpietro, al solito, mi aiutava a fare i compiti in salotto. Non mi piaceva per niente andare a scuola. Non mi era mai piaciuto, nemmeno ai tempi in cui era viva mamma, perché sia all'asilo che alle elementari andava sempre a finire che rispetto ai miei compagni di classe io dimostravo almeno due anni di meno, che se ne hai sei è una disgrazia. Quando era morta mia mamma, poi, non solo ero diversa da tutti per quanto rimanevo piccola mentre gli altri crescevano, ma anche perché, appunto, era morta mia mamma: e mentre mio papà passeggiava sulla luna e non si decideva a venirmi a recuperare, si occupavano di me delle persone strane, che non c'entravano niente con le baby-sitter o i nonni o i fratelli maggiori che andavano a prendere a scuola gli altri bambini. Come se non bastasse, Tina mi vestiva sempre con dei tremendi abitini rosa confetto, che esplodevano in enormi sbuffi al posto delle maniche, mentre le mie compagne di classe andavano in giro strizzate nei loro jeans elasticizzati e avevano ai piedi delle scarpe da ginnastica fosforescenti, uguali a quelle che portavano i maschi.
Fatto sta che quel giorno la maestra ci aveva chiesto di scrivere una pagina di quaderno sulla domenica. Ma domenica lo sanno tutti che vuol dire famiglia e io non avevo idea di che cosa inventarmi per non sembrare sempre strana mentre tutti erano normali: così ho chiesto a Gianpietro di raccontarmi come sarebbe stata la sua, di domenica.

«Tu mi detti e io scrivo. Eddai. Fra tre giorni viene domenica: ho scritto fino a qui. Ma poi? Che si fa, di domenica, normalmente?»

A lui all'inizio non sembrava molto onesta, la cosa: ma quando gli ho spiegato che finché mio padre non tornava sulla terra io non potevo avere una domenica uguale a

quella dei miei compagni di classe, lui si è messo a balbettare ancora più del solito e ha accettato.

> Fra tre giorni viene domenica e, come sempre, anche stavolta saremo tutti quanti: io, mio fratello, la moglie di mio fratello (che fà la postina), mamma, papà, nonna Dina (la mamma di papà), nonno Giovanni (il papà di mamma). Sarà una domenica un po' triste perché faranno sette anni che nonno Antonino (il nonno di papà) è morto.

La paginetta cominciava così. Però Gianpietro non riusciva più ad andare avanti.

«Mmmmm...a... a t-ttttte... n-n-noooooo-n-o-n... t-t-t-iiii... m-m-mmma-n-ncaaaa... t-t-t-uuuuua... m-m-ma...ad-rrrr-rr-r-r-e?»

Ma a te non ti manca tua madre?

Perché a me, ha aggiunto, il mio bisnonno manca tutti i giorni.

A quel punto è entrata in salotto Tina, con il tè e i biscotti al grano saraceno: così eravamo al completo. Noi tre e quella domanda che penzolava nell'aria.

«Non ci penso mai» devo aver risposto, alla fine. O qualcosa del genere. Poi ho riabbassato gli occhi sul quaderno. Mentre dentro di me, dove nessuno (nemmeno Tina, nemmeno Gianpietro) poteva sapere, è stata subito festa, è stata – normalmente – domenica: mia mamma, allora, era esistita davvero!

«Sì, sì: anche tu sei la mia migliore amica, certo...» sussurrava Tina, dal salotto: una notte come tante.

Oppure: «Ma come? Il tiramisù lo fai con la ricotta? Dici sul serio? Ma con il mascarpone non viene mille volte più buono?».

O ancora: «Certo che anche io ti voglio bene, sciocco di un Rocco!».

Mai: "Tua figlia è di là che dorme. Domani mattina come sarà felice di svegliarsi e sapere che il suo papà è venuto a riprendersela!".

D'estate, con mia mamma, andava sempre a finire che tutti partivano, e noi restavamo a Roma.

«Australia!»

«Cina!»

«America!»

Mi annunciava lei, i primi di giugno: e non perché fosse una bugiarda. Tutt'altro. Ci credeva così tanto che andava a comprarsi pacchi di guide turistiche, dell'Australia, della Cina o dell'America. Ma poi evidentemente succedeva qualcosa, più o meno alla decima pagina della seconda guida che si metteva a studiare. Non so dire che cosa: per qualche giorno quella guida rimaneva aperta, sul comodino vicino al letto, ad aspettare mia mamma. Poi all'improvviso scompariva e con lei scomparivano i progetti per le nostre vacanze.

«Organizzare un viaggio è così terribilmente difficile...» poteva capitare che la sentissi sospirare, per telefono, a qualcuna delle mille e mille persone che la chiamavano, la cercavano, sembravano non poter fare a meno di lei. «Quasi quasi sai che ti dico? Quest'estate non mi muovo. Vado dove sto!» e rideva.

Erano caldissime e un po' vuote, le nostre vacanze a casa: ma ogni volta che ci ripenso, mi tornano in mente solo particolari che me le fanno sembrare perfette, come forse succede sempre, quando sei di spalle e per guardare qualcosa devi fermarti, girarti, aguzzare la vista. Se ti capita di non vedere niente di bello, è naturale che te lo inventi, sennò che senso ha tutta quella fatica? Così, di quelle estati lontanissime, non ricordo più tutti i ventilatori rotti (che pure, da qualche parte, so che ci sono stati, perché lei aveva il vizio di accenderli al massimo, e dimenticare di spegnerli) o i pomeriggi eterni, in cui ad annoiarsi più di me erano solo le lancette dell'orologio su cui il tempo non si decideva a passare mai, mai mai.

Anche quei pomeriggi, come i ventilatori rotti: lo so per certo, che ci sono stati. Ma se adesso strizzo gli occhi per tornare fino a lì, vedo solo pranzi a base di vaschette giganti di gelato fragola e pistacchio mentre lei mi racconta di quel-

la volta che, di quell'altra che invece: e mi sembra davvero mia, quella mamma, nel senso di mia e basta, non di tutti gli altri con cui di solito bisognava fare a turno. Perché ad agosto con me c'era solo lei e con lei c'ero solo io, a Roma: perfino Tina se ne andava via. Gianpietro l'accompagnava in macchina a Santa Marinella, dove dopo due settimane tornava a recuperarla.

È stato proprio quello il primo viaggio della mia vita: da via Grotta Perfetta 315 (Roma), alla pensione Belvedere (Santa Marinella), duecento metri dalla spiaggia – come c'era scritto sull'insegna lampeggiante all'ingresso. Mi è piaciuto subito quel posto, e stavolta non lo dico per quell'illusione ottica da cose guardate di spalle. Ogni mattina Tina e io facevamo colazione sotto a un gazebo di canne di bambù di plastica, passeggiavamo in riva al mare avanti e indietro e, quando la spiaggia cominciava ad affollarsi troppo per i suoi gusti, ci nascondevamo sotto a un ombrellone della pensione Belvedere e ci spaccavamo la testa sui cruciverba della "Settimana Enigmistica". Dopo pranzo tornavamo in camera a riposare e poi di nuovo in spiaggia, finalmente per fare un bagno al mare: o meglio. Tina mi obbligava a infilarmi sia la ciambella che i braccioli, già sotto l'ombrellone. Poi si arrotolava in vita un camicione viola che nemmeno quando il caldo squagliava la sabbia si decideva a togliere, ed entrava in acqua bagnandosi solo i polpacci, mentre io arrivavo fino a dove mi era possibile toccare con i piedi, altrimenti finiva in tragedia. «Mandorla! I cavalloni! Le correnti! Gli squali!» si metteva a urlare Tina. «Mandorla!» urlava, e io dalla vergogna sguazzavo subito per tornare indietro, perché già mi sembrava un po' esagerato nuotare con tutta quell'armatura di gomma addosso: ci mancava solo che gli altri bambini pensassero che neanche così io riuscissi a tenermi a galla. Quando invece ero certa che nessuno ci stesse guardando, allora le facevo degli scherzi. «Tina, aiuto, affogo!» prendevo a strillare. E lei ci cascava sempre, si spingeva in acqua con tutto il suo camicione viola, finché non mi vedeva ridere e anche se mi

diceva sciocca, serrava le labbra e scuoteva la testa, si capiva benissimo che era troppo sollevata che non fosse accaduto niente di brutto per essere seriamente arrabbiata con me. La sera poi, cenavamo di nuovo sotto al gazebo di plastica, e quando non avevamo troppo sonno andavamo in paese a prenderci un gelato. Fragola e pistacchio: ovvio. Sono pochi i mezzi che abbiamo a disposizione per credere, quando le cose cambiano, che non sia del tutto vero che sono cambiate: ma almeno quei pochi, bisogna saperli usare.

I giorni al primo piano passavano, come una canzone piena di ritornelli. Finita l'estate, siamo tornate a Roma ed è ricominciato tutto: la scuola, i compiti, i giovedì con Gianpietro Costanza. Anche le notti segrete di Tina con i suoi amici, naturalmente: finché non ne è arrivata una diversa da tutte le altre.

Si stava divertendo da morire Tina, quella notte.

«Siete sempre i soliti!» esclamava, soffocando una risata che pareva proprio incontenibile. «Fin da quando eravate piccoli, si è capito: due pesti, eravate! Gemelli in tutto, non solo perché a vedervi eravate identici, ma perché era identico pure il diavoletto che avevate in corpo!»

Avevo sentito bene? C'erano i gemelli, di là, in salotto con Tina? Allora non era vero che abitavano dall'altra parte del pianeta e non le spedivano nemmeno un biglietto di auguri per Natale. Allora la venivano a trovare, appena gli era possibile! E senti Tina com'era felice di stare con loro. Allora non ci ho capito più niente: va bene, non si trattava di mio papà, ma era comunque una notizia sensazionale, quella. Io due gemelli dal vivo non li avevo mai visti! E poi immagina che ridere, se oltre a essere uguali fra loro somigliano anche un po' alla loro sorella maggiore, mi sono detta. Te li vedi, due uomini che sembrano uno allo specchio, e con il naso stretto e gli occhi rotondi di Tina? Doveva essere uno spettacolo imperdibile, imperdibile imperdibile e allora piano piano, pianissimo, con la schiena appicciata alla parete, sono scivolata dalla cucina alla porta del salotto.

«Cosa volete che vi dica? Quella piccolina è un vero angelo.»

Di me...

Tina stava parlando ai suoi fratelli di me! Il cuore mi ha fatto una capriola, mentre, con l'orecchio spalmato sullo stipite della porta del salotto, trattenevo il respiro perché nessuno potesse scoprirmi. «È ordinata, sempre a modo, e sapeste com'è intelligente, per la sua età. Si può trattare qualsiasi argomento, con Mandorla.» Insomma: fra l'imbarazzo felice per quello che Tina stava dicendo, e il desiderio che si faceva impellente di vedere i gemelli, non ce l'ho più fatta a resistere, e ho allungato la testa, sempre piano pianissimo, fuori dallo stipite della porta del salotto. Ma l'ho tirata via. Subito. Prima di correre il rischio che Tina, seduta sul divano di spalle, potesse vedermi. Prima che si girasse di scatto e che quegli occhi rotondi incrociassero i miei. In tempo perché non si rendesse conto, né quella notte né mai, che l'avevo scoperta.

Che ormai avevo visto.

Sapevo. E siccome in tutti questi anni non l'ho mai raccontato a nessuno, Pavarotti mi perdonerà, se continuerò per sempre a tenere solo per me il fatto che Tina, di notte, indossa un vestito blu, con le stesse maniche a sbuffo di quelli che comprava per me, pieno di piccole margherite bianche. Si scioglie i capelli sulle spalle: sembrano arbusti bruciati, ma sono tanti, e non lo diresti mai, a vedere la cipolla con cui se li raccoglie in testa durante il giorno. Poi si toglie le scarpe, allunga i piedi sul divano rosa pallido, dai braccioli consumati: e comincia a parlare. Con quel tale che si chiama Rocco, con i gemelli, con le cantanti più famose del mondo, con suo padre. Dipende da chi ha voglia di incontrare e può deciderlo benissimo all'ultimo momento: tanto con lei non c'è mai nessuno per davvero.

Aprile 1989

«*Piacere, io sono Maria, la nuova amministratrice condominiale.*»
«*Il piacere è mio, signora Maria. Io sono Tina Polidoro, del primo piano.*»
«*Oh no, la prego: mi dia del tu e non mi chiami signora. Non sono sposata, ci mancherebbe altro. Ho ventidue anni. Non mi dica che ne dimostro di più, la prego... Forse è colpa di questo orrendo tubino grigio con queste schifose spalline di gommapiuma... non piace nemmeno a me: ma sa com'è, signora Polidoro, già mi ritengo strafortunata ad aver ottenuto questo lavoro, non posso mica fare la scema e presentarmi alla prima riunione condominiale, che ne so, con un paio di jeans strappati sul sedere! Le pare? Sa, se perdo quest'occasione è un casino per me. Si figuri che da bambina, quando mi chiedevano che cosa vuoi fare da grande?, io rispondevo la pittrice o la poetessa. E adesso la mia unica preoccupazione è tenermi stretto un posto in un'agenzia di amministrazioni! Incredibile, no? Come la vita ci cambia: mentre noi siamo tutti concentrati a cambiare lei, intendo. È una beffa, per certi versi, ma trovo la cosa anche piuttosto eccitante o meglio... qual è il contrario di responsabilizzare? Va bene, diciamo che trovo la cosa s-responsabilizzante, ecco: diciamo così. Non mi è mai passato questo vizio della esse: ha presente, no, i bambini? Per cui il contrario di preferito è s-preferito, il contrario di buono è s-buono e via così... no? Non ce l'ha presente? Allora forse non è vero che tutti i bambini fanno così! Forse piace a me pensare che non fossi la sola a farlo, siccome ancora lo fac-*

cio, quando non mi vengono le parole! Se sta pensando che ho un conto in sospeso con certe cose: lo ammetto, ha ragione. Mi sarebbe piaciuto iscrivermi all'università, non posso negarlo. Alla storia della pittrice non ci penso mai, ma a quella della poetessa ogni tanto sì. Anche se, a essere proprio ma proprio onesta, se ora come ora mi chiedessero: Maria, che cosa vorresti essere capace di fare? Risponderei: la chirurga. Ebbene sì. Ammiro troppo chi riesce a operare una persona a cuore aperto, sapendo esattamente dove mettere le mani e che cosa fare...»

«... signorina Maria?»

«Solo Maria, la prego signora Polidoro. Mi dica.»

«Ecco... non mi chiami nemmeno lei signora.»

«Come preferisce. Ma lei però mi dia del tu.»

«Sì, scusi... scusa. E comunque: non è questione di preferire, ma, come dire, nemmeno io sono sposata, anche se non sono giovane come lei... come te... e anzi, potrei esserti madre: insomma, non sono davvero degna di essere considerata una signora.»

«Eh no, signorina Polidoro, questo no: lei deve considerare una cosa s-degna considerare degno essere una signora anziché non esserlo, quando invece non è da lì che si può giudicare il valore di una persona: metterla così è meglio, non trova?»

Tina sorride, come non le capita mai, a meno che Gianpietro non se ne esca con una delle sue spiritosaggini. Potrebbe essere l'inizio di una grande amicizia questo, pensa.

Ed è arrivata un'altra estate e con lei una notizia triste. Di lì a poco Gianpietro avrebbe dovuto accompagnarci di nuovo alla pensione Belvedere di Santa Marinella.
E invece, niente.
Perché non c'era verso: sembrava che le persone si ostinassero a morire. E stavolta toccava alla madre di Tina.
«È morta nel sonno, come capita a chi è buono e giusto» ci ha bisbigliato la suora che si occupava di lei nell'istituto in cui era ricoverata.
Quella frase non riusciva ad andarsene dalla mia testa. Più provavo a scacciarla, più mi si appicciava addosso, come una gomma americana che pensi di fare il furbo e sputare per strada ma in realtà ti si attacca alla giacca e quando te ne accorgi è troppo tardi, impossibile staccarla senza impiastricciare tutto.
Per una decina di giorni, poi, sono andata a stare al quarto piano, con Lidia e Lorenzo, gli unici a non essere ancora partiti.
«Dovevamo attraversare l'Africa australe su un aereo a bassa quota, ma non siamo più partiti» ci ha spiegato Lidia, quando è scesa per le condoglianze.
«Mia cara, finalmente... non gliel'ho mai confessato per timore di essere considerata un'impicciona, ma secondo me i vostri viaggi sono sempre stati una follia. Sinceramente: come è possibile?, mi chiedevo. Come è possi-

bile andare in vacanza dove si sta mille volte peggio di come si sta a casa propria? Dove va a finire che bisogna dormire per terra? Dove il cibo è velenoso e magari c'è pure la guerra? Lo dico sempre anche ai miei due fratelli, che vivono proprio in Cambogia, lì insomma, in Africa: state attenti, gli dico. Sono così sollevata a sapere che finalmente almeno lei e il signor Lorenzo l'avete capito e avete deciso di restarvene buoni buoni a casa vostra!» ha commentato Tina, che neanche in un giorno come quello riteneva plausibile esistere e basta, senza dover pagare la tassa di mettersi a disposizione dei problemi di qualcun altro.

«Ma no, non si può dire esattamente che l'abbiamo scelto, di rimanere a casa» ha sospirato Lidia. «È che poco prima di partire ci siamo messi a litigare, sa com'è, una provocazione tira l'altra, e insomma, ecco: ho strappato il passaporto di Lorenzo.»

«Oh» ha detto Tina. Ma mi è sembrato che perfino lei, che di relazioni umane ne capiva poco o niente, intuisse che non c'era da preoccuparsi più di tanto: che non erano davvero cattivi, i litigi fra Lidia e Lorenzo, anche se finivano con un passaporto stracciato.

«Comunque poco male: stamattina Lorenzo è andato al commissariato, entro dieci giorni dovrebbe essere pronto il nuovo documento.»

«Bene.»

«Bene.»

«L'Africa mica scappa.»

«Certamente. Dev'essere un posto molto interessante, fra l'altro.»

«Sì.»

«Sì.»

Ma intanto, ha proposto Lidia, lei e Lorenzo si sarebbero volentieri occupati di me, per un paio di giorni o finché fosse stato necessario.

«D'altronde, è anche figlia nostra» ha aggiunto. Tina allora si è convinta, perché ha pensato che prendere un po'

di confidenza con gli altri condomini avrebbe fatto bene sia a me che a loro e perché comunque io e lei avremmo avuto ancora più di un anno tutto per noi.

In realtà, anche se non riusciva ad ammetterlo, era solo lei stavolta ad avere bisogno d'aiuto.

Poveraccia. La sua esistenza tranquilla era stata improvvisamente investita dal ciclone delle cose che a quel punto ci sono da fare, tanto più se i tuoi fratelli dalla Cambogia ti spediscono un telegramma dove dichiarano di essere molto dispiaciuti per quanto è successo, ma di non trovare davvero la maniera per raggiungerti: altro che venire a trovarti di notte e tirare fino all'alba a ridere, ricordando quand'eravate bambini!

Nel frattempo, Lidia e Lorenzo con me si sono comportati piuttosto bene. A dirla tutta, Lorenzo non l'ho praticamente mai visto: una mattina mi è perfino capitato di svegliarmi, andare in cucina per la colazione e incrociarlo mentre andava a dormire.

Con la flemma di un'iguana, poi, scivolava fuori dal letto non prima delle due del pomeriggio: ma a quell'ora io andavo a riposare, come Tina mi aveva abituata a fare, fino alle quattro.

Insomma avevamo orari completamente diversi, lui e io: un po' come in quel film che piaceva tanto alla mamma, in cui i due protagonisti possono incontrarsi solo all'alba e al tramonto, per un attimo, perché di notte uno si trasforma in lupo e di giorno l'altra si trasforma in falco.

Ma in quel film i due protagonisti sono innamorati: mentre Lorenzo e io non lo eravamo, quindi potevamo vivere benissimo così.

Anche perché, con Lidia per casa, non correvo mai il rischio di rimanere da sola. Parlava sempre, Lidia. Ininterrottamente. E avevo la sensazione che non lo facesse perché aveva tante cose da dire a me: ma più che altro perché ne aveva tante da buttare fuori di sé, non so se mi spiego. Come se a tenerle dentro si sentisse scoppiare.

Fortuna che lavorava alla radio e che ogni notte poteva

sfogare tutta quest'ansia di parole con i suoi ascoltatori, che le telefonavano per sottoporle i loro guai.

«Tu la chiami "ansia di parole", Mandorla: io lo chiamo "bisogno d'amore"» mi ha corretta una mattina, facendo colazione. «È assurdo, lo so, che gente che non mi ha mai vista e che si limita ad ascoltarmi per un'ora in radio riesca a riempirlo. Ma è così. Perché il punto sta proprio lì, capisci? Nell'ascoltare. E forse solo se qualcuno ci sta a una certa distanza, è davvero in grado di farlo. Se si avvicina troppo, bum. Scoppia qualcosa e per l'esplosione diventiamo sordi.»

In effetti, quando Lidia tornava dalla radio, il più delle volte trovava Lorenzo rintanato nel suo studio a scrivere, e se gli diceva: «Non sai che è successo nella puntata di stanotte!», lui ringhiava di non voler essere disturbato. Ma lei non si perdeva d'animo. Pur di commentare la puntata con qualcuno, la commentava con Efexor. Sempre a lui raccontava le sue grandi imprese. Perché sembrava proprio non aver paura di niente, Lidia. Attraversava Roma in bicicletta, facendo lo slalom fra macchine che per quanto andavano veloci l'avrebbero potuta travolgere da un momento all'altro. Studiava tutti i dialetti dell'Africa australe. Almeno una mattina a settimana si svegliava e andava a lanciarsi col paracadute: non so se mi spiego. Si tuffava in cielo da un punto alto quanto cento palazzine di via Grotta Perfetta messe una sull'altra! E poi magari se ne andava in radio, come niente fosse.

«Oggi non tirava un soffio di vento, l'aria era fichissima» si confidava con Efexor, una volta a casa. Come se avesse bisogno almeno di un cane come testimone, per dare un senso a quello che faceva.

Certo, a difesa di Lidia va detto che Efexor non era un animale qualsiasi. Era un meraviglioso bastardino col pelo rosso e i calzini bianchi: ogni volta che qualcuno tornava a casa lui saltava, saltava saltava con tutte e quattro le zampe, come una molla, cosa che i cani non dovrebbero saper fare. Poi mi si sdraiava addosso quando guardavo i carto-

ni animati, metteva il muso sulla tavola quando mangiavo, strisciava sotto le mie lenzuola quando dormivo e prendeva a leccarmi i piedi.

Voleva esserci: sempre. Ricordarti che esisteva e ti voleva bene: un genere d'amico perfetto per me.

Quando era solo un cucciolo, era stato legato a un palo della piazza di Poggio Ameno per quarantott'ore di fila, prima che la ragazza del Sale e Tabacchi ritenesse evidente che quel cagnolino non stesse aspettando più nessuno e fosse stato abbandonato. Così, quando Lorenzo era sceso per bersi un caffè, quel giorno, era tornato a casa in compagnia (è incredibile come il Ferri sappia relazionarsi così perfettamente con le bestioline, mentre con la povera Lidia abbia tutte quelle difficoltà, mi faceva notare spesso Tina: e quello che più le costava fatica ammettere era che perfino il gatto Arancione avesse un debole per lui).

«L'abbiamo chiamato così» mi ha spiegato Lidia «perché Efexor è il nome di un medicinale per tirarsi su d'umore. Lo prendeva Lorenzo, un paio d'anni fa, ma non gli è bastato: e come faceva a bastargli, Mandorla? Mica aveva solo l'umore che non funzionava. Non gli funzionava la testa, gli si era incantato il cuore, era tutto un burrone: non hai idea. Comunque, torniamo a noi. O meglio, a Efexor. Un nome così gli porterà fortuna, ci siamo detti: data la tragedia che ha alle spalle, poveretto, ne avrà bisogno. Ma dalla prima notte abbiamo capito che era ancora più disturbato di noi, sto cane. Ci ho provato in tutti modi a educarlo, ma non c'è niente da fare, niente: non riesce, proprio non riesce a fidarsi del fatto che, se per esempio usciamo, prima o poi torneremo, e allora abbaia, disperato, fino a quando non sente la chiave girare nella toppa, e fa quei salti assurdi lì, ficca il muso nella spazzatura, la semina per tutta casa... la diagnosi è quella di sindrome dell'abbandono, Mandorla: che ci vuoi fare? È un classico.»

Adesso, se devo essere onesta, non è che capissi proprio tutto, tutto tutto quello che mi dicevano e si dicevano Lidia e Lorenzo.

Avrei avuto modo di farlo meglio quando, più avanti, avrei vissuto con loro.

Lì per lì mi sono solo resa conto, vagamente, di quanto vivere in due non fosse tanto più facile che vivere da soli, come Tina. Era diverso, certo. Ma più facile no.

Comunque, per quanto mi riguardava, l'importante era che anche in quelle poche notti passate con loro, io sapessi a chi rivolgermi.

> O palo,
> facciamo a cambio:
> tu vieni al posto mio
> qui al quarto piano,
> e ti convinci che Tina
> prima o poi
> torna,
> perché sei stanco di chi ti dice
> a dopo
> e invece vuol dire
> a mai più.
> O palo,
> io intanto sto ferma,
> al posto tuo,
> e vedo tanti cani
> come Efexor
> lasciati lì,
> ma vedo anche tante persone
> come Lorenzo,
> che passano e li prendono con loro,
> quei cani,
> così mi convinco che nessuno
> abbandona nessuno,
> ma tutti si stanno cercando,
> e poi finalmente
> magari
> infatti
> si trovano.

Per una volta la mia preghiera non è andata perduta: non che mi sia trasformata in un palo della piazzetta – questo purtroppo no. Ma, passata la burrasca delle carte da firmare e del funerale (da cui tutti i condomini di via Grotta Perfetta avevano ritenuto opportuno tenermi lontana), Tina per prima cosa ha voluto che tornassi a stare da lei.

Finalmente così, quando quella notte come al solito stava per spegnere la luce della sua stanza ormai diventata mia, gliel'ho potuto domandare.

«Mia mamma com'è morta?»

Adesso, a ripensarci, forse Tina non si meritava un colpo tanto basso, proprio in quel momento. Lei però non ha mai ragionato in questi termini. Non pensava che ci fossero dei motivi validi perché qualcosa di brutto le fosse risparmiato. E allora si è presa qualche istante e qualche sospiro e poi mi ha risposto.

«È morta in un incidente stradale, piccolina.»

«Ma la suora ha detto che le persone buone e giuste muoiono mentre dormono: mamma non era buona? Era sbagliata?»

Credo che a quel punto Tina stesse per rispondermi che c'erano due categorie di persone: quelle che pensavano prima di parlare e quelle che aprivano bocca per darle fiato, e la suora evidentemente apparteneva a quest'ultima. Ma qualcosa gliel'ha impedito. E per la prima volta, ha cominciato una frase con quella parola impossibile.

«Io posso solo dirti che se mi avessero offerto di fare a cambio fra mia madre e la tua, non ci avrei pensato un attimo a rispondere di sì.»

Siamo rimaste per un po' in silenzio, a spiarci, io dentro al letto a una piazza e mezzo troppo grande per una persona sola e troppo piccolo per due, lei accanto alla porta. Chissà con chi si metterà a parlare, stanotte, in salotto: mi sono domandata, all'improvviso.

«Dormiamo insieme, Tina?» le ho chiesto, allora. E siccome lei continuava a guardare in basso, ma era chiaro che non vedeva l'ora di ficcarsi sotto le coperte con me, l'ho do-

vuta implorare: «Ti prego. Non faccio che pensare a Porcomondo, stanotte. Ho paura che se chiudo gli occhi arriva e siccome non porto gli orecchini mi strappa direttamente le orecchie. Se non dormi con me io non ci riesco mica a prendere sonno».
«...»
«Eddai, Celeste.»

AL SECONDO PIANO

Non doveva andare così. Non doveva affatto andare così. No: non nelle intenzioni di Samuele Grò.

«È che a me piace pensare bene della gente, Cate: che ci posso fare?» si è sfogato con la moglie, una volta tornati tutti a casa, la mattina dopo. «Invece le persone non sono ancora in grado di capire, proprio non sono in grado: altrimenti il governo che ci ritroviamo non avrebbe modo di esistere in questo Paese, no?»

Io all'epoca avevo nove anni, continuavo ad aspettare che mio papà scivolasse dal cielo per venirmi a prendere, ma nel frattempo vivevo con i Grò da un paio di mesi. Mi ero trasferita da casa di Tina a casa loro giusto in tempo per il grande evento.

Domenica 9 febbraio 2003
Ore 07:30 a.m.*
nell'ex lavatoio al sesto piano di via Grotta Perfetta 315

Mio Figlio Mentre Dorme

di
Samuele Grò

Al cortese pubblico verrà consegnato in omaggio un kit per assistere alla proiezione.

Non mancate.

Voglio dormire il sonno delle mele,
allontanarmi dal tumulto dei cimiteri.
Voglio dormire il sonno di quel bimbo
che voleva tagliarsi il cuore in alto mare.

F. GARCÍA LORCA

* di mattina.

Maggio 1999

«Sei tu» soffia Samuele, quando finalmente l'infermiera glielo mette in braccio.

Non ha potuto assistere al parto, perché basta una goccia di sangue per farlo svenire: e poi comunque Cate ha scelto il cesareo.

Così lo incontra adesso per la prima volta.

Suo figlio.

L'unico essere umano che, se non ci fosse stato lui, oggi non ci sarebbe.

«Dorme» bisbiglia l'infermiera.

E a Samuele pare di non avere mai visto niente di così perfetto.

È esattamente allora, ancora prima della commozione, dell'infinita tenerezza, delle paure, ancora prima di tutte le domande, che arriva lei. Samuele la riconosce subito, mentre l'infermiera gli spiega dove mettere una mano e dove l'altra.

È proprio Lei: l'Idea.

Quella giusta.

Quella che aspetta da quando, ormai dieci anni fa, gli è stato sfilato da sotto ai piedi il suo trampolino di lancio. Un film. La storia di un miliardario che perde la testa per la puttana più bella di Roma, la toglie dalla strada e se la sposa. Roba da Oscar per il Miglior Film Straniero. Roba da apertura della cultura sul "Corriere della Sera". Roba da richiamo in prima pagina sulla "Repubblica".

«Capisci? Il capitalismo che incontra il libero mercato nella sua forma più schietta, e ne rimane affascinato...» raccontava,

con evidente e sconfinata ammirazione per se stesso, a chiunque gli capitasse a tiro. «E poi va da sé quanti discorsi si porta dietro una storia così. Prendi il discorso sul sesso, per esempio, su come all'improvviso possa recuperare mistero perfino per chi lo fa per mestiere: ho già in mente le luci da usare, come inquadrare il viso di lei quando si spoglia davanti a lui per la prima volta, e già da quel momento avverte un imbarazzo che non conosceva, o meglio, di cui si era dimenticata... e lì, trac!, ci piazzo un flashback su quando era solo una ragazzina, la faccio vedere tutta innocente e spaventata, seduta su una panchina, che dà il suo primo bacio...»

Se qualcuno osava domandargli quand'è che avesse intenzione di cercare finanziamenti per realizzare questo film, lui lo fissava scuotendo la testa, con uno sguardo carico di commiserazione, come a dire poveretto, io ti parlo dalle vette dell'Arte, e tu mi rispondi dal sottosuolo delle contingenze quotidiane.

Fatto sta che quando era uscito nelle sale **Pretty Woman**, Samuele era già arrivato a pagina centotrenta della sua sceneggiatura.

«Per scaramanzia non lo dicevo a nessuno, ma l'avevo quasi finita, c'ero.»

«Che sfiga» commentavano gli altri, chi in buona chi ormai in cattiva fede. E comunque non avrebbero mai potuto dire qualcosa di più sbagliato.

Perché non c'entrava niente, la sfiga: niente. C'entrava quella maledetta estate di due anni prima, quell'idea sciagurata del coast to coast: *quattro amici, una macchina, l'America.*

«Quella puttana.»

«Di Julia Roberts?»

«Dell'America. Me lo ricordo come fosse ieri, quando abbiamo fatto tappa a Los Angeles, come fosse ieri...»

«...»

«Non mi guardi così avvocatessa, non s'immagina che cosa vuol dire avere un'idea, vedersela rubare sotto al naso e permettere che venga trasformata in merda commerciale: io avevo in mente una provocazione, capisce?, qualcosa che scuotesse le coscienze a livello individuale e perché no collettiv...»

«Vada avanti.»

«Certo. I miei amici e io, dicevo, abbiamo fatto tappa a Los Angeles e ci siamo buttati nel primo fast food di Venice Beach, mi pare si chiamasse Bobby's, o Toby's, non ricordo esattamente ma se il pubblico ministero al momento del processo mi farà vedere delle fotografie del posto saprò riconoscerlo subito.»
«Avanti.»
«Certo. Insomma stavamo mangiando un hamburger e ci mettiamo a fare due chiacchiere col cameriere, un ragazzone con un sorriso così, ha presente il classico californiano?»
«Più o meno.»
«Comunque: un ragazzo dall'apparenza assolutamente tranquilla. Ci spiega come fare ad arrivare all'ostello più vicino, ci racconta di esser stato in Italia da bambino, cose così. E poi...»
«E poi?»
«Ci invita a un falò sulla spiaggia.»
«Carino da parte sua.»
«Aspetti. Noi eravamo stanchi, sporchi, ma come facevamo a dire no a una festa a Malibu?»
«Impossibile.»
«Appunto. Infatti andiamo. Ci saranno state cinquecento persone, non esagero, ed erano tutte bionde e sembravano tutte... felici, sì, ballavano, arrotolavano spinelli, ma, come dire, allegramente, e si facevano il bagno: ha presente la classica serata californiana in riva al mare?»
«No.»
«Comunque. I miei amici a quel punto si appiccicano ognuno a una ragazza, se il pubblico ministero mi chiedesse di riconoscerle però non saprei farlo perché davvero mi sembravano tutte uguali su quella spiaggia, e io mi siedo attorno al falò, con il tipo del fast food. Mi presenta i suoi amici, cominciamo a parlare: ed è lì che succede.»
«Cosa?»
«Che quando mi chiedono di me, attacco a raccontare del film.»
«...»
«La trama precisa, avvocatessa: gliela racconto!»
«Gliela racconta...»
«Sì. Ma sembra perplessa.»

«Voglio solo capire: lei vuole intentare causa esattamente a chi, e per quale motivo?»
«A Hollywood. Per avermi rubato l'idea di Pretty Woman. Non spero certo di avere la meglio in tribunale, si figuri, mi piacerebbe solo fare un po' di casino: capisce? Spingere le persone, grazie a questa storia, a riflettere su quanto siamo tutti vittime di un sistema a cui noi, poveri illusi, crediamo invece di partecipare attivamente.»
Della causa naturalmente, né allora né mai, se ne fece più niente.
Ma dopo qualche mese, guarda il destino, proprio all'uscita di un cinema, Samuele aveva incontrato di nuovo quell'avvocatessa.
Erano da soli, tutti e due. Lui per l'intero pomeriggio si era trascinato per il centro, dopo aver detto l'ennesimo no a un'agenzia che continuava a proporgli di girare video per matrimoni di attrici di terz'ordine, un genere di cose con cui a Samuele pareva solo di sprecare tempo e offendere la sua genialità. Lei usciva da una giornata in cui aveva dovuto discutere una causa di divorzio che alla fine era riuscita a vincere, ma che le aveva comunque lasciato in bocca un sapore acido e nello stomaco una specie di nausea. Quest'uomo non avrà mai le palle per fare a qualcuno quello che ogni giorno in tribunale si fanno tra loro le persone, aveva pensato, appena aveva rivisto in faccia Samuele, i soliti occhi sfavillanti di vacuità, la solita aria struggente di chi è certo di saperla lunga.
«Avvocatessa.»
«Chiamami Caterina.»
Di lì a pochi giorni Samuele, a trent'anni suonati, aveva finalmente lasciato la casa dei genitori per trasferirsi in quella di Caterina, a Poggio Ameno, un quartiere piuttosto decentrato, a sud di Roma, senza l'ombra di un locale o di un ristorante alla moda, dove solo una tipa come lei, aveva pensato lui, una che il lavoro prima di tutto, poteva vivere.
Ma lui l'amava così com'era, la sua Cate. Con quell'incombenza di grasso che le gravava addosso, ma che per il momento si limitava ad addolcirle i fianchi e arrotondarle le guance, con la severità negli occhi chiari, l'assennatezza dei pensieri, la determinazione che metteva in qualunque cosa, fosse anche solo cambiare colore alle pareti: se decideva di farlo, senza dubbio l'avrebbe fatto.

Passati un paio di mesi si erano sposati, e dopo tanti, tanti anni e infiniti tentativi, finalmente, alla terza fecondazione assistita a cui si erano sottoposti, Cate era rimasta incinta.

«Chiamiamolo Mario, come mio padre» aveva proposto lei.

«Chiamiamolo Lars, come Lars von Trier, il mio regista preferito» aveva proposto lui.

E adesso: «Benvenuto, Lars...» sussurra Samuele, dopo nove mesi, a suo figlio.

Suo figlio che è appena nato.

Suo figlio che dorme.

Ecco, sì. Proprio così s'intitolerà, decide.

Mio Figlio Mentre Dorme: *il capolavoro di Samuele Grò. Un documentario di ventiquattr'ore, da proiettare in un cinema dove agli spettatori verranno distribuiti dei cestini con il pranzo, la cena, un piccolo snack e un paio di pantofole usa e getta.*

Basta avere pazienza, si dice: e cominciare a girare da stasera.

Senza fretta. Tanto adesso che c'è Lei (l'Idea), quel giorno prima o poi arriverà.

E sarà memorabile. Lo ricorderanno tutti come il giorno della verità. Del talento che finalmente dice la sua e se ne fotte di che cosa è commerciale e di che cosa non lo è. Del duende, *per dirla alla García Lorca (che a Samuele piace citare spesso). Della rivincita di una concezione del tempo dettata dalla propria interiorità su quella preconfezionata che ormai detta il mercato. Il mondo capirà di essere davanti a un'arte tanto più potente quanto impossibile da classificare attraverso canoni tradizionali e borghesi. Lo capiranno Lorenzo Ferri e quella nevrotica della sua fidanzata – se così (fidanzata, perché nevrotica lo era di certo) si poteva definire. Ma soprattutto, pensa Samuele, mentre dalla boccuccia di Lars comincia a uscire un serpentello di bava così spontaneamente armonioso che si meriterebbe di venire filmato all'istante: lo capirà mamma. Cioè: la mamma di suo figlio. Insomma: Cate.*

Samuele, circa un anno prima, aveva finito di girare il suo documentario. Fosse stato per lui, sarebbe andato avanti per chissà quanto: ma nel frattempo Lars, da neonato inerme qual era, si era trasformato in un vitello biondo di quattro anni, che nel bel mezzo di una ripresa si svegliava per urlare: «Fame: subito», o: «Cacca: subito», e rovinava tutto.

D'altronde, a casa Grò era lui a comandare: quello che Lars, espressamente o meno, desiderava, espressamente o meno diventava un ordine da eseguire fiduciosi.

«Non poteva essere che lui, capisci Mandorla, a darmi il segnale che fosse arrivato il momento di procedere» mi spiegava Samuele, mentre era alle prese con il montaggio delle centosette ore e mezza di girato che avrebbe dovuto portare a ventiquattro, e acconsentiva che io dessi un'occhiata. Lavorava soprattutto di notte, quando nessuno poteva distrarlo, e ogni mattina Cate, quando mi aiutava a lavarmi e a vestirmi per poi accompagnarmi a scuola prima di andare allo studio, mi raccomandava di fare piano, ché Samuele poverino aveva bisogno di riposare.

Non capivo, lì per lì, che cosa ci fosse nelle parole di Cate che ne stravolgesse il senso: non so se mi spiego. Che cosa trasformasse l'istinto di protezione in rabbia, la curiosità per il talento del marito in pena profonda, il desiderio di non disturbarlo nel bisogno di non venire disturbata, almeno di mattina. Tutte cose che sono certa sfuggivano prima di

tutto a lei. Ma che a me ogni tanto arrivavano, misteriose e indistinte, e sulle quali non mi piaceva indugiare troppo a lungo, perché preferivo concentrarmi sulla forza luminosa di Cate, sul modo che aveva di raccomandarmi: «Metti la cintura di sicurezza, Mandorla», e di farmi sentire realmente al sicuro, come se finché ci fosse stata lei, vicino a me, in quella macchina, avrei potuto scommettere che, qualunque fosse stata la mia destinazione, l'avrei raggiunta.

Tant'è che o cintura, pregavo, in quelle notti.

> O cintura,
> facciamo a cambio.
> Io divento te e do sicurezza,
> tu diventi me e la prendi,
> sicurezza.
> Ok: tutti gli altri bambini
> hanno mamme, papà,
> nonni, fratelli, cugini.
> Tu no:
> i grandi, però,
> che stanno attorno a te
> pure se hanno le vite
> piene
> si capisce che
> ti vogliono bene.
> Non come Cate e Samuele
> vogliono bene a Lars,
> non con la stessa premura:
> ma a te che t'importa,
> o cintura?
> Mica sei me: facciamo a cambio
> apposta!

Con Samuele, invece, tutto era diverso rispetto a com'era con Cate. A lui toccava venirmi a prendere a scuola e anche se appena mi avvistava spuntare dal cortile prendeva a sbracciarsi e a urlare: «Sono qui!», non riuscivo a provare

nessun sollievo nell'individuare, fra tutte le facce ognuna cara a qualcuno dei miei compagni di classe, la sua.

Non si trattava di affetto o di altre robe del genere: quelle prima o poi si riescono a provare per chiunque abita con noi, appena superiamo il livello di confidenza necessario per bussare alla porta del bagno quando è occupato ma servirebbe a noi. Si trattava del fatto che, così come con Caterina la destinazione era assicurata, con Samuele risultava un problema perfino il percorso.

«Che dici, Mandorla? Preferisci pranzare a casa o fermarci in un bar per un tramezzino?»

«E se pranziamo a casa, che cosa vuoi che ti prepari? Carne o pesce?»

«Se invece ci fermiamo al bar, sicura che ti basta un tramezzino?»

«Vuoi andare al bar di fronte alla scuola o a quello in piazzetta?»

Non che poter decidere qualcosa mi dispiacesse. Ma dover decidere tutto, alla lunga, indeboliva in me quella specie di muscolo che se ben allenato ti evita di fare sempre tutto di testa tua.

Con questo non voglio dire che passare del tempo con Samuele fosse una condanna, no: domani voglio specificarlo all'avvocato Pavarotti, a costo di farlo ingelosire perché a nessuno piace che si parli bene dell'ex marito della persona di cui siamo noi attualmente innamorati. Ma siccome è lui, Pavarotti, che si è fissato con questa storia assurda della Verità: bene. La Verità Dei Fatti è che io con Samuele mi divertivo. O meglio: neanche con Matteo Barilla, che aveva solo un mese più di me, riuscivo a fare cose che, almeno finché duravano, mi convincevano di avere davvero la mia età (naturalmente mi riferisco a quel periodo: quanto sarebbe, o meglio non sarebbe, successo più avanti con Matteo Barilla è un'altra storia – completamente diversa).

Per esempio, ogni tanto nel pomeriggio andavamo a dare da mangiare alle papere del laghetto dell'Eur: Samuele, Lars e io.

Oppure costruivamo delle piccole casette di pongo e poi Samuele convinceva Lars a saltarci sopra e a urlare: «La prima guerra mondiale!» e dopo toccava a me: «La seconda guerra mondiale!».

La domenica mattina andavamo a fare un giro a Porta Portese senza comprare mai niente.

Quando Caterina doveva lavorare fino a tardi e telefonava per dire che non sarebbe potuta tornare per cena, Samuele comprava il barattolo da cinquecento grammi di Nutella e la sfida era, per tutti e tre, arrivare a raschiarne il fondo: solo allora potevamo smettere e chi nel frattempo aveva vomitato perdeva un punto, chi aveva vomitato due volte due punti e così via. Poi scendevamo a buttare il barattolo nei cassonetti per l'immondizia, perché Cate non potesse sospettare niente, e cucinavamo della pasta al pomodoro che buttavamo nel water, ma che prima avevamo riversato dalla pentola ai piatti, che così, nel lavandino, sembravano parlare di una cena normale e sana.

Ogni tanto, nel mezzo di una delle nostre imprese, Samuele sentiva la necessità di dichiarare: «Siamo proprio i meglio, noi tre». E attaccava con discorsi del tipo: «Ti rendi conto, Mandorla, se non mi avessero copiato l'idea di *Pretty Woman*, adesso uno come me dove sarebbe? È per questo che quando leggo un'intervista a quel vecchio rincoglionito di Clint Eastwood, per esempio, mi viene da strappare il giornale. Quello è un attore di western, mica un regista! Eppure, siccome è Clint Eastwood, gli fanno perfino vincere gli Oscar. Robe da non credersi».

Giugno 1975

La signora Grò comincia seriamente a preoccuparsi: suo figlio è tornato da scuola e senza nemmeno pranzare si è barricato in camera sua.

«Ma', lasciami stare» *le ha raccomandato, prima di chiudersi la porta dietro le spalle.*

Ormai però è quasi ora di cena: sono passate più di sei ore, non è possibile che non senta nemmeno il bisogno di andare in bagno, non vorrei si fosse sentito male, pensa la signora Grò. E si decide ad aprire la porta della stanza del figlio, senza bussare.

«Samuele, tutto bene?»

«No» *le risponde lui. È steso sul letto con la pancia in su, lo sguardo catatonico appeso al soffitto.*

«Vuoi parlare?»

«Ma', c'è poco da dire. La prof di mate ha riportato i compiti in classe.»

«E?»

«Ho preso tre.»

«Uh.»

«Anzi, vuoi saperla tutta? Tre meno, ho preso.»

La signora Grò si siede sul letto del figlio. È molto nervosa, ma non vuole darlo a vedere.

«Tanto per sapere, Samuele. Il resto della classe com'è andato?»

«Se te lo dico vai fuori di testa, ma'.»

«Dimmelo, amore.»

«Ci sono state solo due insufficienze, compresa la mia.»

Questo è troppo, pensa la signora Grò. È davvero troppo. Va bene, suo figlio sarà anche vivace: ma è dal primo anno che la professoressa di matematica lo ha preso di mira! Adesso basta, c'è un limite a tutto.

«Sempre per sapere, Samuele: Alberto Castelvecchi quanto ha preso?»

«Sette e mezzo, ma'.»

«Figuriamoci...»

«Appunto, ma'.»

Se sapesse dove abita la professoressa di matematica, la signora Grò non aspetterebbe nemmeno il mattino dopo, per andarle a sbattere in faccia tutto quello che pensa. Forse che basta essere nipoti di un preside di liceo, come quel Castelvecchi, per venire promossi, nella sua classe?, le direbbe: le dirà.

«Domani vengo a parlare con la tua professoressa, Samuele.»

«Davvero, ma'?»

«Certo. Forse che basta essere nipoti di un preside di liceo, per venire promossi, nella tua classe?»

«Mi sa di sì, ma'.»

E Samuele gira il viso verso la parete: non vuole far vedere a sua madre che ha cominciato a piangere, ma lei se ne accorge lo stesso.

«Forza Sami, non fare così. Il mondo è pieno di ingiustizie, ma prima le riconosci, prima riuscirai a fronteggiarle.»

Una volta finito di montare il documentario, Samuele aveva pensato fosse automatico che venisse distribuito nelle sale cinematografiche.

Nonostante Cate sembrasse sinceramente curiosa di vederlo, lui era stato categorico: no, bisognava aspettare il giorno della prima.

«Tu pensa solo a comprarti un vestito fichissimo, Cate. Sarai la moglie del regista, avrai tutti gli occhi puntati su di te.»

Ma passavano i giorni e le settimane e nessuna casa di produzione accennava a farsi viva con lui.

«Colpa delle stronzate americane che quei tipi sono abituati a trattare e che ormai gli hanno bruciato i neuroni e la capacità di distinguere un prodotto che vale da uno che non vale.»

«Colpa di Lorenzo Ferri: sicuramente conosce qualcuno, all'interno di quel mondo, e puoi stare certa, Mandorla, che se si tratta di mettere una parola buona per me, quello piuttosto la toglie.»

«Colpa del fatto che le persone oggi non sanno più amare: e la poesia non cerca seguaci, cerca amanti, diceva García Lorca.»

«Colpa del ministero per i Beni Culturali.»

Ogni giorno, Samuele, mentre preparava la pappa per Lars o ci portava a dare da mangiare alle papere, ce l'aveva con qualcuno.

Finché non ero più riuscita a trattenermi e avevo dovuto domandarglielo.
«Ma perché hai bisogno di una casa di produzione?»
«Che?» mi aveva risposto lui.
«Perché?»
«Perché cosa?»
«Ce l'hai un videoregistratore, no?»
Samuele si era messo a ridere, non saprei se perché divertito o disperato.
«Vedi, Mandorla, non è così facile... con il mio videoregistratore posso far vedere il documentario a Cate, a te, a persone che già mi conoscono: non è la stessa cosa di farlo vedere a persone che possono conoscermi grazie al documentario, capisci?»
No, non capivo. Perché, se quello era il problema, non poteva forse risolverlo invitando le persone che non conosceva a casa nostra? A Samuele si erano messi a luccicare gli occhi.
Sono passati tanti anni: ma ancora oggi, se in questa lunga lunga notte ci ripenso, non so se ho fatto bene o male a dargli quell'idea. Sicuramente l'avvocato Pavarotti, sempre per quella gelosia verso chi ha amato chi adesso amiamo noi, mi direbbe che ho fatto bene.
Ma quando, nell'ex lavatoio del sesto piano, gli unici a presentarsi sono stati i condomini, io già cominciavo a pentirmi. E a pregare, piano, perché nessuno se ne accorgesse: o documentario.

Facciamo a cambio.
Io divento te e mi faccio vedere
da tutti,
tu diventi me
e ti nascondi, ti vai a rifugiare
da tutti,
sia perché senti che potrebbe
capitare
qualcosa di brutto

fra un po',
sia perché nel tuo cuore non sai
se Samuele è bravo
oppure no,
a fare quello che fa,
ma ti piace immaginare che sì,
che è il più bravo che c'è,
più bravo di chi ha inventato i videogiochi,
la Nutella o il tè,
e non ti piace immaginare così
perché sei buono,
o documentario che prendi il mio posto,
ma perché
se
auguri buona fortuna
a un'altra persona
magari lassù, sulla luna
tuo padre ragiona:
"Ma che brava bambina!
La vorrei proprio avere vicina".

«Sami, tranquillo: adesso arriveranno anche gli altri» provava a rassicurarlo Cate, fasciata in un vestito celeste che le metteva in risalto i fianchi troppo pieni, ma anche gli occhi sicuri e chiarissimi.

A me invece, Samuele aveva regalato dei leggins rosa shocking, una maglietta dei Cure e un paio di anfibi, e mi aveva affidato il compito di consegnare agli ospiti il kit necessario per assistere alla proiezione: una busta con dentro un paio di pantofole usa e getta, due bottigliette d'acqua minerale, due tramezzini, una mela e una barretta di cioccolata. Samuele e io avevamo preparato i tramezzini stando molto attenti a che ognuno si differenziasse dall'altro per qualche piccolo particolare, fosse anche un cetriolo o la marca della maionese.

La prima ad arrivare è stata Tina, che si è quasi commossa a vedermi vestita così («come una ragazza grande» ha det-

to, anche se poi mi ha confessato che le sembrava fossi mascherata da pagliaccio) e si è subito preoccupata di scusarsi e scusarsi e scusarsi con Samuele: «Signor Grò, mi spiace davvero infinitamente... infinitamente: il mio amico Gianpietro Costanza non può venire, perché oggi è domenica, e lui deve pranzare con la sua famiglia. È una tradizione».

Per Samuele, adesso, non credo fosse una tragedia l'assenza di Gianpietro.

Lo era invece quella di quel certo critico a cui aveva mandato l'invito. E di quell'altro. Di quell'altro ancora.

«Almeno è venuto Ferri» ha sussurrato a Cate, quando sono arrivati Lidia e Lorenzo. «Se è davvero così intellettualmente onesto come scrivono sui giornali, qualcosa per aiutarmi magari lo farà... anche solo per dimostrarmi che può farlo, capisci? Per sottolineare il suo potere rispetto a me.»

Lorenzo, nel frattempo, si è seduto accanto a Lidia, impegnato solo a lamentarsi con lei: dell'ora in cui si era dovuto svegliare, presumo. Le sette di mattina, d'altronde, erano un concetto del tutto inverosimile per lui.

«Vi ho radunati molto presto, lo so. Ma c'è un motivo» finalmente Samuele ha cominciato a rivolgersi alla platea, se così posso definirla: avevamo trascorso tutto il giorno precedente ad affittare cinquanta sedie in un negozio d'arredamento e a fare avanti e indietro per portarle nell'ex lavatoio. Fatica che non sembrava ripagarci nemmeno per metà: dopo Tina e Lidia e Lorenzo erano arrivati Michelangelo e Paolo, i Barilla al completo, con Matteo ancora in pigiama, i genitori di Samuele e quelli di Cate.

Le sedie occupate rispetto a quelle che rimanevano vuote parlavano piuttosto chiaro.

«Ma dobbiamo tener conto che la madre di Cate si è rotta il femore» mi ha fatto notare Samuele, indicando la suocera che, su una carrozzella ortopedica, non aveva naturalmente bisogno di nessuna sedia.

Lars era lì, proprio accanto alla nonna materna e in braccio a quella paterna, che per l'occasione sfoggiava una spilla

d'oro a forma di libellula e un'incredibile permanente che faceva somigliare la sua testa a un panettone.

«C'è un motivo» andava avanti, imperterrito, Samuele «se questo documentario anche solo nella sua durata non somiglia a niente che potete aver visto finora. D'altronde mi è costato quasi quattro anni di vita. E li è costati al suo protagonista: Lars Grò.»

Come mi era stato raccomandato, a quel punto ho accennato un applauso: e tutti mi hanno seguito.

«Lars, vieni qui» Samuele lo ha invitato a ricevere l'onore che gli spettava. Lars, un biberon in una mano e un coniglio di gomma nell'altra, ha trotterellato fino a raggiungere suo padre, di fronte alla platea. Il suo abbigliamento era stato oggetto di lunghe riflessioni e alla fine aveva avuto la meglio una salopette di jeans: qualcosa alla Johnny Depp, aveva decretato Samuele.

«Ecco a voi Lars Grò.»

Stavolta l'applauso l'ha fatto partire la madre di Samuele.

«È lui il protagonista di quest'opera. E non solo: è lui che me l'ha ispirata. Voglio ringraziarlo, davanti a tutti voi. Così come voglio ringraziare mia moglie Caterina, che mi è stata vicina con amore e pazienza, anche nei momenti di fisiologico sconforto in cui una professione come la mia può gettare.»

Qui un altro applauso sarebbe stato perfetto, a ripensarci, ma lì per lì nessuno ha preso l'iniziativa.

«Poi devo molto a mia madre e mio padre, che hanno sempre creduto in me, e moltissimo devo a tutti quelli che mi odiano: grazie a loro, sono diventato più forte.»

Come aveva deciso durante le prove del discorso, qui Samuele è rimasto in silenzio per qualche istante, perché a tutti (e in particolare a Lorenzo) fosse permesso di comprendere fino in fondo le allusioni della sua provocazione. Poi, con un sospiro – anche quello frutto di numerose prove –, è andato avanti.

«Infine, voglio ringraziare Mandorla...» Ma Tina si è messa a battere le mani ancora prima che lui potesse spiegare perché, mi ringraziava.

E allora Samuele è passato direttamente alla battuta clou della sua introduzione. L'aveva scritta e riscritta:

«Ora basta: il tempo delle parole è finito. Che cominci quello delle immagini: e che oggi si festeggi il loro dominio su tutto il resto.»

A un suo cenno, sempre come stabilito, ho acceso il televisore che avevamo trasportato per quattro piani di scale e ho fatto partire il videoregistratore.

Appena sullo schermo è apparso il faccino di Lars, a pochi giorni, ignaro del mondo e di se stesso e addormentato, Cate, seduta accanto a me, si è immediatamente dovuta asciugare gli angoli degli occhi con la manica del suo vestito prezioso. Di sottecchi ho spiato Samuele che la stava guardando: beato. Lo sapevo, sembrava pensare.

Ma poi è passato un minuto. E un altro ancora. Ancora un altro, e un altro: un altro. Sullo schermo Lars poteva cambiare tutina o dito da tenere in bocca: ma, di fatto, continuava a non fare altro che dormire. Confidare in un colpo di scena, di inquadratura in inquadratura, sembrava sempre meno plausibile.

I primi ad abbandonare l'ex lavatoio sono stati Michelangelo e Paolo, verso mezzogiorno: avevano un pranzo di beneficenza per le vittime dell'omofobia in Medioriente, hanno spiegato a Samuele, dovevano proprio andare.

«Comunque complimenti: davvero interessante» ha commentato Paolo.

Poi è stata la volta di Cesare Barilla e di Matteo: «Scusa Grò, ma c'è la partita, oggi la Roma deve farcela altrimenti può già dire addio allo scudetto: capisci, no?».

Finché a Samuele non si è avvicinata Lidia: e lui le ha risposto con un sorriso, come a dire vai pure carissima, non ti preoccupare. Ma poi, in un orecchio, mi ha subito sibilato: «Devono portare fuori il cane: che gran cazzata. Tu ci credi, Mandorla? Io no. O meglio, perché dovrebbero andarci in due? È chiaro che quello stronzo del Ferri sta macerandosi dall'invidia. E io, povero illuso, che ancora speravo in una qualche solidarietà fra artisti».

Alle sette del mattino dopo, quando i titoli di coda hanno cominciato a scorrere, naturalmente su un primo piano di Lars che dormiva, eravamo rimasti davvero in pochi. Perfino Tina, abituata a sopportare la fatica molto meglio del peso di un eventuale dispiacere da dare a qualcun altro, alle cinque aveva ceduto ed era tornata al primo piano: ma il giorno dopo avrebbe fatto recapitare ai Grò una pianta con un biglietto di scuse.

D'altronde anche la madre di Samuele da mezzanotte aveva cominciato a russare, piano, la bocca aperta, la testa a panettone rovesciata all'indietro.

Sulle sue ginocchia, il testone di Lars: che, per non voler togliere niente al suo personaggio sullo schermo, lo stava imitando da ore.

Così, quando Samuele ha acceso la luce, io ho fatto il mio dovere e mi sono lanciata in quello che nei piani avrebbe dovuto essere l'ultimo e il più fragoroso degli applausi. Mi ha seguito solo una persona.

Che però non era Cate: era Giulia Barilla.

«Pazzesco, incredibile: un capolavoro puro» continuava a ripetere, con le pupille dilatate dall'emozione. Si era perfino alzata, per dimostrare il suo entusiasmo.

Samuele allora ci ha contati: Lars, sua madre, Giulia e me. Più lui facevamo cinque. E Cate? Cate dov'era?

«Dov'è Cate?» mi ha domandato.

«Ha dovuto accompagnare i suoi genitori a casa.»

«E poi non poteva tornare qui?»

«Magari era stanca» ho fatto finta di ipotizzare io, ma sapevo benissimo che Cate alla sesta ora, ancora prima dei Barilla, aveva proposto ai suoi genitori di andarsene e, quando quelli l'avevano invitata a non preoccuparsi per loro e godersi il film, lei aveva obiettato: mio figlio mentre dorme io posso guardarlo ogni volta che mi pare, usciamo va', che vi riaccompagno a casa e così a quest'ora non troviamo traffico.

«Stanca?» Samuele non riusciva a crederci. Ma prima che lo sconforto potesse sostituirsi all'incredulità, gli si è avvicinata Giulia Barilla.

«Rassegnati, i grandi talenti sono tutti costretti a sopportare l'ignoranza della gente.»

Lui probabilmente avrebbe voluto ribattere: qui non si tratta della gente, si tratta di Cate. Ma quella ragazzina continuava a fissarlo con gli occhi spalancati dall'ammirazione. Avrà più o meno sedici anni, si ritrova a considerare Samuele.

«Hai un coraggio incredibile» proseguiva Giulia. «Incredibile.»

Forse diciassette, si corregge lui: comunque per quanto riguarda i gusti che ha, è decisamente più matura della sua età.

E lei gesticolava, agitando le braccia sottili cariche di braccialetti d'argento, con le dita si torturava il piercing sul nasino a virgola e continuava a ribadire: «Grande», con quella bocca morbida, le labbra dipinte di nero.

Finché la madre di Samuele non si è svegliata.

«E tua moglie dov'è?» ha chiesto al figlio.

Maggio 2000

Lars finalmente dorme, nella sua culla.

Hanno festeggiato il suo primo compleanno, stasera. Per l'occasione Samuele ha fatto la pizza, preparando l'impasto con una ricetta speciale che gli ha insegnato Paolo, e Cate tornando dallo studio ha comprato una mimosa di panna, il dolce preferito di Samuele.

Hanno stappato una bottiglia di Asti e con le dita hanno tamponato di spumante le orecchie minuscole di Lars.

«Auguri orsacchiotto.»

«Auguri, amore mio.»

Si sono guardati: il pensiero è stato lo stesso. Sembrava impossibile, sembrava non potesse accadere più: e invece eccolo qui. Ed è già passato un anno.

A letto, Cate si stringe a Samuele.

Che serata tenera, pensa.

E poi: come avrei bisogno, proprio adesso, proprio qui, di qualche coccola.

Qualche coccola così, fatta tanto per farla. Quel genere di cose a cui hanno rinunciato quasi subito, dopo il viaggio di nozze, quando lei si è trasformata in un ovulo, le palle di Samuele in milioni di spermatozoi fra cui individuare quello per cui fare il tifo.

Mica vorrebbe chissà che. Stranezze e acrobazie non saprebbe prenderle nemmeno in considerazione, tanto più dopo una giornata di lavoro come quella: una cliente le si è presentata in studio con il marito, di mattina presto, per farsi intestare un appar-

tamento appena comprato. Nel pomeriggio è tornata: da sola. E per chiedere il divorzio. No no, per carità, nessun imprevisto, niente che non sia nei piani, almeno in camera da letto: implora Cate. Già liberarsi dall'incubo del mistero di Maria e di quella sera di marzo è stato impegnativo: ma suo marito l'ha supplicata di fidarsi di lui, e sembrava sincero quando le ha confidato di aver visto più volte Maria e Lorenzo Ferri insieme, da soli, e di essere sempre stato convinto che fra quei due ci fosse qualcosa.

Comunque sia, d'ora in poi, basta con gli scherzi.

È proprio un po' di sciatto, indolente, confortevole sesso coniugale che adesso ci vuole: quello che tutti disprezzano, ma per cui Cate sente di avere una specie di vocazione.

Infila una mano fra le cosce di Samuele.

Lui scoppia a ridere: «Mi fai il solletico?!».

Ma lei insiste. E glielo prende in mano.

«Facciamo l'amore?» gli domanda, per il gusto della chiarezza che la contraddistingue.

Samuele allora capisce che non c'è niente da ridere, mette su un'espressione concentrata e per quanto gli è possibile intensa: «Va bene».

Si solleva sugli avambracci, accende l'abat-jour sul comodino con una mano e con l'altra si mette a frugare fra le tette grandi e pesanti di Cate: ma gli fa subito un certo effetto pensare che Lars a quelle stesse tette, fino a poco tempo prima, attaccasse la sua boccuccia come una ventosa per pranzare, fare merenda e cenare. E all'improvviso gli prende un desiderio fortissimo. Cate chiude gli occhi, beata. Farsi baciare le tette le piace. Le piace tanto. Ma quando prova di nuovo a infilare la mano fra le cosce del marito, non trova nessuna traccia d'eccitazione. Eppure sembra glieli voglia mangiare, i capezzoli, dalla foga con cui li sta succhiando.

Allora, con dolcezza, gli prende il viso fra le mani, e se lo allontana dal petto. Lo guarda negli occhi e grossa, bionda, vogliosa, gli si mette sopra, a cavalcioni.

«Facciamo l'amore?» ripete.

«Va bene» ripete anche lui. Ma il suo pisello non sembra essere d'accordo. Rimane lì, fra le gambe, come un fagiolo lesso.

Cate china la testa, sempre dolcemente, e se lo mette in boc-

ca. Perfino la panna della mimosa di poco prima aveva più consistenza di quel coso.

«Che succede?» chiede allora a Samuele, sgranando gli occhi chiari per quella che a lui sembra subito rabbia.

«Scusa, Cate» *fa lui*. «Scusa scusa scusa» *prende a piagnucolare*.

«Scusa?»

«Non lo faccio apposta»

E il problema è proprio questo, vorrebbe dirgli Cate. Ma rimane zitta.

«Abbracciami, dài, non ti incazzare» *miagola Samuele. Poi spegne l'abat-jour, le posa la testa fra le tette, ne afferra di nuovo una. Si addormenterà così, con una tetta di Cate in una mano. Sembra Lars con il suo coniglio di gomma, osserva Cate, un istante prima di prendere sonno.*

Finalmente sono passata alle scuole medie.

Dico finalmente perché durante i cinque anni di elementari non ero riuscita a farmi nessun amico, proprio nessuno con cui, che ne so, fare i compiti, guardare la televisione, giocare a un due tre stella. Nessuno. Non so se fossi sempre talmente impegnata a stare con i grandi da dimenticarmi di essere piccola, o viceversa. Se mi fossi cioè talmente disabituata a essere piccola, con tutto quello che era successo, da ritrovarmi sempre in mezzo ai grandi. Comunque un rapporto fra le due cose sicuramente c'era.

Per facilitarmi la vita, così, o per facilitarla a loro, gli abitanti di via Grotta Perfetta 315 avevano deciso, dopo una delle loro infinite riunioni che non so perché si ostinassero a chiamare condominiali e non – che ne so – mandorlesche, che sarei stata nella stessa classe di Matteo Barilla.

«Così, povera bimba, non si sentirà del tutto spaesata» mi ha raccontato Tina che la signora Barilla ha ipotizzato.

«Così, chi deve andare a portare o a prendere uno dei due a scuola porta e prende anche l'altro e tutti siamo più contenti» mi ha raccontato Samuele che Lorenzo ha sottolineato.

Ora, alla luce di tutto quello che negli anni sarebbe (e soprattutto non sarebbe) successo fra me e Matteo, mi viene un po' difficile ripensare a quei giorni in cui non riuscivo a vedere niente, ma proprio niente di eccezionale in lui, quando invece a tutti sembrava così evidente che ci fosse.

«Il figlio minore dei Barilla è una meraviglia.»
«Sua sorella Giulia è una testa calda, ma lui: lui è una specie di angelo.»
«Sempre di buonumore!»
«D'altronde con due genitori come i suoi non era possibile che fosse altrimenti!»

Fra tutti i commenti su Matteo Barilla che evaporavano per le scale e sui pianerottoli di via Grotta Perfetta 315, quest'ultimo aveva il potere di farsi liquido, invadermi la testa e fermarsi, solido e duro, lì. Era di Tina, che a volte sentiva perfino il bisogno di rimarcare: «L'ingegnere è una persona così perbene e sua moglie una donna tutta d'un pezzo: ecco perché quel bambino è tanto delizioso».

Adesso: come sarebbe a dire?, pensavo io. Bisogna avere dei bravi genitori, per diventare bravi anche noi? Se invece loro (i nostri genitori, intendo) sono cattivi, allora diventiamo cattivi? Troppo facile, così, per i bravi e troppo ingiusto per i cattivi! E poi, soprattutto: se uno il papà ce l'ha in missione sulla luna e la mamma non ce l'ha più, che fa? Che cosa diventa? Non diventa niente, come il niente che gli rimane nella casella che dovrebbero occupare i suoi genitori?

«Che c'entrano l'ingegnere e la signora Barilla con Matteo?» mi limitavo, allora, a domandare a Tina. Lei non capiva che in realtà la stavo implorando di rispondermi: "Ma che hai capito Mandorla? Non volevo mica sostenere che nella vita avere due genitori perbene sia essenziale! Anzi: tutto il contrario. Forse mi sono espressa male: riguardo ai Barilla volevo proprio farti notare quanto sia un caso, assolutamente un caso, che l'ingegnere, la signora e Matteo siano tutti e tre simpatici! Tant'è che Giulia, la figlia maggiore, è un po' matta: sarebbe stato proprio strano altrimenti. Quattro persone fantastiche su quattro sotto lo stesso tetto? Assurdo, tenendo conto che i pregi e i difetti sono distribuiti fra gli esseri umani come capita!". Questo, più o meno, speravo che Tina mi rispondesse. Ma niente da fare. Perché a quel punto lei invece attaccava a raccontarmi la fantastica favola della famiglia Barilla: *Da un paesino di*

duemila anime a Roma città, si intitolava. Tina la cominciava sempre così: «Da un paesino di duemila anime a Roma città, capisci piccolina? L'ingegnere era povero povero, quando era piccolo come te. Ma a furia di studiare e darsi da fare, oggi è diventato un pezzo grosso: uno che ogni tanto compare pure sui giornali! E il bello sai qual è? Che comunque non si è montato la testa! Ha sposato la signora Carmela che, pensa: era una sua amichetta d'infanzia, una con cui giocava da bambino, una del suo stesso paese di duemila anime insomma. Mica si è messo vicino una giovane modista, come fanno di solito i ricconi!». Con "modista" oggi mi è finalmente chiaro che Tina volesse dire modella. Comunque: «Sono proprio persone straordinarie» continuava. «Non fanno pesare a nessuno la loro fortuna: anzi! Vivono in una casa che certamente è la più bella del condominio, perché ha un terrazzo grande così, ma mica si sono comprati un castello! Sono rimasti semplici, nel loro cuore, e non scordano mai di aiutare chi ne ha bisogno: pensa che quando la tua mamma aveva dei problemi con i soldi loro le andavano sempre in soccorso, senza nemmeno metterla nelle condizioni di chiedere aiuto. Ma soprattutto...» Qui arrivava la parte della favola preferita da Tina: «soprattutto i Barilla ci tengono che i loro figli conoscano l'importanza dei valori fondamentali. Me lo ricordo, l'ingegnere, quando Giulia era piccola! Ogni domenica la portava in giro per il quartiere in bicicletta: ce ne sono pochi al mondo di padri così». Qui di solito Tina s'interrompeva per pensare al suo, di padre, immagino: e avrei potuto scommettere che quella notte stessa le sarebbe venuta voglia di chiacchierare proprio con lui, in salotto, quando il resto del condominio si sarebbe addormentato. Ma la favola dei Barilla non era ancora finita: «Naturalmente anche con Matteo l'ingegnere ha sempre avuto un bellissimo rapporto».

E a questo punto fioccavano esempi. Matteo e suo padre a pesca, Matteo e suo padre a fare i compiti, Matteo, suo padre e sua madre al cinema a vedere i cartoni animati di Walt Disney, di sabato pomeriggio.

Certo: oggi mi accorgo che a Tina basta che qualcosa non riguardi lei per essere avvolto da una specie di polvere magica che assicuri perfezione.

Ma nel caso dei Barilla non aveva tutti i torti.

Sembrava davvero che fra Matteo, Giulia e i loro genitori ci fosse un patto invisibile agli altri e che forse in realtà non avevano mai nemmeno avuto il bisogno di stabilire ufficialmente. La forza di quel patto bastava a se stessa: punto. Scaturiva, spontanea, ogni volta che la signora Barilla si preoccupava di infilare nello zaino del figlio la merenda o quando l'ingegnere guardava i piercing spuntare come funghi addosso a Giulia, e insisteva a sbuffare: «Bah».

Sarei disonesta poi (e l'avvocato Pavarotti farebbe bene in questo caso a irritarsi) se a questo punto non aggiungessi all'elenco dei meriti dei Barilla quello di essersi sempre preoccupati di rinnovarmi l'abbonamento in piscina, di comprarmi i libri per la scuola e di versare ogni mese dei soldi (non so quanti: giuro) su un conto corrente a cui quando compirò diciott'anni potrò avere accesso (che cosa significa in termini pratici, me lo chiederò quando sarà il momento: direi che ora come ora ho già abbastanza casini da risolvere. Perché chiami casini le responsabilità?, mi chiederebbe l'avvocato Pavarotti. Chiamale opportunità, direbbe).

Fatto sta che di tutte le barillate più riuscite, se così si può dire, Matteo pareva essere la somma. Bello e raro come un elfo, con i riccioli scuri e gli occhi lunghi e verdi, era sempre, sempre sempre sorridente e pronto a trasformare quel sorriso in una risata squillante e contagiosa: nessuno poteva resistergli.

Eppure. Eppure a me Matteo non piaceva per niente: cosa che però a lui sembrava davvero impossibile da capire. Mi s'incollava addosso come un'ombra, dal momento in cui Samuele o la signora Barilla ci accompagnavano a scuola, e non c'era verso di farlo staccare finché non tornavamo a casa, da soli. Se ci ripenso oggi mi sembra incredibile. Ma: «Non avere paura, ci sono io con te» mi diceva, non so se perché glielo avesse raccomandato qualcuno o perché gli

venisse addirittura spontaneo. Comunque (incredibile, a ripensarci oggi) non capiva che era proprio quello il motivo di preoccupazione maggiore, per me: che ci fosse lui.

Prima di tutto perché trovava sempre il modo di farmi notare che se non ci fosse stato la mia vita in classe sarebbe stata un inferno: in effetti aveva ragione, ma che bisogno c'era di ricordarmelo? Non dico lo facesse apposta, questo no. Credo volesse attirare l'attenzione su quanto lui fosse bravo a farsi degli amici: ma invece l'attirava solo su quanto io fossi negata. Se d'istinto, infatti, dal primo giorno una classe decide chi è fuori e chi è dentro, Matteo era stato subito dentro, e io, manco a dirlo: fuori. D'altronde abbinavo le ballerine ai pantaloni militari, e avevo sempre addosso una giacca di panno blu che mi aveva regalato Cate, con una coccarda rosa sulla spalla. Adesso, a guardare bene, non saprei proprio a chi dare la colpa per come andavo in giro. Ai grandi, che invece di appendermi addosso le cose che piacevano a loro avrebbero dovuto capire che non ero una stampella, ma una ragazzina di undici anni che aveva solo bisogno di essere accettata dagli Altri Della Sua Età?

O a me, che avrei anche potuto dare un'occhiata a come si vestivano gli Altri Della Mia Età, per capire che sbagliavo tutto?

Di chiunque fosse la colpa, i miei compagni di classe (cioè loro: gli ADME) non avevano di certo il merito di essersi ingegnati più di tanto, per prendermi in giro: darmi dello spaventapasseri dev'essergli venuto proprio istintivo.

Ma altrettanto istintivamente hanno smesso. Nemmeno un mese, gli ci è voluto. È bastato che fosse chiaro a tutti che Matteo Barilla non solo mi considerava un'amica, ma addirittura un'amica speciale, perché gli ADME facessero uno più uno e s'impegnassero quantomeno a rispettarmi: a non chiamarmi più spaventapasseri, tanto per capirci (anche se ho sempre sospettato che dietro le mie spalle abbiano continuato: ma consideravo comunque un passo avanti non sentirmelo dire in faccia).

Quindi ero grata a Matteo, certo. Ma lo detestavo: pro-

prio perché sapevo di dovergli un favore. E perché pensavo che se lungo i quattrocento metri che separavano casa nostra dalla scuola avessimo incontrato Porcomondo, non ci sarebbe stata speranza: avrebbe preso a calci in pancia lui e poi avrebbe strappato gli orecchini a me – i buchi alle orecchie me li aveva fatti fare Samuele, per il mio undicesimo compleanno, e Paolo e Michelangelo mi avevano subito regalato due enormi pendagli d'oro e di corallo.

Non importava che i boccoli neri di Matteo, gli occhi verde prato e l'aria furba ingannassero le nostre compagne, pronte a fare i turni per portargli lo zaino dal cortile della scuola all'aula. Non importava che ingannassero i compagni, che all'unanimità lo avevano eletto capitano della squadra di calcetto della classe senza nemmeno informarsi se sapesse giocare o no.

Matteo Barilla riusciva a ingannare gli ADME, certo: ma non avrebbe ingannato Porcomondo. A uno come lui, pensavo, a uno che quello che c'era da vedere l'ha visto e quello che c'era da fare l'ha fatto, basterà un attimo per riconoscere sotto le spoglie di questo piccolo uomo disinvolto un bambino viziato: un attimo, gli basterà. A considerare ridicola la camminata morbida e sicura di Matteo, penosa la necessità di una battuta sempre pronta, folle la convinzione di avere l'universo ai suoi piedi.

Gli ADME potevano pure trasformare Matteo in un eroe e me nella sua protetta, ma a Porcomondo saremmo apparsi per quelli che eravamo: due ragazzini incapaci di difendersi, due nullità.

Quando è scoppiato lo scandalo delle figurine, poi, i miei timori si sono rivelati assolutamente fondati.

La notizia è cominciata a serpeggiare in una terza media, durante la ricreazione è strisciata fino a un'altra classe, e poi a un'altra e a un'altra: ha raggiunto i professori, ha raggiunto i genitori. Pare che di fronte alla nostra scuola, gravitassero dei tipi che vendevano pacchetti di figurine dei supereroi. Ma non erano figurine adesive: e per attaccarle sull'album bisognava leccare sul retro. Dove, si mormorava,

c'era in realtà uno strato di droga potentissima: leccandola, chiunque sarebbe stato indotto immediatamente a volerne ancora, finché in breve sarebbe diventato un tossicodipendente: senza nemmeno accorgersi di avere cominciato.

Naturale, per me, che dietro a un'operazione del genere ci fosse Porcomondo. Solo lui poteva essere in grado di inventarsi qualcosa di tanto perverso e geniale, che somigliasse proprio al male nella sua essenza, nella sua specialità a coglierci sempre e comunque impreparati.

Cate provava a tranquillizzarmi: «Mandorla, tesoro» mi ripeteva ogni notte, prima che mi addormentassi, o che almeno provassi a farlo, «devi stare tranquilla. Non vedi che io sono serena? Se ci fosse davvero qualcosa di cui preoccuparsi sarei la prima a farlo, non credi? È da una vita che nessuno incontra più Porcomondo in giro e per come si era ridotto, vedrai che non avrà fatto una bella fine, poverino. Poi dimmi la verità: li hai mai visti, tu, questi tizi che vendono le figurine?».

No, non li avevo mai visti. Ma era un'argomentazione troppo debole rispetto alla forza con cui l'ossessione per Porcomondo piantava le sue radici velenose giorno dopo giorno nel mio cervello.

Bastava che cominciasse a piovere: e al primo fulmine il cuore mi prendeva a battere furioso perché pensavo è lui, è Porcomondo, è finita: è qui.

Bastava una pubblicità, in televisione: se per esempio c'era quella di un detersivo capace di togliere le macchie di sugo da una camicia bianca, io ero convinta che Porcomondo avesse infilato in quel detersivo della droga da cui la povera signora che faceva il bucato si sarebbe trovata suo malgrado a dipendere.

Bastava un rumore: uno qualsiasi.

Come quel pomeriggio d'inizio novembre, quando Matteo e io siamo tornati dalla piscina dove, naturalmente, la signora Barilla e Cate avevano pensato bene di iscriverci allo stesso corso di nuoto. Pragash, il filippino che lavorava dai Barilla, ci era venuto a recuperare e siccome Sa-

muele avrebbe avuto un importante incontro di lavoro, di cui per scaramanzia non voleva dire niente a nessuno, aveva lasciato Lars dalla nonna e aveva chiesto a me di aspettarlo a casa di Matteo.

Ma, dopo tutte quelle ore passate insieme, ero davvero esausta: Matteo in classe, Matteo dalla scuola a casa, Matteo in piscina. Non aveva fatto che chiacchierare e chiacchierare, raccontarmi di quella volta in cui aveva vinto il torneo di basket alla colonia estiva e di quell'altra in cui era rimasto per due ore sott'acqua, al mare, senza respirare, mentre suo padre misurava il tempo con il cronometro. Non ce la facevo più ad ascoltarlo parlare di sé come fosse il protagonista del suo fumetto preferito.

Così, dopo la merenda (perché a casa Barilla quella era davvero imperdibile) ho fatto finta di aver dimenticato al secondo piano l'astuccio: e sono riuscita a tornare a casa, con l'intenzione di rimanerci. Il primo giorno delle medie Cate aveva deciso fosse arrivato il momento di consegnarmi una copia delle chiavi dell'appartamento, per ogni evenienza.

Adesso l'evenienza era capitata.

Una volta a casa, lì per lì mi sono sentita sollevata: la voce di Matteo e i suoi racconti finalmente erano lontani da me tre piani di scale.

Ma subito dopo mi sono resa conto che per la prima volta mi ritrovavo da sola in un appartamento che non condividevo con mia madre: a ripagare l'attesa, insomma, non sarebbe potuta arrivare lei, con il modo che aveva di rientrare e urlare sono tornata, annunciata dall'odore del suo profumo d'erboristeria al muschio bianco, avvolta dal mistero buono delle avventure incredibili che pensavo avesse vissuto durante il giorno.

Ed ecco che le chiacchiere di Matteo mi sono sembrate all'improvviso quanto di meglio potessi sperare di ascoltare: sono disposta perfino a farmi raccontare ancora di quando ha provato lo snowboard e a rivedere le diapositive una per una, mi sono detta. Sono disposta a tutto, pur di non rimanere qui, ora. Senza mamma. Senza nessuno che mi pos-

sa difendere da Porcomondo. Uno come lui sa sempre tutto, figuriamoci se non è stato avvisato che c'è una ragazzina da sola a casa, con due pendagli d'oro e di corallo alle orecchie.

O taxi inglese, ho cominciato a pregare, con tutte le mie forze.

E qualcosa, proprio in quel momento, è caduto per terra. O forse è rotolato. Comunque si è mosso. Ha fatto rumore. Qualcuno si è messo a ridere. Un altro ha riso ancora più forte. Sei finita, Mandorla, ho pensato. Sono addirittura al completo: Porcomondo, Titti e Fazzoletto.

Volevo solo sparire, non essere mai scesa, non essere mai nata, o comunque fare finta di non esserlo, e continuando a ripetere o taxi inglese, sono corsa in camera di Samuele e Cate per nascondermi e chiudermi a chiave.

Ma ho aperto la porta e li ho trovati lì. In effetti ridevano. Solo che non erano Porcomondo, Titti e Fazzoletto.

Erano Samuele e Giulia Barilla. Nudi. Una a quattro zampe, sul letto, l'altro in ginocchio, dietro di lei.

Samuele è diventato più bianco del lenzuolo con cui si è subito avvolto. Giulia, invece, continuava a ridere, e non accennava a coprirsi. Anzi, sembrava volesse proprio farmi vedere per bene com'era fatta: come le gambe lunghissime e magre le terminassero in un ciuffo colorato di verde, da cui risaliva, piatta, la pancia, con su tatuata un'enorme rosa senza petali e il gambo pieno di spine.

Non ho capito esattamente che cosa stesse succedendo. Certo, era chiaro che non si trattava di un incontro di lavoro: Matteo mi parlava spesso di sua sorella e sapevo benissimo che Giulia non faceva il produttore cinematografico, ma frequentava l'ultimo anno di liceo artistico, e sapeva disegnare molto bene, soprattutto col carboncino.

«In questo letto con Samuele deve dormire Cate» mi sono dunque limitata a farle notare.

«Bambina di merda, tu dovresti solo stare zitta e pensare a quella puttana di tua madre che si è scopata qualcuno a caso di questo condominio per scodellare fuori te» mi ha risposto lei.

Novembre 2004

«... si tratta di una malattia alle ossa, sai, una cosa congenita che gliele indebolisce, ma non voglio annoiarti e scendere in particolari penosi. È come se fossero di carta velina, le ossa di mia madre, ecco. Ma finalmente riesco a sentirmi più serena, da quando ho convinto lei e mio padre a trasferirsi in un appartamento che ho comprato per loro vicino al mio... insomma: al nostro. Te l'ho detto che sono sposata, no? E che ho un bambino bellissimo, che si chiama Lars?»

Cate abbassa gli occhi sull'insalata al tonno che ha ordinato per pranzo, nella tavola calda accanto a dove lavora. Le piace, parlare con il nuovo avvocato che si è trasferito da poche settimane nel suo studio. È un penalista e si chiama Luciano Pavarotti, come il tenore: eppure non sono parenti nemmeno alla lontana.

Strano, no? E piuttosto divertente. Lo stava raccontando proprio stamattina a Samuele, ma lui sembrava distratto: nel pomeriggio avrà un incontro di lavoro di cui per scaramanzia non ha voluto dire niente a nessuno, nemmeno a lei. Speriamo bene, si augura Cate. E comunque questa storia che l'avvocato Pavarotti e il tenore più famoso del mondo condividano nome e cognome ma non siano parenti a lei pare esilarante.

Ride spesso, Cate, quando è con Pavarotti.

Perfino adesso, che gli sta spiegando nei dettagli la malattia di sua madre, perché lui sembra desideroso di saperli: e da ridere non ci sarebbe proprio niente. Se non fosse che è irrefrenabile, si rende conto Cate, l'allegria che sente dentro.

La ragazza nella cella accanto alla mia ha smesso di tossire.
Probabilmente si è addormentata.
Chissà da quanto tempo è dentro. Chissà perché.
Magari anche lei è qui per un errore e l'errore non è suo, ma di chi ha pensato che lo fosse.
Chissà.
Forse però lei riesce a dormire perché è più brava di me a capire che cosa intenda il suo avvocato con la Verità, e dove abbia avuto inizio la catena di eventi che all'improvviso si è trasformata in un labirinto e l'ha portata fino a qui.
Perché adesso, per esempio, io non so a Pavarotti quanto sarà utile saperlo: ma certo devo ammettere che avrei preferito scoprire in un'altra maniera che mio padre non è un astronauta. Avrei preferito scoprire in un'altra maniera che non sarebbe potuto venire a prendermi perché già si trovava dove lo stavo aspettando.
O forse, perché no?, avrei preferito non scoprirlo mai.
La prima cosa che ho fatto, comunque, è stata uscire da quella stanza, da quella casa: subito. Scendere un piano di scale e suonare il campanello.
Tina aveva i capelli sciolti sulle spalle, quando mi è venuta ad aprire, e addosso il vestito blu con le margherite bianche. Evidentemente, da quando non abitavo più con lei ed ero passata al secondo piano, per ammazzare il tempo aveva preso a dare appuntamento ai suoi amici nottur-

ni anche di pomeriggio, avrei realizzato, più in là. Ma non quel giorno. C'era troppo da capire, quel giorno, per capire davvero qualcosa.

«Mandorla, piccolina, tutto bene?» mi ha chiesto Tina.
«No, niente bene» le ho risposto.
E lei non ha avuto bisogno di altro.
«Questo momento prima o poi doveva arrivare» ha sospirato. Ma certo, era d'accordo con me: se perfino per una notizia del genere esistono due possibilità diverse di venire informati, una più dolorosa e una meno, a me ne era toccata una tremenda.

«Piccolina, fammi una promessa: l'avvocatessa Grò non deve sapere niente, di quello che è successo oggi» mi ha raccomandato. «L'enormità dell'incoscienza di Samuele lo protegge, perché nessuno potrebbe mai sospettare che cosa sta combinando.» Si è portata una mano sugli occhi, come per non volerla nemmeno immaginare, la scena che io mi ero dovuta trovare davanti. «Dirò a tutti di essere stata io, a raccontarti la verità. Se la prenderanno con me, ma poco male, rispetto al disastro che potremmo combinare a rivelare come sono andate davvero le cose.»

«Ma come sono andate davvero le cose, Tina?»
«Piccolina, me le hai appena raccontate tu: il signor Grò, la giovane Barilla...»
«No. Intendo: dopo che è morta mamma.»
Allora Tina è salita su uno sgabello per arrivare in cima alla credenza della cucina e ha preso una scatola di latta. L'ha aperta, ha tirato fuori una lettera. Me l'ha consegnata: «Viviamo tutti all'oscuro di qualcosa che ci riguarda» ha detto. Poi mi ha invitato a leggere, ad alta voce: «Venticinque ottobre millenovecentonovantatré. Amore mio. Ti ho vista solo di sfuggita, poi un'infermiera ti ha portato via».

Pavarotti la conosce bene, quella lettera: mi ha chiesto di dargliela, è convinto che per il momento sia giusto la tenga lui. È inutile, insomma, che gli dimostri di saperla a memoria, meglio del mio numero di cellulare, meglio di O

taxi inglese, di *We Wish You a Merry Christmas*, della tabellina del sette.

«... oggi mi sembra che nessuna donna, oltre a me, è mai diventata mamma.» Così, sono arrivata all'ultima parola. A quella parola.

Mamma.

E finalmente Tina, nella maniera meno dolorosa possibile, si è messa a raccontarmi tutto quello che ancora c'era da sapere.

Mancava un particolare, ma sentivo che non era lei la persona più adatta a cui chiederlo.

Per questo sono salita al quarto piano.

Mi è venuto ad aprire Lorenzo, con la faccia stropicciata di sonno.

«C'è Lidia?» ho domandato.

«È andata in analisi.»

«...»

«Dalla sua psicologa. Una tipa che sicuramente non fa altro che darle ragione e convincerla di quanto sono stronzo. Per ottanta euro saremmo bravi tutti, no?»

«...»

«Insomma: torna fra poco.»

«Ah.»

«Mi ero buttato sul divano per leggere un libro che devo recensire e mi sono addormentato» si è scusato, come se la mia delusione dovesse per forza c'entrare qualcosa con lui, e non con il fatto che avevo un bisogno assoluto di parlare con Lidia. Efexor nel frattempo è corso alla porta e ha cominciato a saltare com'è abituato a fare lui, per salutarmi.

Chissà quanto deve esserci rimasto male: ho sempre ricambiato le sue feste. Ma quel pomeriggio no.

Non ho aspettato nemmeno che Lorenzo mi invitasse a entrare, per fare a lui quella domanda che ormai mi rimbalzava in testa da ore, più instancabile di Efexor: «Come si fanno i bambini?».

Lorenzo allora ha allargato gli occhi (uno verde e l'altro

marrone, tutti e due grandissimi), e mi ha detto andiamo di là, in salotto.

Mi ha invitato a sedermi su una poltrona, è sprofondato su un'altra e ha cominciato a prepararsi una sigaretta, con una cartina, del tabacco e quella che all'epoca mi sembrava solo una strana pallina di gomma, da cui Lorenzo pizzicava dei tocchetti per mescolarli al tabacco.

«La vita umana, cara Mandorla, è una pazzia» ha cominciato. «C'è chi ci crede, pensa te: alle decisioni che prende, alle cose che fa... come se avessero senso! E invece non ce l'hanno, tocca abituarsi: siamo tutti, nessuno escluso, frutto del sogno di un vecchio ubriaco che non sa che cosa cazzo dice, figuriamoci se sa che cosa sogna.»

«Sì, ma i bambini? Come si fanno?» ho insistito.

«Un attimo, adesso ci arrivo.»

«Scusa.»

«Niente. Dicevo...» ha aspirato una lunga, profonda boccata di fumo. «La vita non ha senso, e questo è appurato. Però, e non chiedere a me il perché, c'è chi non si rassegna. Costruisce ponti, case, si lava i denti prima di andare a dormire, se li lava di nuovo dopo avere fatto colazione: e tutto con un certo malcelato orgoglio, capisci? Come se ci fosse in palio un qualche premio per il Miglior Essere Umano Entusiasta Di Esserlo e volesse vincerlo. Ecco, sì. È questo il concetto chiave, Mandorla: non esiste nessun premio, naturalmente, così come, va da sé, nessuna possibilità di vincerlo. Ma chi crede che invece esista, a un certo punto, non può farne a meno...» Ha dato un altro tiro alla sua sigaretta fatta a mano. Si è incantato a guardare il fumo che gli usciva dalla bocca e dalle narici.

«E...?» Sentivo di dover attirare di nuovo la sua attenzione, come se non bastasse essergli seduta di fronte, perché potesse continuare a fare caso a me.

«E cosa?»

«Come cosa? Chi crede che il premio per il Miglior Essere Umano Entusiasta Di Esserlo esista, anche se non esiste: che fa?»

«Fa bambini» ha affermato Lorenzo: e nel dirlo, paradossalmente, sembrava proprio entusiasta.

«Ma io ti ho chiesto come: come, Lorenzo, com'è che si fanno i bambini?»

«Come» ha dato un ultimo tiro alla sigaretta che poi ha spento in una tazzina da caffè, sul bracciolo della poltrona. «Vuoi sapere proprio come, nel senso di: praticamente?»

«Sì.» C'era bisogno che lo ribadissi? Parlare con quell'uomo sembrava impossibile.

«Le donne hanno quella cosa, fra le gambe: la maledizione di noi uomini che altrimenti passeremmo il tempo a fare cose interessantissime.»

«Tipo?»

«Che ne so? Vivremmo tutti insieme in un monastero, per esempio, a studiare i Vangeli gnostici e a farci crescere le unghie dei piedi scommettendo su chi riuscirà ad averle più lunghe. Ma torniamo al punto, Mandorla.» Non chiedo di meglio, ho pensato. E l'ho lasciato proseguire: «Si chiama fica, la maledizione che hanno le donne fra le gambe, ma a te devono aver detto che si chiama in un'altra maniera. Farfallina, margherita, qualcosa del genere immagino».

«Tina la chiama la chicca.»

«La chicca, bene.»

«E gli uomini hanno il pisello.»

«Te l'ha detto sempre Tina?»

«No, non mi ricordo dove l'ho imparato.»

«Ah, ecco» ha riso. «La signorina Polidoro che ne può sapere? È messa così male che secondo me pensa al gatto randagio del quartiere, quando si vuole masturbare.»

Non l'ho capita, anche se a osservare Lorenzo sembrava una battuta divertente. Comunque, a me non interessava scherzare.

«E allora?»

«Allora gli uomini mettono il loro pisello nella chicca delle donne, e questo si chiama fare l'amore, scopare, andare a letto: fa lo stesso. A ogni modo, così nascono i bambini. Sempre e comunque inutilmente.»

Dunque avere un figlio c'entrava con quello che stavano facendo Samuele e Giulia Barilla, come immaginavo.

E se mio padre poteva essere chiunque, in quel condominio: be'. Poteva essere Samuele. Al posto di Giulia, a quattro zampe, davanti a lui, poteva esserci stata mia madre. Subito dopo una riunione al sesto piano, chi lo sa: quella sera Cate magari era rimasta a cena dai suoi genitori e mentre ognuno dei condomini tornava a casa sua, Samuele forse si era trattenuto con mia madre. Le aveva raccontato quella storia assurda di *Pretty Woman*, lei lo aveva ascoltato come sapeva fare, riuscendo a far sentire importante chiunque. Finché era successo e basta.

Così, anche se poco dopo è arrivata Lidia e Lorenzo le ha spiegato per quale motivo mi trovassi lì: non è servito. Anche se allora lei mi ha trascinato in camera da letto, e quella sembrava proprio la scena commovente di un film in cui due amiche si scambiano i loro segreti: non è servito. Anche se mi ha confidato di aver fatto l'amore milioni di volte con Lorenzo, ma di aver litigato con lui per un periodo e di essere rimasta incinta di un altro, con cui era stata solo per ripicca, perché tutti facciamo degli sbagli e proprio per questo non possiamo essere troppo severi nei confronti di quelli degli altri: non è servito. Anche se, abbassando gli occhi, mi ha raccontato di aver perso quel bambino dopo un mese di gravidanza, e che quello sì, era stato un momento bruttissimo, perché anche se non era di Lorenzo era comunque suo, sarebbe stato suo, quel figlio: non è servito. Anche se mi ha spiegato che dunque io dovevo assolutamente capire che quelle tre cose (amarsi, fare l'amore, fare un bambino) a volte potevano non avere niente a che fare l'una con l'altra: non è servito.

Perché c'è davvero, davvero davvero bisogno che glielo dica, all'avvocato Pavarotti, come mi sentivo quel pomeriggio? Non può immaginarselo? Non potrebbe forse immaginarlo chiunque?

Una ladra di papà, mi sentivo. Che però avevano derubato del suo.

Una ladra di mamme. Che però: e così via.
Ho pregato tantissimo, allora.
Perché volevo solo essere un tortellino di Tina, il letto di Samuele e Cate, il tatuaggio di Giulia Barilla, un pannolino sporco di Lars, un pelo di Efexor. Qualunque cosa non fossi io: una figurina con dentro la droga di Porcomondo.

AL TERZO PIANO

Gennaio 1990

È appena scoccata la mezzanotte.

«Buon anno, Emme» biascica Maria, con la bocca impastata dall'antidolorifico. Solo gli occhi le spuntano dalla coperta, il gesso che le fa da gamba sinistra e i due che le fanno da braccia.

«Buon anno, Emme» le fa eco Michelangelo, seduto ai piedi di quel letto d'ospedale, nel reparto di Pronto soccorso dove Maria è stata ricoverata nel pomeriggio, dopo essere stata investita da una macchina che per un pelo è almeno riuscita a rallentare, quando quella ragazza è sbucata all'improvviso come se un semaforo rosso, per lei che andava di fretta, non significasse niente.

«Ti facessi almeno una storia con, che ne so, uno di quei medici pazzeschi tipo il dottor Ralph di Uccelli di Rovo» le ha detto Michelangelo, appena l'ha raggiunta, per portarle da casa lo spazzolino, il dentifricio e una camicia da notte. «Allora sì, avrebbe avuto senso, attraversare col rosso.»

«Ignorante: padre Ralph era un prete» ha sorriso lei. «E poi ero in ritardo... anzi: mi perdoneranno mai, secondo te?» gli ha chiesto, e già rideva, come quando con una domanda si vuole in realtà solo consentire all'altro di fare una battuta.

«Chi, i barboni della stazione? Per essere mancata al pranzo di beneficenza di fine anno? Oh, certo, non avranno pensato ad altro: "dov'è Maria?" si saranno chiesti tutto il tempo. D'altronde che cazzo di problemi possono avere, persone così? La loro preoccupazione più grande adesso sarà sicuramente quella di non averti vista al banco della mensa, oggi. "Chi se ne frega se sta per nevi-

care e non abbiamo dove dormire! Vogliamo sapere perché Maria non è venuta!" Questo, staranno dicendo.»

Nessuno, di solito, intercetta il loro senso dell'umorismo: e l'infermiera che stava misurando la temperatura a Maria, infatti, li ha guardati senza riuscire a trattenere del biasimo per un cinismo tanto idiota e fine a se stesso.

Adesso sono soli.

«*Vai, su. Esci, sei ancora in tempo per imbucarti a una festa*» suggerisce Maria a Michelangelo.

«Non ne ho voglia.»

«*Dài, Emme: devi vivere la tua vita!*»

«Ma è questa, la mia vita» le risponde lui. Nessun uomo etero mi ha mai detto una frase tanto romantica, riflette Maria. O forse a nessun uomo etero io l'ho mai permesso. Chissà: Michelangelo è il premio di consolazione per il disastro che è la mia vita sentimentale oppure è l'ostacolo definitivo contro la possibilità che io riesca ad avere una relazione normale, come tutte le donne della mia età? Chi se ne frega, decide Maria. Allunga il braccio ingessato, infila la mano nella mano di Michelangelo. "Il dottor Ralph..." ripete, fra sé e sé, e ride. Finché non si addormenta.

Insomma.

A dodici anni ero alta un metro e trentuno: o meglio, ero bassa un metro e trentuno.

Non pesavo niente ma, a differenza di quanto sosteneva Tina, mangiavo abbastanza.

Andavo in giro vestita come un collage e non lo facevo apposta, però

1. se non ti sbrighi da subito a capire come si vestono gli Altri Della Tua Età poi è difficile recuperare il tempo perduto;
2. non volevo scontentare nessuno dei condomini di via Grotta Perfetta 315.

Così portavo le solite ballerine ai piedi, i vestiti arrabbiati che piacevano a Samuele, la giacca di panno blu di Cate, gli orecchini d'oro e di corallo, in testa un fermaglio a forma di farfalla che mi aveva regalato la signora Barilla, al collo un ciondolo con un dente di elefante che Lidia e Lorenzo mi avevano portato dall'Africa, dove alla fine erano riusciti ad andare.

Non avevo amici – anche se una volta, per dirla tutta, un tentativo l'ho fatto: con Eva Brandi, una biondina seduta al banco dietro a quello mio e di Matteo. Era un perfetto esemplare di Altra Della Mia Età, Eva. Non che all'epoca fosse niente di che: anzi. Era alta, ma secca come uno sco-

pettino, e sulla fronte non facevano che scoppiarle brufoli. Lei però non sembrava farsene un problema, strizzata nei suoi jeans elasticizzati e forte di saper partecipare a qualsiasi discorso facessero i maschi della classe, durante la ricreazione, si parlasse di un telefilm che avevano visto la sera prima o di una partita di calcio.

Fatto sta che un giorno, suonata la campanella della fine dell'ultima ora, Eva, che fino a quel momento non mi aveva mai, mai mai rivolto la parola, mi ha sorriso e mi ha detto ciao. Siccome Caterina mi assillava sempre con la storia che non era normale che io non invitassi mai nessuno a fare i compiti con me nel pomeriggio, ho colto l'occasione al volo e ho invitato Eva. Incredibile ma vero, lei mi ha risposto di sì.

«Oggi pomeriggio, alle quattro?»

«O cappa» ha detto: che vuol dire ok, nella lingua degli ADME.

Ho cominciato ad aspettarla da subito: nemmeno sono riuscita a pranzare, dalla tensione, perché ho sempre avuto un debole per quei momenti a cui un domani si può guardare per dire: "È lì! È lì che stava cominciando tutto, e io non lo sapevo!". La prima stretta di mano fra due persone che diventeranno marito e moglie, la prima incomprensione fra chi da lì a un anno si manderà al diavolo definitivamente: il primo degli infiniti pomeriggi che due amiche del cuore trascorreranno insieme.

Perché mentre aspettavo le quattro, non facevo che immaginarci adulte, me ed Eva, sedute a un bar con le gambe accavallate a raccontarci come ci facessero penare i nostri figli, che guarda caso erano nati lo stesso giorno, ed erano un maschio e una femmina che, va da sé, quando sarebbero stati grandi abbastanza si sarebbero sposati. Finalmente poi Eva ha citofonato. L'ho fatta salire e le ho subito offerto un succo di frutta e del pane e Nutella, come Cate mi aveva consigliato. Finita la merenda, ho voluto fare a Eva delle domande per poter diventare, appunto, amiche del cuore. Le ho chiesto qual era il suo colore preferito, se pre-

feriva i numeri pari o i dispari, quanti fratelli aveva e così via. A un certo punto però lei è esplosa e mi ha chiesto: «Ma adesso che facciamo?». Io ho provato a spiegarle che stavamo già facendo qualcosa, cioè amicizia. Ma lei allora si è impuntata e voleva a tutti i costi vedere la televisione. Almeno, ha aggiunto.

«Vediamo la televisione, almeno.» Proprio così, ha detto. E ci siamo messe a guardare il canale delle televendite, mute come sassi, finché sua madre non è venuta a prenderla e ci siamo salutate, con quella specie di vergogna per noi stessi che forse assale tutti, quando è chiaro che la fine di un primo appuntamento non porterà a niente di gigantesco ma, anzi: coincide con la certezza che non ce ne sarà un secondo.

In realtà non sarebbe finita lì, con Eva Brandi.

Ma per il momento così sembrava.

Per il resto, i compagni di classe si limitavano a non prendermi in giro per via di Matteo Barilla, ma era evidente che non provassero nessun interesse a sapere chi fossi o che cosa pensassi, mentre Matteo, a cui interessava saperlo, all'epoca non interessava a me.

Poi.

Avevo già avuto il morbillo, gli orecchioni e la pertosse.

Ero stata due volte a Santa Marinella con Tina, tre volte (due d'estate e una d'inverno) in montagna con i Grò, a Parigi, sempre con i Grò, e a Napoli dalla mattina alla sera con Cate, che doveva discutere lì una causa.

Partire mi piaceva e mi piaceva tornare: stare ferma in un posto, invece, cominciava a essere un problema.

Poi.

Mi piaceva guardare la pioggia formare le goccioline sulla finestra, giocare a dama il giovedì pomeriggio con Gianpietro Costanza, a nascondino con Lars, leggere i libri che le case editrici mandavano in omaggio a Lorenzo e che lui regalava a me, assistere in diretta dallo studio radiofonico, quando il giorno dopo non dovevo andare a scuola, alle puntate di *Sentimentalisti Anonimi*, il programma di Lidia.

Non mi piaceva la geometria, l'idea in generale di dover studiare e imparare cose di cui non mi fregava niente solo per essere interrogata da qualcuno che già sapeva le risposte alle domande che mi faceva, non mi piacevano le uova, i fagiolini e il minestrone.

Pregavo ogni notte di potermi trasformare in una cosa diversa, ma se qualcuno mi avesse chiesto di sceglierne solo una, non avrei avuto dubbi: il taxi inglese di Porcomondo, avrei risposto.

Quando Tina, Cate o l'ingegner Barilla andavano a parlare con i miei professori, tornavano a casa sempre con lo stesso verdetto: il problema era che avevo la testa da un'altra parte (anche se nessun professore mi faceva il piacere di specificare dove). Di buono invece c'era che ero una bambina molto educata e mi esprimevo con una "notevole proprietà di linguaggio" per la mia età.

Sarà. Io non è che mi sentissi particolarmente fortunata a conoscere il significato di parole tipo "paradigmatico", "illuminismo" o "scopare".

Ancora.

Preferivo l'inverno all'estate, il pandoro al panettone e i cani ai gatti.

Ma soprattutto: vedevo papà da tutte le parti, a dodici anni.

Come mi aveva raccomandato Tina, non avevo fatto cenno a nessuno di quel pomeriggio maledetto, di Samuele nudo con Giulia Barilla nuda, eccetera eccetera eccetera. Mi ero limitata, la mattina dopo, a chiedere a Cate: «Mi accompagni a tagliare i capelli oggi pomeriggio?». E, nonostante il parrucchiere non la finisse più di sforbiciare e mi avesse ridotto a una specie di soldatino, mi sentivo soddisfatta perché anche Cate si era convinta a farsi fare una messa in piega. Niente ciocche verdi sullo stile del ciuffo di Giulia, certo: ma con i capelli in ordine, leggermente mossi come se glieli agitasse il vento, secondo me Cate avrebbe potuto partecipare a un concorso di bellezza e vincerlo. Se ne renderà conto anche Samuele, vedendola tornare a casa così, pensavo.

Nel frattempo, fedele ai nostri piani, Tina si era presa la responsabilità di convocare i condomini al sesto piano e di annunciare: «Mandorla sa». Da quanto mi ha raccontato, l'unica premura di tutti quanti era stata che niente cambiasse, in quella specie di equilibrio che, con tante difficoltà, alla fine erano riusciti ad assicurare a me e a loro. Che io fossi pure a conoscenza di com'erano andate le cose, cinque anni prima: ma per il mio bene, soprattutto per il mio bene, non mi venisse in mente di volerla sapere tutta. Che cosa? Caro Pavarotti: ma come? La Verità!

«Perché ci sono dei segreti da rispettare che ai fini della nostra serenità sono importanti quanto le cose di cui invece siamo a conoscenza» aveva sentenziato Tina, alla fine del suo resoconto. Per poi chiedermi, con quell'apprensione che trasforma le domande in preghiere, e che dunque nessuno meglio di me poteva conoscere: «Insomma, me lo prometti, piccolina, che non ti metti in testa strane idee?».

«Te lo prometto» le avevo risposto.

Chiaramente con "strane idee" si riferiva al desiderio di scoprire chi fosse mio padre.

Novembre 2004

«*Che diamine significa, signorina Polidoro, "Mandorla sa"?*» *L'ingegner Barilla, al solito, dà voce e concretezza allo stupore e alla perplessità generali.*

«*Sa*» *ribadisce Tina, concentrando lo sguardo sull'orlo sbrindellato della sua gonna, così da evitare la possibilità che qualcuno colga nei suoi occhi che sta per mentire.* «*Mi ha sentito parlare al telefono con il mio amico Gianpietro Costanza di quella situazione... o meglio, di questa situazione. La situazione in cui siamo da cinque anni, per intenderci. Allora, sensibile com'è, quella piccolina ha cominciato a farmi mille domande. A cui, vecchia e rimbambita come sono, non ho potuto evitare di rispondere.*»

Tutti mi stanno fissando adesso e probabilmente (a parte Samuele Grò, a cui sto salvando le penne) mi odiano, pensa Tina. Fanno bene: ammette dentro di sé. Ma credeva di essere più forte e di riuscire a sopportare, in nome della serenità di Caterina Grò (non certo delle penne di suo marito), l'astio di cui si ritrova ingiustamente vittima. Invece non è forte per niente. Perché lei, santo Dio, lei è una brava persona. Non è possibile che i suoi condomini la guardino così: come fosse una criminale. Peggio ancora: che la guardino come la guardava sua madre. Allora non ce la fa più. E tenta almeno di salvare il salvabile: «*Non preoccupatevi. Mandorla mi ha detto (di sua spontanea volontà, pensate) che non ci tiene per niente a sapere chi possa essere davvero suo padre. Per quanto la riguarda, noi di via Grotta Perfetta 315 siamo la sua famiglia: non c'è altro che le interessi. La piccolina,*

lo ripeto, è molto sensibile: capisce perfettamente che cosa è meglio per lei e anche per voi. Per noi, volevo dire, naturalmente. Comunque. Tutto a posto: no?». E torna a concentrarsi sull'orlo della gonna. Prova a dividere le bugie in due categorie: quelle a fin di bene e quelle a fin di male. Ma, se proteggere Caterina Grò dalla verità ha a che fare con il bene, lo stesso non si può affermare con tanta sicurezza per quanto riguarda Mandorla e il desiderio legittimo che quella piccolina potrebbe avere di scoprire l'identità di suo padre: questo a Tina non sfugge. *Domani dovrò assolutamente andarmi a confessare*, pensa. Non fa in tempo a trarre un po' di sollievo da quella decisione, che Lidia la aggredisce: «Signorina Polidoro, come sarebbe a dire: "tutto a posto"?!».

Così a quel punto tutti sapevano che io sapevo, ma non sapevano tutto quello che davvero c'era da sapere e che invece Tina e io (senza contare naturalmente Samuele e Giulia Barilla) sapevamo.

«Un periodo terribile» pare che l'abbia definito Cate, nel raccontarlo a Pavarotti (almeno così mi ha detto lui).

In effetti vivere con lei e Samuele anche per me era diventato una tortura.

Non vedevo proprio l'ora di passare al terzo piano per non dover più sostenere lo sguardo azzurro e trasparente che aveva Cate quando si preoccupava, che ne so, che mi fossi lavata le mani prima di andare a tavola, come se non ci fosse niente di più importante che avremmo potuto dirci, io e lei. Mentre invece c'era.

Per non parlare di Samuele, che dopo quel pomeriggio mi aveva preso in disparte e mi aveva sussurrato: «Le cose non stanno come sembra, Mandorla», e basta: come se non ci fosse il bisogno di spiegarmi com'è che allora stavano davvero le cose. Mentre invece c'era.

Giulia Barilla, dal canto suo, quando mi incontrava perché magari Matteo insisteva che lo andassi a trovare, mi salutava: «Ciao, bambina di merda». Suo fratello la giustificava, con quell'aria tipica con cui lasciava sempre intendere di capire tutto quello che c'era da capire e mi rassicurava: «Non darle retta: è fatta così».

Tutto questo non mi teneva sveglia di notte, come solo la possibilità di un agguato improvviso di Porcomondo riusciva a fare, ma comunque mi distraeva da quello che era diventato il mio unico interesse: vedere papà da tutte le parti, ripeto.

Incrociare in ascensore l'ingegner Barilla, studiargli le orecchie, la forma della testa, fantasticare sulla tonalità di rosso del sangue che gli scorreva nelle vene e confrontarli con le mie orecchie, la forma della mia testa, il rosso del mio sangue. Chiedere a Lorenzo chiarimenti sul libro che mi aveva regalato il giorno prima, perché non faceva mai caso ai titoli, prima di passarmeli, e spesso mi capitavano fra le mani saggi impossibili di teologia o trattati di filosofia classica: e un po' mi piaceva ascoltarlo, ma per lo più volevo osservargli le mani mentre gesticolava per esprimere un concetto particolarmente difficile e notare quanto, se e come somigliassero alle mie, di mani. Spiare il modo che gli uomini di via Grotta Perfetta 315 avevano di soffiarsi il naso, controllare la buca della posta, sbadigliare: capire cos'è che potessi avere ereditato io, per scoprire da chi, l'avessi ereditato.

Per quanto riguardava loro, invece: niente.

«È questo che trovo davvero ignobile degli uomini di quel condominio» mi ha detto Pavarotti. «Che non abbiano avuto nemmeno le palle di confessarti di non avere le palle di fare il test del DNA. Di che parlavano, nel frattempo? Dei compiti? Del tempo?»

Più o meno sì.

Pavarotti se la prende con gli uomini perché fra le donne di via Grotta Perfetta 315 c'è anche Cate, immagino: ma se davvero per lui è stato scandaloso il silenzio con cui le mie famiglie hanno deciso di ammettere che fra loro si nascondesse mio padre, allora la responsabilità è di tutti. Uomini e donne. Adolescenti, bambini. E un cane.

Novembre 2004

«*Signorina Polidoro, come sarebbe a dire: "tutto a posto"?!*» Lidia si alza in piedi per l'indignazione.

«Si calmi, dottoressa Frezzani» la invita l'ingegner Barilla.

«No che non mi calmo» insiste lei. «Mandorla non avrebbe mai dovuto sapere e invece sa. Benissimo. O meglio, malissimo. Comunque sia, Mandorla sa che suo padre abita in questo condominio. Ma, a quanto dice la signorina Polidoro, non le interessa sapere altro: giusto, signorina?»

«Dice che noi di via Grotta Perfetta 315 siamo la sua famiglia e non c'è altro che le interessi» ripete Tina, a fil di voce, gli occhi spillati sull'orlo della gonna.

«Mi pare che Mandorla confermi di essere la ragazzina ragionevole che tutti ormai abbiamo imparato ad apprezzare» considera la signora Barilla.

«Forse non ci siamo capiti.» Lidia si fa più calma, ma Lorenzo la guarda intimorito e la spinge a rimettersi seduta: è proprio quando abbandona i toni accesi, che la sua donna si fa davvero pericolosa. «Quello che intendo dire, signora Barilla, è che al punto in cui siamo arrivati non ci è più possibile andare avanti come se niente fosse.»

«Perché?» domanda Caterina.

«Già: perché, Lidia?» le fa eco Samuele, tanto per far capire alla moglie che, qualsiasi posizione lei sceglierà di assumere, lui sarà d'accordo. Dall'inizio della riunione, non fa che affondare le mani nelle tasche e grattarsi le cosce. Grò non si dà pace, pensa

Tina, perché ovviamente si rende conto che è colpa della sua orribile infedeltà se Mandorla è venuta a conoscenza di quello che non avrebbe dovuto sapere mai. Non può immaginare, Tina, il reale motivo dell'evidente nervosismo di Samuele: Giulia Barilla non ha ancora risposto al messaggio che lui le ha spedito ormai trentasei minuti fa.

«Che significa: "perché"?» Lidia adesso è semplicemente incredula. «Siete impazziti? Secondo voi dovremmo ignorare quello che è successo? Non abbiamo forse il dovere morale di parlare con Mandorla tutti insieme, adesso che lei sa che suo padre si nasconde fra di noi?»

«Cinque anni fa abbiamo fatto un patto, dottoressa Frezzani» le ricorda l'ingegner Barilla.

«Ma le cose adesso sono cambiate!»

«Se un patto si chiama famiglia, dottoressa, è difficile che succeda qualcosa realmente in grado di infrangerlo» replica l'ingegnere.

«Noi non siamo una famiglia!» tuona Paolo. «Siamo cinque famiglie ben distinte legate da un patto, certo, ma un patto scellerato! L'avevo detto subito io, che bisognava fare il test del DNA. Subito, l'avevo detto.»

«Non ha senso recriminare sul passato, Paolo» Caterina, serafica, lo rimprovera. «Quel che è fatto ormai è fatto. E Mandorla, che ti piaccia o no, ci rende una famiglia: ha ragione l'ingegnere.»

«Perfetto: ed essere una famiglia ci dà allora il diritto di far passare sotto silenzio una cosa gigantescamente grossa come il fatto che Mandorla d'ora in poi viva consapevole di avere un padre in questo condominio ma non possa sapere chi è, questo padre?» domanda Lidia.

«Non il diritto» le risponde l'ingegner Barilla. «Essere una famiglia dà il dovere di far passare sotto silenzio cose "gigantescamente grosse", dottoressa.» Poi si rivolge al resto dei condomini: «Certo, ciò non toglie che se il padre di Mandorla ritenesse opportuno svelare la sua identità, questo mi pare il momento adatto per farlo».

Rotolano, muti, secondi che sembrano minuti.

Finché: **beep beep**. Il segnale che annuncia l'arrivo di un messaggio sul cellulare di Samuele spacca il silenzio.

Che strano.

In questa lunga lunga notte, che più va avanti e più va indietro, mi rendo conto che non me ne torna in mente una, delle cose che ero abituata a fare tutti i giorni: non mi ricordo a che ora andasse in onda il mio cartone animato preferito, non mi ricordo il nome dei sette re di Roma e nemmeno quello del mio insegnante di nuoto.

Eppure non c'era pomeriggio che non facessi la pazza pur di poter guardare la televisione, non c'era lunedì che non andassi in piscina e, siccome la professoressa di storia interrogava all'improvviso, bisognava studiare sempre.

Niente: vuoto completo. Ho dimenticato tutto. Mentre ricordo come fossero ieri fatti identici solo a se stessi, che magari mi sono capitati una volta e basta: ma proprio per questo hanno fatto la differenza. È come se la memoria facesse lo slalom fra le abitudini, e allargasse a macchia d'olio le eccezioni.

Per esempio, adesso, non saprei proprio dire che effetto mi facesse dover sciogliere l'urgenza naturale che avevo di sapere chi fosse mio padre nell'urgenza misteriosa con cui tutti, in un modo o nell'altro, mi spingevano a rinunciarci.

Succedeva giorno per giorno: non me lo ricordo.

Mentre ricordo perfettamente il discorso che mi ha fatto Paolo, quando finalmente sono passata dal secondo piano al terzo, per vivere con lui e Michelangelo.

«Mandorla, una cosa dev'essere data per certa, fra noi

due. Non è un segreto, ormai, che tuo padre abiti in questo condominio. Nessuno ne parla, ma lo sappiamo tutti. Benissimo: non sono io. Di questo puoi stare tranquilla. Tua madre, con rispetto parlando, non mi era simpatica. Anzi, se dobbiamo fare *coming out* è bene farlo fino in fondo: secondo me era proprio una stronza. Telefonava o citofonava a tutte le ore del giorno e della notte, i primi tempi che Michelangelo e io abbiamo cominciato a stare insieme: ti pare possibile? Diamine, dicevo a Michelangelo, ma perché Maria non si trova un marito che sia suo e basta, invece di usare te come un pronto soccorso? Per giunta non sai come mi trattava, all'inizio, tua madre. Come fossi frutto dell'immaginazione di Michelangelo, mi trattava. Qualcosa di passeggero, un'allergia che prima o poi, così com'era venuta, se ne sarebbe andata. Invece sono rimasto: cazzo, se sono rimasto. Da quando ho comprato quest'appartamento e Michelangelo si è trasferito a vivere con me anziché continuare a fare da dama di compagnia a lei, finalmente ha dovuto accettarlo. Non credo mi abbia perdonato di averle rubato il suo giocattolino. E adesso, che riposi in pace: ma mai potrà perdonarmelo, povera donna. Comunque. Va da sé che quella sera di marzo al sesto piano con Maria certamente non c'ero io. Figuriamoci. Perfino rimanere nello stesso posto per il tempo di una riunione condominiale ci riusciva difficile.»

Uno in meno, ho pensato, e ho cancellato PAOLO dalla lista che, nonostante tutto, niente e nessuno riusciva a farmi sparire dalla testa.

Però, subito dopo, ho pensato anche qualcos'altro.

Mia mamma non era una stronza. Magari nella storia di Paolo, nella sua versione dei fatti, c'era bisogno di qualcuno che facesse la parte del cattivo: e l'ha fatta lei. Ma questo non significa che fosse davvero, una stronza – come certamente non era uno stronzo Paolo. Anche se magari mia madre avrà avuto bisogno di crederlo.

E allora non mi rimaneva che pregare o orecchini.

O orecchini d'oro e di corallo,
facciamo a cambio,
io divento voi e ci faccio il callo
di essere un regalo di Paolo
ma di stare alle orecchie
della figlia di Maria
(che Paolo odiava):
se così dev'essere,
così sia.
Però voi,
o orecchini,
diventate me,
e allora non ve
ne
deve fregare
un accidente
se per gli Altri Della Vostra Età
siete
un incidente, una nullità;
niente, ve ne
deve
fregare
se Giulia Barilla vi vorrà
chiamare
orecchini di merda,
se Samuele non dirà
la verità
a Cate.
E vostro papà?
O orecchini,
chissà se immaginate
che gli abitate vicini vicini
(ma: perché?
Lui dov'è?, vi interrogate.
Bella forza:
perché invece no.
Questo
non vi deve interessare
manco un po').

Febbraio 1993

Michelangelo, qualche giorno prima, ha detto casualmente sarebbe bello, col freddo che fa, andarsene in qualche angolo di mondo dove adesso ci sono quaranta gradi: a Paolo tanto è bastato per prenotare un bungalow nascosto fra i cocchi dell'isola di La Digue.

«Buon San Valentino, meraviglia» sussurra, appena Michelangelo apre gli occhi.

«Buon San Valentino a te, amore.»

Il mare li saluta dalla finestra e li protegge alle spalle.

La vita può cambiare da un momento all'altro, se capisci qual è il momento, pensa Paolo. Quel giorno, in gioielleria, poteva essere un giorno come tanti altri, come tutti gli altri. Così Michelangelo. Un cliente come tanti, come tutti. Era entrato senza avere nemmeno un'idea precisa di quello che gli serviva.

«Avrei bisogno di un ciondolo. Una cosa qualsiasi, basta non sia un cuore: non è per una persona con cui sto insieme» aveva detto, d'un fiato: e a Paolo non sfuggiva mai quando un uomo usava espressioni del tipo "persona con cui sto", anziché specificare "donna". Ma non aveva voluto interromperlo e l'aveva lasciato continuare: «Insomma, è per la mia coinquilina: domani festeggiamo il nostro quinto anniversario di convivenza. Si chiama Maria, ma io la chiamo Emme perché di nome faccio Michelangelo, e anche lei mi chiama Emme. È una cosa fra me e lei, apparentemente scema, difficile da spiegare agli altri, questa di avere le stesse iniziali... comunque, ecco: vorrei farla incidere sul ciondolo, sta lettera emme. Prima però avrei bisogno di scegliere il ciondolo giusto».

Paolo, per deformazione professionale, era abituato a interpretare i desideri di chi gli si rivolgeva, per poi concretizzarli: sapeva consigliare un anello trilogy se si trattava di illudere un'amante, un bracciale d'oro bianco se si trattava di rassicurare una moglie. Quel biondino dallo sguardo sfuggente e l'aria regale, per esempio, era evidente che non aveva mica davvero bisogno di quel ciondolo: aveva bisogno di qualcuno a cui regalarne uno a forma di cuore.

«Ricordi, meraviglia? Il nostro primo appuntamento?» chiede Paolo a Michelangelo, mentre il sole del febbraio che c'è alle Seychelles inizia, prepotente, a filtrare fra le tende del bungalow.

Vagamente, pensa Michelangelo. Ma quello che c'è da ricordare certo che se lo ricorda. Paolo l'aveva invitato a bere un caffè ancora prima di mostrargli i ciondoli che aveva in negozio. Aveva appeso il cartello CHIUSO alla gioielleria, e gli aveva detto: «Andiamo». Non avevano fatto in tempo ad arrivare al bar che l'aveva baciato. Per strada, davanti a tutti. Una cosa nuova, per Michelangelo. Ancora più nuova era stata l'indistinta sensazione di essere al riparo, accanto a quel ragazzo così sicuro di sé, che una volta al bar continuava a tenerlo per mano e a ripetergli: «Ma lo sai che hai una faccia incredibile, tu? Lo sai che non ho mai visto due zaffiri blu come i tuoi occhi?». Perché Michelangelo, fino a quel momento, si era sempre messo al riparo da solo. Dalla possibilità che i suoi genitori sapessero che era gay e lo costringessero a un confronto a cui non aveva nessuna intenzione di sottoporsi. Dal prezzo degli affitti di Roma, che riusciva a fronteggiare solo dividendo l'appartamento con Maria, che lavorava in un'agenzia immobiliare e godeva di ottimi sconti. Dalla personalità straripante di Maria, che l'aveva travolto dal primo momento in cui si erano conosciuti, alla festa per l'inaugurazione di una discoteca gay, ma che da quel giorno in poi rischiava costantemente di annientare la sua, di personalità, già traballante. Da se stesso: da quella personalità traballante perché avvelenata da una specie di virus che gli rendeva impossibile anche solo capire se quello che faceva e diceva lo riguardasse davvero oppure no.

«Certo che me lo ricordo. Nei minimi particolari, me lo ricordo» risponde a Paolo. Al suo Paolo. Che a quel punto sguscia

fuori dal letto, apre le tende con un gesto solo. Lo guarda, sorridendo misterioso.

«Che c'è?» gli chiede Michelangelo.

«C'è una sorpresa» annuncia Paolo.

Un respiro lunghissimo, cinematografico: poi, d'un fiato: «Vuoi tu, Michelangelo Arca, convivere con me, Paolo De Santis, finché morte non ci separi?».

Bere un caffè, e poi magari parlarne, no?, pensa Michelangelo per prima cosa.

Ma risponde, per pentirsene comunque subito dopo, la seconda che gli viene in mente: «E Maria? Non può farcela da sola...».

Paolo immaginava di dover mitigare l'entusiasmo con la pazienza: infatti ci riesce.

«Michi, se può tranquillizzarti, l'appartamento su cui ho messo gli occhi è proprio in uno dei condomini che amministra la tua coinquilina.» *Era meglio se la chiamavo Maria: "tua coinquilina" suona ostile, riflette Paolo. Prosegue:* «Sarebbe perfetto per me, che avrei a due passi la gioielleria, e anche per te, che così rimarresti nello stesso quartiere di Maria».

Il lato interno della personalità double face di Michelangelo è un istinto speciale per quanto gli altri vogliono ascoltare: spesso non coincide con quello che davvero lui vorrebbe dire, ma almeno gli risparmia tutte le inutili scocciature che le persone sono costrette ad affrontare quando si mettono a comparare aspettative e delusioni. Così guarda Paolo, gli fa segno di tornare a letto e finalmente gli regala in un orecchio la risposta giusta. Coincide con quella che ha dentro di sé? Michelangelo non lo sa. Quello che sa è che non può permettersi di perdere Paolo. Le sue spalle larghe, il modo che ha di trasformare come fosse un prestigiatore ogni problema teorico in soluzione pratica, il piede che gli infila fra i piedi un istante prima di addormentarsi.

«Ma certo che lo voglio. Lo voglio e lo voglio.»

Con Paolo e Michelangelo, quello che mi capitava il più delle volte era celebrare qualcosa. Pasqua, un compleanno, l'anniversario del loro primo bacio, della loro prima notte insieme, un bel voto che avevo preso a scuola.

A sentire Matteo, nemmeno a casa Barilla, dove comunque certe cose come trascorrere insieme la vigilia di Natale erano considerate piuttosto importanti, si faceva tanto caso alle ricorrenze o alle occasioni per ritrovarsi vicini e scoprirsi, con un po' di buona volontà, felici di esserlo.

E io? Io non potevo chiedere di meglio. Quando l'idea di avere un padre si era trasferita dalla luna al mio stesso palazzo, il desiderio che da tempo incubavo come una malattia era esploso: volevo, fortissimamente volevo, essere uguale agli Altri Della Mia Età. Convincermi che la mia condizione non avesse niente di eccezionale, perché tutti, nella vita, prima o poi, avrebbero avuto a che fare con una morte inaspettata, con una notizia incredibile o con un segreto da mantenere.

Per esempio, mi dicevo, i miei compagni di classe mica che non hanno i loro guai: tanto per fare un esempio la madre di Eva Brandi ha mollato il padre di Eva Brandi per l'insegnante di ginnastica artistica di Eva Brandi!

Ma non poteva sfuggirmi che Eva Brandi e gli Altri Della Mia Età avessero comunque due genitori con cui fare i conti, o quantomeno uno: e poi una nonna, un nonno, un pesce rosso di riferimento.

Mentre io no: quindi, il vizio di celebrare tutto che avevano Paolo e Michelangelo a me sembrava fantastico. Festeggiare mi faceva sentire parte di un indecifrabile qualcosa. Mi faceva sentire normale (se così si può dire per dire Una Della Mia Età): tanto che ero io stessa a suggerire occasioni.

«Paolo, oggi compio dodici anni e quattro mesi!»

«Michelangelo, domani cominciano gli internazionali di tennis, che facciamo?»

Mi piaceva, quando scendeva la sera, andare con Michelangelo a prendere Paolo in gioielleria e poi tenere da una parte uno da una parte l'altro per mano, passare in pasticceria, scegliere una torta, chiedere al pasticciere di scriverci sopra qualcosa con lo sciroppo al cioccolato, del tipo BRAVA MANDORLA o MICHI & PAOLO 13 ANNI INSIEME oppure FORZA ITALIA! Ancora di più mi piaceva tornare a casa e trasformarmi nell'assistente di Paolo per la cena: preparare la tavola, rimestare la crema in una ciotola finché non sparivano i grumi, imparare come si stendeva la pasta per fare una crostata, quanto tempo dovesse essere lasciata a macerare la frutta perché diventasse marmellata. Quando invece Paolo si metteva in testa di brevettare una nuova ricetta e voleva essere lasciato da solo in cucina, lo stesso mi piaceva accoccolarmi sul divano con Michelangelo, davanti alla televisione. Era talmente diverso dal salotto di Tina, quello del terzo piano, che mi riusciva difficile pensare che in teoria fossero spazi che servivano alla stessa funzione. A casa di Samuele e Cate, era tutto talmente invaso da sonaglietti, girelli e giocattoli di Lars, che una stanza valeva l'altra (infatti ancora mi domando per quale motivo Samuele e Giulia Barilla abbiano dovuto scegliere quella matrimoniale, per i loro incontri, come se volessero proprio offendere Cate, oltre che divertirsi fra loro).

Ma nelle case dove ogni stanza significava davvero qualcosa, le differenze fra i modi di intendere concetti come "salotto", "ingresso", "cameretta per gli ospiti" venivano subito all'occhio.

Il divano di Tina, per esempio, era così striminzito da bastare giusto a lei, ai suoi amici notturni e a Gianpietro, mentre il rosa dei braccioli impallidiva anno dopo anno.

Quello di Paolo e di Michelangelo, invece, era una lunga distesa di cuscini lucidi, bianchi e neri, di tutte le forme e le dimensioni possibili: perfino un cuscino a ranocchia, c'era. Nel salotto di Tina, poi, la televisione era un cubo minuscolo: al terzo piano era una specie di armadio. E una luce rossa e calda, che con una rotellina si poteva fare più o meno intensa, avvolgeva tutto: il divano lucido, la televisione gigante e noi che la guardavamo.

Passavamo ore a farlo.

Anche se il più delle volte andava a finire che Michelangelo si addormentava.

«Ohi, ohi!» lo scuotevo io, i primi giorni, credendo che poi ci sarebbe rimasto male, a perdersi il finale della puntata di "Friends" o del documentario che stavamo guardando. Ma presto ho capito che Michelangelo eleggeva a suoi programmi preferiti proprio quelli che non erano in grado di fornirgli nessuna informazione che lo interessasse davvero. Programmi che insomma lo lasciassero libero di non esistere, mentre esistevano loro.

La cosa era capace di mandare Paolo ai pazzi.

Me l'ha confidato una notte, dopo che avevamo organizzato una festa ispirata al Giappone, per l'onomastico di Michelangelo: Paolo quel pomeriggio era tornato a casa due ore prima dalla gioielleria, con tre kimono. Michelangelo e io avevamo subito indossato il nostro (il mio era rosso, con mille minuscoli draghi alati che si rincorrevano lungo le maniche), mentre Paolo armeggiava in cucina fra riso e pesce crudo. Era venuta fuori una cena che più giapponese di così non si poteva, con involtini di tutti i colori, salsa di soia a fiumi, sake e una torta gelato al tè verde che a essere sincera non sapeva di niente, ma che da guardare era una meraviglia, perché Paolo l'aveva decorata con piccoli cigni di cartoncino che sembravano riposarci sopra come su un lago, a pelo d'acqua.

Avevamo mangiato fino a stare male e poi eravamo stramazzati sul divano, sempre con i nostri kimono indosso.
È allora che Paolo ha cominciato a innervosirsi.
«Guardalo» mi ha detto, e col mento ha indicato Michelangelo, a cui era bastato posare la testa sul suo cuscino preferito, a forma di stella, per prendere a russare, a basso volume, mentre in televisione scorrevano le immagini di un uccello che dava proprio l'impressione di essere tanto impunito quanto erano buoni e innocui i cigni sulla torta al tè verde.
"Se si è appena nati e la mamma ci ha abbandonato nel nido di un altro uccello, come si fa a convincere i nuovi genitori a darci da mangiare? Ne sanno qualcosa i cuculi..." diceva la solita voce che accompagnava quei documentari: poverina, ce la metteva tutta per caricarsi di suspense, e chissà come ci sarebbe rimasta male a sapere che Michelangelo la usava da sonnifero. "Il cuculo è un uccello parassita, che non cresce i propri figli, ma preferisce farli allevare da altri uccelli. Le femmine depongono così l'uovo nel nido di altre specie. E una volta che il piccolo cuculo nasce? Bene: spesso non si accontenta dell'ospitalità dell'estraneo di turno! Pretende di essere l'unico erede della nidiata e spinge giù dal nido le uova degli uccellini legittimi. Ma il delitto non è sufficiente da solo: e per farsi adottare da uccelli di altre specie, allora, il neonato scroccone deve ricorrere all'inganno." Nel dire "scroccone" la voce si era piegata per un attimo in una specie di virgola divertita come a dire: so anche essere spiritosa, che vi credete. Sullo schermo, intanto, era tutto uno spintonarsi fra uccellini. "I pulcini del cuculo europeo gridano in una maniera talmente stridula da simulare un'intera nidiata di piccoli terribilmente affamati. Il primo a cascarci è proprio il proprietario del nido: non potendo immaginare che le sue uova sono appena state fatte fuori, pensa infatti di nutrire i suoi piccoli. E questo non è l'unico trucchetto del mini usurpatore di famiglie: all'università Rikkyo di Tokyo due biologi

comportamentalisti, osservando il cuculo asiatico, hanno appena scoperto una nuova, sagace strategia." Eccoli lì: i faccioni tondi con due fessure al posto degli occhi dei biologi comportamentalisti. "Il pulcino di cuculo bronzato di Horsfield, *Chrysococcyx basalis*, ha delle macchie arancioni sulle ali che sembrano davvero il becco di un uccello. Quando il baby-cuculo comincia a sbattere la parte colorata delle sue ali, così, l'uccello genitore adottivo – molto più piccolo di dimensioni – pensa di trovarsi di fronte a un gran numero di bocche spalancate. E non è raro, addirittura, che cerchi di mettere del cibo sull'ala del falsificatore!" Pazzesco: sembrava davvero un becco, quello, e invece era un'ala! Avrei voluto tirare la manica di seta del kimono di Paolo o di Michelangelo, come a dire avete visto? state pensando anche voi quello che sto pensando io? Ma uno dormiva: e l'altro lo guardava dormire. "Per verificare l'ipotesi, i due biologi hanno colorato di nero le ali di alcuni cuculi. Il risultato è stato sorprendente: i piccoli colorati di nero venivano nutriti fino al quindici per cento di volte in meno rispetto agli altri..."

«Incredibile, eh?» mi sono allora rivolta a Paolo.

Volevo parlare del cuculo, naturalmente, o meglio: di quanto la storia del cuculo potesse riguardare una come me. Due come noi. Perché se Paolo era certo di non essere mio padre, lui e io eravamo nella stessa barca. Anzi: nello stesso nido. Dove, se bastava un'ala arancione per sembrare una bocca spalancata, com'era possibile far finta che tutto fosse giusto, se così si può dire per dire normale?

«Incredibile, sì» mi ha risposto lui: ma non si riferiva al cuculo. Proprio per niente. «Uno attraversa Roma per cercare un alimentari giapponese, se ne frega del suo lavoro, se ne frega di tutto per organizzargli una festa d'onomastico come si deve. Spende un occhio della testa per tre kimono del cazzo, perché, pensa, lo farò felice! Lo vedrò sorridere! E invece?»

Sotto le ultime immagini dei cuculi bugiardi scorreva-

no ormai i titoli di coda, dove per quanto mi riguardava c'era scritto:

> MANDORLA È MEGLIO PER TE E PER TUTTI NON PERDERE TEMPO A DISCUTERE SU QUANTO È SUCCESSO AL SESTO PIANO QUELLA SERA DI MARZO ECCETERA ECCETERA ECCETERA: te lo metti in testa oppure no? Che tuo padre, se proprio devi immaginarlo da qualche parte, ti conviene continuare a immaginarlo sulla luna? Che i condomini di via Grotta Perfetta non hanno nessuna intenzione e tantomeno hanno voglia di rimestare questa storia per eliminare i grumi? Lascia perdere, eddai: viviamo tutti all'oscuro di qualcosa che ci riguarda.

«Invece?» Al contrario di me, Paolo non mollava facilmente la presa, se decideva di affrontare un problema. «Invece guardalo.» Di nuovo mi ha indicato Michelangelo, che ormai russava a volume alto, con le gambe che penzolavano dal divano.

«Forse era stanco...» ho provato a difenderlo io: anche se non ero in grado di capire esattamente quale fosse l'accusa che Paolo gli stava muovendo.

«Stanco di che? Di non fare niente? Di essere servito da me che non solo esaudisco tutti i suoi desideri, ma provo perfino ad anticiparli?»

Niente, ancora non capivo. Soprattutto mi domandavo come facesse Michelangelo a continuare a dormire, nonostante Paolo a ogni parola alzasse pericolosamente il tono della voce.

«Mandorla, su, non dire scemenze. Stanco: Michelangelo? Ma se sono più di dieci anni che tutte le mattine si ritrova un cornetto caldo e una spremuta d'arancia per colazione! Nemmeno la povera Diana era riverita così dalle sue cameriere: e chi è il coglione che prima di andare a lavorare corre al panificio e dal fruttivendolo?»

Quest'ultima domanda Paolo l'aveva fatta urlando. Ma Michelangelo continuava, immobile nella stessa posizione, a dormire.

«Eh Mandorla, me lo dici chi è quel coglione?»

Mi dispiaceva rispondergli sei tu quel coglione: ma era lui a volerlo. Almeno si calmerà, ho sperato.

Quindi gliel'ho detto: «Sei tu».

E lui? Lui allora che ha fatto? Ha preso un cuscino dal divano (a forma di pesce) e l'ha tirato addosso alla televisione. Come se fosse naturale per una persona preparare cigni di cartoncino, mangiare giapponese, ridere perché non sa usare le bacchette al posto delle posate, urlare e rischiare di rompere la televisione. Il tutto in una serata sola. Ce l'ho avuta con Paolo tantissimo, in quel momento. Non solo perché non si perde la testa così, senza avvertire. Ma perché: tu no!, ho pensato. Passi che Tina parla da sola di notte, che Samuele ama (o scopa, o va a letto con – fa lo stesso) Giulia Barilla, che nessuno vuole farmi sapere chi è mio padre e tantomeno lui vuole sapere di esserlo, che Cate non si accorge che Samuele ama (o scopa, o va a letto con) Giulia Barilla. Ma Paolo: tu no, tu sei forte, sei sicuro di quello che fai, sai di non essere mio padre e me lo dici chiaro e tondo perché non hai niente da nascondere, tu; sai preparare gli involtini di riso proprio come li fanno in Giappone, sai evitare che si formino i grumi nella crema; non sei uno che fa i capricci e lancia i cuscini addosso alle cose! E poi, in generale, i bambini come Lars Grò fanno i capricci e lanciano i cuscini addosso alle cose, ma gli adulti no. Consolano i bambini che fanno i capricci, gli adulti. Stanno lì apposta. Soprattutto se hanno la giacca, la cravatta e il pizzetto tagliato perfetto come il tuo, Paolo: mica che basta indossare un kimono, per dimenticarti di essere chi sei?

«Non fare così...» ho provato a farlo ragionare e a dominare la rabbia che mi stava montando dentro. «Anche se Michelangelo si è addormentato non significa che non gli è piaciuta la cena...» Lui niente: insisteva. E via cuscini, per l'aria, contro le pareti. Mentre quell'altro, che faceva? Dormiva: con ancora più insistenza, se possibile.

«Dài, Paolo, smettila» io. Ma Paolo non la smetteva. Continuava.

«Come un povero illuso credevo fosse tua madre, all'inizio, il problema!» Un altro cuscino (stavolta a forma di piede) è volato, dritto dritto sulla finestra del salotto. «Eccerto che lo credevo. Maria lo vuole tutto per sé, mi dicevo. Maria lo ha sottomesso e lo tratta come un cicisbeo, è ovvio che Michelangelo non riesca ad abbandonarsi al nostro amore... povero illuso che sono!» E giù un altro cuscino – a forma di ananas. «Perché poi che cosa è successo, Mandorla? Che Michelangelo l'ha fatto: ha finalmente tagliato i ponti con Maria. E...?»

E...? E mi torna in mente come fosse ieri, come fosse adesso, mia madre che vuole cambiare strada per evitare di incrociarli. A Paolo, uno di quei due signori, io non piaccio per niente, mi spiega lei. Ma almeno non puoi salutare l'altro?, le chiedo io.

«Un accidenti, Mandorla! Non è cambiato un accidenti! Allora ho creduto che fosse colpa del precariato: e gli ho consigliato di mollare il lavoro, che tanto grazie alla gioielleria guadagno abbastanza per tutti e due. È cambiato qualcosa, secondo te? Niente! Niente, niente niente niente! Poi ho creduto fosse malato di depressione, e allora vai da un neurologo per farti consigliare un farmaco, gli ho detto. Michelangelo va, prende il benedetto farmaco per sei mesi e...? Niente. Niente, niente e niente. Perfino che ci fosse un altro, ho creduto!» Per ogni cosa che Paolo aveva sbagliato a credere, volava un cuscino. «Anzi, sai che ti dico? Che quasi quasi l'ho sperato: sì. Ho sperato che Michelangelo avesse un altro. Così almeno avrei capito finalmente perché si comporta così.»

«Ma così come?» Questo almeno doveva spiegarmelo.

«Così.» E me l'ha indicato. «Come se stesse qui per caso, ma in realtà non gliene fregasse niente. Della cena giapponese, di te. Di me.»

E alla parola "me", la furia di Paolo è proprio esplosa in tutta la sua forza. O meglio: in tutta la sua mollezza. Perché avevo già visto delle persone arrabbiate, e tante ne avrei viste da lì in poi: sarei stata sgridata dall'ingegner

Barilla, avrei assistito a litigi micidiali fra Lidia e Lorenzo, avrei fatto innervosire l'avvocato Pavarotti. Ma qualcosa, in quelle persone che perdevano la ragione, mi avrebbe fatto intuire che al momento giusto l'avrebbero saputa recuperare: tutto quello che facevano, d'altronde, era un viavai di comportamenti folli e comportamenti ragionevoli. Mentre Paolo, inappuntabile sempre e comunque, mi stava rivelando qualcosa di terribile: non era lui il padrone dei suoi comportamenti! Erano quei comportamenti inappuntabili, i padroni, e da quanto avevo studiato in qualche capitolo di Storia (anche se adesso non ricordo quale), l'odio di chi a un certo punto si ribella ai suoi oppressori può essere devastante. Può spingere a fare cose matte: come prendere tre cuscini in braccio, in una volta sola, e lanciarli addosso a Michelangelo. Che a quel punto avrebbe dovuto svegliarsi, no? No. Ha solo cambiato posizione, girandosi sul fianco opposto rispetto a quello su cui stava dormendo. Per continuare a farlo.

«Gli chiedo così tanto? Ti chiedo forse troppo, Michelangelo?» belava Paolo.

Non ce la facevo davvero più a vederlo in quelle condizioni.

«Dipende, Paolo» gli ho detto, provando a imitare il tono deciso che aveva l'ingegner Barilla, che perfino quando diceva buongiorno ti faceva mettere sull'attenti. Chissà, magari funziona, ho pensato.

E infatti Paolo, con un cuscino a forma di casetta a mezz'asta, allora, solo allora, finalmente si è fermato.

«Che significa "dipende"?» ha domandato.

«Dipende da che cosa chiedi» ho cercato di mantenere il tono da ingegner Barilla.

Il cuscino gli è scivolato dalla mano, con un *ponf* soffice è caduto per terra.

Paolo ha risposto: «Che sia mio, Mandorla. Ma mio per davvero, capisci che intendo?».

Da come mi guardava sembrava aver realizzato che non fossi esattamente io la persona più adatta a cui fare quel-

la domanda: di mio avevo solo una mamma che non c'era più e un padre che non aveva nessuna intenzione di volerlo essere, mio. Ma questo non gli ha impedito di proseguire.

«Mio» ha ripetuto. «Nel senso che vorrei avere la certezza che nessuno me lo rubi.»

«E se nessuno te lo ruba ma sei tu che lo perdi?»

«Ecco: nemmeno quello dovrebbe capitare.»

Mi è servito qualche istante per rifletterci su.

«Qual è la cosa che stai più attento a non perdere o a non farti rubare?»

Paolo mi ha guardato perplesso, come se fossi un po' scema: ma aveva appena spogliato un intero divano, non poteva certo permettersi di esprimere giudizi sugli altri, al momento! Così è stato costretto a concentrarsi e mi ha risposto: «Direi le chiavi... il cellulare. Gli occhiali da vista che mi servono per guidare».

«Bene. Allora comportati con Michelangelo come ti comporti con le chiavi, il cellulare, gli occhiali. O come le chiavi, il cellulare e gli occhiali si comportano con te...»

Paolo ha afferrato di nuovo il cuscino che aveva fatto cadere, come fosse uno scudo per difendersi da chissà che: «Mi stai forse criticando perché tratto Michelangelo come fosse una cosa di mia proprietà? È stato lui a dirtelo? Ti prego, Mandorla, ho bisogno di saperlo».

Aiuto, ho pensato: qui ci vorrebbe un interprete, come quello che nel documentario traduceva in italiano i discorsi dei biologi di Tokyo, perché anche se Paolo e io parliamo la stessa lingua è chiaro che stasera è impossibile capirsi.

«No! Perché mai avrebbe dovuto dirmi una cosa del genere?» E stavolta sono stata io a indicargli Michelangelo, che continuava a dormire: anche se dopo il temporale di cuscini, almeno a me, sembrava evidente che facesse finta. «Non lo vedi?»

«Cosa?»

Non lo vedeva!

«Che questa è casa sua. Altrimenti mica riuscirebbe ad addormentarsi così, come se niente fosse!» Fidati di me,

che non riesco ad addormentarmi mai, avrei voluto aggiungere. Ma sarei tornata in un modo o nell'altro a parlare del cuculo: e avevo capito che a Paolo l'argomento proprio non interessava.

«Quindi secondo te anziché farmi incazzare dovrebbe farmi piacere che, alla fine di una festa organizzata per lui, invece di chiacchierare o ringraziarmi o strusciarsi a me, Michelangelo prenda e si metta a russare?»

«Certo. Perché così è sicuro che non lo perdi.» Era ovvio, no? «Dove va, una persona che dorme? Non va da nessuna parte. Rimane lì. Come le chiavi quando sai dove le hai messe.»

Paolo allora ha fatto l'ultima cosa assurda della serata e mi ha preso, stretta, la faccia tra le mani per sussurrarmi, come se non volesse farsi sentire da Michelangelo e dunque anche lui sapesse benissimo che in realtà era sveglio: «Secondo te, Mandorla, le chiavi sono felici? Cioè, ci stanno volentieri, dove sappiamo di averle messe?».

Oggi, a ripensarci, gli risponderei: "Chi lo sa, Paolo. Il cuculo insegna che è tutto un gran casino, e non è detto che un nido sia davvero di chi ci sta dentro, o viceversa, se poi scattano meccanismi matti, odori speciali, ali bugiarde però colorate, a cui non è possibile resistere".

Ma allora avevo dodici anni. E un gran bisogno di avere attorno a me persone felici. Così gli ho risposto: «Secondo me sì».

Lui ha sorriso.

Abbiamo cominciato a raccogliere i cuscini, uno per uno, e a rimetterli al loro posto. Ogni tanto Paolo si portava un dito alla bocca e mi raccomandava shhh, come per dire facciamo piano: "Michelangelo dorme".

Settembre 1982

La sveglia squilla: è il primo giorno di scuola dopo le vacanze estive. Paolo scatta in piedi come un soldatino. Si lava la faccia, le ascelle, si infila la divisa che la sera prima aveva tolto dall'armadio e steso, stando ben attento a che non si sgualcisse, sulla spalliera del letto.

Poi va in cucina: dentro di sé ancora lo spera, di trovare la tavola apparecchiata come ai vecchi tempi, con il bricco del latte, la tazza di Superman e una torta qualsiasi, magari alle mele, che è la sua preferita. Ma niente: e lui preferisce pensare tanto lo sapevo che non era possibile. Apre il frigorifero, versa il latte dal cartone al pentolino, per farlo scaldare.

«Paolo!» *lo chiama la madre, dal soggiorno.*

«Buongiorno mamma» *le urla lui di rimando, col tono più allegro che ha a disposizione.* «Dimmi.»

«Mi porti il caffè?»

Paolo armeggia, veloce, con la moka, beve il latte direttamente dal pentolino, ché si sta facendo tardi. Appena il caffè è pronto, ci butta dentro due zollette di zucchero e lo porta di là.

«Tieni.» *Posa la tazzina per terra, vicino al materassino da mare a due piazze, di gomma, al centro del soggiorno, dove la madre è raggomitolata su se stessa, con gli occhi chiusi.*

«Grazie, tesoro.»

«Figurati. Adesso vado però.»

«Dove vai?» *La madre apre gli occhi. Gli sorride, già stanca di primo mattino.*

«A scuola, mamma. È il primo giorno.»

«Tesoro! Come ho fatto a dimenticarlo?!» esclama, e chiude di nuovo gli occhi. «Vieni qui, Paolo.»

«Mamma, devo andare.»

«Un attimo: dài. Vieni qui.»

Paolo si toglie le scarpe e si stende accanto a lei, sul materassino. La madre intreccia le gambe a quelle del figlio.

«Tesoro mio, se non ci fossi tu...»

«Dài mamma, fatti coraggio.»

«Sì amore, hai ragione. Ma è così difficile... così impossibile...»

«Perché non provi a dormire in camera tua, nel tuo letto? Ti aiuto io a sgonfiare questo coso, dài.»

«Non è il mio letto quello, Paolo: era il nostro, letto. E sai benissimo che questo materassino è stato l'ultimo regalo che mi ha fatto. O non te lo ricordi più?»

«Almeno adesso alzati, però.»

«Paolo, rispondimi: ti sei già dimenticato di lui?»

"Mamma, ma che dici, falla finita: sono passati cinque mesi e otto giorni da quando è morto, e non c'è un giorno che tutto il mondo non mi parli, in un modo o nell'altro, di papà. Come cavolo fai a chiedermi se mi sono dimenticato di lui?" vorrebbe rispondere Paolo, e gli viene da bucare il materassino per l'irritazione.

«Certo che no, mamma. Ma adesso alzati.»

«E una volta che mi alzo, Paolino, che faccio?»

«Vai al mercato...»

«Al mercato?»

«Eh.»

«Non mi va d'incontrare nessuno, tesoro, lo sai.»

«Ma prima o poi dovrai ricominciare a uscire!»

«Vieni qua.» La madre infila la mano nel caschetto biondo di Paolo. «Li vuoi un po' di grattini, come quando eri piccolo?»

«Mamma, dài, ho quattordici anni!»

«Giusto» sorride di nuovo. Paolo le dà un bacio sulla fronte prima di rimettersi le scarpe e volare a scuola. È in un ritardo tremendo.

«Ci pensi tu, tesoro, a fare la spesa?» fa in tempo a chiedergli la madre, prima che esca dal soggiorno.

«Certo mamma.»

«Già che ci sei passi in gioielleria a capire che cosa sta combinando tuo zio? Quello è un buono a nulla, la farà fallire... ci farà fallire tutti...»

«Non preoccuparti mamma.»

«Bravo il mio ometto. Presto te ne occuperai tu, del negozio, e allora potrò stare tranquilla.»

«Ciao mamma.»

«Ciao tesoro.»

Ma i miei giorni preferiti, al terzo piano, erano quelli in cui da festeggiare c'era una manifestazione.

«Vuoi andare a scuola o venire con noi?» ha voluto sapere Paolo, una mattina.

Dopo la notte della tempesta di cuscini, cercavo il più possibile di evitarlo, come si fa con qualcuno che entrando in un bagno troviamo sul water perché si è dimenticato di chiudere a chiave la porta. Non avevamo proprio messo in conto di vederlo nudo: eppure, da quel momento in poi, anche quando lo incontriamo vestito di tutto punto continuiamo a pensarlo così. Nudo.

Bisogna allora che sia lui a toglierci dall'imbarazzo: chi era seduto sul water, intendo. E che a un certo punto, magari senza nemmeno pensarci, torni a rivolgersi a noi col tono di sempre. Così. Come se nulla fosse: perché allora non sarà stato niente d'importante, averlo visto nudo, se è lui che ci autorizza a dimenticarcene.

«Vuoi andare a scuola o venire con noi?» mi ha chiesto.

E in un istante è diventato di nuovo Paolo, il Paolo di cui avevo bisogno io. Sicuro di sé, infallibile, assolutamente certo di non essere mio padre e capace di portare avanti la baracca del terzo piano da solo.

Ovviamente non ci ho pensato un attimo a rispondere venire con voi, anche se non sapevo esattamente dove o a fare che cosa. Appena mi sono ritrovata in una piazza piena di gen-

te che sventolava bandiere colorate, però, mi sono resa conto che essere lì per me non aveva solo a che fare con la possibilità di perdere un giorno di scuola: quelle persone, per quanto riuscivo a intuire, erano furiose per motivi identici ai miei. Pretendevano, fondamentalmente, di avere una famiglia. Di essere considerate uguali agli Altri (Della Loro Età E Non).

Le idee mi si sono chiarite qualche settimana dopo, quando Paolo, per il compleanno di Michelangelo, si è presentato a casa con tre biglietti aerei per New York.

Non finiva mai, quella città. La prima cosa che ho pensato è che addirittura Porcomondo in un posto del genere si sarebbe sentito piccolo: e magari avrebbe rinunciato a essere pericoloso, sconfitto dall'evidenza che gli esseri umani, siano buoni o siano cattivi, sono ben poca cosa, se messi vicino a un grattacielo.

Paolo e Michelangelo mi hanno subito portata in giro per il Greenwich Village, che secondo loro era la zona in cui New York si dava più da fare per essere unica al mondo. Ci siamo persi in un gomitolo di strade con i portoni color pastello, ci siamo infilati in tutta una serie di negozi pieni di oggetti che non servivano a niente, abbiamo cenato in un ristorante per metà vietnamita e per metà italiano e poi abbiamo imboccato una via che si chiama Christopher Street per arrivare davanti alla statua di due ragazzi abbracciati stretti.

«Vedi, Mandorla?» mi ha spiegato Paolo, «più di trent'anni fa, proprio qui, la polizia ha fatto irruzione in un locale, lo Stonewall Inn, che oggi si è trasformato nel monumento nazionale che vedi.»

«Che avevano fatto di male le persone, dentro a quel locale?» gli ho chiesto io.

Allora è intervenuto Michelangelo, che di solito masticava monosillabi anziché parlare: e invece stavolta sembrava inarrestabile: «È proprio questo il punto, Mandorla. Il motivo ufficiale dell'irruzione era che lì dentro si vendessero alcolici senza autorizzazione, pensa te. Ma il motivo reale era un altro: tant'è che la polizia ha arrestato tutto il personale e tre transessuali perché, apri bene le orecchie, era con-

siderato illegale (illegale Mandorla, capisci?) non indossare almeno tre capi d'abbigliamento opportuni rispetto alla propria identità sessuale».

Sapevo bene chi erano i transessuali: alla prima manifestazione con Paolo e Michelangelo avevo conosciuto Alfredo, che però da qualche anno preferiva farsi chiamare Candy Candy. Aveva la voce uguale a Lorenzo Ferri e l'acconciatura come quella di Cate: naturale chi mi avesse ricordato.

Me.

Con le ballerine, i pantaloni militari e tutto il resto. Sicuramente la polizia mi avrebbe arrestata, se fossi stata anch'io allo Stonewall Inn, ho pensato (senza immaginare che da lì a qualche anno, eccomi qui: una notte ci sarei finita comunque, in prigione).

«Ma la gente che ha assistito a quella scena non è stata a guardare» continuava Michelangelo. «Non sai che casino, Mandorla. Tutti hanno preso a lanciare pietre e bidoni dell'immondizia contro il cellulare della polizia, erano incontenibili! Fatto sta che quella notte è finito qualcosa: "i froci hanno perso il loro sguardo ferito", come ha scritto qualcuno.»

«È finito qualcosa ma nello stesso tempo è cominciato tutto» gli ha fatto eco Paolo. «Perché è allora, Mandorla, che ha preso davvero forma l'idea di un movimento che rivendichi per gli omosessuali gli stessi diritti delle altre persone.»

Era l'occasione giusta per girare a qualcuno quella domanda che, per colpa di Eva Brandi, di Matteo Barilla e di tutti gli ADME presi in gruppo, mi affondava nella testa giorno dopo giorno: «Si può sapere che diritti speciali hanno le altre persone?».

Michelangelo e Paolo si sono messi a ridere, ma non come quando erano allegri perché c'era da festeggiare qualcosa: ridevano seri, se si può dire così. E mi hanno spiegato che proprio perché i diritti delle persone non sono speciali, ma riguardano cose naturali come sposarsi e avere dei bambini, è giusto che siano concessi a tutti, anche ai maschi che amano i maschi o alle femmine che amano le femmine.

«Perché famiglia è dove famiglia si fa» ha sentenziato

Michelangelo. Data la mia situazione, non potevo che essere d'accordo con lui, però da qualche parte mi sono detta: se le cose stanno così, se tutti cioè devono avere il diritto di fare famiglia con chi gli pare, perché mia madre non ha avuto il diritto di fare famiglia con Paolo e Michelangelo? Perché avrebbe dovuto "cercarsi un marito", come mi aveva detto Paolo, quella volta? C'entrava forse la storia del bisogno di Paolo che Michelangelo fosse "suo"? Ma "le altre persone", quelle che impedivano a Paolo e Michelangelo di sposarsi e di avere dei bambini, non pensavano forse la stessa cosa: che cioè il matrimonio e i figli fossero una "loro" proprietà esclusiva? Qualcosa non tornava o magari era destinato a non tornare.

"Vorrei che cresci rara come una giraffa in città, ma con l'istinto domestico del cagnolino (che a me è sempre mancato)" aveva scritto mia mamma, nella sua lettera. Di solito quindi bisognava scegliere: o la libertà di girare per il mondo come fosse una savana o l'istinto domestico, un collare col nome e qualcuno che ci porta dal veterinario. Ma la libertà lo sanno tutti che è una cosa bella e giusta: allora l'istinto domestico, se la esclude, che è? Brutto e sbagliato? Insomma che significa, esattamente, istinto domestico? Me lo chiedo ancora: stanotte, qui. Come si fa a capire se ce l'hai o se ti manca? E, se ce l'hai, perché devi rinunciare all'avventura della savana?

Se davvero famiglia è dove famiglia si fa, non avrebbero potuto sposarsi in tre, mia mamma, Paolo e Michelangelo? Non sarebbe stata una maniera, quella, per essere giraffe e cagnolini nello stesso tempo? Per scorrazzare indisturbati nella savana durante il giorno e avere una cuccia assicurata per la notte?

Ma ho preferito restare in silenzio e fingermi assorta e abbandonata com'erano Paolo e Michelangelo mentre guardavano quelle due statue, come Tina guardava il crocefisso del Gesù nero, Samuele guardava Lars, Lidia guardava Lorenzo, i Barilla si guardavano fra loro: come io, maledizione, non riuscivo a guardare niente e nessuno.

Luglio 1983

Michelangelo ha quindici anni, tre mesi e un giorno quando si rende conto che non gli basta tagliarsi i capelli a spazzola, comprarsi camicie di due taglie più grandi della sua e ostentare un accento del nord, per somigliare a quel tipo di Milano che attraversa la spiaggia ogni giorno allacciato a una ragazza diversa. Capisce soprattutto che anche se gli bastasse fare tutte quelle cose, comunque non gli basterebbe. Perché non è somigliare al ragazzo di Milano che gli interessa. Ma allora che cos'è che voglio da lui?, si domanda. Che cos'è che nello stesso tempo mi riempie tutto e mi fa mancare qualcosa, ogni volta che lui passa davanti al mio ombrellone e mi saluta? Di solito si annoia dei suoi dubbi molto prima di avere la possibilità di risolverli. Ma stavolta la risposta gli esplode, impertinente e autonoma, dentro ai boxer.

Quando l'acqua bolle, allora si può buttare la pasta: me l'ha insegnato Paolo.

Quando c'è scritta una data su un vasetto di yogurt e si supera quella data, bisogna buttare il vasetto: sempre Paolo.

Quando il gatto non c'è, i topi ballano: ancora Paolo (a proposito dei suoi dipendenti, che se lui non andava al lavoro, chiudevano la gioielleria alle sette e mezzo anziché alle otto).

Ma quand'è che chi viene mortificato comincia a mortificare? Anche questo, proprio stanotte proprio qui, ancora mi chiedo. A che grado di ebollizione chi si sente considerato peggiore degli altri comincia a sentirsi migliore? Perché non riesce a pensarsi diverso e basta, pace così? Perché ha bisogno di credersi speciale? Di chi è la colpa? Di chi ha cominciato? Di chi non ce la fa a smettere? La faceva facile, mia madre: "Vorrei che se i compagni di classe ti prendono in giro per qualche motivo, tu pensi che sono sbagliati loro, mica tu". Facile, logico. Allora perché, giorno dopo giorno, qualcosa mi convinceva di dover dimostrare a Eva Brandi che aveva perso l'occasione di conoscere una persona davvero eccezionale e che quella persona si chiamava Mandorla? Perché, invece di prendermela con lei, non mi cercavo un'altra amica? Perché, se per esempio Tina mi regalava un astuccio nuovo, ero solo ansiosa che Eva lo ve-

desse, e se lei non lo avesse potuto vedere io non avrei saputo che cosa farmene?
Questo Paolo non me l'ha mai chiarito.
Ho provato a chiederglielo una mattina di giugno, alla vigilia della mia ultima estate con lui e Michelangelo.
«Paolo, dove stiamo andando?»
«A piazzale Ostiense, Mandorla.»
«A fare che?»
«Al gay pride.»
«E che vuol dire "pride"?»
«Vuol dire "orgoglio". Andiamo a manifestare il nostro orgoglio di essere diversi. La nostra felicità.»
«Ma se siamo così felici che ce ne importa di farlo sapere a tutti? Tina dice che quando le cose ti vanno bene porta sfortuna dirlo in giro.»
Non c'era tempo da perdere, evidentemente, quella mattina. Paolo ha alzato gli occhi al cielo e mi ha detto: «Ti vuoi sbrigare?».
Aveva ragione: c'era una metro da prendere, una piazza da riempire.
E quando siamo arrivati c'erano già tante, tantissime persone, in quella piazza. Cento volte quante ne avevo viste al funerale di mia madre. Anzi, mille volte tante. Duemila, forse.
Fortuna che nonostante avessi tredici anni ero abbastanza leggera da stare sulle spalle di Candy Candy, e da lì sono riuscita a non farmi sfuggire niente. I colori, le facce, la musica, le cose per cui c'era da divertirsi, quelle per cui bisognava combattere: era quello, l'orgoglio?, mi domandavo. Se sì, era una cosa che un attimo sembrava fantastica, l'attimo dopo un po' ridicola, l'attimo dopo ancora sembrava piuttosto inutile, poi assolutamente necessaria, poi di nuovo fantastica.
E che comunque mi faceva crescere dentro, impellente, il desiderio di essere uno degli striscioni che Paolo e Michelangelo agitavano.

O striscione,
facciamo a cambio:
dammi la tua certezza di avere ragione,
io ti do la mia certezza di sbagliare,
sbagliare sempre,
perché in effetti
ha fatto bene
Eva Brandi
e
(splendidi, senza difetti)
dicono bene
gli ADME:
che senso c'è
a
mettersi le ballerine con i pantaloni militari?
Nessun senso,
e così in molte cose che faccio
(o che comunque mi sono familiari).

Siamo tornati a casa con l'ultima metro e, nonostante fosse tardissimo, eravamo tutti e tre troppo eccitati dalla giornata che avevamo addosso per riuscire a prendere sonno. Paolo si è addirittura messo a fare il cambio di stagione negli armadi, tanta era l'elettricità che doveva scaricare.

«Guardiamo un documentario, forza Mandorla» ha proposto invece Michelangelo, al solito.

Sullo schermo sono comparsi due cervi con le corna dell'uno intrecciate a quelle dell'altro.

«Che fanno?» ho chiesto a Michelangelo.

«Litigano» mi ha risposto lui.

«Perché?»

«Perché tutti ogni tanto abbiamo bisogno di farlo.»

«Perché?» Non che mi avesse contagiato, in ritardo, il terribile vizio dei perché: figuriamoci, non avevo il passato giusto per potermelo permettere. Ma se si desiderava avere uno straccio di conversazione con Michelangelo, bisognava fare così: spingerlo a forza di domande. Ormai l'avevo capito.

«Per cambiare le carte in tavola, credo» mi ha risposto, dopo averci pensato un po' su, «e illuderci così di cambiare anche noi, assieme alle carte.»

«Poi?»

«Poi ci rendiamo conto che il problema non erano le carte, ma la tavola.»

«Allora possiamo fare pace?»

«È una cosa faticosa fare pace. Bisogna averci il fisico.»

Strano da affermare, ho considerato, per uno che sta in piedi da ventiquattr'ore e ha passato la giornata a marciare e gridare e tenere alti striscioni che pesano tonnellate. Ma forse una cosa sono le piazze, un'altra le stanze degli appartamenti, ho pensato. E comunque, ora che ci penso: quella è stata la prima e unica volta in cui, a modo suo, Michelangelo mi ha parlato di mia madre.

"Vorrei che trovi un amico come per me è Michelangelo" aveva scritto lei. "Qualcuno che mentre tutto il resto gira e cambia, rimane fermo."

E in effetti, proprio in quell'istante, Michelangelo è rimasto fermo. Fermo fermissimo. Abbracciato al suo cuscino a forma di stella, ha cominciato a russare, a basso volume. Fosse proprio lui, mio papà, spero di ereditare la capacità di addormentarmi quando mi pare, ho pensato. E poi più niente: perché ce l'ho fatta. Mi sono addormentata. Come se bastasse convincersi, solo per un attimo, di essere figli di qualcuno, per somigliargli. Solo per un attimo. Giusto il tempo per non ereditare, insieme a quello che ci piace, tutto il resto.

Aprile 1995

«Pronto?»
«Emme, sono Emme: ne possiamo parlare, per cortesia?»
«Di cosa, Maria?»
«Di cosa ci è successo.»
«Ma non è successo niente, Maria, dài...»
«No! Non puoi mettere la testa sotto la sabbia! Altrimenti perché mi chiameresti Maria e non Emme, come hai sempre fatto? Sono cambiati proprio i gesti, fra noi due, è cambiato il tono delle parole, non puoi negarlo... DOBBIAMO *parlarne*.»
Che palle, quest'isteria sessantottina che ha Maria di "parlarne", pensa Michelangelo.
«Io non ho niente da dire Maria, davvero.»
«Michelangelo, aspetta! L'amicizia mica è come l'amore, non ha una data di scadenza; deve durare tutta la vita, l'amicizia!»
Un sentimentalismo insopportabile, una prepotenza assurda, pensa Michelangelo: l'amicizia DEVE durare, ma che discorso è? Come fa Maria a non capire che le relazioni fra le persone dipendono da contingenze, momenti della vita? Come cristo fa a pensare che sia il contrario? E riattacca.
«Fra noi è finita perché a Paolo io non piacevo» Maria si confiderà con Lidia, un giorno. «E siccome Michelangelo non ama le complicazioni, ha preferito tagliare la testa al toro. Che nello specifico sarei io.»
«Le ho attaccato il telefono in faccia perché Maria, da psicotica accentratrice qual è, impazzisce all'idea che io abbia una rela-

zione seria con te, mentre lei non riesce a tenersi stretto un uomo per più di una settimana» dirà Michelangelo a Paolo.

Avranno ragione e torto entrambi, come tutti.

Anche quando lei avvertirà il bisogno di aggiungere: «Sai che c'è, però, Lidia? Michelangelo mi manca tutti i giorni. Tutti».

E lui: «Comunque sti cazzi. Anzi, meglio così: era diventata morbosa Maria, negli ultimi tempi».

Torto e ragione: come tutti.

Per il mio esame di terza media, Paolo e Michelangelo hanno fatto le cose in grande, nonostante non sia stata promossa con chissà quale voto eccezionale.

Ad assistere agli orali erano venuti quasi tutti: loro due, Tina e Gianpietro, Cate, Lidia e Lorenzo, Matteo e i suoi genitori. Mancava Giulia, naturalmente: non era andata a vedere gli esami di suo fratello, figuriamoci se sarebbe venuta ai miei. Ma, soprattutto, mancava Samuele: e questo non me l'aspettavo.

«Dov'è?» ho domandato a Cate.

«Aveva un appuntamento di lavoro importantissimo» mi ha risposto lei, con un sorriso che voleva essere quello di sempre, ma non c'è riuscito e si è bloccato prima di raggiungerle gli occhi.

A quel punto però toccava a me e allora ho provato a concentrarmi solo sulle domande dei professori, anche se mi risultava estremamente difficile, data la presenza nello stesso posto di Michelangelo, di Lorenzo e dell'ingegner Barilla. Tre dei miei possibili papà, insomma. Senza contare Gianpietro, su cui ogni tanto mi ritrovavo a riflettere perché, se una cosa della vita a tredici anni l'avevo capita, è che non si sa mai, e perché, pure se io non balbettavo, cominciavo ad avvertire una certa fatica nel fare uscire fuori di me le cose che tenevo dentro. Era come se, nel passaggio dalla testa che li formulava alla voce che li doveva esprimere, i

miei pensieri si trasformassero. Sì. Diventavano storti, un po' gobbi. Prendevano a zoppicare: come Gianpietro, appunto. Di cui evidentemente potevo benissimo essere figlia. Tanto più che avevamo la stessa passione folle per i biscotti al grano saraceno e per Tina. Qualcosa magari tutto questo significava.

Quella sera stessa, poi, i miei possibili papà erano proprio al completo.
Paolo e Michelangelo avevano organizzato una festa come non se n'erano mai viste, nella discoteca dove Candy Candy lavorava come disc-jockey: per l'occasione l'avevano addobbata con dei festoni a forma di enormi mandorle verdi e gialle, che non so dove fossero andati a scovare. Su ogni festone c'era una lettera che andava a formare la scritta:

GLI ESAMI NON FINISCONO MAI MA LE SCUOLE MEDIE SÌ

E legata con un nastrino blu, sotto a ogni mandorla di carta velina, pendeva una mia gigantografia. C'ero io con Tina a Santa Marinella, io con Gianpietro, io con Lars in braccio, io in braccio a Samuele, io con Cate sul lungomare di Napoli, io sulle spalle di Candy Candy al gay pride, io con Matteo Barilla il primo giorno delle medie: insomma, io con tutti quanti. Perfino con mia mamma: in una foto che non avevo mai visto, dove lei schiacchiava il naso sul vetro dell'incubatrice con dentro una specie di sputo che in realtà ero io. Sicuramente l'avrà scattata mio padre, ho pensato, appena l'ho vista: e per me la festa è finita lì.

Perché mentre gli amici di Paolo e Michelangelo ballavano e invitavano a unirsi a loro gli abitanti di via Grotta Perfetta tirandoli per un braccio, mentre Candy Candy metteva uno dopo l'altro i dischi "più gai del mondo", come li definiva lui urlando dal microfono della sua postazione di disc-jockey, mentre perfino Tina in un angolo della pista batteva il ritmo con un piede, be', io a fare finta di niente non ce l'ho più fatta.

Era più di due anni che ci provavo. Che stavo al patto

preso con Tina e in qualche modo con tutti. Nessuno mi obbligava a farlo, come nessuno mi aveva mai obbligato a mettere le ballerine con i pantaloni militari. Ero io che preferivo comportarmi così.

Ero io che, come tutti, volevo solo essere amata.

Non ci riuscivo con gli ADME: almeno con i grandi speravo di farcela e se bastava evitare domande a cui non potevano rispondere, le evitavo.

Ma mio padre adesso era in quella discoteca. Nel cuore aveva un segreto che mi riguardava, fra le sue braccia – sia pure per noia, sia pure per casualità – c'era stata mia mamma, qualche minuto del suo tempo – che gli piacesse o no – tredici anni prima, l'aveva usato per mettere al mondo me.

Per non rovinare la festa anche agli altri, allora, mi sono nascosta nel guardaroba, da dove riuscivo a vedere tutti, ma nessuno riusciva a vedere me.

Chi sei, papà?, volevo solo essere lasciata libera di chiedermi, adesso che non potevo sbagliarmi, perché era senza dubbio lì, ad ascoltare la stessa musica che stavo ascoltando, a servirsi dallo stesso buffet, la persona che cercavo.

"Vorrei che tuo papà fosse un astronauta che cammina sulla luna ma pensa sempre a noi, e non un uomo come tanti, che abita in via Grotta Perfetta 315 e una sera di marzo, forse per noia forse per curiosità, nell'ex lavatoio del sesto piano ha fatto l'amore con me."

Insomma, chi?

Finalmente nessuno mi avrebbe distratto e potevo chiedermi davvero, fino in fondo, per la prima volta: chi sei?

Per la prima volta, davvero e fino in fondo: mentre stanotte me lo chiederò per l'ultima volta, perché domani è domani e Pavarotti appena mi tirerà fuori di qui (com'è che ha detto?) si occuperà personalmente della mia situazione.

Cioè del test del mio DNA.

Stanotte, allora, per l'ultima volta.

Ma a quella festa, nel guardaroba, per la prima volta.

Chi sei, papà? Mi sono chiesta.

Tutti mi fanno capire che sarebbe meglio per me non saperlo, e sicuramente, sicuramente sicuramente hanno ragione: però qualcosa, dentro di me, non può rinunciare a te. Chi sei?

Sei Lorenzo, forse. Balli, anche se non sembra, perché tu fai tutto così: stancamente, come se non ci mettessi mai un minimo d'intenzione. Allo stesso modo, quella sera di marzo, nell'ex lavatoio, magari hai detto qualcosa di paradossale a mia madre. Stancamente: e lei proprio per questo ha riso.

"Ma come ti vengono in testa certe idee?" ti ha domandato. E tu nel pomeriggio avevi discusso con Lidia, e sentivi il bisogno solo di qualcuno che non ti conoscesse fino in fondo, qualcuno con cui recitare la parte che ti è sempre venuta più facile, quella del genio per cui teoricamente è possibile tutto e a cui proprio per questo in pratica non è permesso niente. Qualcuno da spogliare, stancamente, e con cui stancamente fare l'amore, qualcuno capace di allontanarti da tutto il resto, almeno per un quarto d'ora, qualcuno capace di allontanarti da te.

O forse sei l'ingegner Barilla. Non ce la fai a mascherare il tuo disagio per Candy Candy, tant'è che sei l'unico che non si è lasciato trascinare in pista: però alla festa ci sei venuto. Tua moglie ti avrà fatto una testa così su quanto fosse importante partecipare a una serata organizzata per me, e tu te ne rendi conto, perché sei un uomo che mette al primo posto la sua famiglia e al secondo la correttezza, e io, a ben vedere, ho a che fare con tutte e due queste cose. Le stesse di cui invece ti sei voluto dimenticare, quella sera, nell'ex lavatoio: almeno per una volta, ti sei detto, faccio qualcosa solo perché mi va. Perché Maria ha i capelli profumati, perché sorride come mia moglie sorrideva alla sua età, quando non c'erano dichiarazioni dei redditi da fare, recite scolastiche dei figli a cui partecipare, bollette del telefono, cene con i parenti, pavimenti da ristrutturare, battesimi, comunioni, multe, morbilli, varicelle, buste della spazzatura da portare giù.

Sei Michelangelo? Non sai nemmeno chi sei, figuriamoci se sai che cosa vuoi. E allora quella sera ti sei semplicemen-

te sbagliato, hai confuso il bisogno di stare vicino a mia madre con il desiderio, e lei c'è stata, così: perché era un modo come un altro per dirti ti voglio bene.

Chissà tu non sia Gianpietro: ami i miei stessi biscotti! Non avevi ancora mai toccato una donna in vita tua e allora mia madre, perché era fatta com'era fatta, "forse per noia forse per curiosità", quella sera ti ha proposto: "Vuoi che ti insegno io?".

O sei Samuele: oggi continui a sfuggirmi, ancora più di quanto sfuggi di solito, da quando ti ho trovato a letto con Giulia Barilla. Non faccio che immaginarti a quattro zampe, da quel giorno, incastrato a mia madre. Gireresti un documentario anche su di me, Samuele, se fossi tu, mio papà? Lo potresti intitolare *Mia Figlia Mentre Cerca Suo Padre*. Sarebbe perfetto se, al contrario di come hai fatto in *Mio Figlio Mentre Dorme*, stavolta una scena madre ce la infilassi. Anzi: una scena padre, se così si può dire. Tipo che alla fine sbuchi da dietro la telecamera, entri nello schermo, mi vieni incontro e urli, un po' commosso ma soprattutto felice: "Mandorla, sono io la persona che cerchi! Non l'avevi capito da come ti inquadravo? Da come, quando giravo, ti ordinavo fatti più a destra, fatti più a sinistra? Era il mio modo per dirti sei la cosa più importante che ho al mondo, sei sangue del mio sangue: sei mia figlia!". E io a quel punto ti abbraccio e via con i titoli di coda.

In quell'esatto momento, qualcuno mi ha messo una mano sulla spalla.

«Proprio a te stavo pensando» gli ho detto.

«E che pensavi?» mi ha chiesto Samuele.

«Mi chiedevo perché oggi non sei venuto al mio esame.»

In parte era vero.

Ma chi se lo immaginava?, che bastasse quello, per farlo scoppiare in lacrime?

«Samuele, dài» ho subito provato a rimediare. «Guarda che non è così grave: non ti preoccupare. Ho pure fatto una figuraccia quando mi hanno interrogato in geografia, non ti sei perso niente.»

Ma lui non accennava a calmarsi. Sembrava Lars, quando voleva qualcosa: ma, a differenza di Lars, non si capiva che cosa.

«Vuoi che ti prendo un pezzo di torta?» gli ho chiesto.

«Voglio solo sfogarmi» mi ha risposto lui. E ci stava riuscendo benissimo.

Piangeva e piangeva, e si soffiava il naso con la manica della maglietta, e si aggrappava alla mia e diceva sono finito, sono finito.

Fortuna che a nessuno serviva il soprabito, altrimenti si sarebbe trovato di fronte a una scena decisamente imbarazzante. E c'è voluto un bel po' perché Samuele prendesse fiato e si decidesse a raccontarmi che cosa fosse successo.

«Ieri sera ho parlato con Cate» ha esordito, tutto d'un fiato. «Le ho detto la verità. Che mi sono innamorato di Giulia e tutto il resto. Non immagini quanto sia stata cattiva, Mandorla. Non lo capisci che sono confuso e che ho bisogno del tuo appoggio?, le domandavo io. Ma lei niente: dura, insensibile. Chi se ne frega della tua confusione, mi ha risposto.»

Lo ascoltavo, esterrefatta: ma come?, pensavo. Tina e io abbiamo fatto i salti mortali per tenere nascosta la verità a Cate, e Samuele di punto in bianco prende e va da lei a confessarle tutto? E quella storia che ci sono cose che è giusto sapere e altre che è giusto mantenere segrete? Ho spinto, con una specie di stizza, il tasto PAUSA al documentario *Mia Figlia Mentre Cerca Suo Padre*, che fino a quel momento avevo continuato a proiettarmi in testa.

«Allora, col cuore spezzato da tanto egoismo, che in Cate certo non mi immaginavo, ho telefonato a Giulia e le ho detto di salire subito al sesto piano, dove di solito noi... noi... vabbè, hai capito.»

Capivo: ormai capivo. Gli ho fatto cenno di proseguire.

«Ma lei non era a casa! Ti rendi conto, Mandorla? Le dieci di sera e non era a casa. Dove sei?, le ho domandato. E lei: sono cazzi miei, mi ha risposto, ma non me la sono presa, perché lo so com'è fatta Giulia, è abituata a rivolgersi così

a tutti, in particolare a chi le sta a cuore. Però allora ho dovuto dirglielo per telefono, non riuscivo a resistere: ho parlato con Cate, le ho detto. Da questo momento in poi siamo liberi di amarci alla luce del sole, le ho annunciato.»

Ha ricominciato a piangere. Io gli ho messo una mano sul braccio: così, tanto per fare qualcosa. Dopo la scenata di Paolo con i cuscini, avevo imparato che quando un grande sta male, bisogna lasciarlo fare. È a chi lo guarda disperarsi che serve consolarlo, per farlo smettere in fretta: ma a lui serve solo buttare fuori tutto quello che ha dentro.

«Mandorla, tieniti forte» ha continuato Samuele. «Sai che mi ha risposto Giulia? Chi cazzo ti ha mai chiesto di lasciare tua moglie, mi ha risposto. Io mi sono sentito morire. Come?, continuavo a ripetere. In che senso? Nel senso che non ho nessuna intenzione di essere la tua fidanzata, mi ha detto lei, scandendo sillabe e parole. Anzi, adesso lasciami stare perché sono a casa di un tipo che è andato di là a prendere una corda per legarmi al letto, e se torna e sente che sto parlando al telefono con un altro si arrabbia di brutto. Ciao Sam, tanti baci. E ha riattaccato. Ha riattaccato, Mandorla, capisci? Io provavo a richiamarla, ma niente. Non rispondeva: poi ha perfino staccato il cellulare. Stamattina allora l'ho aspettata nell'androne, perché tanto doveva andare all'università e perché quella pazza di Cate non ha voluto che dormissi a casa... comunque: alla fine è arrivata. Giulia, naturalmente, mica Cate. Com'era bella, Mandorla, non immagini. Adesso che comincia il caldo si mette dei vestitini leggeri, e li taglia da sola per farli corti, cortissimi...» Si è incantato a fissare la manica di un soprabito, di fronte a sé, forse scambiandola per la gonna di Giulia. Ho dovuto strizzargli il braccio, piano, almeno per ricordargli dove fossimo. Solo allora ha deglutito, per continuare: «Ma appena mi ha visto lo sai che ha fatto, Mandorla? Non ci crederai mai. Mi ha dato una carezza sulla testa e mi ha sussurrato in un orecchio: fai pace con la tua Caterina, Sam. Ti conviene, ha aggiunto. Ma vuoi dire che fra me e te è finito tutto?, le ho chiesto, perché ormai volevo solo la verità. E

sai lei che mi ha risposto? Perché mai?, mi ha risposto. Tu sei un grande artista, e noi due insieme ci divertiamo. Se un giorno non abbiamo niente da fare e ci stiamo annoiando, che motivo c'è di non salire al sesto piano per un po' di zum zum? Così mi ha detto. Esattamente così. E pensa che fare zum zum è un'espressione che abbiamo inventato insieme! Capisci, la crudeltà? Poi è volata via. E adesso...».

Me l'ha indicata. Era al centro della pista, Giulia. Stretta in un vestitino nero, in effetti corto cortissimo, con un paio di sandali alti come trampoli, un ciuffo di capelli dipinto di rosa shocking per l'occasione: un po' ballava fra Paolo e Michelangelo, un po' si strusciava a un tipo largo e grosso, che le teneva una mano sulla vita e un'altra incollata al sedere.

«È lui quello della corda?» ho chiesto, perché quando non si sa che cosa dire si può dire qualsiasi cosa: anche questo ormai l'avevo imparato.

«No» mi ha risposto Samuele. «Quello è il buttafuori della discoteca. L'ha appena conosciuto, credo.»

Siamo rimasti così. Fra i soprabiti, fra le possibilità che aveva Samuele di farsi perdonare da Cate e quelle che avevo io di sapere chi fosse mio padre.

O guardaroba, non ho potuto fare a meno di invocare.

    Facciamo a cambio.
    Io divento te e proteggo i cappotti,
    o, siccome fa caldo,
    chiamiamoli in un'altra maniera:
    ma sbrighiamoci a capirci,
    perché tanto il problema non è questo.
    O guardaroba,
    il problema è se puoi
    diventare me
    così mi dici se non è strano
    che ci sono persone come
    Michelangelo e Paolo
    che darebbero tutto per certe cose
    (tipo un matrimonio, un figlio, eccetera

eccetera eccetera),
e poi ci sono persone come Samuele,
che quelle cose
(tipo un matrimonio, un figlio, eccetera
eccetera eccetera)
invece
ce le hanno:
ma le rompono.
Proprio a pezzi,
le fanno:
sembra che non resistono,
sennò.
Dimmi te se non è strano,
guardaroba: oh.

AL QUARTO PIANO

Com'è che un amore finisce?

«Finisce quando non ce n'è più, quando ce n'è troppo, quando in realtà non c'è mai stato. Un amore finisce perché qualcosa si consuma: allora non bisogna usarlo, forse, l'amore. Ma finisce pure quando non si consuma niente e, anzi: tutto rimane come il primo giorno. Così perfetto che pare finto. E allora forse almeno un po' bisognerebbe usarlo, l'amore. E se poi finisce perché mentre lo usi ti cade per terra e si rompe? Anche quello può capitare. Così come che lo lanci in aria, per giocare, e quello però non ti torna più indietro: può capitare. O magari finisce perché te lo scordi da qualche parte, perché lo vuoi tenere sempre chiuso in tasca per non perderlo, ma così marcisce: va a male. Finisce perché andavi di fretta, finisce perché rimani indietro, finisce perché vuole finire, perché deve finire. Finisce perché non c'è cosa più impossibile da tenere a mente, quando un amore comincia, che potrebbe finire. E trasformarsi, passato il dolore, in qualcosa a cui accennare mentre parli d'altro, l'ennesimo aneddoto da raccontare a una cena, scuotendo la testa divertito da te e dal male assurdo che faceva, quello che oggi ti fa sorridere, mentre speri che la persona che hai appena conosciuto e ti è seduta di fronte ti trovi spiritoso, affascinante, originale: e vorresti ti venisse in soccorso il coraggio o semplicemente il modo di chiederle il numero di cellula-

re per spedirle nella notte un messaggio che in testa stai già formulando.»

Prima di dare la parola ai suoi ascoltatori, Lidia cominciava le puntate di *Sentimentalisti Anonimi* così. Ragionando da sola o spesso sragionando, per una decina di minuti, su un problema con cui inevitabilmente ti convincevi di dover fare i conti anche tu.

Sarà che ci credeva proprio, a quello che diceva. Che fosse un commento al gelato che stava mangiando, o al prezzo di un vestito, aveva sempre bisogno di esprimere un'opinione, come se per il gelato o il vestito cambiasse qualcosa, sapere come la pensava lei.

Lorenzo invece, tutto il contrario. Se lo sforzo di Lidia era quello di avvicinarsi il più possibile alle cose e alle persone, per «riflettersi in loro e convincersi di esistere» diceva lei, lo sforzo di Lorenzo sembrava quello di tenersene a distanza. Strano, no? Che una come lei, sempre alla ricerca smaniosa di un contatto, fosse andata a finire con qualcuno che non era in contatto, se così si può dire, nemmeno con se stesso. Per la mia fissazione con le cose, infatti, Lorenzo mi ha sempre ricordato una lampada che non funziona, e non perché abbia la lampadina rotta, no: ma perché nessuno sa dove diamine si trovi l'interruttore per accenderla. E il primo a non saperlo era proprio lui.

Così, quando per esempio prendevamo l'ascensore tutti e tre insieme, per andare al cinema, a una mostra o perché semplicemente capitava, succedeva un fatto strano: anziché chiacchierare, come facevano Paolo e Michelangelo, o controllare di non aver lasciato le chiavi della macchina a casa, ognuno dei due si perdeva nella propria immagine allo specchio. Sì: perfino le facce, facevano, per guardarsi meglio! Lidia, in particolare, verificava la sua magrezza, e si metteva di profilo o si alzava la maglietta per controllare che la pancia le cadesse piatta, Lorenzo analizzava il taglio della sua barba. Va da sé che, per due come loro, capire davvero che cosa volesse dire l'altro quando parlava non era un'impresa da poco.

«Ma tu mi ami, Lorenzo?» domandava Lidia, di solito, alla fine dei loro lunghi, lunghissimi litigi che quando si gonfiavano e raggiungevano la mia stanza inizialmente dovevo mettere la testa sotto al cuscino per non sentire, ma che alla lunga mi erano diventati talmente familiari che li consideravo una ninna nanna.

«Cosa vuol dire ti amo, scusa? Dove siamo, in un Harmony? Te la vedi Milena che chiede a Kafka una cosa del genere? O Linda che lo chiede a Bukowski? Facciamo come loro, Lidia! Abbandoniamoci al nulla che c'è e limitiamoci a tenerci casualmente per mano.»

Spesso, a quel punto, le voci di Lidia e di Lorenzo sfumavano e si condensavano in una virgola di silenzio, nel fruscio di una maglia che scivolava per terra, per trasformarsi in un pulsare liquido, prima lento, furioso poi e poi di nuovo lento, comunque rassicurante, per Efexor e per me: dài che anche stavolta il peggio è passato, eravamo liberi di sperare. Ce l'hanno fatta.

Ma c'erano notti in cui Lidia apriva la porta della mia camera, piano. Sempre piano s'intrufolava sotto le coperte.

«Mica ti ho svegliata?» E senza aspettare che le rispondessi cominciava a raccontarmi per filo e per segno la lite che avevo appena finito di ascoltare.

«Perché stai con lui?» le ho chiesto, la prima volta che me la sono trovata nel letto, quando ancora non immaginavo che anche quella sarebbe diventata un'abitudine.

Lidia ha sospirato. Ha acceso l'abat-jour del mio comodino. Ha torturato l'elastico con cui teneva legati i capelli. Se li è sciolti, li ha legati di nuovo, di nuovo sciolti. Al solito: sembrava fossero in gioco la vita e la morte, quando qualcuno le chiedeva qualcosa. Voleva farcela, rispondere esattamente. Come se partecipasse a uno di quei quiz che piacevano tanto a Tina, dove se il concorrente azzeccava la risposta giusta c'era in palio un milione di euro.

«A te, Mandorla, non è mai piaciuto nessuno?» mi ha domandato: anche questo era tipico di Lidia. Moltiplicare le questioni, mentre cercava una soluzione.

Ma stavolta io la risposta ce l'avevo pronta: «No».

«Strano» ha commentato lei.

«Mica tanto» ho considerato io. E nemmeno mi accorgevo che forse stavo provando a confidarmi con qualcuno. Me ne accorgo stanotte, a riguardarci dentro a quel letto, me e lei. Ma Lidia, ripeto, faceva parlare pure i muri. A costo di mettere a rischio la loro murità, se si può dire così. «Se alle persone che ti piacciono tu magari non piaci, o peggio ancora se le persone che ti piacciono prima o poi ti mollano da sola, tanto vale non fare la fatica di fartele piacere. No?»

«No» ha scosso la testa Lidia, convinta. «E sai perché?»

«Perché?»

«Perché se non fai la fatica di fartele piacere, nel frattempo mi dici che fai? Collezioni francobolli? Vai alle terme? Ti butti col paracadute? Sì, va bene: ma poi? Dài Mandorla, non farmi ridere. La tua mamma questo ce l'aveva ben chiaro in testa: è impossibile che tu sotto sotto non lo sappia già.»

«Che?»

«Che tutto quello che facciamo è un modo per ingannare il tempo in attesa che arrivi» ha detto allora, ispirata, lei.

«Chi? La persona giusta?» è vero, questo mia madre ce l'aveva ben chiaro in testa: "Vorrei che poi, a un certo punto, trovi la persona giusta" mi aveva scritto. Ma "giusta per te intendo" si era sentita in dovere di specificare.

«Magari quella sbagliata» ha incalzato Lidia, come se, oltre a far parlare i muri, riuscisse ad ascoltare i pensieri. «Ma che per qualche motivo assurdo ci riguarda. Vedi Mandorla, è difficile stabilire perché fra tutte le voci e i modi di ordinare un caffè e di baciare in cui ci imbattiamo, capita quella, capita quello che ci raggiunge proprio lì, dove fa sempre freddo. Fatto sta che allora è inevitabile: non può che rimanere. Ecco. Da qualche parte, quando ho conosciuto Lorenzo, ho sentito subito che sarebbe rimasto. Che, come te lo posso spiegare?, sarebbe stata la prima sfida che non mi sarei mai stancata di voler vincere. Ecco.»

Oggi, proprio come ieri, avrei mille obiezioni da fare a

Lidia. Ma oggi, proprio come ieri, non riuscirei a fargliene nessuna.

Perché ho provato a domandarle: «Però se qualcuno rimane e poi ti fa piangere, strillare e disperarti come stasera ti sei disperata tu, che dobbiamo farne di quel qualcuno?».

Ma lei ha ribattuto con quel suo fare elettrico, bisognoso di terribili verità, quel fare impaziente che per ragioni stranissime arrivava alle orecchie come il rumore che fa il gesso nuovo sulla lavagna, ma poi scivolava dentro come il suono di uno strumento incantatore, accordato sulla magica e un po' folle sproporzione fra l'intensità di Lidia e le cose che la provocavano: «Hai presente, Mandorla, quando vai dal medico e quello ti tasta e ti chiede fa male qui? E qui?, e all'improvviso tu gli dici sì, sì, accidenti dottore, qui sì?».

«E...?»

«E allora pure se il medico è maldestro e quando gli dici sì continua a spingere, chi se ne frega: è successa una cosa mille volte più importante.»

«Cioè?»

«Cioè quel medico ha scoperto dov'è che ti fa male. Capisci?»

«No.»

«Lorenzo – senza assolutamente volerlo, per carità – l'ha fatto.»

«Ha scoperto dov'è che ti faceva male?»

«Sì. Sei grato per tutta la vita a chi ci riesce, Mandorla. E l'infinito di quella gratitudine va a finire che lo chiami amore.»

Siamo rimaste un po' in silenzio: Lidia a pensare ai fatti suoi, immagino, io con la testa intasata di domande. Su tutte, una: «Ma allora, scusami, la persona di cui ci innamoriamo può essere stupenda o schifosa ed è la stessa cosa?».

«Ahimè» mi ha sorriso come fa sempre, quando si convince di non parlare solo per sé, ma di enunciare leggi che abbiano una specie di valore universale. «Sì. Tutti desideriamo solo liberarci dalla nostra angoscia di vivere e quando qualcuno ci piace in realtà secondo me lo stiamo soprat-

tutto investendo del compito di distrarci da noi. Dunque diventa assolutamente relativo e piuttosto irrilevante se si tratti di un uomo meraviglioso o di un figlio di puttana. Naturalmente c'è chi è in grado di distrarre qualcuno e chi è in grado di distrarre qualcun altro: banalmente, è quella che alle riviste femminili piace definire "compatibilità di coppia". Ma no, non credo davvero che c'entri con quanto le persone sono, come hai detto?, stupende o schifose. Eh no: non c'entra. Capisci che cosa voglio dire, Mandorla?»

No: lì per lì, a essere onesta, non capivo. Ancora non sapevo che presto, prestissimo, e senza nemmeno accorgermene, ci sarei riuscita fin troppo bene.

Aprile 1986

Mi butto? Mi butto.
Perché? Perché ormai ci sono. Perché almeno questa giornata passa senza dare troppo fastidio. Perché fra una settimana compio diciott'anni e se mi sfracello prima della mia festa chi se ne frega: tanto non mi va per niente di farla. Potevo pensarci prima di invitare quasi tutta la scuola, magari. Ma fino a ieri mi pareva pazzesca, una festa con mille persone: mille, precise, non una di più non una di meno. Oggi mi viene da vomitare solo all'idea.
Comunque.
La porta dell'elicottero si è appena spalancata sul niente. E se il paracadute non si apre? Lidia, ma chi te lo fa fare?, mi ha detto mamma, stamattina. A papà invece lo racconterò solo a cose fatte: gli sarebbe preso un colpo, sennò. Quando ho chiesto a mamma perché vi siete lasciati?, lei mi ha risposto tuo padre è una persona meravigliosa, è un uomo eccezionale, ma se l'amore se ne va non c'è verso di recuperarlo. E si è messa a tagliare un pomodoro, velocissimamente.
In effetti è un uomo eccezionale, papà: uno che se la mamma a mezzanotte gli diceva ho voglia di pizza, ci caricava tutte e due in macchina e andava a cercare una pizzeria aperta (allora mamma gli diceva tu sei tutto matto, e gli dava un bacio fra il collo e l'orecchio). È uno che non può vedere i film troppo tristi, papà, perché poi ci sta male una settimana. Uno che se stamattina gli annunciavo vado a buttarmi col paracadute, gli prendeva un colpo.
Comunque.

Ci sono.
Tocca proprio a me.
M'inginocchio sulla porta dell'elicottero, prego le nuvole di non tradirmi.
E: sì.
Lo faccio.
Mi lancio.
L'aria è freddissima. Mia. Tutto il mondo è mio e finalmente, per un attimo (quest'attimo: proprio questo, prima di diventare quello), si fa sentire.
Allora ce l'hai, una voce! Lo sapevo. Lo sapevo che se ti impegnavi, se mi impegnavo, riuscivi a dirmi qualcosa e a farmi stare zitta per ascoltare te.
Lo sapevo, che ci riuscivi.
Perché forse solo l'inafferrabile c'afferra solo l'inafferrabile c'afferra solo l'inaff.
Uno schiaffo grande quanto Dio: il paracadute si apre.
La terra si scopre di nuovo possibile.
Adesso so, precisamente, che non mi sfracellerò.
Sopravviverò.
(Quest'attimo è diventato quello.)
E.
E già comincio ad annoiarmi un po'.
Perché eccolo di nuovo che mi ottura le orecchie.
Il vuoto, e quel silenzio schifoso che fa.
Che palle.
Quattro minuti durano tantissimo, se hai modo di contare i secondi e di pensare cose del tipo: certo sono minuscole, le case, viste da quassù, ed è un po' assurdo che il dolore possa sembrare enorme, a starci dentro.
Ginocchia al petto e braccia in alto, finalmente sto per atterrare.
E domani, lo rifaccio?
Sì, vabbè.
Però uso una vela più stretta, così complico le cose.
Altrimenti m'addormento in mezzo al cielo, dalla noia.
Comunque il prima possibile dovrò inventarmi qualcos'altro.
Magari ci provo con quello della terza B, che sta sempre da solo

e non parla mai con nessuno: potrei invitarlo alla festa, pure se a quel punto saremmo mille e uno.
Atterro.
Ci sono due tipi con le tute del centro di paracadutismo che applaudono.
Grande, Lidia!
Brava!
Dammi il cinque.
Macché brava macché grande.
Ho fallito.
Ho fallito di nuovo.
Ma prima o poi ci riuscirò.
Ci devo riuscire.
Lo troverò.
Il rimedio giusto per mettere in stand-by sta cosa che ho dentro, che non la smette mai di chiedere: "Ancora", mai mai mai mai mai.

Insomma.

Nell'ultima estate che avevo passato con Michelangelo e Paolo, in un'isola greca azzurra e lontanissima, era successo il miracolo: finalmente ero cresciuta un po' di centimetri.

Non si può dire che fossi alta come Eva Brandi, o come le Altre Della Mia Età, questo no. Ma se prima nemmeno alzandomi sulla punta dei piedi raggiungevo la cassetta della posta di via Grotta Perfetta 315, adesso invece sì. Ce la facevo.

Pochi giorni prima del mio trasferimento dal terzo al quarto piano, poi, mi erano venute anche le mestruazioni.

Tina le chiamava il fiume rosso, Lidia le chiamava la femminilità, Michelangelo e Paolo le cose tue: per quanto mi riguarda, mi davano fastidio e basta e preferivo pensarci il meno possibile.

Ancora.

Porcomondo continuava a darmi il tormento e anzi, a dirla tutta, la situazione anziché migliorare era peggiorata da quando in Grecia, una mattina, tutta l'isola era stata turbata dalla notizia che durante un falò sulla spiaggia una ragazza era stata violentata fra gli scogli dal suo ex fidanzato. E questo che c'entra?, potrebbe chiedermi l'avvocato Pavarotti, domani. C'entra, c'entra: perché Paolo e Michelangelo hanno ritenuto un mio sacrosanto diritto essere informata su che cosa esattamente s'intendesse per stupro, e

siccome dopo le mestruazioni tutti mi ripetevano che ormai potevo considerarmi una signorina: è chiaro, no? Anche Porcomondo si sarebbe reso conto che ero cresciuta. Così, oltre a strapparmi gli orecchini dai lobi, mi avrebbe violentata, magari nelle fratte del parco dove portavo Efexor a fare i bisogni.

Ancora.

Giulia Barilla aveva lasciato l'università ed era partita per Londra, dove avrebbe frequentato una scuola di design, a quanto dicevano tutti molto prestigiosa.

Samuele era tornato momentaneamente, ci teneva a sottolineare lui, a vivere con i suoi genitori. Tre mattine a settimana veniva a prendere Lars, passava la giornata con lui e lo riportava a casa per cena.

«Sai com'è, Mandorla, sono già in ritardo, devo correre ad aggiornare Duende» mi diceva, quando passava a salutarmi e si capiva benissimo che invece aspettava solo che io gli chiedessi mi porti a mangiare una pizza, Samuele? O mi accompagni a fare un giro con Efexor, che se vado al parco da sola ho paura di Porcomondo?

Non sempre potevo accontentarlo, ma almeno una volta alla settimana trovavo il modo di passare la sera con lui.

«Gestire un blog, vedi Mandorla, non è una cosa da poco» sospirava, quando ci incamminavamo verso la pizzeria. «Se poi scegli di chiamarlo Duende, sono cazzi tuoi. È lo spirito misterioso che anima i ballerini di flamenco, il *duende*: te l'ho spiegato già molte volte, no? È lo spirito che anima l'arte, in generale, stando a García Lorca. Capisci da te che posso permettermi di essere ironico, nei post (non guardarmi così Mandorla dài, stai al passo con i tempi, ma non ti insegna niente Ferri, lì al quarto piano? Post, sì, si chiamano post gli interventi che si fanno su un blog), dicevo? Posso permettermi di scherzare, nei miei post, ma fino a un certo punto.»

Allora attaccava a raccontarmi l'ultima discussione che era esplosa su Duende e, che si trattasse di Anonimo77 che ce l'aveva con lui perché non la pensavano allo stesso modo

sull'opportunità dell'assegnazione degli ultimi Oscar o che si trattasse di Celluloide72 che considerava un bluff Lars von Trier e l'intera avanguardia danese, io davvero, davvero davvero non riuscivo a capire perché quelle persone si scaldassero tanto. Ti piace un film? Buon per te, pensavo: perché litigare con chi lo detesta? Non ti piace un film? Capita, la prossima volta che vai al cinema sarai più fortunato. Ma perché fare la fatica di accendere un computer, digitare duende punto com e metterti lì a elencare per filo e per segno i motivi del tuo schifo?

«Metti che un regista naviga in rete, capita lì, legge delle offese al suo film e si dispiace?» mi limitavo a domandargli: preferivo tenere per me le altre perplessità, sia perché sotto sotto volevo bene a quel blog che faceva da baby-sitter a Samuele ora che aveva più che mai bisogno di qualcuno che si occupasse di lui, e sia perché temevo che il giorno dopo sarebbe comparso un enorme post del tipo "Mandorla di via Grotta Perfetta contesta Duende: parliamone", e di parlarne non mi sembrava davvero il caso.

«Mandorla, ma che discorsi!» si infervorava lui. «Se un regista si dispiace magari avrà modo di riflettere sui propri errori. E poi, scusa, ma non riescono proprio a farmi pena certi paraculi che per inconsapevolezza la gente manipolata dal sistema chiama artisti. Dài, prendi Gabriele Muccino...»

E a quel punto Samuele poteva arrivare fino al dolce parlando da solo: il fatto che Gabriele Muccino, in pratica un suo coetaneo, un connazionale, un concittadino addirittura, avesse girato un film con una produzione americana, che quel film negli Stati Uniti avesse riscosso recensioni entusiaste e incassato milioni e che ci recitasse uno come Will Smith, be': gli sembrava davvero un po' troppo.

Samuele non aveva avuto nemmeno bisogno di vedere *La ricerca della felicità* per essere certo di che cosa fosse: immondizia confezionata da pacchetto regalo.

Un successo così evidentemente deciso a tavolino, il trionfo di talmente tante cose sbagliate tutte insieme, che invece di scagliarsi contro quel film, Samuele secondo me avreb-

be dovuto costruire un monumento all'occasione meravigliosa che gli offriva Muccino: quella di prendersela con lui, anziché con la fine del suo matrimonio e dunque, a ben vedere, con se stesso.

Perché se la teoria di Lidia era vera e se ognuno quando s'innamora sotto sotto confida proprio nel titolo di quel film con Will Smith, a Cate di ricercare la felicità con Samuele chiaramente non andava più.

E mentre lui (convinto di dover solo aspettare che sua moglie un bel pomeriggio gli dicesse dài, basta con questa storia, Lars ha bisogno di te e anch'io: torna a casa, ti perdono, ti amo) studiava la grafica del suo blog, mentre litigava animosamente sulla Maria Antonietta di Sofia Coppola con AranciaMeccanica84, sperando in cuor suo che dietro a quel nickname si nascondesse Giulia Barilla, Cate, con la stessa determinazione con cui aveva deciso di sposarlo, adesso aveva deciso di eliminarlo dalla sua vita.

Ma chi meglio dell'avvocato Pavarotti questo lo sa già? Non avrà certo bisogno che glielo racconti io, domani mattina, che cosa stava succedendo al secondo piano.

Perché è proprio in quel periodo che Pavarotti ha cominciato a farsi vedere spesso, dalle nostre parti.

«Sono così felice per Cate» sospirava Lidia. «Hai visto che ieri l'avvocato ha accompagnato Lars dal pediatra? È un vero maschio alfa, quel tipo, non c'è che dire. Uno che quando s'innamora di una donna le dice tranquilla, da adesso in poi penso a tutto io. Naturalmente Caterina, da donna indipendente qual è, prima di trovare il coraggio di affidarsi a qualcuno ha dovuto sperimentare il rapporto con uno smidollato come Gròː il maschio omega, nella sua strutturale inadeguatezza, può essere rassicurante, all'apparenza. Ma vuoi o non vuoi è destinato a deluderti, inevitabilmente: e proprio quella delusione ti farà sentire finalmente pronta e degna di avere accanto qualcuno da cui essere protetta, anziché qualcuno da proteggere.»

«Ma quale maschio alfa, Lidia, dài, fammi il piacere! Si chiamano squali merda, quelli lì: Pavarotti, è così che fa di

cognome, giusto? Squalo merda. Esemplare puro: quando il mercantile di una coppia è in crisi, perché nel mare magnum dei rapporti interpersonali sta scaricando momentaneamente merda dalle tubature, quello squalo, *zac!*, nasa la situazione, s'avvicina al mercantile e si nutre della merda per i suoi fini loschi. Sono tutti bravi a fottersi una donna insoddisfatta. Peccato non mettano in conto che perfino in una tutta d'un pezzo come la Grò si nasconde una Bovary e che l'insoddisfazione delle donne c'entra poco o niente con il povero cristo che al momento le ha deluse. Il bello è che anche il destino dello squalo merda è quello di trasformarsi in un povero cristo. Allora sì che voglio vedere se basterà, a quel Pavarotti, portare Lars dal pediatra, per fare qualcosa di buono» ribatteva Lorenzo, che come al solito difendeva se stesso da nemici invisibili a tutti tranne che a lui, ma che nel caso specifico, senza rendersene conto, stava difendendo Samuele, che suo nemico invece si considerava davvero.

Per quanto riguardava Cate, naturalmente, non lasciava trapelare con nessuno che cosa le passasse per la testa.

«Samuele non ha fatto niente contro di me incapricciandosi di quella ragazzina» l'ho sentita affermare una mattina, razionale e calda come solo lei sapeva essere nello stesso istante, a Tina, nell'androne. «Più che altro mi ha dato un'informazione su di sé.»

E Tina, naturalmente, faceva sì con la testa. Invecchiava, povera Tina: ma anche se lei non faceva che ripetermelo, io non ci credevo. O meglio: il tempo, ai miei occhi, passava sulle facce, dentro ai colli, nei sorrisi di tutti i condomini, ma non sfiorava lei. Ne aveva già talmente tanto addosso, di tempo, quando l'avevo conosciuta, che da lì in poi il resto non faceva una grande differenza: lei era Tina. Punto. E quando il gatto Arancione non si è più fatto vedere e lei mi avvertiva di prepararmi perché sicuramente il prossimo turno per andarsene sarebbe stato il suo, io non volevo nemmeno ascoltarla. Così come non voleva ascoltarla Gianpietro, che nel frattempo era stato nominato respon-

sabile di un intero reparto di Pizza Pane e Fichi, con mio grande orgoglio.

Ancora.

Per tutta l'estate avevo continuato a vedere papà da tutte le parti. Ormai non mi limitavo più al condominio di via Grotta Perfetta: li vedevo in spiaggia, i miei papà, li cercavo nei papà degli altri, nell'architetto greco che aveva affittato la casa a Paolo e Michelangelo, nei turisti spagnoli, in quelli francesi, negli australiani. Immaginavo come sarebbe stata la mia esistenza se solo fossi stata la figlia di uno di loro, e tutte quelle esistenze, nessuna esclusa, mi sembravano emanare un qualche bagliore luminoso, tanto più impossibile quanto più perfetto e adatto a me.

Finché non è arrivato settembre.

Da lì a una settimana sarebbe arrivato anche il primo giorno delle superiori.

Ma soprattutto, è arrivato Matteo Barilla: forse dovrei dire che è tornato, perché in effetti nella mia vita c'era ormai da parecchi anni.

L'avvocato Pavarotti saprà scusarmi se almeno in questo caso, anche sforzandomi, non riuscirò a essere lucida come secondo lui dovrei essere.

Insomma, come glielo potrò spiegare LUCIDAMENTE?

Se lo saprebbe spiegare, lui, perché una bella mattina si è messo in testa di accompagnare Lars dal pediatra? No. Così io stanotte non so spiegarmi perché quel giorno, quando ho incrociato Matteo Barilla in ascensore e lui mi ha buttato le braccia al collo, mi ha trascinata a casa sua a vedere le foto delle vacanze, mi ha detto: «Quanto mi sei mancata!», mi ha chiesto: «E tu, Mandorla? Quest'estate hai rimorchiato? Io sì, una ragazza di Milano», a me: *bum*. Si è come spenta la testa. Proprio un blackout c'è stato: e l'unica cosa a cui riuscivo a pensare è che era meraviglioso, meraviglioso meraviglioso che Matteo Barilla mi chiamasse per nome.

Sì. E che mi desse del tu! Perfino quello: meraviglioso. Che cosa potrò dire di più, a Pavarotti?

Che durante quell'estate era cambiato tutto, perché io

adesso avevo le mestruazioni e Matteo dei peletti scuri sopra al labbro? Che Lidia mi aveva messo in testa che bisognava farsi piacere qualcuno, altrimenti non eri normale, se così si può dire per dire giusto? Che se le mamme muoiono e i papà latitano e i gatti spariscono e gli amici litigano e le coppie si lasciano, va da sé che le ragazze di quattordici anni s'innamorano, altrimenti non si capisce quale motivo avrebbero per partecipare a questo gioco?

Non so davvero che cosa potrò dire di più, a Pavarotti.

Semplicemente, la capacità che aveva Matteo di stare sereno e tranquillo anche quando da stare sereni e tranquilli non c'era proprio niente, che me l'aveva fatto sempre giudicare un po' cretino, adesso me lo faceva apparire un essere superiore: uno che ha capito quanto la vita, più la fissi tutto preoccupato, più le passi l'ansia.

Poi: mi era sembrato davvero meschino l'atteggiamento di Matteo nei confronti della mia situazione. Insomma, lui sapeva tutto: ma non aveva mai sentito il bisogno di chiedermi apertamente come potessi sentirmi, ad avere un papà disertore che magari era proprio il suo.

Semplicemente, adesso, quella meschinità mi veniva da chiamarla delicatezza d'animo.

Semplicemente.

Come la pelle cambia colore quando s'abbronza e come i capelli imbiancano quando s'invecchia. Succede qualcosa: e di conseguenza ne succede un'altra. Ci s'innamora: e una persona diventa il centro del mondo. Una persona diventa il centro del mondo: ci s'innamora.

Così. Semplicemente.

A ripensarci stanotte, le posso distinguere benissimo: due Mandorle. Una che finiva quel pomeriggio e una, innamorata di Matteo, che quel pomeriggio cominciava.

Faceva un sacco di cose assurde, questa Mandorla.

Contava alla rovescia i giorni perché arrivasse il primo in cui sarebbe tornata a scuola, tanto per dirne una. Implorava Lidia di aiutarla a scegliere uno zaino e un paio di scarpe che la facessero finalmente, finalmente finalmente

sentire uguale agli ADME (a chi in particolare?, continuava a chiederle Lidia, quel pomeriggio, per essere certa di non sbagliare; agli Altri: quelli Della Mia Età, in generale, le rispondeva la nuova Mandorla).

Che ci posso fare, avvocato Pavarotti?

Davvero non mi pare di aver mai avuto niente in comune, né prima né dopo d'allora, con la persona che mi ritrovavo a essere.

Perché (semplicemente!) una sola, terribile domanda in quei giorni risucchiava come un aspirapolvere tutti gli altri pensieri.

Si svegliava mezz'ora prima di me, quella domanda, e non mi abbandonava mai.

Dopo quasi tre anni, non era più: chi è mio papà?

Ma era diventata, all'improvviso: che cosa starà mai facendo in questo momento Matteo Barilla?

E la mia preghiera, una volta che la scuola si è decisa a cominciare, era completamente nuova: sempre la stessa, tutte le notti del mio primo anno di superiori.

> O libro di algebra,
> facciamo a cambio:
> io divento te
> e capisco finalmente
> tutti quei numeri e quei segni
> che
> non mi dicono proprio niente,
> mentre tu diventi me
> e,
> semplicemente,
> ti avvicini a Matteo Barilla
> e gli chiedi: "Studiamo insieme?",
> ma lo fai per bene,
> con l'aria tranquilla,
> con la testa un po' piegata
> di lato,
> il sorriso un po' smorfioso,

dorato,
come a dirgli
dimenticati
che
dentro di me, nel mio profondo
ti ho sempre creduto
perdente e sprovveduto
contro Porcomondo,
dimenticati
che
mi hai visto con la cuffia
in piscina,
dimenticati
che per te sono una specie
di sorellina,
non è questo che voglio
da te
stamattina.
(Certo, il dubbio mio
è che se
nemmeno un padre
che confessi: "Sono io"
c'è,
come faccio ad avere te?
Manco io fossi un'ADME!
E poi sogni la tipa di Milano
ormai, tu...)
Però segno meno e segno meno
è uguale a più,
facile per me che sono un libro di algebra,
ma dài: ci arrivi
anche tu.

Certo, avevo solo quattordici anni ma non ero tutta cretina: e non mi sfuggiva che se con mia madre, in quel maledetto ex lavatoio del sesto piano, quella maledetta sera di marzo, ci fosse stato l'ingegner Barilla, la mia storia d'amo-

re con Matteo avrebbe dovuto scontrarsi con un problema non da poco.

I problemi non da poco però per il momento erano talmente tanti che non potevo illudermi fosse quello, l'unico ostacolo: così lo consideravo l'ultimo, che magari, un giorno, avremmo affrontato insieme.

Al tramonto, su una spiaggia deserta di Santa Marinella o della Grecia, a seconda del tempo che avremmo avuto a disposizione per raggiungerla.

"Amore mio, non ti preoccupare" mi avrebbe detto Matteo, ficcandomi negli occhi i suoi, verde prato.

"Ma un fratello e una sorella non possono..." avrei sussurrato io.

"Sssh." Lui mi avrebbe messo un dito sulle labbra, e mi avrebbe stretta a sé, da dietro, come faceva Lorenzo con Lidia in certe sere magiche, dove nessuno dei due veniva preso dalla voglia di litigare, e se uno parlava l'altro riusciva perfino ad ascoltarlo. "Sssh" avrebbe ripetuto. E poi: "Quando due persone si amano come ci amiamo noi, niente potrà mai separarle" avrebbe affermato Matteo, guardando verso il sole che, grasso e arancione, proprio in quel momento sarebbe caduto in acqua, crepitando, come per ribadire: "Sssh".

Ma c'era tempo, prima che arrivassimo su quella spiaggia e affrontassimo insieme la spinosa questione della nostra possibile parentela.

Ora avevo ben altro a cui pensare, e da sola.

Per esempio a Eva Brandi, che ero certa si sarebbe iscritta al liceo classico e invece no, era di nuovo fra i piedi: lì, allo scientifico, con Matteo e con me, nella stessa classe.

E c'è dell'altro. Se infatti dalle vacanze io ero tornata con quattro centimetri in più e Matteo con i peletti sopra al labbro, Eva Brandi sembrava aver realizzato quello che io imploravo nelle mie preghiere notturne. Aveva fatto a cambio.

Invece di essersi trasformata in un oggetto, però, aveva seguito il processo inverso: da scopetta alta e secca qual era, si era trasformata in una ragazza.

Era suo, quel sorriso dorato che chiedevo al libro di algebra, prima di addormentarmi. Perché tornata dalle vacanze, Eva Brandi non faceva che sorridere, inconsapevole. Sorrideva con le labbra scintillanti di lucidalabbra alla pesca, e con tutto il resto: con i capelli che fino alla terza media aveva sempre tenuto legati in un codino striminzito o in una treccia e che adesso invece le cadevano sulle spalle, morbidi, profumati e lunghi: mentre i miei somigliavano a una pianta rampicante abbandonata a se stessa. Sorrideva con gli occhi chiari, che erano sempre stati di un grigio piuttosto insulso, ma che adesso sfavillavano, mandavano strani segnali luminosi che sembravano dire guardami, guardami guardami. Ma soprattutto, Eva Brandi sorrideva con il mondo di cose che le era spuntato addosso.

«Portare la quarta è una bella seccatura, Mandorla, beata te, che puoi permetterti di girare anche senza reggiseno!» si lamentava, ogni tanto, perché c'era un'altra novità: era diventata anche simpatica, Eva Brandi. Perfino con me. E quando mi confidava le sue perplessità, per quelle robe enormi che le erano esplose nel tempo di un'estate, non lo faceva come chi in realtà vuole puntare l'attenzione su qualcosa di sé che finge di odiare e invece adora.

No: sembrava sinceramente in difficoltà. Ed era questo, credo, che i maschi della nostra classe, e in breve dell'intero liceo, trovavano irresistibile. Il mix di timidezza e inarrestabile femminilità, scemenza ma infinita tenerezza che prometteva il sorriso di Eva Brandi.

Va da sé che, con i nuovi pensieri su Matteo che mi intasavano il cervello, la presenza di una come Eva costantemente nei paraggi mi mandava ai pazzi.

«Sei mille volte meglio tu di lei» mi hanno rassicurato Paolo e Michelangelo, quando un giorno sono venuti a prendermi a scuola proprio per vedere questa tipa di cui parlavo in continuazione a tutti, per non riuscire a rivelare a nessuno il vero segreto intitolato *Matteo* che avevo nel cuore. «Non te ne rendi conto, Mandorla, di quant'è spudorata quella bellezza? Dopo un po' nausea. Mentre donne

come quella che diventerai tu non stancano mai. Anzi. Sono scoperte continue. Il meglio, quelle come questa Brandi, lo danno adesso: il resto della loro vita è solo un triste, inevitabile rimpianto di quello che fu. Un melanconico push-up, il loro destino.»

«Ma è una poco di buono!» È stato invece il parere di Tina, assolutamente sconvolta da quanto riuscissero a risultare aderenti i body aderenti addosso a Eva Brandi.

«Se la sogna, la tua originalità.» Caterina (che senza volerlo mi stava facendo tristemente notare quanto non bastassero un paio di scarpe e uno zaino come tutti gli ADME per diventare, una buona volta, anch'io un'ADME).

«Niente di che. Sembra quell'attrice insulsa che c'è nel secondo film di Muccino.» Samuele.

«Robetta per uomini semplici.» Lidia.

«Fica è fica» ha ammesso invece Lorenzo. E forse è stata proprio la sua onestà a fare in modo che, fra tutti, scegliessi di confidare i miei tormenti proprio a lui. A ripensarci è stato davvero assurdo che l'essere umano più incapace di realtà che abbia mai conosciuto, quel giorno mi sia sembrato il più capace di comprenderla.

Perché gli altri condomini ci avevano fatto l'abitudine: «Lorenzo Ferri non riesce a dire la verità nemmeno sul tempo che fa» dicevano. Oppure, i più benevoli: «Ferri è uno scrittore, un intellettuale, parla seguendo un percorso tutto suo a noi incomprensibile».

Non capivano niente né gli uni né gli altri, secondo me.

Perché Lorenzo non poteva definirsi esattamente un bugiardo e perché magari avesse avuto un percorso da seguire, sconosciuto a tutti ma a lui evidente! Magari.

«Vedi, Mandorla» mi ha spiegato un giorno Lidia, «i veri bugiardi mantengono un certo rapporto con quanto tradiscono, non lo perdono di vista: ce l'hanno ben presente. Lorenzo no. Dal momento in cui se ne fa interprete, un fatto smette di esistere anche dentro di lui. Hai voglia a chiederti dove vada a finire, la verità: s'è persa, basta, perché le cose nel suo cuore non si attaccano: si squagliano, mettiamola

così. Capisci bene che una volta che qualcosa si squaglia fai molta fatica a riconoscere che cosa fosse, in origine.»

E chissà se, al di là del giudizio spassionato su Eva Brandi, non sia stata anche la certezza che Lorenzo si sarebbe presto dimenticato di quella nostra chiacchierata, a convincermi a volerla fare.

«Lorenzomisonoinnamorata» gli ho detto, tutto d'un fiato, mentre eravamo ancora sul motorino, tornando da scuola.

«Mi sono innamorata» gli ho ripetuto, una volta a casa, quando ci siamo buttati sul divano dove lui faceva un po' tutto, da leggere a dormire a scrivere a dormire a fumare, guardare il soffitto, dormire.

«Prima o poi certe cose capitano: è un po' come il morbillo, non puoi scamparle» ha commentato lui, cominciando a rollarsi la prima delle infinite canne che avrebbero accompagnato il suo pomeriggio e che, a differenza di quando ero più piccola, adesso sapevo riconoscere per quello che erano.

«E...?» Sapevo anche questo, ormai: bisognava farlo scaldare a furia di e...?, Lorenzo, perché ne uscisse qualcosa di buono.

«E adesso preparati a ingoiare un bel fiume di immondizia, cara Mandorla.»

«Nel senso che sei sicuro che Matteo Barilla non potrà mai ricambiare il mio amore?» Pronunciare quel nome incandescente mi ha fatto diventare tutta rossa. L'ho detto, oddio, oddio oddio, l'ho detto, pensavo. Eppure: Lorenzo non ci ha fatto nemmeno caso. Continuava a rollare, recuperando con il mignolo anche i più microscopici pezzettini di hashish che sfuggivano dalla cartina. Avevo confidato finalmente a qualcuno chi era il ragazzo impossibile dei miei sogni, e quello chissà a che cosa stava pensando: forse non mi aveva addirittura sentita. Proprio così. Perché Lorenzo aveva quasi sempre qualcosa a cui stare dietro, che con chi gli stava casualmente di fronte c'entrava poco o niente. Se nel frattempo fosse esploso un terremoto, magari nemmeno di quello si sarebbe reso conto, a meno che non si fosse aperta una voragine e avesse ingoiato proprio il suo divano.

«Vuoi davvero sapere come la penso, Mandorla?» mi ha chiesto. Ed è lì che ho capito che non aveva capito, e che forse tutto sommato era meglio così, ma gli ho fatto cenno con la testa per rispondere che sì, certo, volevo saperlo.

«Se questa dell'amore non è una stronzata che hai letto da qualche parte, o visto magari in un film, se insomma è davvero roba tua: allora devi vivertela, non c'è un'altra possibilità.»

«Non ti seguo.» Non lo seguivo.

«Dunque» ha sospirato, «da tutte le parti ci arriva il messaggio che amare è bello. Pensa alle favole che raccontano a voi femmine quando siete piccole. Biancaneve e la Bella Addormentata avrebbero dormito per tutta la vita, se non arrivava il Principe Azzurro a svegliarle. E Cenerentola? Avrebbe continuato a pulire cessi. O no?»

«Sì?» Che potevo dire?

«Sì. O meglio: no. Cioè: sì, siamo martellati dalla promessa che quando troveremo l'amore potremo dirci davvero realizzati, ma no: non è vero. Chi l'ha deciso che imboccare i figli del Principe Azzurro per Biancaneve sia stato meglio che dormire tutta la vita, circondata però dall'affetto dei suoi amici nani che sicuramente, una volta diventata madre, è stata troppo occupata con la casa, i pannolini e tutto il resto per poter anche solo sentire al telefono? Eh? Chi l'ha detto?»

«Ma poveri nani...» non potevo che considerare.

«Poveri nani, Mandorla, brava! Poveri nani. Perché, le tre fatine della Bella Addormentata? Quante volte pensi che andrà a trovarle, quella stronza, quando dovrà stare dietro all'argenteria del castello dove è andata ad abitare, o quando dovrà iscrivere i bambini a equitazione – perché vuoi che non sappiano andare a cavallo, i figli del figlio del re?»

«Povere fatine!»

«Povere fatine, certo. Ma...» e ha dato l'ultimo tiro al mozzicone di canna che ormai gli stava bruciando i polpastrelli «ma è proprio chi tifa per i sette nani e per le tre fatine che può farcela.»

«In che senso?»

«Nel senso che se tutte quelle fregnacce, da Perrault alla pubblicità dei sughi pronti, su di te non hanno fatto presa, se davvero non ci vedi niente di buono nel perpetuarsi della specie umana attraverso l'accoppiamento e quanto ne consegue, quando poi ti capita di incontrare qualcuno e di ritrovarti a vivere con quel qualcuno, be': puoi stare certo che non sei stato costretto a farlo. Che quella è la precisa espressione della tua volontà.»

«Mi spieghi meglio?» Ero troppo interessata alla questione per aver paura di fare la figura dell'imbecille.

«Prendi me, Mandorla. Prima di conoscere Lidia, certamente il mio ideale di donna non aveva niente a che fare con lei. Mi piacevano disfatte, mondane, un po' puttane, fedeli alla morfina, all'anidride acetica. Non mi ci vedevo proprio, con una che non si desse preventivamente per sconfitta nella lotta contro l'esistenza, non ci trovavo niente, proprio niente di geniale nel darsi da fare, nel resistere.» Ha leccato una cartina per chiudere un'altra canna. «Poi è arrivata Lidia. Tutta fibrillante, desiderosa di esprimersi, famelica di emozioni forti, con l'interesse sincero che nutre per gli altri esseri umani, con quella ferita del divorzio dei suoi genitori sempre aperta, con la folle certezza che ci si possa salvare, in qualche modo, da questo vuoto infinito che c'è, come lo chiama lei.»

«E...?»

«E all'inizio ho pensato: ma che vuole questa qui da me? Ci vado a letto un paio di volte (perché dovevi vederla, Mandorla: Lidia è ancora una bella donna, certo, ma all'epoca era pazzesca, con quel corpicino da asceta e quell'aria tremebonda da Zelda Fitzgerald) e poi ciao, chi s'è visto s'è visto.»

«Invece?» Incredibile ma vero: ero emozionata. Che ci posso fare, se non avevo idea di chi fosse questa Zelda, ma mi sembrava l'inizio del discorso più romantico che avessi mai sentito, quello di Lorenzo? Più romantico di quelli che mi faceva Lidia, più romantico di Biancaneve, del-

la Bella Addormentata e di Cenerentola messe insieme. Nonostante la voce di Lorenzo, da quando aveva cominciato a parlare, non si fosse mai permessa un'incrinatura, un tono intimo, un accenno d'emozione. Bene: comunque emozionava me.
«Invece... invece siamo ancora qui. I primi tempi, però, quelli sì che sono stati eroici. Le avrò messo mille corna, forse me le avrà messe anche lei (ma a differenza sua, che, da femmina qual è, vuole sapere sempre tutto, io non ci tengo a saperlo: grazie), ci siamo lasciati, ripresi, di nuovo lasciati. Non volevo proprio farmene una ragione, che mi avesse messo in trappola: pensa che per tigna lasciavo il mio beauty-case in salotto, come per dirle bellezza, oggi ci sono, domani chissà. Eppure di fatto vivevo già qui con lei. Finché un giorno, sai che fa Lidia? Mi dice adesso basta. Proprio così, cara Mandorla. Basta, mi ha detto: se davvero ti fa così schifo, stare con me, questo è il momento per aprire la porta e andartene. Così. Basta, ha ripetuto. Ha voluto sfidarmi! E indovina un po'? Ha vinto, cazzo. Basta! E io quel giorno ho capito che no: non mi bastava proprio. Allora la smetti di umiliarmi e di mortificare ogni giorno la vita che facciamo insieme?, mi ha chiesto lei.» Finalmente nella pasta della voce di Lorenzo si è aperto uno spiraglio: è durato un istante, ma ho sentito il soffio di qualcosa che aveva a che fare proprio con quel giorno, con Lidia che gli diceva basta, con lui che pensava no, non mi basta. «E io ho risposto sì, la smetto. Con questa ossessione la smetto: posso smetterla. Con tante altre cose che mi riguardano e ti fanno stare male no, non potrei, perché di fondo penserò sempre che, siccome la vita non ha senso, figuriamoci se possiamo avercelo io e te. È chiaro, questo? Ci ho tenuto a sottolinearlo. Ti sembrerà sempre di stare con qualcuno che non è esattamente capace di esserci, Lidia: lo sai, vero? Perché se accetti questo io accetto una volta per tutte che, anche se non c'entri proprio niente con quello che immaginavo giusto per me, bene: sei la mia dipendenza.»

Non ce l'ho fatta: mi sono sfuggite le mani, una contro l'altra.

«Ma che fai? Applaudi?» mi ha chiesto lui, sgranando gli occhi.

«Be'» tanto valeva essere sinceri, «sono contenta che siete rimasti insieme. Che ci posso fare?»

«Mandorla, allora non è vero che sei dalla parte dei nani!» mi ha sgridata lui, ma un po' gli veniva da ridere. «È una tragedia, quella che è successa quel giorno! Ti ho detto che sono stati i primi anni, quelli eroici! Prova a immaginare un supereroe che perde i suoi superpoteri: ecco come mi sono sentito io. Certo, voglio tu sappia che non mi sono trasformato totalmente in un coglione che Lidia può definire il mio fidanzato con quel malcelato orgoglio con cui lo fanno tutte le altre donne. Insomma, io non so prendermi cura nemmeno dei miei alluci, come farei a prendermi cura di lei? Però Lorenzo Supereroe era di un'altra levatura: lui sì, che era davvero un grande... vuoi che ti confidi una cosa, Mandorla, dato che ci siamo? Ora come ora, se pur del tutto accidentalmente, sono diventato perfino fedele... Lorenzo Supereroe questa non me la perdonerà mai. Ma davvero non ci ho potuto fare niente, non ci posso fare niente.»

«Contro il fatto che ami Lidia?»

«Dài Mandorla, davvero, vediamo di ricomporci: che razza di domanda è, questa? Sì, se vuoi ti rispondo di sì. Ma non credere che ami Lidia, se mi costringi a esprimermi così, perché sono rapito dal suo carattere, ammirato dalla sua intelligenza, intrigato dalle cose che fa o da altre stronzate del genere. Nemmeno la capisco, io, quando si lancia in quei discorsi tutti contorti con cui le donne in generale credono di risultare tanto più sensibili di noi e in cui la mia donna, in particolare, dev'essere decisamente una fuoriclasse se addirittura la pagano per farli alla radio.»

«Allora perché?»

«Perché che?»

«Perché la ami?»

«Ma che ne so, Mandorla! Sta qui, esattamente qui, il bandolo della matassa: non lo so perché amo Lidia. Ti risponderei per come le sta la tuta da paracadutismo, per come viene quando facciamo l'amore, perché si ricorda di mettere l'antipulci a Efexor. Ma so che di cose del genere, solo di cose del genere ti devi fidare.»

«Io?»

«Sì, tu.»

«Ma quando?»

«Quando ti innamori. Fidati solo di cose che non hanno niente a che fare con degli assurdi valori del cazzo.»

«I valori del cazzo di Biancaneve!»

«Ecco, brava. Sei proprio una ragazzina straordinariamente consapevole.»

«Grazie.»

«Non ti illudere: i ragazzini straordinariamente consapevoli un domani diventano pezzi di merda adulti e inconsapevoli, come tutti gli altri.»

«Ah.»

«Vuoi un tiro?» e mi ha allungato la canna. «Be'?»

«Posso?» Non avevo mai nemmeno provato a fumare una sigaretta, prima di quel momento.

«Sa di scarpa da ginnastica sudata.»

Sembrava dispiaciuto. Preso dall'umiliazione di quella povera canna offesa, molto più di quanto lo era stato dal raccontare la sua storia con Lidia. Ovvio: la canna non era un essere umano, mentre Lidia sì e dunque avrebbe potuto fargli male. Meglio difendersi. Fosse lui mio papà, ecco spiegato da chi ho preso questo brutto vizio di preferire le cose alle persone, ho pensato. Ma adesso (proprio stanotte, proprio qui), mi pare che – fosse lui mio papà – la mia condizione non sarebbe meno assurda di quanto lo è stata in questi undici anni. Insomma. Comincio a credere che si possa essere davvero genitori o figli solo dentro di noi, al di là del ruolo che la vita ci assegna e che, giusto accidentalmente, può corrispondere a quello che siamo più adatti a fare.

Per esempio, dovessi tracciare una linea sulla lavagna come faceva la maestra delle elementari per separare i buoni dai cattivi, farei così:

GENITORI	FIGLI
Tina Polidoro	Lars Grò
Caterina Grò	Samuele Grò
Paolo De Santis	Michelangelo Arca
Ingegner Cesare Barilla	Efexor
Carmela Barilla	Lorenzo Ferri
	Giulia Barilla

Sul retro della lavagna, all'epoca avrei scritto, a parte:

MATTEO BARILLA ♥

Ma questo adesso non c'entra davvero niente.

Tornando invece al lato della lavagna più interessante, sarei indecisa se scrivere a destra o a sinistra il nome di Gianpietro Costanza e di Lidia, che ogni tanto mi sembrano far parte di una categoria, ogni tanto dell'altra.

Perché (proprio stanotte, proprio qui) mi sembra evidente che, per dirla alla Tina, c'è chi è capace di prendersi cura degli altri (quindi è genitore) e chi proprio non ce la fa (perché è figlio). Io sono un caso che bisognerebbe studiare in laboratorio, temo: nel senso che ce la metto tutta per volermi occupare di chi mi interessa, ma evidentemente da qualche parte sbaglio qualcosa, se adesso sono finita dove sono finita proprio perché volevo aiutare il mio Grande Amore.

Lorenzo invece è un caso molto semplice, da questo punto di vista: non si sa prendere cura nemmeno dei suoi alluci. Figuriamoci di qualcuno che non sia lui. Dovessi eleggere il più genitore della categoria dei genitori, eleggerei a pari merito i Barilla, ingegnere e signora. Dovessi eleggere il più figlio dei figli: Lorenzo.

«È che tu non hai avuto modo di essere un bambino quand'era il tuo turno e lo devi far pagare al mondo, come se fosse colpa degli altri se sei cresciuto in una famiglia di merda» gli urla Lidia, ogni volta che lui sembra mettercela davvero tutta per farla impazzire e le risponde male o non le risponde affatto.

Secondo lei, in pratica, se qualcuno non ha potuto comportarsi da figlio quand'era piccolo, poi ci si comporta per tutto il resto della vita. A me questo tipo di equazioni algebriche sembrano in assoluto le più impossibili da verificare: altrimenti non si capisce perché due come Matteo e Giulia Barilla sono cresciuti nella stessa famiglia ma sono sempre stati così diversi fra loro.

Certo che avere per padre un figlio sarebbe la ciliegina perfetta sull'assurda torta a cinque strati che è stata la mia esistenza – almeno fino a stanotte, almeno fino a qui.

Perché che ci fa, una figlia, con un figlio per genitore?

A me per esempio, quel pomeriggio, dopo tutta quella chiacchierata, veniva solo da prendere in braccio Lorenzo e cullarlo, usando la sua canna come un biberon. Pensi un po', Pavarotti.

«Ohi, Lorenzo...» l'ho chiamato, per farlo tornare vicino a me, perché la sua testa ormai lo stava portando lontanissimo.

«Eh?»

«Pure se la canna non m'è piaciuta...»

«Che?»

«Viva i nani, comunque.»

«Sempre.»

Ottobre 1967

«Lorenzo, su, ripeti a tutti quello che hai detto ieri a me, quando sei tornato dalla lezione di pianoforte!» lo esorta la madre.
  Immediatamente gli sguardi pigri degli amici che i suoi genitori hanno invitato per cena si puntano tutti su di lui.
  «Sì, sì, Lorenzo!» *interviene anche il padre. Ma proprio in quel momento suona il telefono e lui si alza per andare a rispondere dal suo studio:* «Non essere timido e racconta!» *fa però in tempo a intimargli, di spalle.*
  «Sapete a chi mi fa pensare Lory?» chiede una tipa filiforme. È una poetessa piuttosto nota, persa sempre nelle spire di una vaga cupezza o in quelle di un'assurda euforia, come stasera. «Alla Malinconia di Dürer. Non so perché... però ce lo vedrei bene, con questi suoi occhioni così intensi, al posto del cherubino alato: no?»
  «Ma che dici?» *la rimprovera affettuosamente il marito, uno psichiatra che in un modo o nell'altro nei suoi discorsi cerca sempre di far riferimento al periodo in cui è stato in analisi con Jacques Lacan: in persona.* «Non è melanconico affatto, Lorenzo. Almeno non nei termini canonici in cui si può parlare di melanconia. Se ti riferisci a quello che sostiene la Klein forse sì, ma stando a Lacan direi che...» *E in quel momento la madre di Lorenzo, da sotto al tavolo, sfrega il ginocchio contro il ginocchio dello psichiatra. È il nostro segreto, piace pensare a loro due, anche se dopo nove anni, di fatto, non è più un segreto per nessuno: d'altronde, come dicono tutti, se il professor Ferri si diletta con le studentesse del suo corso di laurea in Paleontologia, la moglie che dovrebbe fare?*

Stare a guardare? È la più quotata traduttrice dal russo dell'editoria italiana, lei, è una che ha studiato, una che il libro di Betty Friedan lo conosce a memoria e che contro la mistica della femminilità e per i diritti delle donne si batte tutti i giorni: figuriamoci se può permettere che non si esprima la sua, di mistica femminile, e che non vengano riconosciuti i suoi, di diritti.

Il padre di Lorenzo nel frattempo torna dalla sua telefonata: «Allora, Lorenzo? Ci vuoi lasciare così? Come Estragone e Vladimiro?».

Papà, ti prego, basta: voglio solo andare a giocare nella mia cameretta, verrebbe da puntare i piedi a Lorenzo. Ma sa perfettamente che a casa sua i capricci sono proibiti, perché la possibilità di un dialogo aperto e sincero fra genitori e figli non li prevede, e inoltre sa che se dicesse cameretta succederebbe un putiferio, perché usare un diminutivo forse è ancora più grave che fare un capriccio: così guarda Clelia, la loro domestica, cercando almeno in lei un po' di solidarietà. Niente, stasera è troppo impegnata a servire a tavola.

«Lorenzo, dài, non fare lo sciocco e racconta a tutti che cosa mi hai detto ieri, tornando dalla lezione di pianoforte.»

Lorenzo concentra lo sguardo sul piatto e finalmente si decide a parlare.

«Ho detto che forse non mi devo abbattere se l'insegnante di pianoforte mi ha rimproverato, perché ha ragione Hemingway quando dice che chi ha coraggio muore anche mille o duemila volte se è intelligente, ma va avanti lo stesso.»

Il tavolo sboccia di piccole, delicate risate.

«Ma c'è un minicomandante Che Guevara nascosto fra noi!»

«Hai ragione, Lory: brindiamo al coraggio!»

«Al coraggio, sì!»

«Viva!»

«Clelia scusa, puoi portare i bicchieri per il vino da dolce o dobbiamo berlo direttamente dalla bottiglia?»

«Al coraggio.»

O parole
che abitate il quarto piano,
facciamo a cambio:
io divento voi
e arrivo dritta al cuore
della questione,
voi diventate me
e con molta attenzione
fate lo stesso:
questo scambio
vi pare un po'
fesso?
Fidatevi, ho ragione:
arrivare dritti al cuore
della questione
per conto di un altro
è molto più pratico:
non c'è paragone,
si va in automatico!

Quante, quante quante parole in quei due anni.
Sommando in una giornata quelle del resto del condominio, posso affermare con certezza che il totale non avrebbe mai superato quelle che svolazzavano per il quarto piano. Che fossero scritte da Lorenzo nei suoi libri o negli artico-

li, che fossero vomitate da Lidia in radio o per telefono alle sue amiche, che fossero spese per una lite, per commentare un disco, un lancio col paracadute, un negozio, che fossero confezionate su misura per me: erano tantissime, troppe. Occupavano tutto lo spazio che le persone di solito occupano facendo qualcosa: c'è chi per esempio stira, chi va a studiare a Londra, chi sceglie una nuova tinta per le pareti, chi passeggia. Però almeno ogni tanto sta zitto.

Lidia e Lorenzo no. Mai.

Facevano tutto a parole, loro. Perfino quando ascoltavano, come dire?, ascoltavano parlando!

Se quand'ero più piccola sarei stata a sentirli per giorni interi, adesso a volte li trovavo davvero insopportabili. E basta!, arrivavo a pensare. Possibile che un'esperienza non vi sembri mai sufficiente per quello che è? Possibile che sentiate sempre il bisogno di analizzarla al microscopio e dichiarare che cosa a ognuno di voi pare di vedere?

Chi lo sa.

Forse un po' ce l'avevo con quella quantità abnorme di chiacchiere, perché se a Lidia e a Lorenzo servivano per ammazzare il tempo, io non sapevo proprio che cosa farmene, al dunque.

Quando per esempio Matteo Barilla mi citofonava per andare a scuola, dove andavano a finire tutti i discorsi di Lidia sulla necessità di esprimere, a tutti i costi, i propri sentimenti? Mi guardavano, quei discorsi, e si prendevano gioco di me: che dopo aver pensato tutta la notte a Matteo, dopo aver invocato la sua attenzione nelle mie preghiere, ora che me lo ritrovavo davanti sapevo solo fare sì con la testa a tutto quello che diceva, perché le sue ciglia, sbattendo, avevano il potere di spingermi un pulsante che avevo in testa e uno fra le gambe – che prima di quel momento non avevo mai immaginato di avere. Che disastro. Come poteva immaginare Matteo, quando mi parlava, che io oltre ad ascoltarlo fossi impegnata a disinnescare i circuiti della centrale elettrica che lui m'accendeva dentro? Che ne poteva sapere di quanto fosse impossibile spegnerla, una volta che partiva

da sola? Niente, non ne poteva sapere niente. Così la mia faccia da scema gli doveva sembrare semplicemente una faccia da scema, non l'unica maschera che avevo a disposizione per nascondere la fatica che mi costava stare dietro al su e giù di quei due pulsanti, mentre lui chiacchierava del più e del meno.

Non c'è ingiustizia più grande di voler dare con tutto te stesso il meglio di te a qualcuno, e finire proprio per questo col dargli il peggio.

Perfino passare una notte in carcere pure se non hai fatto niente di male mi pare un'ingiustizia minore, rispetto a quella.

Eh sì.

Perché eccomi lì, a quattordici anni, con Matteo Barilla: eccomi col cuore tutto nudo, di fronte a lui, e con la maschera di Faccia Da Scema.

Eccomi a dargli ragione, a ridere senza che c'entrasse niente, eccomi a rispondergli sì, anche e soprattutto quando pensavo no.

Se per esempio aveva litigato con i suoi e si metteva a sostenere che fossero le persone peggiori del mondo, io mi dichiaravo subito d'accordo, nonostante i Barilla fossero i genitori più genitori che conoscevo e nonostante anche con me fossero sempre di una generosità esagerata. Mi avevano perfino regalato il cellulare, al mio ultimo compleanno, e del modello giusto, identico a quello di tutti gli ADME! Ma io? Io pur di non dirgli: "Senti, sai che c'è? C'è che ti amo" gli dicevo tuo padre e tua madre sono proprio due pezzi di merda, povero Matteo. E quando invece lui non aveva niente di cui lamentarsi, allora pensavo bene di lamentarmi io, dell'algebra e del latino: argomenti che a ben vedere non sono proprio in cima alla lista di quelli capaci di rendere affascinante qualcuno.

Finché non raggiungevo il massimo di questo penosissimo minimo: e lo invitavo a confidarsi con me.

«Dài, sono praticamente tua sorella.» Ebbene sì: glielo ricordavo. «Se ti piace qualcuno a me puoi dirlo!»

Matteo naturalmente non se lo faceva ripetere due volte, e giù a farmi l'elenco delle ragazze secondo lui più carine della scuola, giù a raccontarmi che con una era andato al cinema ma si erano baciati e basta, senza nemmeno la lingua, e con un'altra invece la lingua c'era stata, ma lei aveva troppi brufoli per i suoi gusti.

Dove finivano, allora, tutti i discorsi misteriosi di Lorenzo, che avrei voluto copiare per risultare misteriosa anch'io, quando sembrava che mi sforzassi per sembrare più idiota di quanto già in realtà lo fossi, e almeno una mattina sì e una no buttavo lì a Matteo: «E di Eva Brandi, che ne pensi?»? Che me ne facevo, di tutte le belle parole spregiudicate che abitavano il quarto piano, se rimanevo muta come un pesce, quando Matteo mi rispondeva: «Ma Eva Brandi è inarrivabile!»?

Muta come un pesce: e più pensieri avevo, meno me ne ritrovavo in bocca.

Anche la prima volta che Cate mi ha invitata a cena per presentarmi l'avvocato Pavarotti, fra l'altro, sono rimasta così. Muta: l'avvocato mi è stato subito davvero simpatico (e non lo dico perché adesso il mio destino è nelle sue mani), ma che ci potevo fare? Ero abituata a vederci Samuele, seduto su quello sgabello, a capotavola. Così cercavo di capire dove fosse quella linea invisibile dopo la quale si ricomincia dall'inizio, si riparte dal via, e i posti attorno a un tavolo si ridistribuiscono da soli, come niente fosse. Poi naturalmente s'era aperto il dibattito: «Chi ti piace di più, Samuele o Pavarotti?», «Ma che c'entra, a Samuele voglio bene, è fuori concorso!», «Allora Cate secondo te doveva perdonarlo?», «Non ho detto questo, però...» e avanti così: tanto come al solito era un dibattito che si svolgeva nella mia testa, fra me e me, mentre sembravo tutta compresa a mangiare le lasagne che aveva preparato Cate e sorridevo, con la solita maschera di Faccia Da Scema che ormai avevo addosso quasi sempre.

Perché evidentemente, dentro, mi si era rotto del tutto quell'ingranaggio che trasforma le cose da dire in parole vere.

Febbraio 2008

«*Le lasagne erano davvero divine, Cate*» commenta Luciano Pavarotti, mentre sparecchia la tavola, con la disinvoltura un po' forzata di chi comincia a muoversi in una casa di cui vuole meritarsi al più presto la familiarità.

«Grazie.» Cate gli sorride: Mandorla è tornata da Lidia e Lorenzo, Lars si è deciso ad andare a dormire e lei può dichiarare finiti gli impegni della giornata. Scalza, con le gambe forti e bionde allungate su una sedia, sorseggia un bicchiere di mirto.

«E di Mandorla, che te ne pare?» gli domanda.

«È davvero una ragazzina speciale» risponde Luciano. «Certo, un po' timida: ma speciale. Anche se non ho capito bene che...»

«Che cosa?» lo interrompe Cate.

«Tesoro, perché ti agiti?»

Cate ha ritratto le gambe, se l'è allacciate al petto. Da che si vuole difendere?, si chiede Pavarotti che, a furia di studiarla, sta imparando velocemente a conoscerla.

«Che cos'è che non hai capito?» insiste Cate.

«Non ho capito come mai, se Mandorla è la figlia adottiva della signorina Polidoro, abbia abitato qui con voi e adesso abiti al quarto piano, con lo scrittore e la conduttrice radiofonica» risponde lui, sicuro di rasserenarla: «Perché fai quella faccia? È una curiosità come un'altra, no?».

No. Pensa Cate. No che non è una curiosità come un'altra, quella.

«Luciano, siediti.» Cerca di non tradire la tensione, ma Lu-

ciano è diverso da Samuele – è diverso da tutti, Luciano – proprio perché non approfitta della versione di sé equilibrata e forte che Cate per comodità preferisce dare agli altri.

Infatti: «Cate, che succede?» le chiede, subito allarmato: le si siede accanto e le prende una mano.

Cate ha bisogno di un respiro lungo, con cui buttare fuori tutti gli anni del suo matrimonio. Poi di un altro, con cui inspirare la necessità di dirsi io sono questo io sono questa, perché tutto non vada a finire a puttane (o comunque a adolescenti tatuate).

«Luciano, devi sapere che la mamma di Mandorla era molto cara a tutti, in questo condominio.» Respira una volta. Due. E poi: «Quando è morta...» comincia.

E racconta.

Del funerale, della lettera, della decisione presa otto anni prima, della necessità di ribadire quella decisione, dal momento in cui Mandorla aveva scoperto quasi tutto quello che c'era da scoprire.

Nemmeno un dettaglio, tralascia.

Rivela tutto.

Come l'ingegner Barilla si era raccomandato di non fare mai, mai e poi mai con nessuno che non abitasse in via Grotta Perfetta 315.

Ma adesso Luciano abita qui, pensa Cate. E spera solo che continui a farlo, perché negli occhi con cui la sta guardando adesso c'è tanto di quel biasimo, tanta di quella perplessità che forse non ci sarà più spazio per l'amore.

«Non ci sembrava di avere alternative, Luciano» prova a giustificarsi, subito. E poi, con un'angoscia nuova, che prova e nello stesso istante scopre di saper provare: «Perché non dici niente?».

«Scusami: sono senza parole» le risponde lui. Ma continua a tenerle la mano come non ha mai smesso di fare, durante quella interminabile, inaspettata, insostenibile confidenza. Anzi: se la porta alle labbra e la bacia, quella mano. Nonostante gli sembri assurdo, davvero assurdo che in un condominio come tanti possa essere successo qualcosa del genere.

Certo: adesso avevo ai piedi le scarpe degli Altri Della Mia Età (gli anfibi oppure le Nike quando c'era educazione fisica).
Avevo il cellulare che scattava le foto (sul display c'era quella di Efexor).
Lo zaino con una bretella stretta, da tenere sulla spalla, e una larga, da lasciare penzolare.
Mi ero fatta tagliare da Lidia i capelli fino a sotto le orecchie, come li portavano le ADME. Non avevo i jeans elasticizzati: ma nel frattempo le Altre erano passate ai pantaloni militari, e così, in un modo o nell'altro, ci somigliavamo anche in quello. A guardarmi da lontano, sembravo proprio una di loro, insomma. Ma da vicino non avrei potuto ingannare nessuno: ero taroccata come quel borsone di Tina con su scritto ERMANI.
Non saprei dire quale fosse il dettaglio traditore del mio bluff; altrimenti, va da sé, avrei cercato di perfezionarlo. Ci avrei passato sopra la scolorina, come facevo con gli errori nelle versioni di latino.
Niente da fare, invece. Perché non si trattava di un particolare che avrei potuto eliminare o di una maglietta che avrei potuto mettermi, ormai era chiaro. Ce l'avevo proprio tutt'addosso, la condanna a non essere un'ADME di marca.
Come se non bastasse, continuavo ad avere bisogno di Faccia Da Scema, quando Matteo Barilla compariva anche solo all'orizzonte, nell'androne di casa come in clas-

se. Faccia Da Scema: sempre. Per non parlare di quando Eva Brandi, l'ultimo giorno di quel primo, eterno anno di superiori, con la canottiera bianca e zuppa dell'acqua dei gavettoni con cui naturalmente i nostri compagni avevano preso di mira solo lei, mi ha sussurrato andiamo in bagno, devo parlarti. E appena si è chiusa la porta alle spalle mi ha avvicinato le labbra alla pesca a un orecchio e ha cominciato a raccontare.

«Lui è quello della quinta B, il capitano della squadra di basket. Ci guardavamo da un paio di mesi, durante la ricreazione, ma niente di più. Finché l'altroieri, Mandorla, esco dalla lezione di danza e me lo ritrovo fuori dalla palestra. Che caso!, gli dico. Ma lui mi spiega che no, non è un caso, perché mi pedina da settimane e, siccome la scuola sta per finire e lui quest'estate avrà la maturità, vuole offrirmi almeno un gelato. Che dovevo rispondere io, secondo te? Offrimi un gelato, gli dico! E lui mi fa salire sulla sua moto e mi porta al bar del laghetto dell'Eur.»

«Che gusti avete scelto?» le ho domandato, ma dall'espressione con cui ha evitato di rispondermi ho capito che era inutile sforzarmi. La colpa non era mia: era delle parole. Non mi sapevano aiutare. Punto.

«Al bar abbiamo scoperto di avere un sacco di cose in comune» è andata avanti: «tifiamo per la stessa squadra di calcio, siamo stati battezzati nella stessa chiesa, ci piacciono gli stessi cantanti, anche se lui preferisce gli Oasis ai Linkin Park. Comunque. Lo sanno tutti come vanno a finire queste cose, no? Quando ti metti a chiacchierare di musica, intendo: il resto poi viene da sé, è scontato. Ma stavolta, Mandorla, stavolta non si è trattato solo di un bacio, insomma...» E qui le labbra alla pesca di Eva Brandi si sono strette, tese, di nuovo strette. Finalmente ci sono riuscite e l'hanno detto: «Insomma, l'abbiamo fatto! In camera sua! È stato pazzesco, Mandorla. Lui ha cominciato a spogliarmi piano pianissimo, e ogni volta che mi toglieva qualcosa mi dava un bacio sugli occhi. A me all'improvviso è preso un colpo: oddio, che mutandine porto?, ho pensato. Perché

t'immagini, Mandorla, che figura di merda, se me ne fossi messa un paio di cotone bianco? Per fortuna erano di raso verde... infatti lui ha detto che erano fantastiche, appena mi ha sfilato via i jeans e le ha viste. Gliel'ho chiesto io: ti piacciono? E lui: sono fantastiche, ha detto, sei fantastica tu. Allora c'eravamo quasi, perché ormai io ero rimasta così, solo con le mutandine e lui era già nudo completamente: e che ha fatto? Mi ha messo la lingua nell'ombelico. Me l'ha baciato, per tantissimi minuti. Poi è risalito con la faccia fino ad avvicinarla alla mia e ha voluto sapere: sei proprio sicura, principessa? Precisamente: sei proprio sicura, principessa?, ha voluto sapere. Io l'ho guardato dritto negli occhi e gli ho risposto sì, sono sicura, e lui è stato dolcissimo: dolcissimo, Mandorla. Certo, un po' di male l'ho sentito, perché la prima volta si sa com'è, ma la seconda invece non ho sentito niente... niente di male, intendo. Quando, dopo un'oretta, l'abbiamo fatto di nuovo, sono come volata in paradiso, e lui: non sai lui! Mi ha detto cose meravigliose: che sono stupenda, che sono il suo angelo, che nemmeno in televisione ha mai visto una ragazza più perfetta di me. Proprio così. Queste cose, precise, mi ha detto».

Quelle cose, precise, le aveva detto. Proprio così. E mentre Eva Brandi continuava a versarmi nell'orecchio i dettagli del suo pomeriggio in paradiso, io mi convincevo che magari non era un problema solo mio, perché forse non esistevano da nessuna parte le parole giuste per commentare questa confidenza, nel bagno delle femmine della scuola, quando ti rendi semplicemente conto che di fronte a te c'è proprio una femmina, una femmina vera, e ti domandi come diavolo fai allora a considerarti una femmina anche tu, se le tue mutande sono tutte – nessuna esclusa – di cotone bianco e se le cose che questa femmina vera ti sta raccontando non solo non le hai mai fatte, ma nemmeno sai immaginartele. E non finisce mica qui. Oltre a non essere una femmina vera, nel bagno con Eva Brandi, hai la definitiva conferma che non sei nemmeno un'adolescente, vera: se ti facessero vedere una foto degli Oasis e una dei Linkin Park nemmeno sapresti riconoscere chi

sono gli uni e chi sono gli altri, ammettilo, ti dici, perché chissà a quale leggenda su Porcomondo, a quale progetto di Samuele o a quale inutile ansia di Lidia stavi dedicando le tue attenzioni, mentre tutti gli Altri Della Tua Età, fregandosene di te – giustamente –, si impegnavano per farsi una cultura musicale, così che davanti a un gelato, un giorno, avrebbero avuto un argomento di conversazione da cui partire: e il resto lo sanno tutti che poi viene da sé. È scontato.

Quell'estate Lidia e Lorenzo mi hanno trascinata per due mesi con loro, in giro per l'India.
"Il mondo là fuori è tantissimo e tu dovrai vederlo tutto, dovrai conoscerlo!" mi aveva augurato mia madre. E adesso che potevo cominciare a vederlo e a conoscerlo, che facevo?
Pensavo ininterrottamente a quello che mi aveva raccontato Eva Brandi nel bagno delle femmine. Ininterrottamente. Lorenzo, passeggiando per i templi, mi spiegava tutti i giorni l'importanza del nirvana per i buddisti e la forza che si può ricevere dal considerarsi pura illusione, ma niente da fare: io non riuscivo a staccarmi di un millimetro dai fatti miei.
Immaginavo in continuazione Matteo Barilla completamente nudo che sfilava un paio di mutandine di raso verde a una ragazza che avrebbe incontrato durante le vacanze, chiamandola principessa.
Ogni notte poi, dopo la preghiera, provavo a immaginare che cosa mi avrebbe suggerito di fare mio padre con Matteo. Michelangelo mi avrebbe dato un consiglio, Samuele un altro, l'ingegner Barilla un altro ancora, e così via: questo non mi sfuggiva.
"Diglielo chiaramente, Mandorla! Fai *coming out*."
"Andate al cinema!"
"'Matteo, la vita è una schifezza': comincia così. Vedrai che gli sembrerai fichissima."
"Mio figlio è una persona seria come me: devi dimostrargli che come moglie, un domani, potrai essere molto più affidabile tu di qualunque ragazzetta con le mutande di raso verde."

"E...eee... ssssse lllo innnn-viti a bbbere u-u-un tttèèè?"

Avere troppi consigli, va da sé, significava non averne nessuno da seguire senza indugi: il problema era sempre lo stesso, in un modo o nell'altro. Eppure quella roba informe lì, cioè la mia vita, lontana un continente mi appariva più sopportabile di quanto non lo fosse dalla sua postazione, se così si può dire.

D'altronde tutto quello che non mi dava pace abitava in un palazzo: Matteo Barilla, mio papà, il fatto che non potessi fare da fidanzata a uno e da figlia all'altro.

Così, appena mi svegliavo, provavo a rimpicciolire il palazzo fino a ridurlo a uno scatolino, per chiuderci dentro tutti i pupazzetti di quello che mi disperava. Se esiste una cosa matta come il fuso orario, mi dicevo, allora significa che siamo liberi di cambiare un po' tutto come ci pare. Lo facciamo col tempo: figuriamoci se non possiamo farlo con le dimensioni delle cose! Rimpicciolivo finestre, porte, cortili. Persone.

A volte ci riuscivo, e così durante la giornata potevo dare un po' di soddisfazione a Lidia e a Lorenzo: stupirmi di un mercato che profumava di curry, di una mucca che passeggiava placida e magra per la strada, del gomito di un fiume all'alba.

Ma poi arrivava sempre il momento di andare a dormire. Allora lo scatolino si apriva da solo e mi costringeva a guardare che cosa c'era dentro: a quel punto pure se a Bombay erano le undici di sera, nella mia testa diventavano le sette e mezzo, esattamente l'ora che c'era in via Grotta Perfetta 315.

Certo, a ripensarci adesso, forse non sarebbe stato un male, quell'estate, fare un colpo di testa e trasferirmi – chessò – a Kaza, dove finisce l'Himalaia.

Oggi sarei la prima monaca buddista donna, chi lo sa.

Stanotte almeno non sarei costretta a rimanere chiusa qui, dove davvero sembra di stare dentro a uno scatolino, per quanto le pareti sono vicine fra loro.

Ma come avrei potuto immaginare, mentre un treno a vapore che pareva un giocattolo si arrampicava fino al Tibet e Lidia mi diceva: «Guarda!» e indicava un lama fuori dal fi-

nestrino, che al mio ritorno a Roma sarebbe scoppiato uno scandalo dopo il quale niente, niente niente sarebbe mai più stato come prima?

   Si chiamava Palomo, faceva di cognome Carnevale, aveva gli occhi che sembravano foderati di moquette nera, il naso schiacciato, una tuta da ginnastica arancione fosforescente e uno stranissimo accento, che mescolava quello di Cate, che sapeva di montagna, a quello di Lorenzo, che sapeva di città.
   Era stato bocciato per due volte di seguito e così aveva deciso di cambiare scuola. O meglio: evidentemente l'avevano deciso i suoi genitori per lui, o chissà chi, perché mentre la professoressa di italiano e latino, il primo giorno del secondo anno di liceo, ce lo presentava, lui masticava una gomma con la bocca aperta e guardava fuori dalla finestra, come se sinceramente né della professoressa, né di tutti noi dentro a quell'aula, riuscisse a fregargliene qualcosa.
   «Palomo, come quell'attore assurdo, sicuramente mezzo recchione, che faceva Don Juan del Diablo nella soap opera che guardava mia nonna...»
   «Palomo, come il criceto di mia cugina!»
   «Palomo: ma si può?»
   Sono scivolati tutti insieme, fra i banchi degli ADME, gli stessi inevitabili commenti.
   «Che schifo quella tuta!» è stato quello di Eva Brandi, che forte del nostro patto d'amicizia nel bagno delle femmine prima dell'estate, si era voluta sedere accanto a me. Dopo l'esame di maturità il tipo della quinta B era partito per un Inter-Rail in Spagna e non si era fatto più sentire: nemmeno un messaggio sul cellulare, le aveva mandato. Ma per lei, a quanto diceva, era stato meglio, molto meglio così. Perché nel frattempo aveva cominciato a frequentare un ragazzo della seconda C, che però dopo due giorni aveva preso a farle delle scenate di gelosia che Eva aveva ritenuto sinceramente inammissibili. Così, prima di partire per la Sardegna, lo aveva scaricato su messenger (un altro posto dove tutti gli ADME c'erano e io no, perché Lidia mi faceva sempre una testa

così sul fatto che più si hanno mezzi a disposizione per dirsi le cose e meno cose importanti si finisce per dirsi, come se:
1. lei non ne dicesse comunque troppe, pure senza messenger;
2. dire le cose importanti per me non fosse già impossibile di per sé).

Comunque. Via messenger o no, per fortuna Eva aveva lasciato quello della seconda C: altrimenti, sempre a sentire lei, per rimanergli fedele avrebbe dovuto rinunciare al militare in servizio a Genova che aveva conosciuto in vacanza e che le aveva realmente fatto capire che cosa significava essere innamorati. «È una storia seria, questa» mi ha assicurato. Tant'è che, nonostante le centinaia di chilometri che li separavano, erano tutti e due ben decisi a portarla avanti. Si erano perfino scambiati l'orologio, come segno di amore eterno.

«Davvero: sembra un Teletubby con quella tuta!» ha fatto eco a Eva Brandi Matteo Barilla, seduto dietro di noi.

Da qualche parte avevo sperato che incontrarlo dopo le vacanze mi facesse quell'effetto strano che ogni tanto mi facevano i libri di cui Lorenzo mi parlava talmente tanto e talmente bene, che, quando finalmente li leggevo anch'io, non potevano che deludermi un po'.

Invece no. Anzi.

Se ogni tanto mi ero chiesta: "Ma sei proprio sicura, Mandorla, di amarlo? Fino a un anno fa per te Matteo nemmeno esisteva!", appena l'ho rivisto, a settembre, non ho più avuto dubbi. Ero proprio sicura: se pure fino a un anno prima per me Matteo nemmeno esisteva, non è detto che non lo amassi già nel mio inconscio (fra tutte le parole del quarto piano, la più gettonata nei discorsi di Lidia e Lorenzo).

Purtroppo però, l'estate aveva assegnato a Matteo altri punti per accedere a un mondo segreto di divinità e allontanarlo da me, misera e mortale: non è un caso, mi dicevo, se in India tutti sanno chi è Budda ma nessuno parla dei suoi ex compagni di classe (tanto più di quelli taroccati).

Gli dei rimangono per sempre, le altre persone no: e Matteo certamente sarebbe stato l'unico a rimanere, nel Libro Sacro del nostro liceo.

Stavolta, dopo aver trascorso un mese a Londra da sua sorella e due settimane con gli amici di sua sorella in Croazia, era tornato con una specie di scintilla, negli occhi e nel sorriso, che aveva spazzato via del tutto gli ultimi rifiuti del ragazzino che era stato. Adesso sì che meritava il rispetto generale degli ADME, di cui ai tempi delle elementari forse il mio inconscio lo riteneva degno, ma io no. Totalmente, lo meritava. Si era lasciato crescere i capelli fin sotto al collo, dei muscoli abbronzati e sconosciuti gli disegnavano le braccia lunghe e sul suo polso trionfavano due piccole M tatuate, intrecciate fra loro.

MM

Non ci voleva un genio per intuire che una M fosse la sua iniziale e l'altra fosse quella della famosa ragazza che avevo immaginato a letto con lui durante tutto il mio viaggio in India. In pratica, per dirla alla Eva Brandi, anche Matteo Barilla l'aveva fatto: chiaro.

Perfino con la battuta sulla tuta del nostro nuovo compagno di classe, in realtà voleva dichiarare questo. Sono un uomo. Ecco perché posso prendermi il lusso di dare del Teletubby a sto Palomo: perché sono uno che sfila mutande di raso, adesso, io. L'ho fatto. So come funziona.

Questo, voleva dichiarare.

Eva Brandi se n'era accorta? Da come gli ha risposto pareva di no.

Perché, «Dài, non essere perfido!», si è permessa di rimproverarlo: però.

Però, però però.

È stato in quell'esatto momento che, per la prima volta, ho avvertito che anche lei, attraverso le misteriose vie per cui gli ADME comunicano fra loro, aveva colto in Matteo quella scintilla nuova e definitiva.

Nel frattempo la professoressa ha invitato Palomo Carnevale a prendere posto, e lui, sempre masticando la gomma, si è trascinato fino all'ultimo banco della fila, quello vicino alla finestra, rimasto vuoto, e invece di prendere posto normalmente è come svenuto sulla sedia, facendo un gran rumore.

«Shhh, ragazzi, non c'è niente da ridere.» La professoressa ha ticchettato con la penna sulla cattedra. «E tu Carnevale, scusami: ma c'è un posto libero al terzo banco, accanto a Barilla. Perché non ti metti lì?»

«No» è stata la prima parola che ho sentito pronunciare da Palomo Carnevale. No. Precisa come una lametta: no.

«Invece io dico di sì, Carnevale» ha replicato, calma ma puntuta, lei.

«E io dico di no» impassibile, lui.

«*Carnevale*» ha scandito per bene quel cognome, la professoressa, «è il primo giorno di scuola e tutti dovremmo venirci incontro. Vai a sederti vicino a Barilla, coraggio: non mi costringere a chiederti subito di parlare con i tuoi genitori.»

«Non ci parlo io, perché ci dovresti parlare te?» le ha risposto Palomo. Poi però si è alzato ed è venuto a svenire dietro a Eva Brandi e a me.

«Ma quanto puzza?» non faceva che ripetermi Matteo, quel giorno, tornando a casa, mentre io avrei voluto sapere solo se quella M stesse per Manuela o per Maria (che essendo il nome di mia madre in questo modo mi avrebbe proprio giocato uno scherzo di pessimo gusto) o magari per Meggy, perché poteva benissimo darsi che la prima volta del mio Impossibile Amore fosse stata a Londra, con un'inglese, magari una compagna della prestigiosa scuola di design di Giulia Barilla, chissà. Niente da fare: lui voleva parlare solo di Palomo Carnevale.

Cosa che d'altronde, da lì a poco, nella nostra classe avrebbero voluto fare tutti.

«Hai visto Palomo Carnevale che cosa ha scritto, sul suo zaino, col pennarello? Una bestemmia ci ha scritto!»

«Ieri ha lasciato il questionario di storia in bianco, in bianco!»

«Mia madre mi ha detto che la professoressa le ha detto che Palomo Carnevale è stato adottato!»

«Ti immagini Palomo Carnevale che va dalla preside, quella lo sgrida e lui le sputa addosso la gomma?»

«Ti immagini Palomo Carnevale che balla a una festa?»

«Secondo me nemmeno sa leggere.»

«Te lo immagini che scopa?»

Per conto suo, Palomo Carnevale camminava, anzi si trascinava, impassibile, in mezzo a tutte le chiacchiere che lo riguardavano. Nemmeno ciao, diceva. Arrivava in classe, si parcheggiava vicino a Matteo e quando suonava l'ultima campanella se ne andava. Ogni tanto, sbadatamente, appendeva il suo sguardo di moquette su qualcuno di noi: e gli occhi prendevano a ridergli da soli. Sbadatamente, ripeto: e non perché ce l'avesse mai con qualcuno in particolare. Ma perché Palomo le persone le guardava così, tutte. Come fossero dei fenomeni paranormali in un racconto di fantascienza scritto da un bambino di cinque anni: dove cioè più una cosa dovrebbe essere capace di inquietare, più appare in tutta la sua ingenuità.

Assorbita com'ero dal mio amore per Matteo, personalmente, non partecipavo all'interesse generale che il nuovo arrivato aveva acceso. Anche se.

Anche se, anche se.

Anche se una notte ho fatto un sogno davvero strano: peccato solo che lì per lì non gli abbia dato nessun peso.

Prima di raccontarlo a Pavarotti, però, dovrò chiarirmi con lui su un punto.

Se fossi quel benedetto libro di algebra, la metterei così:

PROBLEMA

Se A sta a B come fare l'amore sta allo stupro, che relazione c'è fra A e B?

SOLUZIONE

Boh.

Capirà che cosa intendo dire, Pavarotti?

Proverò a essere più chiara.

Grazie a Giulia Barilla e a Samuele, a Lidia e a Lorenzo, all'ex lavatoio del sesto piano, a Eva Brandi (la lista cominciava a essere decisamente lunga!) ormai cominciavo ad avere un'idea piuttosto precisa su che cosa si facesse quando si faceva l'amore, e grazie a Michelangelo e Paolo, che me l'avevano spiegato chiaro e tondo, sapevo che cosa fosse una violenza sessuale. Allora: fra le due cose certamente una differenza c'era.

È che non riuscivo a capire esattamente quale.

Però, appena mi addormentavo, l'incompatibilità fra le due situazioni era sottolineata dal colore del sogno.

La fotografia, la chiamerebbe Samuele. Ecco. Perché se la fotografia del sogno luccicava, allora sicuramente prima o poi sarebbe arrivato Matteo: e avremmo fatto l'amore.

Se invece la fotografia era buia e non permetteva di vedere bene niente, c'era aria di violenza.

Ecco perché l'aria sembrava luce, quando ho cominciato a fare il sogno che, dopo due anni, ha scelto questa lunga, lunga lunga notte per pretendere attenzione.

Perché ero in Croazia, all'inizio di quel sogno, con gli amici di Giulia Barilla e di Matteo. Ridevo con loro, mi sentivo perfettamente a mio agio, facevo proprio parte di quella comitiva, da Altra Della Mia Età di marca. Ci riparava dal sole una mangrovia gigante: di quelle che avevo visto in India e che non credo ci siano in Croazia, ma sai ai sogni che gliene importa delle piante che crescono dentro di loro.

Comunque. Matteo ha imbracciato una chitarra, mi ha guardata con una maschera che indosso non gli avevo visto mai, da Faccia Da Scemo, e mi ha detto: "Questa canzone dei Linkin Park è per te". Gli altri del gruppo ci hanno presi un po' in giro.

"Che bei piccioncini!"

"Che romanticoni!"

"Allora vi amate, ragazzini di merda?" ci ha chiesto Giulia

Barilla. E noi le abbiamo risposto ma no, come quando però s'intende dire certo che sì.

Poi Matteo ha pizzicato una corda della chitarra: ma prima che potesse attaccare la canzone che voleva dedicarmi, e che io finalmente potessi ascoltare almeno un pezzo di questi maledetti Linkin Park, la fotografia del sogno è diventata all'improvviso tutta nera.

Qualcuno mi ha presa alle spalle e mi ha rapito. Sapevo perfettamente chi era quel qualcuno: era Porcomondo. Ovvio. Da sempre sovrano incontrastato dei miei incubi, non aveva bisogno di lineamenti particolari, non aveva bisogno di un odore o di un tono di voce per farsi riconoscere. Gli bastava strapparmi gli orecchini, torturarmi, legarmi a una sedia e farmi assistere all'assassinio di Tina o di Lars Grò.

Stavolta, dopo avermi separata dagli amici dei fratelli Barilla, mi ha portata in cima a una specie di torre formata da cinque scogli, messi uno sopra all'altro come fossero mattoni giganti.

Poi mi ha bendata. Mi ha spogliata.

E quando sono rimasta solo con un paio di mutandine di raso verde addosso mi ha violentata.

Niente di nuovo, dunque, fino a qui.

Se non fosse che, a un certo punto, Porcomondo mi ha tolto dagli occhi la benda per costringermi a guardarlo negli occhi. E mi sono ritrovata faccia a faccia con Palomo Carnevale.

Sì.

Avrei potuto dare più retta a questo sogno, ripeto. Ma proprio in quei giorni stava succedendo qualcosa, fra Eva Brandi e Matteo Barilla, che impegnava tutte le mie attenzioni, tutte le energie. Non so spiegare esattamente *che cosa* fosse: era qualcosa che non si vedeva. Ma *c'era*.

Un modo di fare le battute che aveva lui quando si rivolgeva a lei, un modo di ridere che aveva lei alle battute che faceva lui. Qualcosa da togliermi la voglia di mangiare, di dormire e di vivere. Qualcosa capace di infilarsi come un batterio in ogni momento felice e farlo ammalare: quan-

do accompagnavo Lidia in radio, quando scendevo al primo piano per fare merenda con Tina e Gianpietro, quando scendevo al terzo per guardare la televisione con Michelangelo. Sempre, quel batterio c'era sempre, e rovinava tutto, tutto tutto. Perfino il pensiero, fino a quel momento durissimo e immobile, di avere un papà ma di non poter sapere chi fosse era completamente indebolito dal batterio che partorivano gli sguardi fra Eva e Matteo.

"Meglio, no?" potrebbe farmi notare Pavarotti. "Almeno qualcosa riusciva a distrarti dalla condizione assurda in cui eri costretta a stare."

Ma per una persona innamorata non esiste condizione più assurda dell'innamoramento: tanto più se non è ricambiato.

Allora figurati se può fare caso ai sogni che fa.

A niente, può fare caso, e forse proprio per questo decide d'innamorarsi. Per essere in diritto di non fare caso a tutto il resto: ha ragione Lidia.

A cui ovviamente non poteva sfuggire che ci fosse qualcosa che non andava.

«Mandorla, vogliamo parlarne?» mi chiedeva tutti i giorni.

«Lasciala stare, non lo vedi che vuole farsi i cazzi suoi?» la rimproverava Lorenzo. Sbagliava: perché avrei avuto un pazzo e disperato bisogno di "parlare". È che non sapevo di che cosa. Non sapevo come. Da dove cominciare: il problema era sempre quello.

Finché: finché.

Finché non c'è più stato il tempo per cercare le parole che non avevo.

Finché i fatti si sono messi a precipitare e io gli sono corsa dietro, per recuperarli, senza accorgermi che invece stavo cadendo con loro.

Finché ecco il giorno, quello dello scandalo.

È arrivato a maggio, durante la gita di classe a Venezia. Anche quell'anno la scuola ormai stava per finire, ma tutto era rimasto uguale ai primi giorni. La sensazione era un po' quella che mi faceva il presepe che Tina e Gianpietro

preparavano con tanta cura, ai primi di dicembre, dove una pastorella versava l'acqua nel ruscello di carta stagnola, la Madonna allargava le braccia, i Re Magi allungavano doni, tutti erano al loro posto insomma, ma nessuno faceva mai *davvero* qualcosa dall'inizio alla fine, di modo che avesse delle conseguenze *reali*.

Allo stesso modo io mi disperavo per Matteo Barilla che regalava tutte le sue battute a Eva Brandi, che rideva e nominava sempre meno il suo militare genovese, mentre Palomo Carnevale masticava la gomma, guardava fuori dalla finestra e prendeva brutti voti.

Quando la professoressa di latino ci ha annunciato: «Si va a Venezia».

E tutto si è mosso, *davvero* e per sempre.

Dividevo la stanza d'albergo con Eva Brandi, naturalmente.

La professoressa ci aveva fatto pascolare tutto il giorno per chiese e musei, ma a nessuno di noi in realtà importava niente di cupole, trifore e murrine.

Un conto è se le vedi in India, certe cose, un conto è se le vedi a quattro ore di treno da casa tua: più vai lontano da quello a cui sei abituato, più aspettative hai, no?

Credo funzioni più o meno così.

Per quanto riguardava me, poi, presa com'ero dal mio non esser presa da niente che non fosse Matteo, ormai Roma valeva Nuova Delhi e Nuova Delhi valeva Venezia.

Tanto più che proprio lui, il mio Impossibile Amore, da quando eravamo partiti non mi aveva mai rivolto nemmeno un distratto come va? Un po' aveva ascoltato l'iPod, un po' si era guardato attorno e alla fine del pomeriggio per far ridere tutti aveva finto di perdere l'equilibrio su una gondola e di cadere in acqua: ma a me, in quanto Mandorla Come Persona Che Esiste A Prescindere Dal Contesto Classe, non aveva regalato nemmeno un sorriso dei suoi.

È a questo che cercavo di non pensare, mentre mi lavavo i denti per andare finalmente a dormire, quando Eva Brandi ha tirato fuori dalla valigia una bottiglia e mi ha

guardato, con gli occhi pieni di frecce grigie e azzurre, velocissime.

«Vodka!» ha esclamato, e le è bastato questo per scoppiare a ridere come se avesse ascoltato chissà quale barzelletta irresistibile. Poi si è messa a digitare numeri a raffica dal telefono della nostra stanza.

«Fra un'ora, in camera mia e di Mandorla ci sarà una festa» diceva, ogni volta che qualcuno dall'altra parte rispondeva pronto: e io che volevo solo dichiarare conclusa quella giornata orribile non capivo perché, se proprio dovevamo organizzare questa festa, non potessimo farlo subito, invece di aspettare un'altra ora.

Ma Eva pareva spiritata.

«Che ne dici, Mandorla, chiamiamo solo i maschi?» mi chiedeva. «Le femmine sono talmente pallose... tranne noi due, naturalmente.» Strizzava un occhio, rideva e continuava a digitare numeri. Io, tanto per cambiare, me ne stavo lì, per metà già dentro al mio letto e per metà no, con la maschera di Faccia Da Scema, aspettando solo che quel giro di telefonate finisse e che Eva mi spiegasse le sue intenzioni.

Niente da fare: perché fatti i suoi inviti, quella si è chiusa in bagno, è stata venti minuti sotto la doccia, si è spalmata tutto il corpo di una crema anticellulite alla vaniglia e si è infilata una camicia da notte di almeno due taglie inferiore alla sua. Poi ha spento la luce.

«Quando arriva, digli che io sto già dormendo, così non sembra che mi sia preparata apposta per lui» mi ha raccomandato.

«Ma chi?» le ho chiesto io.

«Come chi, Mandorla? Matteo Barilla!»

Che cosa ho pensato, allora, in quel buio infestato di vaniglia?, mi chiedo oggi, nel buio infestato di silenzio di questo posto dove non dovrei stare e invece sto.

Che cosa ho pensato?

Non ho pensato a niente.

Proprio così.

D'altronde in Turchia c'era stato un re che, a quanto mi

aveva raccontato Lorenzo, ogni giorno beveva un goccio di cicuta per rendere l'organismo immune al veleno che qualche servo infedele avrebbe potuto versargli di nascosto nel vino. Anch'io facevo più o meno lo stesso, ormai da un anno: mi preparavo all'annuncio ufficiale dell'Amore Possibile fra Eva e Matteo, perché la cosa non mi uccidesse. Così, quando l'annuncio è arrivato, mi ha lasciato in una specie di trance indifferente.

La stessa con cui ho cominciato ad accogliere gli invitati al nostro party notturno.

La stessa con cui ho detto a Matteo: «Eva si è già addormentata».

Neanche a quel punto mi ha risposto come se io, in quanto Mandorla, esistessi.

Ma: «Be', svegliamola!» ha immediatamente ribattuto e ha fatto un cenno agli altri come per dire all'assalto. Così in un attimo erano lì, i maschi della classe, sul letto di Eva: chi a pizzicarle un piede, chi a farle il solletico, chi a dirle sveglia sveglia, mentre lei un po' rideva, un po' strillava, un po' ansimava, nella bolla magica in cui ai miei occhi quella scena lievitava.

Avrebbe potuto essere una pubblicità perfetta. "Eccoli" avrebbe recitato una voce fuori campo. "Eccoli: gli Altri Della Tua Età. Eccoli che non cercano di capire chi dover essere, ma sono e basta. Ecco la musica che ascoltano: è quella giusta. Ecco i loro vestiti: giusti. Ecco il loro desiderio di godersi pienamente una gita a Venezia: giusto giusto giusto. Ecco le loro madri e i loro padri: tu non puoi vederli ma esistono. Perché gli Altri Della Tua Età conoscono benissimo i loro genitori, e proprio per questo sono liberi di dimenticarsene, adesso. Vuoi diventare anche tu un'Altra Della Tua Età? Fidati di tua madre, fidati di tuo padre: loro rimarranno sempre lì dove li hai lasciati e dove potrai tornare quando ne avrai bisogno. Per questo puoi concentrarti esclusivamente su di te, adesso. Adesso che per gli Altri Della Tua Età c'è solo da divertirsi, da scatenarsi, da buttarsi sul letto di Eva Brandi e fare casino, adesso che parla-

re sarebbe fuori luogo e fuori luogo sarebbe preoccuparsi, analizzare la situazione, adesso che."

All'improvviso la bolla è scoppiata.

La pubblicità si è interrotta, di colpo.

I gridolini di Eva si sono trasformati in un solo, rauco e terribile urlo.

«MA SEI FUORI DI TESTA, STRONZO?»

Perfino il profumo alla vaniglia si è paralizzato, in quella stanza.

«SEI FUORI DI TESTA, STRONZO?» ha urlato di nuovo Eva Brandi, ed è sbucata fuori dalle coperte, i capelli in disordine, gli occhi grigi e accoglienti trasfigurati da una rabbia incontenibile. «SEI FUORI DI TESTA?» ha ripetuto, e si è alzata, riparandosi il petto con le braccia, perché una bretellina della sua minuscola camicia da notte l'aveva abbandonata e penzolava nell'aria pesantissima che c'era.

«Cos'è successo, Eva? Cos'è successo?» è intervenuto, subito, Matteo.

«QUELLO STRONZO MI HA STRAPPATO IL BABY-DOLL E MI HA TOCCATO UNA TETTA!» ha risposto lei, senza riuscire a smettere di urlare. E lo ha indicato.

Non ricordo se tutti, allora, ci siamo messi a guardarlo increduli o se prima Matteo gli si sia scagliato contro e gli abbia tirato un pugno dritto sul naso schiacciato.

Sta di fatto che Palomo Carnevale, con la solita aria di chi esisteva solo perché costretto, senza nemmeno preoccuparsi del sangue che nel frattempo gli colava sulla bocca, sempre masticando la gomma, ha detto: «Mi sembrava evidente che quella vacca in calore volesse essere sbattuta». Poi ha cercato un paio d'occhi in cui fissare i suoi. Ha cercato i miei. E mi ha chiesto: «Non era forse evidente?».

Agosto 2003

I signori Carnevale ormai non ci speravano più.
Si accomodano di fronte all'assistente sociale che li invita a sedersi.
«Buongiorno signor Carnevale, buongiorno signora.»
«Buongiorno.»
«Eccoci qui.»
«Eccoci» risponde il signor Carnevale. Sua moglie si limita a fare un cenno col mento: ha la lingua felpata dall'eccitazione e i nervi infragiliti da tutte le mortificazioni, le infernali procedure burocratiche, le inutili illusioni che hanno trasformato giorno dopo giorno, anno dopo anno, la sua vita in quell'unico, naturale per tutte le donne ma a lei evidentemente proibito, desiderio da realizzare.
«Oggi è un giorno importante: per voi e per Palomo.»
Palomo?, si chiedono, all'unisono e ognuno in cuor suo, i signori Carnevale: ma capiscono che non è questo, non è proprio questo il momento per fare domande. Devono solo ascoltare, adesso.
«Dunque. A quanto mi risulta dalla vostra scheda, prima dell'affido avevate considerato la possibilità di un'adozione.»
Avevamo considerato?, pensa la signora Carnevale. Sette anni siamo stati in lista! Significa qualcosa di più che considerare una possibilità, no? Non significa qualcosa di più? Non significa forse aver confidato in quella possibilità così profondamente da invecchiarci insieme, a quella possibilità, e averci rinunciato solo

per non ammalarcisi definitivamente, dietro quella possibilità? Ma tranquilla, si ricorda: devi rimanere tranquilla.

«Conosco bene la complessità di certe decisioni e lo strazio delle attese. Il tribunale però ha stabilito per Palomo una modalità di affido duraturo e questo garantirà a voi e a lui tutto il tempo necessario per formare realmente un nucleo, senza il timore che da qui a due anni magari la madre naturale reclami di avere dei diritti. D'altronde non dovreste correre rischi di questo genere. È da quando Palomo aveva sei anni che sua madre non si è più fatta viva, né con noi né con lui: e ora Palomo ne ha dodici.»

Così non solo non saprò mai che cosa significa proteggerlo dentro di me per nove mesi prima di mandarlo incontro al mondo, pensa la signora Carnevale. Non saprò mai nemmeno che cosa significa vederlo che s'inventa un passo, incoraggiare la sua incertezza, ascoltarlo spiccicare le sue prime parole, sperare che la prima delle prime sia mam-ma. A chi ha dodici anni una donna di cinquantatré non può insegnare niente. A dodici anni un bambino sa fare già tutto. A dodici anni un bambino non è più un bambino. La signora sfiora con la sua la mano del marito. Lui gliela stringe, come a promettere va tutto bene, andrà tutto benissimo.

L'assistente sociale conosce i tempi di reazione ai diversi annunci che si ritrova a fare, ogni giorno, alle coppie che si rivolgono a lei: così aspetta un istante, per poi proseguire: «La madre di Palomo aveva quindici anni, quando ha partorito. Era cresciuta in un paese minuscolo, al confine con la Svizzera: un giorno ha conosciuto un tipo che passava di là, ha creduto di aver incontrato l'America e l'ha seguito fino a Roma. Ma quel tipo non passava di là per caso, naturalmente: si nascondeva dalla polizia per un traffico di auto rubate. Una volta fuori pericolo, è tornato a casa sua: con quella ragazzina al seguito. Beveva, e molto. Lei gli è andata dietro. Pare che avessero preso in affitto una stanza dalle parti della stazione – anche se ricostruire i fatti, in questi casi, è sempre un terno al lotto. Comunque, lei è rimasta incinta. Del tipo con cui stava, sostiene: ma è molto probabile che il tipo la spingesse alla prostituzione, e quindi nemmeno questo si può dare per certo. Sta di fatto che quando quel delinquente è stato finalmente arrestato, la polizia è andata a perlustrare il suo appar-

tamento, chiamiamolo così, e ci ha trovato questa ragazzina addormentata su un materasso buttato per terra, con la televisione accesa, e al collo un bambino di sì e no un paio di mesi».

«Palomo...» bisbiglia, fra sé e sé, la signora Carnevale, più che altro per cominciare a prendere confidenza con quel nome, quella storia: con suo figlio.

«Palomo» conferma l'assistente sociale. «Come Eduardo Palomo, l'attore che in "Cuore Selvaggio" faceva Juan del Diablo: sì. Quella telenovela messicana era l'unica passione che aveva, la poverina. Anche quando è stata trasferita nella prima casa famiglia che l'ha ospitata, era un continuo: chiedeva solo di poter vedere "Cuore Selvaggio".»

Nel bar che gestiamo, i primi tempi, il televisore era sempre sintonizzato su Rete4, proprio per "Cuore Selvaggio", pensano, ancora una volta all'unisono, i signori Carnevale. Poi è arrivato "Beautiful" e, dopo qualche tentennamento, fra Ridge Forrester e Juan del Diablo la signora Carnevale aveva scelto Ridge Forrester. Un po' si sente in colpa, adesso. Ma quando s'è trattato di votare per il Telegatto, nel '95, ho votato Eduardo Palomo, si giustifica con se stessa. Non ha mai osato nemmeno ipotizzare un paragone fra il talento di Palomo e quello dell'attore che interpreta Ridge, di cui nemmeno ricorda il nome, tanto per dirne una. Il problema, considera la signora Carnevale, sta tutto nelle promesse bugiarde che porta con sé una novità. Eh sì. La novità ti frega. E allora basta che arrivino uno stilista col mento a rettangolo, una biologa svergognata e una psicologa con gli occhi blu e tu pensi che potranno darti quello che il vecchio (sempre giovane naturalmente: ma vecchio per te) Juan da qualche tempo non riesce più a darti, perché ormai lo conosci talmente bene che puoi perfino prevedere le sue battute. Così cambi canale. Come se alla lunga Ridge Forrester possa continuare a stupirti! Come se dopo il primo anno non sia chiaro a tutti che, vuoi o non vuoi, da quella svergognata di Brooke lui tornerà sempre. Dunque tanto valeva restare fedeli. A Juan del Diablo. Ma soprattutto a lui: a Eduardo Palomo. Ora che la signora Carnevale ricorda, una cliente del bar un giorno le ha detto che adesso si è messo a fare pure il cantante, Palomo, e che naturalmente la cosa gli riesce da Dio, perché senza quegli occhi

tristi e profondi Juan non sarebbe stato Juan e allora va da sé che quella tristezza e quella profondità sono sue, di Palomo. Bisognerà proprio comprare quel disco, si ripromette la signora Carnevale, mentre alza e abbassa lo sguardo seguendo quello dell'assistente sociale. Bisognerà comprarlo, si ripete: perché sono sempre assurdi, inutili e lievemente demenziali i pensieri che scorrono carsici sotto ai momenti più importanti della nostra vita.

«... *nel frattempo Palomo, poco più che neonato*» prosegue, intanto, l'assistente sociale, «è stato subito ricoverato in ospedale: sapete che cosa succede in certi casi, no? I bambini allattati da donne che bevono come beveva quella benedetta ragazza si ritrovano il sangue infestato di schifezze... solo una volta disintossicato, quindi, Palomo è stato ricongiunto a sua mamma. Sono stati trasferiti dalla casa famiglia che li aveva accolti a un istituto per ragazze madri. Quella disgraziata però non riusciva a smettere di bere. Resisteva per uno, al massimo due mesi, e ci ricadeva. Diventava sempre più aggressiva, violenta: nei confronti del mondo, tutto, e naturalmente di Palomo.»

Incredibile come questa donna riesca a rimanere distaccata rispetto alla tragedia che sta raccontando, riflette il signor Carnevale: e si sforza per non lasciar trapelare in nessun modo il suo biasimo, preso com'è dal trasmettere fiducia, coraggio e speranza alla moglie, che certo non può immaginare impegnata a scorrazzare, in testa sua, fra le distese messicane di Juan del Diablo.

«Così il Tribunale dei Minori è stato costretto a separarli, e Palomo si è ritrovato a vivere in un collegio di suore. È lì che l'ho incontrato, la prima volta. Dopo un paio d'anni il collegio ha chiuso e siamo stati costretti a trasferirlo in un'altra casa famiglia, ma niente da fare: se nel collegio Palomo, da quanto risulta dalla sua scheda, era riuscito a integrarsi piuttosto bene, in questa casa famiglia non si è integrato affatto. D'altronde gli educatori fanno quello che possono. E Palomo, è bene che lo sappiate, ma senz'altro riuscite a immaginarlo da voi, non è un ragazzino facile. Per quanto riguarda il suo carattere e le dinamiche familiari che un affido può innescare, però, lo psicologo con cui parlerete fra poco avrà modo di darvi informazioni molto più dettagliate delle mie. Io ho finito. Domande?»

Palomo Carnevale, sul pullman di ritorno da Venezia, mi ha baciata.
 Io l'ho lasciato fare.
 A pochi sedili di distanza da noi, Eva e Matteo si stavano già scambiando l'orologio, come segno di amore eterno.
 E mia mamma, in tutto questo casino?
 Mia mamma era morta: non me lo dimenticavo mai.
 E mio papà?
 Lui mi mancava sempre.

AL QUINTO PIANO

Pavarotti è davvero convinto che sia possibile metterla in ordine, la vita.

«Tu dovrai solo spiegarmi come sono andate le cose: al resto ci penso io» dice. Come se quello che ci capita avesse un senso.

Prima o poi, se ci sforziamo, possiamo trovarlo, certo: ma si tratta sempre e comunque di un intervento esterno.

Me ne rendo conto ancora di più adesso. Adesso che i ricordi si avvicinano: quello che è successo sta per riabbracciare quello che succede e che succederà fra poche ore, quando rivedrò Pavarotti.

Per il momento, però, fa ancora notte.

Mettiamo che i fatti della nostra vita siano macchie d'umidità su un soffitto: proprio come quelle che ci sono qui e che si vedono pure se non si vede niente, perché sono un po' più scure del buio.

Se si vuole parlare di senso, ci sarebbe bisogno di qualcuno che ricongiunga quelle macchie con un pennarello e poi dica: oplà! Ma il disegno che ne verrà fuori, sul soffitto, non parlerà mai della nostra vita con l'onestà che hanno queste macchie sparpagliate.

Per esempio: guardi, Pavarotti.

Le mie famiglie ci sono tutte, in questa macchia che più la osservo e più cresce, cresce cresce: diventa un fatto. Imprescindibile, a voler tracciare una linea che, da lì, porta fino a questa cella qui.

Era da parecchio tempo che gli abitanti di via Grotta Perfetta 315 non si riunivano d'urgenza nell'ex lavatoio del sesto piano.

È successo per colpa mia, naturalmente.

Era settembre, pochi giorni prima che finisse anche quell'estate, pochi giorni dopo il mio passaggio dal quarto al quinto piano.

Già dalla prima notte a casa dei Barilla, d'altronde, erano cominciati i problemi. Quella sera Matteo, con un pezzo di frutta in bocca, mentre i suoi genitori e io eravamo ancora seduti a tavola, era uscito per andare a giocare a calcetto: un bacio sulla fronte di sua madre, uno su quella del padre, una specie di pizzico sulla guancia a me e via.

Finito di cenare, poi, l'ingegnere si era ritirato nel suo studio a fare chissà che cosa di sicuramente importantissimo. La signora Barilla, nel frattempo, aveva preso a riordinare la cucina e caricare la lavastoglie.

Non mi rimaneva che aiutarla. Ci siamo messe a chiacchierare di tutto e di niente, come con lei mi piaceva fare da sempre. Ma a un certo punto l'ingegnere è sbucato dal suo studio e ha dichiarato: «Buonanotte». Più che un augurio, ho subito capito che si trattava di un ordine: è ora di dormire, voleva dire. Per tutti.

Tanto che la signora: «Buonanotte» ha subito ripetuto, rivolta a me, con quel sorriso che solo in quel momento ho capito a chi avesse rubato Matteo. E poi: «Ti dispiace lasciare accesa la luce fuori dalla porta della vostra stanza? Cicciobello è abituato a trovarla così, quando torna».

Inutile dire che fra tutte quelle parole ce n'era una che proprio non tornava. Non era Cicciobello: da quando conoscevo Matteo i suoi genitori lo chiamavano così e a me sembrava semplicemente un modo per ricordargli: "Se il mondo ti farà del male potrai sempre contare su di noi. Il bene che ti vogliamo è assoluto, eterno, diverso da tutto: e infatti ti chiama con un nome segreto, solo nostro, solo tuo".

Quindi era un'altra, la parola scomoda. Scomodissima.

«Vostra? Vostra stanza?» ho domandato alla signora Barilla, e credo fossi troppo sconvolta per sembrarlo davvero.

«Perché?» Lei: troppo tranquilla per non esserlo davvero. «Non ti fa piacere dormire con Matteo? Pensavo ti potessi sentire meno spaesata. Lui mi dice sempre che si considera il tuo fratello maggiore...»

«Così dice, fratello maggiore?»

«Sì. A me ha detto così. Fidati.» Ecco. La signora Barilla, pensando di farmi felice, voleva convincermi che fosse vera l'ipotesi che per anni avevo considerato la più terribile fra tutte.

«Evviva.» Mi è sembrato gentile ricambiare la sua intenzione: e farla felice di farmi felice. «Però...»

«Però che cosa, Mandorla?»

Che cosa? Che dormire era sempre stata un'avventura misteriosa per me. Figuriamoci con Matteo nella stessa camera. Che lui non era proprio per niente mio fratello. O meglio: neppure se mio fratello lo fosse stato davvero, ormai sarei riuscita a considerarlo così.

«Signora Barilla...» ho preso a balbettare, peggio di Gianpietro Costanza. «Signora... Barilla. Signora...»

«Penso che sia venuto il momento che tu ti decida a chiamarmi Carmela, no?» Per fortuna ha interrotto subito quel disco rotto in cui mi stavo trasformando. «E poi: che succede, Mandorla? Dimmi tutto.»

Tutto? Niente, potevo dirle!

Come facevo a confidare alla signora Barilla, o insomma, a Carmela: "Non voglio dormire con Matteo" senza spiegarle quell'impossibile perché?

Fatto sta che, incredibile ma vero: «Non vuoi dormire con Cicciobello?» mi ha chiesto lei. Precisamente! Placida e telepatica. E come se nemmeno si accorgesse di essere riuscita a frugarmi e leggermi nel pensiero: «Hai ragione, Mandorla» ha sospirato. «Per noi siete sempre due bambini ma invece ormai tu hai sedici anni... vuoi i tuoi spazi, giustamente. Che sciocca a non averci pensato! Accompagnami a sistemare la camera di Giulia, su. Però mi

raccomando: attenta con i suoi dischi, ché quando torna da Londra potrebbe ucciderti se ne trova anche solo uno fuori posto.»

"Ragazzina di merda, che hai fatto ai miei dischi?" Ho immaginato la furia di Giulia Barilla abbattersi su di me. Ma si trattava di un rischio che ero decisamente pronta a correre, visto il pericolo appena scampato. Tant'è che ho infilato la mia migliore Faccia Da Scema Sorridente, mentre Carmela continuava a parlare al posto mio: «È giusto quello che stai pensando, Mandorla: proprio perché Cicciobello è come un fratello maggiore per te, non lo vuoi fra i piedi! I fratelli maggiori sono talmente invadenti...». Mi ha fatto cenno di seguirla e si è messa a cercare, in un armadio, delle lenzuola pulite per preparare il letto di Giulia per me. «Anche io ho un fratello, sai? È una persona fantastica, ma vuole sempre avere l'ultima parola quando discutiamo: pure Cicciobello è fatto così, non sai quanto ti capisco, Mandorla...»

Invece non capiva proprio niente.

E allora, in quel preciso istante, ho avuto la conferma di quanto Carmela Barilla, con le lenzuola pulite e una coperta fra le braccia, fosse mamma come nessuna donna avessi mai incontrato. Mamma come non lo era stata neanche la mia, di mamma. Ci fosse stata lei, al posto di Carmela, si sarebbe messa a farmi mille domande: e sarebbe riuscita a farmi confessare il motivo scandaloso per cui fosse così inconcepibile per me dormire con Matteo.

Ma a quel punto una mamma diventa una compagna di classe! Se una mamma rimane una mamma, fa come Carmela Barilla: non le serve capire tutto di te, per fare d'istinto la mossa giusta. La fa e basta. Placida e telepatica. In un istante mette a posto una camera e ti dice questo da oggi in poi sarà il tuo regno. Senza nemmeno immaginare quanto per te sia assolutamente vitale averne uno, per difenderti dall'assurdità del fatto che il tuo Ex Impossibile Amore passeggia nel tuo stesso corridoio, usa le tue stesse posate, lo stesso dentifricio.

«Grazie» le ho detto. E per una volta, nonostante Faccia Da Scema, ho trovato proprio la parola giusta per esprimere quello che sentivo.

Ecco perché, pochi giorni dopo, in quella riunione condominiale di fine estate, ero sicura che qualunque fosse il problema, Carmela Barilla sarebbe stata dalla mia parte. Mi sbagliavo.

Anche lei, come tutti, era certa che fossi in pericolo e che fossi così stupida da non rendermene nemmeno conto. Le è bastato guardarmi fisso negli occhi per farmelo capire, appena sono entrata nell'ex lavatoio. Perché c'era una novità, stavolta: alla riunione eravamo stati ammessi Matteo Barilla e io.

Lui perché aveva lanciato l'allarme del pericolo.

Io perché, appunto, stando all'allarme, ero quella in pericolo.

«Sappiamo tutti il motivo per cui siamo qui» ha cominciato l'ingegner Barilla.

«L'adolescenza è un periodo terribilmente difficile» lo ha interrotto subito la moglie.

«Carmela, per cortesia» l'ha trattenuta lui dal proseguire, «sappiamo tutti, dicevo, perché siamo qui. Sono passati parecchi anni da quando Mandorla ha cominciato a vivere con noi. Mia moglie e io abbiamo modo solo ora di occuparci di lei personalmente: ma grazie alla sua amicizia con nostro figlio Matteo, Mandorla ha già frequentato molto casa nostra. Spero si sia resa conto di essere la benvenuta. È così, no?»

Avrei dovuto rispondere senza nessuna esitazione sì, certo. In realtà, era proprio per via di Matteo che in quella casa per me sarebbe stato complicato vivere.

«Sai di essere la benvenuta a casa nostra, Mandorla, vero?» ha ripetuto l'ingegnere.

Lì per lì Carmela mi ha tolto dall'imbarazzo e ha risposto: «Certo che Mandorla sa di essere la benvenuta, a casa nostra».

Ma poi, estremamente seria, ha ripreso a guardarmi ne-

gli occhi. E ho subito intuito che stavolta i suoi poteri telepatici erano tutti concentrati sul marito.

Che: «Benissimo» ha proseguito. «Di questi anni a me pare si possa trarre un bilancio positivo.» Al solito, anche fuori dall'azienda che dirigeva, l'ingegner Barilla si orientava con gli strumenti che la sua professione di manager gli metteva a disposizione. Come se tutto il mondo, sotto sotto, non fosse che un'azienda da gestire: e come se fosse sua, unicamente sua, la responsabilità di farlo funzionare al meglio.

«Certo che sì» è intervenuta Lidia, portavoce dell'annuire generale. «Mandorla è una ragazza eccezionale: grazie a lei, Lorenzo e io siamo maturati più di quanto fossimo mai riusciti a fare in vita nostra. Quest'estate, per esempio, quando abbiamo raggiunto il confine della Patagonia, Mandorla...»

«Dottoressa Frezzani, un'altra volta: grazie.» Aveva fretta di arrivare al punto, l'ingegner Barilla. Forse perché lo aspettava un consiglio d'amministrazione, forse semplicemente perché più passava il tempo, meno amava perderne, in generale.

Nel caso specifico, Lidia stava certamente per raccontare che durante le nostre ultime vacanze, in Patagonia appunto, si era ammalata di un terribile virus intestinale. Eravamo in un motel in mezzo al niente, senza nemmeno l'elettricità, e Lorenzo, per non sapere che cosa fare, continuava a non fare niente: così ero stata io a tenere per tutta la notte la fronte di Lidia, mentre vomitava verde. Lo raccontava a tutti, da quando eravamo tornati, perché evidentemente per lei quel viaggio era stato speciale e non assolutamente inutile, come era sembrato a me.

Avevamo visto dei posti che non finivano mai, certo: ma che te ne fai di un posto infinito, quando non puoi condividerlo con chi hai in testa tu?

Se in India, l'anno prima, avevo sperato di poter dimenticare Matteo, stavolta in Patagonia davvero non riuscivo a capire che cosa ci stessi a fare, io.

Perché semplicemente non è possibile separare due fidanzati dopo dieci giorni che si sono messi insieme: invece proprio questo era successo a Palomo Carnevale e a me.

Dopo quel bacio in pullman, fino all'ultimo giorno di scuola, non ci eravamo mai più rivolti la parola.
«Mandorla, non mi dire che è vero!?» mi aveva chiesto Eva Brandi la mattina dopo il ritorno dalla gita. «C'è chi giura, tornando da Venezia, di averti vista lingua in bocca con quel pervertito: vero che non è vero?»
Certo che non è vero, l'avevo rassicurata io e a Eva era bastato quello per sospirare menomale e passare all'argomento successivo. L'unico, da lì in poi: la dardeggiante, strepitosa, perfetta storia d'amore fra lei e Matteo Barilla.
«Mi ha regalato un orso di peluche pieno di cioccolatini a forma di cuore.»
«Mi vuole presentare i suoi genitori.»
«Mentre facevamo l'amore, ieri, mi ha chiesto mi vuoi sposare?»
Io la ascoltavo come si fa con la radio, quando è accesa mentre siamo in macchina con qualcuno d'interessante: perché i racconti di Eva Brandi, ormai, per me erano puro sottofondo. La mia concentrazione era tutta per Palomo, alle nostre spalle, costretto gomito a gomito proprio con Matteo. Dopo lo scandalo veneziano, Matteo semplicemente fingeva di essere al banco da solo, aiutato dall'avere davanti a sé, a nemmeno un braccio di distanza, la sua adoratissima, con cui non faceva che scambiarsi bigliettini, occhiate segrete, risate cretine. Mentre Palomo guardava dalla finestra e mi ignorava, proprio come Matteo faceva con lui. Eppure, pensavo io, loro si sono presi a pugni, noi ci siamo baciati: la saprà pur cogliere una differenza fra le due cose, Palomo Carnevale! Ma lui no, non sembrava coglierla.
Figuriamoci se gliela facevo notare io.
Con uno strappo alla testa, quattro anni prima, avevo rinunciato a sapere chi fosse mio padre.

Con uno strappo al cuore, in quella camera d'albergo veneziana, avevo rinunciato a Matteo.

Dopo aver soffocato per quasi due anni il mio amore per lui, l'avevo sotterrato nel preciso istante in cui la sua storia con Eva era diventata realtà: funzionavo così.

A non dire quello che ci sarebbe stato da dire e a eliminare il male con un piccolo esercizio di volontà, ero diventata un'esperta.

Dunque niente mi veniva più facile, adesso, che non parlare a nessuno della sottile pellicola colorata che mi aveva lasciato fra i denti, sulla lingua e tutt'addosso quel bacio.

Potevo perfino dimenticarmene, all'occorrenza.

Finché sono finite le lezioni, è arrivato il giorno dei quadri: e, come nessuno dubitava, Palomo è stato bocciato.

Se ne stava lì, mentre gli ADME sciamavano nel cortile del liceo, ansiosi di notizie sensazionali o catastrofiche sul loro destino scolastico: se ne stava lì, seduto a cavalcioni su un muretto, con la stessa identica aria che, ci avrei scommesso, avrebbe avuto se il miracolo di una promozione l'avesse graziato.

«Ohi.» Mi sono avvicinata: perché forse quella sarebbe stata l'ultima volta che l'avrei visto in vita mia. E perché, va bene tutto, ma non ci si poteva mica mostrare completamente indifferenti alla terza bocciatura di seguito del proprio Primo Bacio.

«Ohi» mi ha risposto lui.

«Come va?»

«Va.»

«Facciamo un giro?»

Dove avevo trovato quel coraggio impossibile che con Matteo mi era sempre mancato?

Nell'indecifrabile autorizzazione a esistere che mi garantivano quegli occhi di moquette nera, credo, per cui niente faceva la differenza e per cui allora, va da sé, tutto era permesso.

O forse nel fatto che anche Palomo mi sembrava un po'

taroccato, come ADME: e certo non avrebbe potuto mettersi a giudicare se e quanto fossi di marca io!

Così abbiamo fatto un giro: letteralmente. Abbiamo camminato attorno alla scuola una volta. Due, tre, quattro. All'inizio ciondolavamo in silenzio, fra i gavettoni che cominciavano a saettare per il cortile, le Altre Della Mia Età che scappavano, gli Altri che le inseguivano con quei palloncini gonfi d'acqua.

D'improvviso: «Che stronzi» ha commentato lui, in una specie di grugnito. E abbiamo cominciato a parlare. Mozziconi di frasi, lontanissimi dai discorsi di Lidia e Lorenzo o da quelli di Tina e Gianpietro.

Cose del tipo: «Adesso che farai?», «La smetto con la scuola e vado a lavorare al bar di mio padre», «Sei contento?», «Non me ne frega un cazzo».

Oppure: «Quest'estate dove vai?», «La moglie di mio padre è uscita fuori di testa, sta sempre zitta oppure fa il rosario, mio padre dice che i soldi vanno spesi tutti per farla tornare normale, quindi affanculo le vacanze: tanto a me fa schifo viaggiare», «Io invece parto fra dieci giorni per la Patagonia», «Brava», «Starò via un mese e mezzo: tanto!», «Ah», «È molto lontana dall'Italia, la Patagonia», «Se lo dici tu».

O anche: «Per che squadra tifi?», «Il calcio mi fa cacare» «Che cantanti ti piacciono?», «Odio la musica».

Ma soprattutto: «Ci pensi mai, tu, a quel nostro bacio?», «Perché? Ne vuoi un altro?».

E me l'ha dato: un altro bacio. Nel cortile della scuola, a quel punto deserto, disseminato di palloncini morti.

Sempre lì ci siamo dati appuntamento il giorno dopo, alla stessa ora. E il giorno dopo ancora. E ancora. Passavamo il pomeriggio un po' a passeggiare e un po' a baciarci.

Erano baci strani, i nostri. Non duravano come quelli con cui s'incollavano Eva e Matteo, all'uscita di scuola. Tiravamo fuori solo un pezzettino di lingua per uno, la bagnavamo con la lingua dell'altro e basta. Finita lì.

Gli ADME di marca si baciano in un modo, quelli taroccati in questo modo qui, pensavo. Chissà però che a furia

di baciarsi nel modo sbagliato non si impari a farlo, e si diventi ADME proprio così: honoris causa (mi ero dovuta impegnare ma alla fine in latino ero stata promossa addirittura con sette).

Insomma, in due saremmo riusciti a trasformarci in Uno Della Nostra Età.

Almeno così pareva a me, mentre gli parlavo a ruota libera di Tina, del blog di Samuele, dell'ultimo gay pride con Paolo e Michelangelo, del libro che mi aveva appena regalato Lorenzo. Lui ascoltava, masticando la gomma ed emettendo grugniti che lentamente cominciavo a interpretare. Sembravano tutti uguali, invece no: c'era il grugnito con cui Palomo esprimeva interesse, quello con cui esprimeva di essere d'accordo o di non esserlo affatto.

I pettegolezzi sui Barilla, per esempio (primo fra tutti il fatto che i genitori di Matteo lo chiamassero ancora Cicciobello), gli piacevano molto.

Come potrò far cambiare idea, domani, a Pavarotti?

L'ha detto chiaro e tondo, lui: «Io, da uno come Palomo, non mi sarei fatto offrire nemmeno un caffè».

Forse però Pavarotti di quel caffè non aveva bisogno: glielo preparava Cate.

Mentre il caffè che io avevo sognato di bere con Matteo, adesso se lo stava bevendo Eva Brandi.

Dunque che cosa avrei dovuto fare? Rispondere: "No, grazie" a chi mi invitava a prenderne uno con lui?

Rimanere indifferente a chi voleva finalmente ascoltare quello che avevo da dire, senza costringermi a usare Faccia Da Scema?

Perché sembrava davvero che a Palomo le mie storie interessassero.

A me, d'altronde, interessavano moltissimo le sue.

Passi l'interesse, avrà senz'altro da ribattere Pavarotti. Ma come hai fatto a credere che quelle storie fossero vere, Mandorla?, insisterà.

Purtroppo credo sia decisamente una fissazione, questa di Pavarotti per la Verità.

Altrimenti gli risponderei senza problemi: avvocato, senta. Non me lo sono proprio chiesta, se le cose che mi raccontava Palomo fossero vere o false. Erano belle. Punto. Erano grandi, erano nuove. Capisce che cosa intendo dire?

Finalmente qualcuno riusciva seriamente a convincermi che la vita non finisse tutta in via Grotta Perfetta 315.

Perché il condominio in cui era cresciuto Palomo era il mondo intero.

E anche perché di quel mondo lui si era fatto un'idea tutta sua, ben precisa.

Per esempio, non credeva ai negozi: proprio così.

«È colpa tua se hai finito la carta igienica? O la maionese? Ti pare normale, quindi, che se ti serve una cazzo di cosa devi pagare per averla?» mi chiedeva. Perché a lui no: non pareva normale. Così come considerava assurdo che io sembrassi tanto legata a persone che non erano davvero i miei genitori.

Non che gli avessi spiegato esattamente quale fosse la mia situazione, questo no. Tant'è che vorrei proprio chiedere a Pavarotti: "Che differenza c'è, avvocato, fra raccontare qualcosa di falso e non raccontare qualcosa di vero? Palomo mi ha riempito di bugie, su questo non ci piove. Ma se le è così cara la Verità, avvocato, non può negare che anch'io avrei potuto essere più sincera, con il mio Primo Fidanzato".

Certo, Palomo oggi non è finito in carcere a causa mia, mentre io sì.

Forse la differenza sta qui.

Fatto sta che nemmeno io mi sono comportata da Prima Fidanzata modello.

Ogni tanto pensavo adesso lo faccio, ma non ci riuscivo mai: nonostante Palomo fosse un ADME taroccato come me, avevo paura che la condizione in cui vivevo, con cinque famiglie, nessuna mamma e un papà disertore, fosse troppo anche per lui.

Se poi mi lascia? Meglio non rischiare, mi dicevo.

Così continuavo a tenere per me il segreto che tutti, nel condominio, sapevano e che nessuno, fuori dal condominio,

poteva immaginare (senza considerare le due eccezioni di Matteo ed Eva, ovvio. Matteo perché stava dentro il condominio, ma anche fuori. Eva perché, pur stando fuori, sicuramente adesso sapeva tutto. Quell'idiota di Matteo senza dubbio le aveva spifferato i fatti miei, facendole giurare di non dirmi niente: figuriamoci se uno come lui poteva resistere alla lusinga di farsi bello con la sua fidanzata mettendola a conoscenza di un segreto speciale!).

Settembre 2009

«Matteo?»

«Dimmi cucciolo.»

«Mi spieghi una volta per tutte chi sono i genitori di Mandorla?»

«Eva, ma come? Lo sai benissimo. Quando è morta sua madre, Mandorla è stata adottata dalla signorina Polidoro, la zitella che sta al primo piano del mio palazzo.»

«Allora perché vive un po' in una casa e un po' in un'altra?»

«Boh. Mica è un mistero che Mandorla è strana. E poi nel condominio tutti erano molto affezionati a sua madre e adesso di conseguenza si sono affezionati a lei. Tutto qui. Adesso basta però, cucciolo. Gelato?»

Mi ero limitata a raccontare a Palomo di essere stata adottata da Tina.

«Ma a mia madre volevano tutti molto bene, in quel condominio. Così oggi io li considero un po' come degli zii. Ecco.»

Già solo questo a lui sembrava pura follia.

Sarà che Palomo proprio non riusciva a sopportare la seconda moglie di suo padre: a quanto avevo capito fra un grugnito e l'altro, infatti, la sua vera mamma faceva la cuoca a Città del Messico.

Lavorava in un ristorante alla moda, frequentato dagli attori delle telenovelas più famose del mondo: il cast di "Cuore Selvaggio", per esempio, era sempre a pranzo lì. La conoscevo bene, io, quella telenovela. Negli anni passati con Tina non c'era giorno che perdessimo una puntata dell'incredibile storia del povero, ma in realtà ricco (e comunque sensibilissimo: con un cuore grande così), Juan del Diablo.

Il mistero del nome del mio Primo Fidanzato, su cui in classe fioccavano assurde dicerie, finalmente mi veniva svelato proprio da lui: non era altro che un omaggio fatto a Eduardo Palomo, l'attore che interpretava Juan del Diablo. La madre di Palomo Carnevale, infatti, era diventata amica intima di quella star internazionale.

Alt, alt alt! Già lo sento, Pavarotti, interrompermi di nuovo. Eddai, Mandorla! Come diamine si fa a credere a una balla del genere? Ti sembrava messicano, il tuo Palomo

Carnevale? Ma che c'entra, avvocato, suo padre era italiano, in Messico era solo emigrato, era sua madre quella messic... Mandorla! Allora non hai capito niente? Non esiste nessuna cuoca messicana, la madre naturale di Palomo è una povera disgraziata e il signor Carnevale non è il padre naturale di... Ma sì, sì avvocato: l'ho capito. Adesso l'ho capito.

Però non mi dica che non era straordinaria, l'idea che il famosissimo Eduardo Palomo avesse potuto carezzare la pancia dove il mio Primo Fidanzato era stato concepito.

Tant'è che, a dirla tutta, Palomo su quella storia non perdeva troppo tempo in chiacchiere: era proprio a me che piaceva da pazzi immaginare come fossero andate le cose!

Già. Il successo aveva reso Eduardo Palomo caro a tutto il mondo: ma avere più persone che ci vogliono bene di quante ne preveda la norma, può significare non averne nessuna, in certi momenti.

Io riesco a capirti benissimo, Eduardo, pensavo. Posso addirittura sentire quello che senti tu, certe sere, quando le luci del giorno e dei riflettori si abbassano e si alza dentro di te una specie di nebbia che avvolge tutto. A quel punto un buco profondissimo ti si apre nello stomaco, vero? O comunque giù di lì: per colpa della nebbia che hai dentro non puoi dire esattamente dove. Fatto sta che ti viene fame. Cammini un po' a caso per Città del Messico, sperando d'incontrare qualcuno a cui chiedere di mangiare qualcosa con te. Incroci solo due ragazzine che scoppiano a ridere: lo fanno perché sono imbarazzate e confuse di vederti per strada anziché sullo schermo della loro tv, chiaro. Ma tu ti convinci che lo facciano per prenderti in giro. Allora abbassi gli occhi e affretti il passo. Ti accorgi che ti sta seguendo un cane con la coda tagliata da quello che pare un morso di cavallo. Noti che avete molto in comune, tu e quel cane. Questo pensiero non ti piace: per liberartene dai immediatamente alle tue gambe una direzione. È quella del ristorante dove pranzi ogni giorno con il resto del cast di "Cuore Selvaggio". È la più familiare possibile, fra le direzioni. Eppure.

Eppure, eppure eppure.

Eppure non ti sei accorto di quanto s'è fatto tardi, nel frattempo.

La saracinesca del ristorante è già chiusa per metà. Stai per sferrarle un calcio: alla saracinesca, ma anche a tutta quella serata di merda, al cane con la coda mozzata, alle ragazzine, al buco che continua a farsi largo, dentro.

Proprio in quel momento però, da quella saracinesca sbuca qualcuno. Avevi già un piede a mezz'aria, Eduardo: ma lo rimetti subito al suo posto.

"Tutto bene?" ti domanda la donna con gli occhi foderati di moquette nera, appena sbucata dal ristorante chiuso e da quella notte impossibile. Pare una bambina. Eppure è incinta.

"Tutto bene?" ti ripete. Come se tu non fossi Eduardo Palomo, quello famosissimo. Ma come fossi Eduardo Palomo, quello che stasera si sente un buco nello stomaco.

Cominciate a parlare, di tutto e di niente.

Lei fa la cuoca nel ristorante dove vai a mangiare tutti i giorni: tu però non l'avevi mai notata.

"Ti viene mai la tentazione di avvelenare quei bastardi viziati che sono gli attori di telenovelas?" le chiedi. E ridete. Proprio come quelle due ragazzine che avevi incrociato per strada: di colpo, Eduardo, ti sono simpatiche perfino loro.

L'alba comincia a sgranocchiare la notte e tu e la donna con gli occhi di moquette siete sempre lì, in piedi, di fronte alla saracinesca mezza chiusa di quel ristorante.

"È un inizio?" chiedi e le allunghi una mano.

"È un inizio!" ti risponde lei, e ti stringe la mano.

Insomma, più o meno così, secondo me, doveva essere cominciata l'amicizia fra Eduardo Palomo e la madre del mio Primo Fidanzato. Che su certi dettagli non amava indugiare, mentre su altri sì.

«Papà a un certo punto ha sbroccato» mi raccontava in continuazione, anche due volte nello stesso pomeriggio.

Perché il sodalizio fra sua moglie e l'attore più amato del Messico aveva fatto impazzire di gelosia il signor Carnevale. Lui aveva provato a controllarsi, ma senza risulta-

to. Quando poi era nato il suo primo figlio e la moglie si era impuntata per chiamarlo proprio Palomo, be'. Il signor Carnevale era andato fuori di testa e se n'era scappato di casa, trascinandosi dietro anche lui: il piccolo Palomo, di neanche un mese.

Ascoltando i grugniti del mio Primo Fidanzato non era molto chiaro se fra Eduardo e sua madre ci fosse stato davvero qualcosa.

A volte lasciava intendere di sì.

Altre giurava: «Erano solo amici per la pelle».

Comunque sia, il signor Carnevale, accecato dalla rabbia, aveva preso con sé il figlio ed era tornato in Italia, da dove molti anni prima era partito, alla conquista dell'America (proprio così diceva Palomo: "alla conquista dell'America" – e Pavarotti dovrà darmi una buona ragione per cui non avrei dovuto credere almeno a questo). Una volta a Roma, il signor Carnevale aveva aperto un bar. Gli occhi di moquette di sua moglie però gli mancavano tutti i giorni e a Natale la nostalgia si era fatta davvero insopportabile. Così aveva organizzato una lotteria per le clienti single del suo bar. Ufficialmente, il premio in palio sarebbe stato una cena nel più costoso ristorante di Roma: naturalmente, a quella cena avrebbe partecipato anche lui. E così dall'estrazione del biglietto vincitore al matrimonio fra il signor Carnevale e la proprietaria di quel biglietto non era trascorso nemmeno un mese. Ma Palomo assicurava che sua madre e questa tizia fossero proprio di due razze diverse. Non solo perché una era messicana e l'altra italiana.

«Se il mio DNA è quello di una gran fica, come faccio ad avere qualcosa in comune con la sfigata che si è sposato mio padre?» ripeteva in continuazione.

Perché oltre agli occhi di moquette, sua madre aveva un altro miliardo di doti.

«Prima di fare la cuoca faceva la modella. È alta un metro e ottantasei: un anno è pure arrivata seconda a Miss Città del Messico.»

Scuoterà la testa, Pavarotti. Ma spero che a questo pun-

to considererà inutile ripetermi quanto sia necessario essere scemi, per credere a cose del genere.

Anche perché non finiva mica lì, la storia fantastica dei genitori del mio Primo Fidanzato.

La seconda moglie del signor Carnevale, infatti, a differenza della prima, era una brutta tipa non solo da vedere, anche da conoscere.

«Le puzza pure il fiato. Adesso poi, sta sempre a guardare la finestra della sua camera. Non guarda che cosa c'è fuori. Macché. Proprio la finestra, fissa. Mio padre dice che è entrata in un acuto stato depressente, una roba del genere.»

Secondo Palomo, comunque, quella donna portava sfortuna e basta. A se stessa e a chi le stava intorno.

«Mio padre s'è completamente rincoglionito, vicino a lei. Il cervello gli è andato proprio in pappa.»

Ma se il signor Carnevale si era dimenticato di avere una moglie vera e se n'era dovuto cercare una finta, il mio Primo Fidanzato certo non si dimenticava di avere una vera mamma: ogni giorno lei gli telefonava da Città del Messico e gli diceva mi manchi, *pequeño* mio. Quando poi, un giorno, senza avvertire nessuno, il cuore di Eduardo Palomo si era fermato, lasciando il mondo nella più cupa disperazione, ebbene, la più cupa e disperata di quel mondo, orfano del suo attore messicano prediletto, era stata proprio sua madre.

«Le è venuta la febbre, da quanto piangeva, poveraccia» mi ha confidato Palomo. E lì ho intuito che forse suo padre, a essere stato tanto geloso, non aveva avuto proprio tutti i torti. Comunque, da quel momento, il mio Primo Fidanzato aveva preso una decisione: aspettava solo di mettere insieme i soldi necessari a comprare un biglietto aereo destinazione Città del Messico, solo andata. Voleva raggiungere sua madre e consolarla dell'abbandono del marito, della morte del suo più caro amico – forse innamorato segreto –, della distanza impossibile che separava l'Italia dal Messico: di tutto, voleva consolarla. Che vadano a farsi fottere, mio padre e sua moglie. Mio padre

perché ha sbagliato a lasciare mia madre, sua moglie perché, anche se vuole far credere a tutti che io sia suo figlio, la realtà è che non lo sono e non lo sarò mai.

«Non capisci anche tu, Mandorla, che a tutti questi stronzi di cui mi parli, da quella vecchia zitella alla cornuta dell'avvocatessa, non gliene importa un cazzo di te? Sveglia!» mi urlava in un orecchio e grugniva come quando si divertiva a prendermi in giro. «Sveglia!»

«Allora perché secondo te si darebbero tanto da fare per me?» gli domandavo io.

«E perché i bambini giocano con i soldatini o con le bambole? Così, perché non hanno un cazzo da fare» rispondeva lui. E mi tirava a sé e mi leccava la faccia, come fosse Efexor. «Basta, basta!» facevo finta di supplicarlo io. Ma lui insisteva perché capiva che sotto sotto mi divertivo.

Ecco: domani vorrei proprio chiedere all'avvocato Pavarotti se secondo lui è mai possibile, per due che stanno così bene insieme, doversi separare dopo solo dieci giorni!

Glielo vorrei proprio chiedere, se è mai possibile.

Perché invece così è stato.

E io ero tristissima.

Nonostante quello che poi sarebbe successo, nonostante quello che domani succederà, Pavarotti non potrà dirmi che sbagliavo.

Non si sbaglia mai a essere tristi come non si sbaglia mai a essere felici. Oppure, avevo imparato in India, si può decidere di sbagliare sempre a fare tutte e due le cose: ma da come Pavarotti sorride ebete quando sta con Cate, non credo che lui sia di questa opinione.

Allora dovrà sforzarsi un po'. Anche se da Palomo non si sarebbe fatto offrire neanche un caffè, dovrà cercare di capire, per esempio, il triplo salto mortale che mi è sembrato di fare quando, il giorno della maledetta partenza per la Patagonia, ho ricevuto quella sorpresa.

L'ho trovata lì, bellissima e inimmaginabile, ad aspettarmi sulla parete dell'androne.

Era una scritta cubitale di vernice indelebile e rossa che

da lì in poi, per sempre, avrebbe costretto chi fosse entrato o uscito dal condominio di via Grotta Perfetta 315 (e dunque senza dubbio anche Matteo Barilla) a leggere:

**MANDORLA 6 LA COSA PIU BELLA
KE MI E CAPITATA NEI ULTIMI 3 MESI**
Palomo

In effetti, tre mesi prima, Palomo con l'aiuto di un amico che faceva il meccanico, si era rimediato un motorino: e quello, mi aveva grugnito un pomeriggio, era stato il giorno più felice della sua vita. Ma subito dopo il motorino venivo io, ecco che cosa mi voleva dire con quel murales. È così stupendo essere importante per qualcuno, ho realizzato in aeroporto (mentre passavo sotto al metal detector e temevo mi si vedesse il cuore per quanto batteva forte) che come fa quel qualcuno a non diventare importante per te?
Un Amore Possibile ti dà molta più soddisfazione di un Amore Impossibile: scrive murales, ti bacia, passeggia con te, insomma esiste!

Il problema di quella riunione condominiale d'inizio settembre stava proprio lì. Nell'esistenza di quello che c'era fra Palomo Carnevale e me.
«Mandorla, inutile girarci intorno» ha ripreso le redini della situazione l'ingegner Barilla, «Matteo ci ha detto che stai frequentando delle cattive compagnie.»
Gli sguardi di tutti si sono spostati su di me. Io ho fissato il mio su Matteo Barilla che a sua volta si è messo a fissare il padre, alla ricerca della conferma di aver compiuto solo il suo dovere, facendo la spia.
«Quello che più mi dispiace, Mandorla, è che tu non ne abbia parlato con me» è voluta intervenire di nuovo Lidia. «Perché? Abbiamo discusso così tanto di queste cose, noi due: finalmente t'innamori e non mi dici niente?»
«Finalmente?» Carmela Barilla adesso riteneva semplicemente necessario prendere la parola, che suo marito fos-

se d'accordo o no. «Lidia, scusami, ma come sarebbe a dire: finalmente? Non vorrei che sia stata proprio questa visione infantile dei rapporti fra uomo e donna, tua e del tuo compagno, ad aver messo a Mandorla strane idee in testa! Mio figlio ce lo ha detto chiaro e tondo chi è, quest'individuo. È uno fuori di testa, un mezzo teppista!»

«Giudichi pure la mia vita sentimentale, se le fa piacere: ma perché mi prende alla lettera, scusi, signora Barilla?» Se Lidia, al solito, poteva trovare stimolante venire contraddetta, non sopportava però di venire fraintesa. «Dicevo "finalmente" perché è senza dubbio sano, e perché no?, bello, innamorarsi, all'età di Mandorla.»

«Dipende» ha sentenziato Paolo. «Non tutti gli amori sono sani, non tutti gli amori sono belli.»

«Ma senti chi parla!» è esplosa Tina: troppo tardi per rendersi conto di cosa aveva detto, troppo presto per scoprire che se c'era una, una cosa soltanto capace di farle superare il timore reverenziale a cui gli altri la inchiodavano, bene: quella cosa era la sua piccolina. Quella cosa ero io.

«Lo ammette, signorina Polidoro?» l'ha incalzata subito, Michelangelo. «Era ora: lo ammette! Per quale motivo, secondo lei, Paolo non potrebbe parlare di amori giusti o di amori sbagliati? Eh?! Perché lei ci considera due deviati: ecco perché. Ci considera malati! Contro natura!»

«Tesoro, lascia stare, non è il momento» ha provato a calmarlo Paolo.

«E invece è sempre il momento, Paolo! Sempre! E la signorina Polidoro adesso ha il dovere di chiederti scusa, anzi, di chiedere scusa sia a te che a me per la volgarità della sua allusione.»

Tina naturalmente non vedeva l'ora di lanciarsi in un torrente di scuse.

«Basta!» ha però tuonato l'ingegner Barilla, irritato tanto da quella manifestazione d'orgoglio omosessuale quanto dalla difficoltà che quella riunione potesse raggiungere lo scopo che si era prefissata.

«Basta, sì» gli ha fatto eco Cate. Tutti sapevamo che era

appena tornata da due settimane in barca a vela con Pavarotti, anche se lei continuava a glissare su quella storia. Uno sforzo piuttosto inutile, direi: bastava guardarla per rendersi conto che le stava capitando qualcosa di speciale. Negli ultimi mesi le era come sbocciata dentro, per poi farsi evidente, la possibilità di una nuova Cate, che lentamente aveva preso il posto dell'altra: era una Cate con i primi due bottoni della camicetta slacciati sotto il tailleur, questa, una Cate dimagrita, sorridente, sempre sicura e controllata, ma forte di una compostezza che da malinconica si era fatta soave. Il merito è stato solo suo, avvocato Pavarotti: gliene darò atto, non si preoccupi.

Agosto 2009

Il mare sbatte pigro sullo scafo e sulla notte che avanza.
«Dormi, Luciano?» *chiede Cate.*
Lui le bacia un orecchio per rispondere no. Poi le fa scorrere le labbra lungo il collo.
«Mi piace tutto di te» *soffia.*
«Davvero?»
La bacia sulla pancia. Scivola giù.
Si ferma. Continua a baciarla.
A Cate bastano pochi secondi.
«Che vergogna!» *Si nasconde la faccia con un cuscino.* «Che cosa penserai di me?»
«Che sei una donna incredibile» *risponde, serio, Luciano.*
«Dài...»
«Dài cosa?»
«Davvero di me ti piace tutto?» *insiste lei.*
Lui si pulisce gli occhiali piccoli e rettangolari. Riflette. Come non la bacia a caso, ma studia ormai da mesi il suo clitoride per capire come farla felice, adesso vuole concentrarsi per rispondere a quella domanda. È uno così, Luciano Pavarotti. Non c'è niente che sotto sotto non consideri una questione legale in cui la giustizia debba sforzarsi più che può per avere la meglio.
«Sì, Cate: di te mi piace tutto. Ma se devo essere onesto, rimango ancora molto perplesso sul tuo atteggiamento nei confronti di Mandorla.»
Caterina accende la luce nella cabina della barca. Si copre il

seno con un lenzuolo e si mette seduta. Quel letto d'improvviso si trasforma nel tribunale dove loro due di solito si limitano a fare gli avvocati. Stavolta sono nello stesso tempo anche giudici e imputati. La causa che si discute (lo sanno entrambi benissimo anche se non lo dichiarano) è quella del futuro della loro relazione. Prima o poi doveva arrivare questo momento, pensa Cate. Luciano è stato fin troppo paziente: negli ultimi mesi è diventato la mia abitudine preferita senza pretendere nemmeno che io me ne rendessi conto. Ma adesso tocca a me. Devo convincerlo che sì. Voglio capire anch'io come farlo felice. È un modo di stare insieme che non conosco, questo, e che faccio fatica a comprendere. Ma se il rischio è non avere più baci fra le gambe come quelli di Luciano e vacanze come questa, dove tutto sembra facile, io ci provo.

«Una volta per tutte, Luciano» dice allora Cate. Seria. «Che cosa dovrei fare secondo te?»

«I nostri figli vengono al mondo per misurarci, Cate. Misurano la nostra lealtà, la nostra intelligenza, il nostro coraggio. Anche per questo mi piacerebbe averne uno, un giorno.» E la guarda come per aggiungere: con te, naturalmente. «Per capire, attraverso nostro figlio, che razza di uomo sono.»

«Vuoi dire che...»

«Che tu sei senz'altro all'altezza di Lars, Cate. Ma devi essere anche all'altezza di Mandorla.»

«E come si fa, Luciano, come?»

«Bisogna permetterle di conoscere l'identità di suo padre.» Luciano non ha dubbi.

«Ma se...»

«Ma se fosse Samuele?»

«Ecco...»

«Ecco. Se fosse Samuele, Cate, ormai per te non dovrebbe più fare nessuna differenza, spero. Non credi che quella ragazzina abbia subito fin troppo il vostro egoismo? Non credi che abbia già pagato abbastanza? Che meriti finalmente un segno concreto del vostro amore per lei?»

Sta parlando davvero di Mandorla?, si domanda Cate, mentre spegne di nuovo la luce della cabina. O chi crede di meritare un se-

gno concreto d'amore è lui? Mi sta chiedendo di mostrarmi capace di proteggere Mandorla o capace di non proteggere più Samuele?

Che cosa mi stai chiedendo, Luciano?, vorrebbe proprio sapere.

Ma: «Baciami ancora» lo prega. Come per dire: sono d'accordo con te, a prescindere, su tutto. Sono tua.

Anche Samuele, com'era giusto che fosse, era stato convocato per quella riunione. Il suo blog Duende, a quanto diceva, cominciava a dargli enormi soddisfazioni.

«Ha centodue virgola quattro contatti al giorno, di media» raccontava a chiunque gli capitasse a tiro. Il che significava che centodue virgola quattro persone al giorno erano interessate a discutere il tema che Samuele decideva di affrontare. Come facesse a dire la sua quel virgola quattro di una persona intera, per me era proprio un mistero.

Nonostante il successo di Duende, comunque, Samuele non sembrava per niente tranquillo. Dall'inizio di quella maledetta riunione, teneva gli occhi sbarrati come se avesse preso uno spavento e non riusciva a staccarli da Cate. Anzi, dalla nuova Cate.

Che una volta presa la parola, non l'ha mollata: «Quella che tutti noi vorremmo esprimere, Mandorla» ha proseguito, «è la nostra preoccupazione per te. Nessuno è qui per giudicarti. Siamo le ultime persone a potercelo permettere».

Ho sentito bene?, deve essersi chiesto l'ingegner Barilla, da come ha fulminato Cate con lo sguardo.

«Che cosa intende dire, mi scusi, avvocatessa Grò?»

«Caterina: grazie, ingegner Barilla, mi chiamo Caterina. Voglio solo dire che se Mandorla oggi sta sbagliando qualcosa, forse è perché anche noi abbiamo sbagliato qualcosa con lei, tanti anni fa.»

«E adesso questo che cosa c'entra, avvocatessa Caterina?» Carmela Barilla si è lanciata in soccorso del marito. Poi ha preferito rivolgersi a me: «Mandorla, tesoro, quello che devi capire è che noi non solo non vogliamo giudicare te, come dice giustamente l'avvocatessa Caterina, ma non vogliamo giudicare nemmeno questo Palomo Carnevale. Ci siamo informati e sappiamo che ha avuto un'infanzia davvero terribile, poverino».

«E chi non ce l'ha avuta?» se ne è uscito Lorenzo, che fino a quel momento era rimasto in silenzio, spostando gli occhi grandi e distratti dall'uno all'altro dei partecipanti a quella discussione, che più si faceva concitata, più doveva sembrargli folle. «È nella nascita, il problema, mica nell'infanzia...»

«Lorenzo, sta' zitto» Lidia l'ha rabbonito all'istante, per approfittarne e ricominciare: «Insomma, Mandorla: ricordi tutti i nostri discorsi sull'amore? Te li ricordi?».

«Ancora?» è stata l'unica parola che Samuele, sempre con gli occhi appesi sulla nuova Cate, è riuscito a spiccicare.

Ma Lidia forse non l'ha neppure sentito. Perché è andata avanti, decisa come se stesse conducendo una puntata della sua trasmissione: «Ha ragione Paolo, quando dice che non tutti gli amori sono fatti per essere vissuti. E soprattutto ha ragione quando dice "dipende": perché è proprio così, Mandorla. Dipende. Ma non dipende dalla persona che incontriamo e di cui ci innamoriamo. Eh no. Sarebbe semplice, così. Dipende da noi, Mandorla. Da quanto abbiamo voglia di stare bene o di stare male, di andare al cinema, di girare per il mondo o di fare bambini: tu mi capisci, vero?».

Sì: dopo aver vissuto al quarto piano la capivo. Gli altri, invece, la guardavano perplessi.

«Prendi me, per esempio: quando ho incontrato Lorenzo...»

All'ingegner Barilla è bastato raschiarsi la gola con un colpo di tosse per intimare a Lidia: "Cerchiamo di non perdere la principale, dottoressa".

«Lasciamo stare me e Lorenzo, è meglio» ha intuito lei. «Ma sta di fatto che siamo noi, e solamente noi, i responsabili delle storie d'amore che viviamo. Purtroppo in cer-

ti periodi, soprattutto alla tua età, decidiamo di avvicinarci a qualcuno solo per dargli la responsabilità di rovinarci la vita: non vorrei che tu stia attraversando uno di quei periodi, Mandorla.»

«In poche parole, ti vietiamo di continuare ad avere a che fare con quel ragazzo.» Finalmente è arrivato il momento che tanto aspettava l'ingegner Barilla: quello di impartire ordini, formulare soluzioni.

Mio padre non sarebbe arrivato dove è arrivato, se avesse vissuto anche solo un giorno così, come capita: Matteo questo lo ripeteva di continuo. La vita è un'ascissa, noi siamo sull'ordinata, è il motto di papà. Quanto avviene in quei novanta gradi, è determinato solo ed esclusivamente dalle regole che siamo in grado di darci.

«Eh sì, Mandorla» gli ha fatto eco Carmela Barilla. E ha guardato Tina per implorare: coraggio, almeno lei dica qualcosa di utile.

«È per il tuo bene, piccolina» ha farfugliato Tina. «Come sostiene Lidia, le storie d'amore si dividono in due categorie, e perché mai proprio la bambina migliore dell'universo dovrebbe scegliere la categoria delle storie peggiori?»

«Giusto, ha ragione la signorina Polidoro» ha chiosato Paolo, forse per riparare l'eccesso a cui si era lasciato andare Michelangelo, poco prima.

«Non fa proprio per te quel tipaccio, dài.»

«Chissà quanti altri ne troverai!»

«È un delinquente.»

«Uno che per poco non ha violentato una ragazza a Venezia!»

«Sei d'accordo, Mandorla?»

«Che ne pensi?»

«Avrai pure qualcosa da dire.»

Per tutto il corso della riunione, no: non pensavo di averlo.

Ma mi è bastato aprire la bocca per scoprire che invece sì. Avevo qualcosa da dire. Eccome, se ce l'avevo.

«Per voi io sono solo un giocattolo: un soldatino, una bambola con cui trastullarvi. Ma non siete i miei genito-

ri e non lo sarete mai. È questa la verità. Quindi non potete rifilarmi la predica su che cosa sia giusto o che cosa sia sbagliato che io faccia» ho sibilato, con una voce che pareva un rasoio e che non avrei mai immaginato di avere a disposizione.

Tina è scoppiata a piangere. Non come tutti, che tirano prima su con il naso e che poi, caricato il motore della disperazione, lo fanno scoppiare in singhiozzi. No: ha direttamente singhiozzato. Come fa chi non piange da tanto, troppo tempo e allora non piange solo per quello che c'è da piangere in quel momento. Piangeva per la mia voce nuova e cattiva, Tina: certo. Ma piangeva anche per la lontananza dei suoi fratelli, per suo padre, per la morte di sua madre, per la morte di mia madre, per la scomparsa del gatto Arancione, per gli invitati ai suoi party. Lo capisco solo adesso. Quel pomeriggio invece no, non l'ho capito, altrimenti forse avrei evitato che succedesse quello che di lì a pochi istanti sarebbe successo.

«Mandorla, stai calma. Io ti do ragione.» La nuova Cate non si è lasciata intimidire né dalla mia voce sconosciuta, né dalle lacrime di Tina. «Facciamo così: tu rinunci a frequentare quel Palomo e noi ti facciamo avere il test del DNA che ti spetta. Ci stai?»

S'è acceso l'inferno, a quel punto.

Solo gli occhi di Samuele sono rimasti fermi, appiccicati a Cate, che una volta lanciata la sua proposta si è rifugiata in un angolo dell'ex lavatoio, a comporre un messaggio lunghissimo sul telefonino.

Matteo si è alzato di scatto per bloccare sua madre che si era alzata di scatto per andare a dire qualcosa nell'orecchio di Tina che si è alzata di scatto per continuare a singhiozzare indisturbata, mentre Lidia le si allacciava al collo per poter piangere assieme. Lorenzo ha tirato Lidia per un braccio, come a volersene tornare a casa e portarla con lui, Michelangelo si è strizzato la testa fra le mani e si è messo a contare a ritroso, da cento a zero, Paolo ha dato un calcio alla sedia di Michelangelo e ha sparato una bestemmia,

mentre l'ingegner Barilla camminava su e giù per l'ex lavatoio e ripeteva calma, calma.

Però.

Però, però però.

Però si dà il caso che il momento della ribellione fosse il mio.

Allora ho pensato eh no.

Almeno questo non potete fregarmelo!

E ho urlato, più forte di Paolo durante la tempesta di cuscini, più forte di Lidia quando voleva attirare l'attenzione di Lorenzo, più forte dell'ingegnere quando se la prendeva con i suoi dipendenti per telefono, più forte del male che mi aveva fatto la morte di mamma, più forte di quello che mi avevano fatto Eva e Matteo a innamorarsi, più forte di quanto singhiozzava Tina, ho urlato più forte di quanto urlava forte Porcomondo nei miei incubi: «Mi fate schifo tutti! Tutti!».

E me ne sono andata.

In tempo solo per vedere, con la coda dell'occhio, che Matteo stava per corrermi dietro.

E per sentire, mentre ormai avevo già imboccato le scale, suo padre che gli diceva: «Cicciobello, fermo dove sei. Non ti ci mettere pure tu, maledizione». Chissà. Credo sia stata la prima volta, nella vita dell'ingegner Barilla, in cui tutto non è andato esattamente come aveva stabilito che dovesse andare.

Febbraio 1980

Maledizione. Questa proprio non ci voleva, pensa Cesare Barilla.
La varicella: così, fra capo e collo.
Colpa del figlio della mia collega, che l'ha attaccata a lei che l'ha attaccata a me. Maledetti. Mi fosse almeno capitato nel fine settimana, per la miseria.
Perché fino a questo momento Cesare non ha mai, mai perso un solo giorno di lavoro. Mai. Le ultime ferie per le vacanze natalizie non le ha nemmeno utilizzate.
Il direttore generale dell'azienda l'ha notato: e si è deciso a fargli un discorso su cui rifletteva da molto, per prospettargli la possibilità della direzione di una filiale.
A soli ventisette anni.
«Chi l'avrebbe detto che tu, da dove venivi, saresti arrivato tanto presto tanto in alto?» gli ha chiesto l'altro giorno una delle segretarie del direttore generale, con cui ha avuto una breve relazione. Come chi l'avrebbe detto?, stava per risponderle Cesare. Io, l'avrei detto! Altrimenti perché me ne sarei voluto andare da quel buco di posto dove sono nato e sarei venuto a studiare a Roma? Perché mi sarei laureato in quattro anni e mezzo, a forza di borse di studio? Per potere offrire la cena a te? Non farmi ridere: così, stava per risponderle. Ma ha evitato: che senso avrebbe avuto? Ci ha passato giusto un paio di serate, con quella tizia, niente di più. Certo, eccitarlo, lo eccitava: le ragazze di Roma, per lui, sono ancora avvolte da un pulviscolo d'ambra e mistero che le rende creature inafferrabili e mitiche.

Mitiche sì, ma mostruose, riflette spesso Cesare. Piene di vizi, di desideri momentanei, di sogni personali, di sigarette lunghe e sottili, che devi setacciare la città in lungo e in largo per trovarle della marca che intendono loro. E non a caso adesso, schiacciato a letto dallo scherzo di pessimo gusto di questa varicella fuori tempo massimo, con quaranta di febbre e la credenza vuota, fra tutte le ragazze di Roma con cui la sera dopo quattordici ore di lavoro si distrae, non ce n'è una, una soltanto a cui poter telefonare e chiedere aiuto.

Quando, all'improvviso, gli torna in mente Carmela. Sì, è così che si chiama: Carmela, pensa Cesare. Quella ragazza che ha incrociato il primo dell'anno, a piazza Navona. Non ti ricordi di me?, gli ha chiesto, con gli occhi bassi. Veniamo dallo stesso paese, sono la sorella di Peppe, il tuo compagno di banco delle elementari: adesso ricordi? Certo che Cesare si ricordava di Peppe: del fedele, caro amico Peppe. Ma di sua sorella no. E adesso guardala: una ragazzona spaesata, timida e tutto sommato ben fatta. Si erano scambiati i numeri di telefono: Carmela si era trasferita a Roma da poche settimane per seguire un corso per diventare infermiera.

Infermiera! Cesare ha un'illuminazione, mentre si rotola in quel prurito indecente. Non ha bisogno di disperarsi per ritrovare il numero di telefono: è un tipo ordinato, lui, sa sempre dove sono le cose che gli servono.

La chiama, le spiega la situazione.

«Sarò lì fra mezz'ora al massimo: porto della tachipirina, un antistaminico e un thermos con del brodo caldo» assicura lei, senza indugi.

Aveva proprio delle belle gambe, ora che ci ripenso, riflette Cesare. D'altronde ho quasi trent'anni: se non lo faccio adesso, quando lo faccio? Tutte le donne di Roma, stringi stringi, a volerle riunire in un sottoinsieme, hanno le mestruazioni una volta al mese, un'amica rompipalle e una pericolosa paura d'invecchiare. Cosa avranno mai di così speciale, che non può avere anche Carmela? È la sorella di Peppe: una garanzia. Immagina che bello, a Pasqua e a Natale, riunirsi tutti insieme. Immagina la gioia di Peppe, a fare da padrino al battesimo del primo dei nostri figli.

Perché ne avremo due: Giulio e Matteo, li chiameremo. Saranno due maschi, voglio sperare: perché se una femmina nasce qui a Roma, si sa poi come va a finire. No, no: per carità. Due ragazzi forti e simpatici, con dentro agli occhi la pulizia di Carmela e la mia grinta tutta addosso.

Proprio così, progetta Cesare.

E arriva alla conclusione che innamorarsi pazzamente di una donna stia al volerci costruire insieme una famiglia come il Ventinove sta a Wall Street.

Perché bisogna innamorarsi solo del tipo di vita che puoi condividere, con una donna, se pretendi che le cose funzionino a tempo indeterminato.

Suona il campanello della porta.

Ecco Carmela.

Ecco l'alba.
　Sta sgranocchiando la notte per spuntare.
　In questa (chiamiamola) stanza non ci sono finestre che danno sul mondo, ma io lo so.
　Gli Insonni invidiano tutto ai Capaci Di Dormire: però almeno un talento ce l'hanno.
　Non hanno bisogno di studiare il colore del cielo o le lancette di una sveglia. Possono distinguere l'una dalle tre di notte come i Capaci Di Dormire distinguono le sette di mattina dalle undici.
　Questione di abitudine, mica chissà che. Semplicemente gli Insonni passano molto più tempo assieme a ore che tutti gli altri hanno modo di incontrare solo di sfuggita. Succede la stessa cosa che succede con le persone: quelle che frequenti tutti i giorni le riconosceresti pure da bendato, no?
　Insomma più o meno saranno le quattro e cinquantuno.
　Il che significa che fra poco più di tre ore arriverà l'avvocato Pavarotti e vedrà di tirarmi fuori di qui.
　Abbiamo appuntamento per le otto.
　Non credevo di riuscire a mettere in ordine tutto quello che dovrò raccontargli: ma mi sa che la parte più difficile arriva ora.
　Perché proprio adesso che ci sono quasi, proprio adesso che la Verità Dei Fatti si fa più necessaria, proprio adesso, alle quattro e cinquantuno (o forse cinquantatré), s'è riaperto.

Il buco.

Pare sia nello stomaco, al solito. Ma la fame non c'entra.

Risucchia tutto e subito, il buco. Le facce, i pensieri, il bisogno di ordine: tutto.

Chiuditi ti scongiuro chiuditi ti scongiuro chiuditi chiuditi chiuditi ti scongiuro ti scongiuro chiuditi chiuditi chiuditi, ti scongiuro: chiuditi.

Niente. Anzi: continua ad allargarsi.

«Perché? Che cosa succede? Hai forse paura che ci sia Porcomondo, chiuso da qualche parte in questa stessa prigione, Mandorla? Ma se davvero fosse così dovresti stare tranquilla: barricato qui, che male può fare?»

No, no no. Non si tratta di questo. E comunque tu chi sei, scusa?

«Lascia stare chi sono, Mandorla. Rispondi. Ti è dispiaciuto ricordare quell'orribile riunione condominiale?»

Forse.

«Ma poi tutto si è sistemato!»

Certo, ma...

«Ma?»

Pavarotti.

«Che c'entra Pavarotti, Mandorla? Mica c'era, a quella riunione!»

Sì, è vero, non c'era. Ma se m'affaccio sul bordo del pozzo senza fondo che mi s'è aperto dentro, vedo i suoi occhialetti scintillare. Lui se li sistema e "Puoi stare certa che domani ti tirerò fuori di qui, Mandorla. Tu dovrai solo spiegarmi come sono andate le cose: al resto ci penso io. Poi, non appena risolveremo questo pasticcio, ti prometto che mi occuperò personalmente della tua situazione. Te lo giuro su Cate, guarda. Non è più possibile perdere tempo: è decisamente arrivato il momento che tu abbia ciò che tutti hanno il diritto di avere" dice.

«Be'? Pavarotti vuole aiutarti, no? Mica ti ha detto una parolaccia, mica ti ha detto "taroccata"!»

Aiuto.

«Una cosa per volta, Mandorla. Per cominciare, cerca

di uscire da questo posto allucinante. Poi, su tutto il resto, avremo modo di ragionare con calma.»

Quale resto?

«La tua situazione, Mandorla. Quello che tutti hanno il diritto di avere. Il DNA di cui Cate ha avuto il coraggio di parlare in quella brutta riunione.»

Aiuto.

«Una cosa per volta, Mandorla.»

Aiuto.

«Respira forte Mandorla, respira, respira respira. Così, perfetto. Ora ripeti: sono innocente. Perché questa è la base da cui partire per comprendere: quello che succede oggi, quello che è successo undici anni fa. Soprattutto quello che è successo diciassette, anni fa. Ripetilo, forza. Sono innocente sono innocente sono innocente sono innocente sono innocente sono innocente.»

innocente innocente

innocente innocente

innocente innocente

 innocente innocente innocente innocente innocente innocente innocente innocente innocente innocente innocente innocente innocente inno-

cente innocente innocente innocente innocente innocente innocente innocente innocente innocente innocente innocente innocente innocente innocente

innocente innocente

innocente innocente

innocente innocente

innocente innocente

innocente innocente

innocente innocente

innocente

«Bene, Mandorla. Brava bambina. Lo senti che il buco si sta già rimpicciolendo?»

Sì.

«Allora, dài. Stavi andando benissimo, finora: bisogna solo continuare. Una cosa per volta. Che è successo dopo quella brutta riunione? Forza.»

Dunque. Dopo quella brutta riunione... niente: non ci riesco! I pensieri mi scivolano via. Lontanissimi, se ne vanno. Il buco se li ingoia tipo una calamita.

«Be', sai allora che ti dico, Mandorla? Arrangiati.»

Che?

«Sì, arrangiati. Mal che vada, se non vorrai raccontare a Pavarotti che cosa è successo, lui non convincerà il pubblico ministero a lasciarti andare e resterai un'altra notte in prigione. Si passerà alle indagini preliminari, giusto? Ok. Che sarà mai? Dovrai trascorrere un'altra notte qui, e ancora un'altra: va bene. Tanto non dovresti avere problemi ad abituarti a un letto, no?»

No. O meglio: sì. Cioè, no, non dovrei avere problemi. Però invece sì: ce li ho.

«Perché, Mandorla?»

Perché è diverso da tutti gli altri letti della mia vita, questo!

«Perché? Perché è diverso? Guarda il buco: ormai è davvero piccolo, piccolo come un pugno. Rispondimi e vedrai che si asciugherà ancora di più. Perché questo letto è diverso dagli altri letti della tua vita?»

Perché?

Perché. Perché, perché perché.

Perché se mi svegliassi nel cuore della notte per un incubo su Porcomondo e mi mettessi a gridare aiuto, nessuno arriverebbe di corsa qui, da un'altra stanza. Ecco perché. Perché non arriverebbe Tina: le margheritine bianche del suo vestito blu non rischiarerebbero il buio. Non arriverebbe Cate a farmi notare, carissima e lucida: "Non lo vedi, Mandorla, che sei in camera tua? Non lo vedi che non c'è nessun Porcomondo?". Non arriverebbe Samuele, che ci mettereb-

be un po' a capire che cosa succede, ma che comunque mi inviterebbe ad andare in cucina, a mangiare pane e Nutella. Non arriverebbero Paolo e Michelangelo, che mi porterebbero nel letto grande per continuare la notte in mezzo a loro, con la televisione accesa sul canale di un documentario così noioso da farmi riprendere sonno all'istante. Non arriverebbe Lidia, a interpretare l'incubo, e non arriverebbe Lorenzo, che penserebbe di consolarmi sostenendo che i sogni felici sono ancora peggio di quelli brutti, perché è il risveglio poi che ti frega. Non arriverebbe la signora Barilla, che mi metterebbe a sedere sulle sue ginocchia, anche se ormai ho diciassette anni, e non arriverebbe l'ingegnere, a cui basterebbe accendere l'abat-jour sul mio comodino per farmi capire che tutto è a posto.

Non arriverebbe mamma, certo: e avvolta nella sua nuvola di muschio bianco non potrebbe giurarmi è finito, era solo un incubo, adesso ci sono io.

«Adesso ci sono io, Mandorla.»

Mamma...

«Tesoro mio.»

Eri tu!

«Tesoro.»

Mamma. Sei tu.

«Il buco adesso pare una puntina da disegno: hai visto?»

Mamma. Mamma mamma, mamma.

«Ora stammi a sentire, tesoro mio. Una cosa per volta. Dunque.»

Mamma! Come stai? Che fai, dove sei?

«Amore, ora dobbiamo concentrarci solo su di te. Allora. Fa' come ti dico. Uno: ripeti a memoria la mia lettera. Due: respira forte di nuovo. Tre: fai una preghiera delle tue. Ci siamo? Perfetto. Quattro: sforzati di ricordare che cosa è successo, dopo quella brutta riunione. Devi aiutare Pavarotti ad aiutarti, Mandorla.»

E tu intanto che fai, mamma?

Mamma! Ohi, mamma?! Mamma. Mica te ne andrai di nuovo! Mamma...

Guarda che io la tua lettera me la ripeto a memoria tutti i giorni! Però, visto che sei tu a tirarla in ballo, adesso me la devi spiegare. Una volta per tutte, me la devi spiegare.

Che cosa vuol dire che "dappertutto c'è del bene e dappertutto c'è del male"? Non vuol dire proprio che, anche se Palomo Carnevale poi si è comportato come si è comportato, io non potessi trovare bellissimo passare il mio tempo con lui? Dài mamma, rispondimi. Che cosa significa non invidiare "la felicità degli altri, le fortune, i successi degli altri, le certezze, i risultati, le luci nelle case degli altri"? Non significa forse fare di testa propria? Mamma? Fai tintinnare i braccialetti che ti riempiono i polsi: mamma!

Non mi sarei dovuta infuriare, secondo te, con gli abitanti di via Grotta Perfetta 315, dopo quella riunione? Avrei dovuto intuirlo subito, che avevano ragione loro? Ma non sei stata tu a scrivermi "i giorni più felici che ho passato sono stati quelli che ho passato innamorata"? E ad aggiungere "magari di qualcuno che non ne valeva affatto la pena, ma che fà"?

Mamma! Che c'è? Davvero non mi vuoi rispondere? Vai di fretta, come al solito tuo? Allora cambio domanda. Ti faccio solo quella lì, se hai poco tempo. Chi c'era con te "quella sera di marzo, nell'ex lavatoio del sesto piano"? Mamma?

Chi è papà, mamma? Chi è, mamma, chi è papà?

Questo lo sai che devi dirmelo, vero? Lo sai? Appena esco di qui andrò a fare il test del DNA: tanto vale che me la confessi tu, no?

La Verità.

No?

Una cosa per volta: avresti il coraggio di ripetere questo?

Una cosa per volta, mamma?

Allora se proprio ci tieni ora respiro forte. Fortissimo, respiro.

Il buco è diventato un pois nero nero.

È minuscolo: comunque c'è, non se ne va.

Respiro. Forte.

Niente.

Sarà che sono le cinque e zerotre e il buio in questa cella comincia a farsi un po' irreale. Chissà se c'è un interruttore, da qualche parte.
Dev'esserci per forza, un interruttore.
Però.
Però, però però.
Però certe luci fanno più paura accese che spente. Forse mi conviene lasciare stare. Ci sono luci cattive e luci buone, direbbe Tina. Quelle cattive ti fanno mettere in testa che non ci sia un posto per te nel mondo. Le luci buone, invece, ti promettono che c'è.
Voglio uscire da qui, mamma. Subito.

O luci nelle case degli altri,
facciamo a cambio
così capite,
al posto mio,
che cosa voleva dire
precisamente
mamma,
in quella lettera,
col suo discorso
sul bene e sul male
(che magari c'entra
con Palomo
Carnevale)
e con tutto il resto,
a cominciare dalla noia,
dalla curiosità
fino ad arrivare a lui:
mio papà.
Mentre al posto vostro
io
mi accendo e mi spengo
in bagno
in salotto
in cucina

e vedo le persone
mangiare
amarsi
litigare
tornare da scuola:
e, che ci posso fare?,
se così
non mi sento sola
almeno per un po',
perché
è inutile far finta di no:
l'importante
è semplicemente
stare dentro o stare fuori,
il resto passa,
sono scemenze,
odori.

In effetti va un po' meglio.
Insomma, non mi sono trasformata nelle luci delle case degli altri.
Però il buco si è chiuso.
Completamente.
Avevi ragione tu, mamma.
Bastava poco.
Uno: la lettera. Due: respirare forte. Tre: una preghiera delle mie.
Adesso quindi dovrei sforzarmi e ricordare che cosa è successo dopo quella brutta riunione, immagino.
Va bene.
Dopo quella brutta riunione, odiavo tutti.
Ecco, ci sono riuscita, l'ho ammesso: e lo farò anche con l'avvocato Pavarotti.
Lo aiuterò ad aiutarmi (pure se questa che hai usato tu, mamma, a dirla tutta mi pare proprio un'espressione da Juan del Diablo in "Cuore Selvaggio": e capisci da te che è un po' fuori luogo, ora come ora).

D'accordo, comunque. Io farò come dici. Però allora tu prometti che torni e rispondi almeno a quella domanda lì. Promesso? Secondo me stai facendo sì con la testa, da qualche parte. Promesso, insomma.

Li odiavo tutti, sì.
Tutti. Che cosa ne potevano sapere, di Palomo Carnevale? Come facevano a essere così arroganti, così assolutamente certi di essere nel giusto?
Persone come loro, poi. Ma ci rendiamo conto, o no?, mi domandavo. Incredibile che si sentano libere di esprimere un'opinione su che cosa si deve e non si deve fare, persone come loro.
Una come Lidia, che ha bisogno di buttarsi col paracadute da cinquemila metri o di vomitare parole, parole e parole per accorgersi di esistere, come può affermare che mi rovinerei la vita, a stare con Palomo? E uno come Lorenzo? Se Lidia si sfracellasse col paracadute, a lui basterebbe che non gli cadesse addosso! Perché, Tina? Che ne sa Tina, dell'amore? Tina per cui il massimo del romanticismo s'inzuppa nel tè del giovedì con Gianpietro Costanza, Tina che di notte pur di chiacchierare con qualcuno che l'ascolti, chiacchiera da sola: è normale, questo? Non parliamo di Paolo e Michelangelo, poi. Con tutto il loro riempirsi la bocca di diritti si sono completamente dimenticati che nella vita esistono pure i doveri: tipo quello di non mettere il naso negli affari sentimentali degli altri. Cate è l'unica con cui non ce l'ho proprio a morte, consideravo: almeno mi ha dato ragione. Certo, però, pure lei, eccheccavolo! Non ha fatto in tempo a disperarsi per il tradimento di Samuele, che l'ha subito rimpiazzato! Evidentemente non lo amava più da un bel pezzo, suo marito: allora non avrebbe potuto lasciarlo senza aspettare di avere a portata di mano la scusa di Giulia Barilla? Cos'è? Non voleva sentirsi in colpa per essere lei a dire basta? Samuele poi, col disastro che ha combinato, non deve nemmeno azzardarsi a giudicarmi. E ci sono i Barilla. Cari, cari cari Barilla. Fate sempre

un gran parlare dell'importanza della famiglia: ma, stringi stringi, v'interessa solo la vostra. Non riuscite a immaginare che magari anche Palomo e io potremmo costruirne una, di famiglia. Vero? Non ci potremmo permettere un filippino, certo. Ma chissà, magari con il tempo sì.

Mi fate schifo tutti. Tutti, tutti tutti mi fate schifo.

Non sono vostra figlia e non lo sarò mai. A una figlia non si vieta di conoscere l'identità di suo padre. A una figlia non si vieta d'innamorarsi. A una figlia non si vieta di conoscere l'identità di suo padre, non si vieta d'innamorarsi, a una figlia.

Innamorarsi.

Sì.

Perché se devo individuare il momento esatto in cui ho deciso di non essere più innamorata di Matteo, ma di esserlo, e perdutamente, di Palomo Carnevale, è stato proprio quello.

Certo, i baci prima delle vacanze e il murales avevano già fatto la loro parte. Ma adesso che tutti (schifo, schifo schifo, mi facevano schifo tutti!) si erano schierati contro quella storia, volevo solo viverla fino in fondo. Dimostrare che anch'io potevo fare le mie scelte, anch'io potevo baciare con tutta la lingua, farmi sfilare le mutandine, scambiarmi l'orologio con qualcuno, essere protagonista di quello che mi capitava. L'avrei dimostrato a Matteo Barilla, tanto per cominciare. Perché se ci fosse stata una gara per la faccia più di merda delle facce di merda di quel pomeriggio, l'avrebbe senz'altro vinta lui. Matteo.

Non solo hai preferito Eva Brandi a me, ma ora vuoi impedirmi anche di essere felice con un altro ragazzo? Sei proprio una bestia!, pensavo e ripensavo, mentre correvo verso il cortile della scuola, dove finalmente, finalmente finalmente dopo quell'estate lunghissima, dopo quella riunione maledetta, avrei visto di nuovo Palomo. Anzi: il mio Grande Amore Palomo. Perché così ho cominciato a chiamarlo, dentro di me. E un po' mi rivolgevo a lui, un po' continuavo a prendermela con Matteo.

Tu ed Eva sì, e io e Palomo no? Matteo, Ex Impossibile Amore Mio, fammi il piacere. Palomo, Amore Grande E Possibile, aspettami. Matteo, sei un miserabile. Grande Amore Mio, Palomo: sarà per sempre! Vai al diavolo, Matteo. Finché non l'ho visto spuntare, dal fondo del cortile.

«Ciao, amore mio» gli ho sussurrato in un orecchio.

Lui ha grugnito qualcosa e mi ha baciata, col solito pezzettino di lingua. Io stavolta però gli ho ficcato la mia tutta in bocca. Allora lui ha fatto lo stesso.

E ci siamo baciati da ADME di marca.

Una, due, tre volte, fino ad arrivare a undici.

Aveva un odore nuovo, Palomo: forse è quello di una storia d'amore quando diventa qualcosa di serio, mi sono detta. Ma a guardarlo bene, il mio Grande E Possibile Amore, era tutto nuovo. Fumava una sigaretta dietro l'altra, tanto per dirne una. E si era tagliato i capelli a zero.

«Tocca» mi ha invitato a fare. Gli ho passato la mano sulla testa: era liscia come quella di Lars appena nato.

Aveva addosso la stessa tuta arancione con cui era entrato in classe il primo giorno, ma sotto alla felpa, lasciata aperta, non portava nessuna maglietta. Il suo petto sembrava un cespuglio da quant'era peloso: quello di Matteo, invece, pareva quello di una ragazzina. Povera Eva, ho sorriso dentro di me, vuoi mettere quanta più soddisfazione dà abbracciare un fidanzato come il mio piuttosto che uno come il tuo?

Dal collo di Palomo, poi, pendeva una catenina d'oro. Ci ho giocherellato.

«Carina!» gli ho detto. Lui senza battere ciglio se l'è sfilata dal collo e l'ha messa al mio. Poi se l'è ripresa.

«È una roba importante» ha sottolineato: ora che ci ripenso si riferiva certamente alla catenina, ma lì per lì ho creduto si riferisse al gesto di averla fatta provare a me.

Allora, spalmato addosso alla cancellata della scuola, ha cominciato a raccontarmi la sua estate. Dai due o tre mes-

saggi che mi aveva spedito mentre ero in Patagonia, non avevo capito un granché di come se la stesse passando. Mi scriveva cose del tipo "Ciao", oppure "Che palle", o "Fa caldo": grugniva anche via cellulare, per così dire.

Ora che ci eravamo riuniti, insomma, c'era un mondo di cose di cui parlare.

La prima, fondamentale novità era che Palomo aveva cominciato a lavorare al bar di suo padre.

«Quella troia di sua moglie sta sempre peggio. A ferragosto ha fatto un bordello, si è messa a ululare come una cagna e mio padre l'ha dovuta ricoverare» mi ha spiegato: e così, mentre suo padre assisteva la moglie in ospedale, Palomo si era dovuto occupare del bar. Ero profondamente ammirata. Chissà Matteo Barilla, al posto suo, come sarebbe entrato nel pallone! Invece Palomo se l'era cavata: e se l'era cavata talmente alla grande, da riuscire perfino a trovarsi un altro lavoro.

«Faccio il cameriere in un pub, di notte. A mio padre non lo dico perché sennò rompe il cazzo e ha paura che di mattina non mi sveglio per aprire il bar.» La collanina gliel'aveva regalata proprio il padrone del pub (anzi il Capo, come lo chiamava Palomo). Dopo il primo mese di lavoro la dava ai camerieri di cui poteva considerarsi soddisfatto.

«Agli altri, invece, Capo dà un calcio in culo e buonanotte» mi ha spiegato, molto serio ma evidentemente orgoglioso per aver superato quella prova.

«Bravo!» Da Prima Fidanzata mi sono sentita in dovere di fargli le mie congratulazioni.

«Terrai la bocca chiusa, vero?»

Certo che sì, gli ho assicurato. Ci mancherebbe.

Ci siamo baciati un'altra volta.

Poi: «Puoi tenermeli tu i soldi che guadagno al pub?» mi ha chiesto, e ha mollato un calcio a un sasso, il mio Grande E Possibile Amore. «Se li trova mio padre succede un casino, Mandorla. Capirà subito che li sto mettendo via per andare in Messico, da mamma, e mi farà un culo così. Una volta, per quanto m'ha menato, mi sono sanguinate le orec-

chie, renditi conto. Io lì ho fatto un bordello: ma che cazzo fai?, gli urlavo. E lui niente. Giù a corcarmi di botte.»

«Palomo...» Era la prima volta che pronunciavo il suo nome.

«Non ti stare a preoccupare, Mandorla. Io ormai me ne fotto, di mio padre. Non voglio che si ruba quello che è mio, di tutto il resto me ne sbatto i coglioni. Perché sai che fa, quella gran testa di cazzo, se trova i miei soldi? Me li frega. Sicuro. Me li frega e li usa per quella fica rotta di sua moglie.»

Adesso: avevo mai sentito qualcuno esprimersi così? No. Ma siccome lì per lì mi facevano talmente tanto schifo tutte le persone che conoscevo a eccezione di Palomo Carnevale, ho pensato: forse ha ragione lui. Forse è così che bisogna parlare. Senza ipocrisia, arrivando dritto al punto.

Matteo, sei una gran testa di cazzo! Eva, sei una fica rotta!

Dovevo fare un po' di bordello pure io. Affrontarli a brutto muso e dirglielo, insomma.

Lorenzo, testa di cazzo! Tina, fica rotta! Samuele, Michelangelo, Paolo, ingegnere: teste di cazzo! Voi altre, tutte: fiche rotte.

Me ne sbatto i coglioni di quello che pensate di Palomo.

Nel frattempo il mio Grande E Possibile Amore s'è acceso una sigaretta. Ha tirato due boccate, una dietro l'altra. Poi l'ha buttata per terra.

«Allora?» ha detto.

«Allora che? Scusa, mi ero incantata a riflettere sul fatt...»

«M'aiuti? Me la dai una mano, Mandorla?»

«Oddio Palomo, ma certo che sì. Certo.»

Avvocato Pavarotti, lo so. È in quel momento che è cominciata la fine di tutto. Avessi risposto certo che no, anziché certo che sì, adesso (cinque e trentasette) non sarei qui. Ma che le devo dire? Cate non le ha mai chiesto di farle un favore? Sì, gliel'ha chiesto. Dunque la conosce. La conosce quella gioia pazza di fare qualcosa per qualcuno che amiamo o che (fa lo stesso) decidiamo di amare. Buttare la spazzatura al posto suo, comprarle dei fiori, cambiare una lampadina fulminata. La conosce, su. E, siccome è onesto,

sa benissimo che la generosità non c'entra. C'entra il manifesto con la nostra faccia appeso sulla parete del cuore di chi amiamo. Vogliamo che sia meraviglioso, quel manifesto. Che sia il più grande possibile.

Con ogni gesto carino speriamo di aggiungerci un tocco speciale. Speriamo di ingigantirlo, di lucidarlo, di farlo sembrare al proprietario di quel cuore il più bel manifesto del mondo: perché? Ma perché così prima di staccarlo ci penserà due volte! Ovvio.

Nella camera di Giulia Barilla dove adesso dormivo io, per esempio, c'era un poster di un cantante tutto vestito di nero, con la faccia spalmata di borotalco e l'aria da vampiro. Anni prima, me lo ricordavo benissimo, al suo posto c'era il poster di un altro cantante, fasciato in una tuta dorata, con i ricciolini lunghi e la pelle cappuccino chiaro.

Giulia evidentemente l'aveva fatto fuori prima di partire per Londra: ma al suo ritorno, il vampiro con cui aveva sostituito il ricciolino le sarebbe piaciuto ancora? Probabilmente no. L'avrebbe buttato per rimpiazzarlo con uno di quei Linkin Park, magari.

Pavarotti potrà fare spallucce e considerare: "Embè? Per un poster uno è così deficiente da finire in carcere?".

Ma non posso credere che se Cate staccasse il poster di Pavarotti, lui sarebbe contento.

Dunque mi pare lecito, no? Metterercela tutta per restare appesi nei cuori che ci interessano. L'avevo fatto con le mie famiglie, fino a quel momento, provando a vestirmi e a comportarmi come credevo piacesse a loro. Nemmeno "Chi è mio papà?!" avevo preteso di sapere, pur di non fare la fine del cantante ricciolino.

Ma adesso di loro me ne sbattevo i coglioni, no?

C'era il cuore di Palomo, di cui preoccuparsi.

Sulla parete di quello di Matteo non ero riuscita ad appiccicare neanche un adesivo con la mia faccia.

Stavolta non potevo fallire.

Così non solo ho ripetuto: «Certo che sì. Li tengo io, quei soldi».

Ma ho anche messo di nuovo la lingua in bocca a Palomo, perché capisse che non c'era nemmeno bisogno di chiedermelo. Lui però mi ha allontanata. Mi ha messo le mani sulle spalle, me le ha strette. Ha ficcato i suoi occhi di moquette nei miei. Non mi ero mai accorta di quanto fosse bello. Certo: non bello come Matteo Barilla. Ma bello, come posso dire?, alla mia portata: ecco. Il che lo rendeva anche più bello di Matteo, in quel preciso momento.

«È proprio un bordello, Mandorla. Non so davvero dove metterli, questi cazzo di soldi. Cerco un posto sicuro. Non è per sempre, tranqua. Appena arrivo alla cifra giusta per comprare il biglietto per Città del Messico, mando tutti affanculo e me ne vado.»

Due emozioni precise e violente, ma in lotta fra loro, a quel punto mi hanno assalito. Perché ero profondamente felice che Palomo, il mio Primo Fidanzato, il mio Amore Possibile E Grande, contasse su di me. Ma ero anche profondamente triste che fra tutti quelli che avrebbe mandato affanculo partendo per Città del Messico, ci sarei stata anch'io.

«Che c'è?» si è preoccupato lui, che – alla faccia degli abitanti di via Grotta Perfetta 315 – dimostrava così di essere davvero sensibile. «Non ti va?»

«Certo che mi va» ho voluto subito allontanare da noi ogni possibilità di equivoco. «Ma che ne sarà del nostro amore, quando partirai per il Messico?» gli ho chiesto, d'un fiato. Perché ormai c'ero. Avevo appena mandato affanculo quelle gran teste di cazzo di via Grotta Perfetta 315. Tanto valeva continuare a dire le cose così come venivano, senza starci troppo a riflettere su.

Lui si è grattato la testa.

«Che cazzo c'entra? Se vuoi vieni con me, mica mi dai fastidio» ha risposto. Senza grugnire, stavolta: scandendo per bene le parole.

Luglio 2009

«*Come hai detto di chiamarti, scusa?*» *gli chiede Capo.*
«*Palomo. Palomo Carnevale*» *risponde.*
«*Ah, giusto. 'Nsomma hai capito tutto, Pamelo?*»
«*Sì.*» *Palomo è l'ultimo arrivato e sa benissimo che più domande farà, più rischierà di passare per un coglione. È l'ultima cosa che vuole, questa. Capo gli piace. Un sacco, gli piace. Ha due braccia grosse come architravi, una testa enorme e pelata che pare la luna, una collana d'oro che acceca per quanto brilla e una faccia di quelle che non hanno bisogno di essere belle. È proprio di un uomo così che vorrei essere figlio, pensa Palomo. Altro che della gran testa di cazzo che mi ha adottato.*

Non a caso quello là è padrone di un bar piccolo come una caccola, riflette.

Capo, invece, guarda che roba ha messo su.

Che questo pub non fosse solo un pub, Palomo l'ha sentito dire proprio da un cliente del bar del signor Carnevale, il suo padre adottivo. «*All'inizio di via Grotta Perfetta hanno aperto una specie di puttanaio clandestino*» *raccontava quel cliente,* «*ma per non dare nell'occhio sull'insegna c'hanno scritto pub. Ci sono passato davanti ieri: c'era un fracco di gente in fila per entrare, non sai come ridevano. Cazzo c'avranno da ride'*» *ha concluso e ha ordinato un altro caffè.*

Palomo, naturalmente, il pomeriggio stesso era già lì. Al puttanaio. Insomma, al pub. L'importante è che sia un posto dove si ride, ha pensato. Mi sono rotto le palle di vedere persone tristi.

Capo l'ha squadrato dalla testa ai piedi, e poi dai piedi alla testa. Gli ha fatto una lunghissima serie di domande.
«Sai mantenere i segreti?»
«Sì.»
«Sei mai andato a mignotte?»
«Sì.»
«C'hai una donna fissa?»
«Quasi.»
«Dov'è adesso?»
«In Pantagonia.»
«Ah. Ma fra voi è una cosa seria tipo che ti comporti da frocio e non fai niente che poi non le vai a dire?»
«No no.»
«Ti droghi?»
«Un po'.»
«Fumi?»
«Sì.»
«Ti dà fastidio rubare?»
«No.»
Cose così.
Ci sono volute più di due ore perché Palomo intuisse di aver superato quel colloquio di lavoro.
«Va bene, proviamo» ha sospirato Capo, col tono che si ha quando si concede un privilegio enorme a qualcuno che però poi deve dimostrare di meritarselo. «La sera verso le undici sto posto si riempie di vecchi bavosi che vogliono farsi un bicchiere prima di tornare nella loro casa orrenda dalla loro orrenda moglie. Ci sono delle puttane favolose, qui, Pamelo.»
«Palomo.»
«Pamelo: puttane favolose, ci sono. C'è una russa che ha due tette che non hai idea. Poi ci sono due gemelle di Rio, una superzoccola di Milano con un culo che parla, un trans che pare più femmina di tutte le altre messe insieme. Comunque. Loro girano per i tavoli, fanno le finte scoglionate: ma appena beccano il bavoso giusto si siedono vicino a lui. Ci parlano, gli mettono una mano sulla coscia, sul pacco: fanno le puttane insomma. Chiaro, Pamelo?»

«Pa...»
«Ok. Il bavoso di turno offre alla sua puttana da bere. Chiaro?»
«Chiaro.»
«Te allora t'avvicini e prendi l'ordinazione.»
«Non c'è problema, Capo. Lo faccio pure in quella merda di bar dove lavoro adesso.»
«Bene. Ma forse non ci siamo capiti. Nel bicchiere del bavoso devi sciogliere una simpatica pasticca, che ti darò io.»
«Ma certo, l'avevo capito» finge Palomo.
«Il bavoso beve e tempo un quarto d'ora s'abbiocca per minimo dodici ore. Un attimo prima che s'addormenti, la sua puttana lo porta fuori, nel parcheggio dietro al pub. Lì tocca di nuovo a te. Li segui e appena il bavoso crolla gli freghi il portafoglio.»
«Chiaro.»
«Poi ti carichi il bavoso in spalla e lo porti alla macchina sua.»
«Chiaro, capo.»
«Non è finita.»
«L'avevo capito.»
«Bene. Cerchi un documento per capire l'indirizzo del bavoso, gli prendi le chiavi della macchina e lo accompagni sotto casa sua.»
«Poi?»
«Stavolta è finita, Pamelo. Poi te ne vai dove cazzo vuoi. La mattina dopo il bavoso si troverà sotto casa sua, nella sua macchina e senza una lira. Ma mica potrà dire alla moglie: scusa, cara, sai com'è, tesoro, stanotte volevo scoparmi una troia che però era così troia che m'ha rubato tutto. Mica potrà dirglielo, giusto?»
«Giusto.»
«Se invece glielo dice, Palemo?»
«Se invece glielo dice?»
«Te lo stai chiedendo?»
«Sì.»
«Fai male. Perché Capo un motivo buono per stare zitto lo sa dare a tutti. E chi è Capo, Pamelo?»
«Sei tu.»
«Appunto. Quindi te vedi solo di tenere i soldi nelle mutande. Cioè. Tienili dove cazzo ti pare, basta che poi non vieni da me a frignare aiuto me li hanno fottuti. Ok?»

«Ok.»
«Perché quando ti chiamo, te me li porti. Subito intendo.»
«Subito.»
«Guarda che se non funzioni ci metto un secondo a farti fuori e a prendere qualcun altro.»
«Certo.»
«Mi pari uno sveglio, comunque.»
«Grazie, Capo.»
«Come hai detto di chiamarti, scusa?»

Lungo le scale, nell'ascensore, nell'androne di via Grotta Perfetta 315, non si respirava niente di buono.

Chiunque m'incrociava, in un modo o nell'altro, mi ricordava che fra noi ormai c'era quella riunione: c'erano le parole con cui l'avevo chiusa.

Michelangelo fingeva sempre di parlare al cellulare, Paolo mi diceva buongiorno o buonasera come fossi una cliente qualunque della sua gioielleria. A Tina bastava vedermi, anche solo dalla finestra, per ricominciare a singhiozzare. Lidia mi aveva chiesto di confrontarci da sole, a tu per tu: ma io le avevo risposto no grazie. Lo stesso avevo fatto con Cate. Al che tutte e due mi avevano tolto pure il saluto e mi guardavano fisso negli occhi per sottolinearlo. Solo Lorenzo, chiuso nella bolla impermeabile del suo pensare a sé, mi trattava allo stesso modo di sempre, mentre Samuele, per imitare Cate, provava a ostentare distacco, ma glielo impediva la tentazione di raccontarmi che razza di dibattito esaltante fosse scoppiato il giorno prima sul suo blog.

«Ciao Samuele.»

«...»

«...»

«Lo sai che ieri su Duende è successo un casino perché una fan fedelissima di Almodóvar è stata delusa dal suo ultimo film e l'ha stroncato in un modo terribile?»

«Ma dài.»

«Sì. Adesso però devo andare. Ciao, Mandorla.»

I problemi più spinosi, naturalmente, erano al quinto piano: cioè dove abitavo.

Preso atto della mia decisione di contrastare il suo ordine, l'ingegner Barilla, a tavola, si rivolgeva a me esclusivamente per chiedermi di passargli l'olio o il sale. La signora Barilla, invece, mi aveva fatto un lungo discorso: «Nonostante quello che puoi credere, Mandorla, noi ti consideriamo una figlia a tutti gli effetti. Proprio per questo, come quando ci troviamo in disaccordo con Giulia e con Matteo non esitiamo a farglielo notare, così ci comporteremo anche con te. Vuoi continuare a frequentare quel ragazzo? Benissimo. Ma tutte le sere alle otto dovrai essere a casa. Su questo non ci piove. E alla prima insufficienza che prenderai a scuola, ti sarà vietato anche di uscire nel pomeriggio. Ci siamo intese?».

Sì, ci eravamo intese.

Peccato che Carmela Barilla avesse deciso di farmi quella predica di fronte a Matteo.

Quantomeno lui aveva evitato d'intervenire: ma a ogni parola della madre annuiva come se, in assenza dell'ingegnere, il capofamiglia fosse lui.

Ci mancava solo quello.

Da quando la scuola era ricominciata, già consideravo terribile dover sopportare Matteo, ogni giorno, al banco dietro al mio. Ritrovarmelo seduto di fronte a cena o quando uscivo dal bagno o quando avrei voluto guardare da sola la televisione era davvero troppo. Adesso, poi, si era messo in testa di farmi da genitore, oltre che da compagno di classe, da Ex Impossibile Amore, da fidanzato di Eva Brandi e da fratello!

«Matteo, non esagerare.» Dopo la predica della signora Barilla lui se n'era andato in camera sua, scuotendo la testa. Ho aperto la porta senza nemmeno bussare. Ero fuori di me. «Non esagerare» ho ripetuto.

«In che senso, scusa?» ha fatto finta di sgranare gli occhi, contando certamente su quanto fossero fantastici quando s'allargavano. Finestre appena lavate, sembravano.

Comunque.
«Non ti basta aver fatto un bordello raccontando a tutti quelle bugie su Palomo?»
«Non sono bugie, Mandorla. E poi evita di usare parole di cui non conosci il significato.» Voleva tenere il punto! Farmi lezione, addirittura.
«Senti, Matteo: a parte che so benissimo che cosa significa bordello...»
«Ah, sì? Dài. Che significa?» Adesso gli occhi enormi gli sorridevano pure. Era bellissimo. No, non è vero. Era uno stronzo. E comunque stavo per dargli uno schiaffo morale che si sarebbe ricordato a lungo.
«Bordello significa casino» ho risposto, con la calma di chi sa già di aver vinto.
«E che cosa significa casino?»
Ho sbuffato, per aumentare la mia improvvisa superiorità nei suoi confronti: «Significa confusione».
Matteo è scoppiato a ridere. Sì. Ma non come qualcuno che fa finta, no no. Come qualcuno a cui viene da ridere davvero.
«Che c'è, scusa?»
«Bordello secondo te significa confusione?» Non riusciva a fermarsi da quanto rideva.
«Sì.»
«Mandorla! Il bordello, o il casino che sia, è un posto dove gli uomini vanno per stare con le prostitute.»
Com'era soddisfatto! Come doveva sentirsi pienamente totalmente intensamente un ADME di marca! E va bene, avevo sbagliato. Gli avevo dato l'ennesima conferma di essere una taroccata: e allora? Forse che bisognava conoscere per forza il significato di tutte le parole? Forse che di tutte quelle parole "bordello" era la più importante?
«Guarda che lo sapevo» ho preferito tagliare corto io. «Comunque stavamo parlando di Palomo e di quello che sei andato a raccontare a tutti. Se qualcuno andasse in giro a dire le cose peggiori del mondo su Eva, tu che cosa penseresti?»

Incredibile.

L'incantesimo si era rotto: di colpo parlavo di nuovo con lui senza bisogno della maschera di Faccia Da Scema. Non ero più quella cretina incapace di fare o dire qualsiasi cosa, al cospetto di Matteo. Ero tornata Mandorla, insomma. E il merito era tutto di Palomo, il mio Amore Grande E Possibile.

«Penserei che evidentemente ha i suoi buoni motivi per farlo.» Ma come si permetteva di continuare a usare quel tono da ingegner Barilla con me? Va bene, non sapevo che cosa voleva dire bordello, ma lui si accorgeva della mia nuova trasformazione, o no?

Tanto per non rimanere nel dubbio, ho preferito dirglielo chiaramente: «Io sono cambiata, Matteo. Non sono più la ragazzina che...».

«Il punto è proprio questo» mi ha interrotto lui. «Sei cambiata, Mandorla. A parte che usi parole che nemmeno conosci, e va bene. Ma guardati.»

Ha indicato le mie scarpe da ginnastica. Erano fucsia e avevano una suola di cinque centimetri per farmi sembrare più alta. E allora? A Palomo piacevano. Mi ero tagliata i capelli da sola, cortissimi dietro la testa e lunghi davanti: a Palomo piacevano anche quelli. Pochi giorni dopo quella brutta riunione, poi, avevo chiesto a Tina di accompagnarmi a comprare una tuta. Senza mai smettere di asciugarsi gli occhi col fazzoletto, e muta come un'ombra, Tina aveva fatto sì con la testa: ma poi aveva chiesto a Gianpietro Costanza di venire con noi – per evitare di rimanere sola con me.

Fatto sta che mi ero comprata una tuta arancione identica a quella del mio Amore Grande E Possibile. Da quel giorno, non me l'ero più voluta togliere.

«Che c'è, Matteo? Ti sembra da Teletubby, la mia tuta?»

«Non mi sembra da te.» Lui, placido.

«Perché, chi sono io? Tu lo sai?» Quante, quante quante volte mi ero fatta questa domanda. Chi penserà che io sia, Matteo? Una ADME taroccata? Un'orfana disgraziata? Un'accattona di mamme e di papà? Ora finalmente riuscivo a girarla direttamente a lui: «Chi sono, secondo te?».

«Lasciamo perdere» ha risposto Matteo. E ha provato a spingermi fuori dalla sua stanza. Ma ho puntato i piedi.

«Io ti ho risposto quando mi hai chiesto che cosa significa bordello! Adesso mi rispondi tu!» ho alzato la voce, ma non troppo: se mi avesse sentita la signora Barilla sarebbe scoppiato l'inferno.

Matteo allora si è buttato sul letto, a pancia in giù. Si è infilato le cuffie dello stereo e s'è messo a cantare, in inglese.

«Matteo!» non sono più riuscita a trattenermi e ho strillato. Per tutta risposta lui ha alzato il volume dello stereo.

«Matteo, rispondimi!» Allora sono andata a scuoterlo. Ma. Ma, ma ma.

Non l'avevo mai toccato dal momento in cui mi ero accorta di amarlo, anche se nel frattempo avevo deciso di non amarlo più. Da piccola non mi facevo problemi. Gli tiravo la cartella per farlo smettere di chiacchierare a vanvera, lo trattenevo per un braccio quando, in piscina, voleva convincermi a tuffarmi di testa. Poi, all'improvviso, tutto si era trasformato. Le braccia di Matteo, le sue gambe, i piedi e le orecchie erano diventate opere d'arte nel Museo del mio Amore Impossibile. Erano intoccabili.

E adesso? Adesso l'avevo fatto. Mi ero avvicinata al suo letto, l'avevo preso per una spalla e l'avevo scosso. Tanto non lo amavo più, no? Infatti ho sì ricevuto come una scossa elettrica: ma si trattava sicuramente di rabbia. Solo di rabbia. Che cos'altro poteva essere, ormai, se non rabbia?

Tanto che sono stata costretta a uscire immediatamente da quella camera. Altrimenti faccio davvero un bordello nel senso che Palomo e io diamo al termine. Stavolta lo ammazzo, ho pensato, e poi chi li sente, i Barilla?

Mi sono chiusa a chiave nella camera di Giulia, che adesso era diventata mia. Ho tirato un calcio alla porta con sopra il poster del cantante vampiro. Poi ho acceso lo stereo con il volume al massimo, pescando a caso fra i miliardi di cd che mi ritrovavo in eredità.

Come a dire: Matteo, impara. Preferisci ascoltare la mu-

sica piuttosto che parlare con me? Bene, anch'io. Maledetto che non sei altro.

Quanto, quanto quanto lo odiavo.

Più di quanto mi sembrava di odiare tutti i condomini di via Grotta Perfetta 315 messi insieme.

Loro, dopo neanche un giorno da quella brutta riunione, già mi mancavano. Mi mancavano tutti. Ci sarà bisogno che lo dica a Pavarotti? Mi mancavano, ovvio!

Se qualcuno me l'avesse chiesto lì per lì, avrei risposto che stavo benissimo così, che, anzi, stavo decisamente meglio così, senza il fiato sul collo di cinque famiglie che tanto non sarebbero mai potute essere fino in fondo le mie.

Ma adesso che le sei di mattina si avvicinano al galoppo, in questa notte che notte non è più, lo posso confessare. Non c'era minuto in cui l'istinto di comportarmi come al solito con gli abitanti di via Grotta Perfetta 315 non facesse il solletico alla mia sacrosanta arrabbiatura.

Succede anche a lei, Pavarotti, quando sta in tribunale? Le capita mai d'imbestialirsi? Sono sicura di sì. Come sono sicura che se s'imbestialisce con un suo cliente, prima o poi, in un modo o nell'altro, l'arrabbiatura le passa o comunque se la fa passare. Invece se s'imbestialisce con l'avvocato che difende il nemico del suo cliente, non ha motivi per darsi una calmata. Anzi: più si scalda meglio è.

Perché, per dirla alla Tina, ci sono persone di cui non vediamo l'ora di liberarci con una bella litigata. Altre che non possiamo proprio permetterci di perdere.

Così, praticamente subito, l'odio per le mie famiglie era stato ingoiato dal desiderio che tutto tornasse come prima, che Tina la smettesse di piangere e ricominciasse a fare Tina, che Lidia ricominciasse a fare Lidia, Cate Cate, Paolo Paolo.

Ma l'odio per Matteo no. Quello, se è possibile, cresceva di giorno in giorno e come una pianta rampicante dalla pancia saliva fino al cuore e raggiungeva la testa.

«Perché non vi parlate? Dài, Mandorla, non fate i cretini!» mi ripeteva ogni giorno Eva Brandi. «Il mio fidanzato e la mia migliore amica devono andare d'accordo! De-

vono!» sosteneva, ma per fortuna si distraeva subito e mi domandava se secondo me a Matteo sarebbe piaciuta con le extension o se lo smalto rosso sulle unghie fosse troppo da vecchia signora.

Fortuna che all'uscita di scuola mi aspettava lui: Palomo. Sapevo che Matteo ed Eva non sarebbero stati i soli a chiedersi: "È mai possibile?" quando gli correvo incontro e lo baciavo con tutta la lingua, nel cortile. Non me ne importava niente. Che pensassero quello che volevano, i miei compagni di classe.

Che pensasse quello che voleva, Matteo.

Io, quando salivo sul motorino di Palomo Carnevale, sentivo semplicemente che la vita per una volta toccava a me.

Quando mi portava a casa e grugniva: «A più tardi», aspettavo solo che fosse più tardi: e appena finiva il suo turno al bar, ecco il più tardi che diventava adesso.

«Pronto?»
«Ingegner Barilla?»
«Mandorla?!»
«Disturbo?»
«Sono in una conference call con Singapore, è urgente?»
«Non proprio urgentissimo ma...»
«Un attimo, mi alzo.»
«...»
«Allora? Stai bene? Ti è successo qualcosa?»
«Un problema...»
«Un problema: che problema?»
«... di algebra.»
«Che?»
«Sì. C'è una cosa che non capisco.»
«Non puoi chiedere aiuto a Matteo?»
«È uscito con Eva.»
«Ah.»
«...»
«...»
«Ingegnere?»

«Cristo Mandorla, un attimo, voglio capire come poterti essere d'aiuto: sto facendo un briefing con me stesso.»
«Scusa.»
«...»
«...»
«Senti, facciamo così: manda una mail a cesare punto barilla chiocciola mclink punto it, trascrivi il testo integrale del problema ed entro le diciotto e quindici ti spedisco la soluzione.»
«Grazie.»
«Ciao.»
«Ciao, scusa per il disturbo, ingegnere.»
«Ah, Mandorla...»
«Sì?»
«Non credere che questo significhi che approvo come ti stai comportando. Non lo approvo: lo sai, vero?»
«Lo so, ingegnere.»
«Perfetto: cesare punto barilla chiocciola mclink punto it. Tutto minuscolo, mi raccomando. Ciao.»
«Ciao, ingegnere.»

Così, più o meno, un pomeriggio fra i tanti. Fosse l'ingener Barilla mio papà, non mi capiterebbe mai di avere un problema che lui non sarebbe pronto a risolvere per me, mi sono detta, mentre accendevo il computer di Matteo per mandare quella mail. Ma il computer (fosse stato l'ingener Barilla mio papà) non sarebbe stato del mio Ex Impossibile Amore. Sarebbe stato di mio fratello. Un fratello non si può amare come avevo amato io Matteo e non si può odiare come adesso lo odiavo: ecco un problema per cui non poteva esistere nessuna soluzione. Neppure se lo avessi trascritto e spedito a cesare punto barilla chiocciola mclink punto it.

Quando Palomo passava a prendermi, mi chiedeva: «Dove vuoi andare?» e io gli rispondevo: «Decidi tu».
Quasi sempre facevamo i vagabondi in motorino e ci perdevamo per Roma, finché non arrivava l'ora in cui io dovevo tornare a casa e lui cominciava il turno al pub.

I pomeriggi più speciali, però, erano quelli in cui scavalcavamo il cancello di un vecchio luna park, alle spalle di Poggio Ameno.

Era chiuso da più di vent'anni, ma per qualche ragione nessuno si azzardava a demolirlo.

Palomo e io giravamo fra le giostre immobili, i cavalli di latta paralizzati, la nave dei pirati e il gazebo senza tetto del lancio al piattello. Niente, assolutamente niente manteneva la promessa per cui era stato costruito: funzionare. Sarà per questo che a due ADME taroccati come noi stare lì piaceva tanto.

«Palomo, t'immagini i pomeriggi di Eva e Matteo? Se ne andranno in qualche posto alla moda, dove bisogna vestirsi così, comportarsi colà. Che palle, non credi?» gli chiedevo io.

«Cazzi loro» rispondeva lui.

Che detestava i pettegolezzi.

Preferiva, che ne so, contare i passi che facevamo.

O prendere a pugni un flipper talmente forte, che quello per pochi istanti tornava a illuminarsi.

Allora io lo guardavo, fiera e grata: perché per la prima volta in tutta, tutta tutta la mia esistenza mi convincevo che sì.

Se Porcomondo mi avesse voluto fare del male, adesso avrebbe trovato pane per i suoi denti marci di eroina. Palomo non glielo avrebbe mai permesso. Mai e poi mai.

Il mio Grande E Possibile Amore non le mandava mica a dire: che si trattasse della moglie di suo padre o di Matteo Barilla, pretendeva sempre e comunque rispetto. Altrimenti si poteva innervosire, e di brutto.

Me l'aveva fatto capire da subito, quando quel primo giorno di scuola aveva risposto no alla professoressa che gli ordinava siediti lì.

Me lo confermava tutti i giorni.

«Io non rompo le palle a nessuno, ma nessuno deve rompere le palle a me» ripeteva, in continuazione.

Stare con uno come lui, dunque, garantiva automaticamente che nemmeno a me nessuno dovesse rompere le pal-

le: Porcomondo l'avrebbe intuito. Ero al suo stesso livello. Finalmente avremmo potuto confrontarci da pari a pari.

Anzi, a guardare bene, Palomo era molto più giovane di lui. Altrettanto incazzato: e più giovane. Più veloce, quindi, più sveglio, più pronto a infilarsi in un tombino per primo e scappare, se ce ne fosse stato bisogno. Più pericoloso, insomma.

Senza dimenticare che, se Porcomondo aveva dalla sua un'intelligenza incredibile e due complici astuti come Titti e Fazzoletto, Palomo aveva dalla sua il potere di accendere un flipper scassato e la solidarietà del padrone del pub dove lavorava di notte.

Me ne parlava sempre, di quel tipo.

«Capo è la persona più fica del mondo: grazie a lui io e te ce ne andremo a Città del Messico» grugniva. E mi consegnava un pacco di soldi avvolti nella carta stagnola, che mi raccomandava di non aprire e di nascondere in un posto sicuro. Io ci avevo riflettuto molto prima di decidere quale fosse, quel posto. Al ballottaggio si erano sfidati il cassetto dove tenevo le mutande e un baule in cui la signora Barilla conservava le bambole di quando Giulia era stata bambina. Aveva vinto il baule: Pragash, il filippino dei Barilla, spesso si confondeva e dopo il bucato metteva i calzini al posto delle magliette e le magliette al posto delle mutande. Così la signora Barilla interveniva e ficcava mani e naso dove allora, va da sé, forse era meglio non nascondere niente.

Le bambole vecchie invece erano una garanzia: non le disturbava nessuno.

«Guarda che io mi fido di te» mi ricordava il mio Amore Grande E Possibile.

E io pensavo che faceva bene.

Perché in amore la fiducia è tutto.

Novembre 1992

Carmela Barilla sperava che la seconda gravidanza le causasse meno problemi della prima. E invece no: eccola di nuovo alle prese con le nausee mattutine, con la difficoltà di conciliare la stanchezza che le grava addosso e i turni in ospedale. Per di più c'è la piccola, turbolenta Giulia, a cui stare dietro. Da quando hanno assunto Pragash le cose vanno meglio, non c'è che dire: ma Carmela non è il genere di donna capace di delegare qualcosa a qualcuno senza vigilare su quel qualcosa e su quel qualcuno.

E poi ci sono faccende di cui non può che occuparsi lei, personalmente. Come il cambio di stagione nell'armadio di Cesare: solo Carmela conosce il segreto che separa le camicie da lavoro del marito da quelle del tempo libero, solo Carmela conosce l'ordine con cui impilare i maglioni, arrotolare i calzini, allineare le cravatte. Li ha inventati lei, quel segreto e quell'ordine: è la loro tesoriera.

Respira forte, come il ginecologo le ha insegnato a fare per combattere la nausea, mentre piega un paio di pantaloni che certamente a Cesare non potranno servire prima della prossima primavera. Quando dalla tasca di quei pantaloni scivola un biglietto. Carmela lo apre, fa per leggerlo: ma poi lo strappa. Continua a respirare forte. Passa a sistemare le magliette di cotone. Le camicie. I fazzoletti da taschino.

Se anziché strappare quel biglietto lo avesse letto, ci avrebbe trovato scritto "Grazie per ieri. Sono stata benissimo, solo tu mi fai godere così". Ma non ha bisogno di scoprire niente, Carmela. Sa già tutto. Sa che Cesare è fatto così. Che il suo lavoro lo por-

ta a conoscere donne affascinanti, dalle risate capaci, esperte di mondo. Ma sa anche che per nessuna di quelle donne, Cesare la lascerebbe. Perché lui con quelle mica la tradisce: si diverte. Casa sua sono solo io, ripete fra sé e sé Carmela. Sono i segreti che abbiamo, le nostre abitudini felici, è Giulia, sarà il bambino che sta per arrivare. Cesare da me tornerà sempre. Che vada dove vuole, che per cortesia (per cortesia!) non si azzardi mai a chiedermi il permesso: tanto tornerà.

D'altronde, ragiona Carmela, ho sposato l'uomo più carismatico del mio paese. Ho sposato un uomo che oggi è il vanto, di quel paese. Un uomo pieno di vita, pieno di forza, come dice sempre mio fratello Peppe, con gli occhi che gli luccicano d'orgoglio. E la vitalità e la forza che ci ha messo per arrivare dove è arrivato, la vitalità e la forza con cui si dedica a Giulia, con cui risolve qualsiasi mio contrattempo, come fanno a mortificarsi, a contatto con il resto del mondo? Uno come Cesare non sarebbe come Cesare, se riuscisse a farsi bastare una come me. Anzi, si ritrova spesso a considerare: sono perfino grata a quelle donne. Che se lo spupazzino per bene e non costringano me a doverci pensare: è colpa mia se non mi è mai piaciuto fare certe cose? Fortuna che quando sono incinta posso considerarmi completamente esonerata. Fortuna, si ripete. E corre in bagno a vomitare. Una lacrima le scende fino in bocca, ma si mescola ai succhi gastrici, subito, prima di poter giurare che sia vera.

Prima dell'estate, mentre tutto già cominciava ad andare a rotoli ma io non lo sapevo, da un giorno all'altro, è tornata Giulia Barilla.

O meglio: ho capito che era Giulia Barilla per come i suoi genitori e Matteo l'hanno accolta. Perché, se l'avessi incontrata per strada, non l'avrei mai, mai mai riconosciuta.

Prima di tutto perché mi ha abbracciata affettuosa e di slancio, anziché darmi della ragazzina di merda.

Poi perché ogni traccia di trucco pesante, di piercing o di tinta fosforescente per i capelli sembrava esserle scivolata di dosso, come fanno i frutti maturi da un albero.

Era vestita come un uomo: con la giacca, i pantaloni, la cravatta, perfino una bombetta nera. Eppure, sembrava più che mai una femmina. Anzi, no: Eva Brandi era una femmina. Giulia Barilla era una donna. Decisamente una donna.

Erano mesi ormai che sprofondavo nella mia tuta arancione e che gli ADME non avevano più il potere di farmi sentire sbagliata, perché c'era Palomo, vestito come me, a farmi sentire giusta.

Ma all'improvviso quella tuta mi è sembrata un sacco informe, a confronto con la nuova divisa magica di Giulia Barilla. Perché era proprio suo quello che aveva indosso, non so se mi spiego. Si capiva benissimo che Giulia non aveva copiato da nessuno la maniera di farsi calare la bombetta sulla fronte o di abbinarla a quella giacca e a quei pantalo-

ni: aveva scelto lei, di testa sua, pezzo per pezzo e li aveva messi insieme.

Anche come si esprimeva, delicata come il suono di un flauto incantato, continuando a passarsi una mano fra i capelli, scuri e lucidi, tagliati a caschetto: tutto in lei emanava eleganza e coscienza: «Scusate se non vi ho avvertito, ma ho preso la decisione oggi stesso. Le lezioni sono finite con un mese di anticipo e mi sono detta: perché aspettare che mi vengano a trovare loro, a luglio? Vado io!».

«Giusto, giusto» ripeteva la signora Barilla, fibrillante di felicità ma soprattutto ansiosa, al solito suo, che niente mancasse a nessuno, e indaffarata con la brandina da sistemare nella camera di Giulia, con la valigia di Giulia da svuotare, con i vestiti di Giulia da buttare in lavatrice.

L'ingegner Barilla invece, mentre a cena guardava la figlia, mentre la ascoltava raccontare i suoi progetti, condire qua e là i discorsi con una parola in inglese, appariva semplicemente un uomo beato. Se perfino io, pensavo, con la storia di Palomo sono riuscita a farlo infuriare tanto, figuriamoci come ci deve essere riuscita Giulia, la primogenita adorata, con quell'adolescenza cattiva e carica di piercing: invece adesso eccola lì, sua figlia. Una deliziosa ventitreenne, raffinata e originale, sicura di sé e curiosa del mondo. Perché dopo averci intrattenuto con i suoi aneddoti londinesi e le sue considerazioni appassionate e intelligenti, Giulia ha cominciato a riempire tutti di domande.

«E tu, Mandorla?» ha chiesto, quando è arrivato il mio turno. «Hai qualche news da raccontarmi?»

Per qualche istante il rumore delle forchette e dei coltelli che armeggiavano sui piatti ha occupato la cucina.

Poi: «Non immagini che belle *nius*, Giulia, quelle di Mandorla!» se ne è uscito Matteo. Pensando di risultare spiritoso, immagino.

O cuore
di Palomo
facciamo a cambio:

così io so che cosa
hai provato quel giorno
e tu sai
che cosa ho provato io.

Ho fatto l'amore con Palomo Carnevale?, potrebbe chiedermi fra poco l'avvocato Pavarotti.

Io sarò costretta a rispondergli di no. Non credo che a Pavarotti o al pubblico ministero potrà interessare se tuttavia, una volta, ci siamo andati molto vicino.

Ma, per quanto mi riguarda, quel giorno lì non lo potrò dimenticare mai.

Nonostante quello che poi sarebbe successo, nonostante questa notte che, nonostante adesso sia mattina, continua a essere buia, nonostante le bugie, la Verità.

Pioveva, ma come piove a giugno. Vagabondavamo, al solito, fra le giostre del luna park abbandonato.

Negli ultimi tempi riuscivamo a vederci poco, e sempre di fretta. Palomo sembrava più indaffarato dell'ingegner Barilla, fra il bar di suo padre e il pub, così passava a trovarmi solo una volta alla settimana. Mi consegnava i soldi, gli raccontavo qualcosa, lui grugniva qualcos'altro e poi se ne andava. A volte nemmeno ci baciavamo.

Nel frattempo stavano arrivando di nuovo le vacanze. Stavolta m'aspettava l'Irlanda, dove i signori Barilla volevano a tutti i costi spedirmi in vacanza studio, per migliorare l'inglese.

Così: "Stiamo un po' da soli, io e te?" avevo scritto a Palomo, sul cellulare, la sera prima.

"Ok" mi aveva risposto.

E allora eccoci: da soli, io e lui.

«Come vanno le cose?» gli ho chiesto, mentre il cielo cominciava a farsi scuro e le prime gocce cadevano sulla sua testa liscia, sui miei capelli lunghi davanti e corti di dietro, sulle nostre tute arancioni.

«Benissimo» ha grugnito lui.

«Cioè?» ho insistito io.

«Cioè, finita sta cazzo d'estate, parto per Città del Messico.»

«Non dovevamo partire insieme?»

«Ma certo. Certo che sì.»

Evidentemente, ho pensato, lo dà tanto per scontato che non perde tempo nemmeno a specificarlo.

La pioggia si infittiva.

«Ti stai bagnando» mi ha fatto notare.

«Anche tu.»

Ci siamo riparati dentro il primo vagone di un trenino a forma di drago gigante.

«Gagliardo, qui» ha grugnito.

«Gagliardissimo, sì» ho provato a sussurrare io, con la voce che immaginavo dovesse avere una ragazza alle soglie della sua Prima Volta.

Perché è lì che ho deciso: oggi o mai più. Voglio farlo e devo farlo con te, Palomo. Perché sei stato il primo a baciarmi e adesso voglio che tu sia il primo in generale. Perché attorno a me ci sono solo persone che hanno un gran da fare nel dire la loro, sostenere opinioni, difendere teorie, e invece tu no: sei diverso da tutti, tu. Te ne sbatti i coglioni, dici. E lo fai. Ti basta che nessuno ti rompa le palle e mentre gli altri si arrabattano con sogni in miniatura e vogliono essere promossi a scuola, pagati sul lavoro, amati da chi amano, stimati da chi stimano, tu sogni in grande, sogni il Messico. Quando ci baciamo non mi corrono i brividi lungo la schiena, dal collo fino al sedere, come mi succede quando tocco un braccio di Matteo: e anche per questo voglio fare l'amore con te, Palomo. Perché senza brividi sarà tutto più facile e più giusto. Magari taroccato: ma più facile e più giusto. Non mi giudicherai male se, quando mi sfilerai le mutandine, ti accorgerai che sono di cotone bianco. Non mi giudicherai affatto, anche se sul più bello non saprò come mettere le gambe. Perché tu sei fatto così. Non giudichi nessuno, tu. Odi la nuova moglie di tuo padre, ma quella è un'altra storia. Una storia che somiglia alla mia, guarda caso. Ed è esattamente per questo, soprattutto per

questo, che dev'essere proprio ora proprio qui proprio con te la mia Prima Volta. Perché noi due siamo uguali, Palomo: con troppi genitori, eppure? Soli. Così soli che fra noi dobbiamo volerci bene, va da sé. Non possiamo farci male: quello ce l'hanno già fatto gli altri. Tua mamma quando è rimasta in Messico, tuo padre quando si è risposato, mio padre che non c'è, mia madre che non c'è più. Tutti loro messi insieme quando, pure se non erano capaci, hanno deciso di diventare genitori. Mica l'hanno fatto apposta a farci male, questo io lo so. Però l'importante è che adesso non ce lo facciamo noi: no? Tu non mi farai del male, Palomo, vero? Entrerai dentro di me piano, piano piano e mi darai tantissimi baci sugli occhi. Lo so che sarà così. Perché tu non hai bisogno di grugnirmi ti voglio bene. Mi vuoi bene e basta. Il murales rosso me lo ricorda tutti i giorni, quando passo per l'androne. Sei il mio Amore Grande E Possibile. L'unico capace di proteggermi da Porcomondo.

Siamo stati in silenzio per un po', accoccolati nella testa del drago, fianco a fianco, ad ascoltare la pioggia cadere.

Di getto, altrimenti non ci sarei riuscita mai: «Facciamo l'amore?» gli ho chiesto.

«Sì» ha grugnito lui.

Ma nessuno dei due si muoveva dalla sua posizione. Allora, forte di quello che avevo deciso, forte dei racconti di Eva Brandi, forte del pulsare liquido di Lidia e Lorenzo, forte di quello che tanti anni prima avevo visto al secondo piano, nella camera di Samuele e Cate, dove però al posto di Cate avevo trovato Giulia Barilla, mi sono tolta la maglietta. Poi le scarpe da ginnastica fucsia, i calzini, i pantaloni della tuta: il reggiseno. Avevo solo le mutandine di cotone bianco addosso.

Palomo masticava la gomma, ma non come al solito: masticava lento. Mi guardava, con quegli occhi di moquette nera, stretti sopra al naso schiacciato, pieni di cose che non ho mai capito e di altre che avevo riconosciuto subito.

Si è spogliato anche lui. Nemmeno le mutande si è lasciato. Fino a quel pomeriggio non eravamo mai andati al di là

di qualche bacio con tutta la lingua: deve essere stato assurdo anche per lui ritrovarci all'improvviso così, senza vestiti, vicinissimi.

«Gagliardo» ha ripetuto.

«Gagliardissimo» ho ripetuto io.

A quel punto almeno uno dei due avrebbe dovuto fare qualcosa. Ma nessuno ha fatto niente.

Siamo rimasti così, infreddoliti e nudi, a fissare i denti del drago sopra la nostra testa.

Finché non sono arrivate le sette e mezzo, io dovevo tornare a casa e lui doveva cominciare il turno.

Zuppa di pioggia e di umori misteriosi, sfavillanti e orribili che litigavano fra loro, quella sera ho aperto la porta di casa.

E?

E li ho trovati lì, ad aspettarmi. Tutti quanti.

Giugno 2010

«È durata anche troppo, questa storia.» È stata Lidia a convocare di nuovo e d'urgenza una riunione generale al sesto piano. «Sono mesi ormai che Mandorla finge di ignorarci e che noi fingiamo di ignorare lei. Si sarà pentita per come ci ha trattato? Forse. E noi? Io personalmente sì, mi sono pentita. Non solo perché, a ben vedere, questo Palomo Carnevale non l'ha trascinata su chissà quale pericolosissima china, come ci eravamo messi in testa. Ma soprattutto perché fra poco più di un anno Mandorla sarà maggiorenne, e dovrà decidere che cosa fare del suo futuro. Vogliamo davvero abbandonarla proprio ora?»

Fanno tutti cenno di no, con la testa: no, non vogliono abbandonare Mandorla proprio ora.

«Mi scusi, dottoressa Frezzani, ma è naturale che a nessuno di noi faccia piacere quello che è successo» *ragiona l'ingegner Barilla.* «È pur vero che, tuttavia, Mandorla ci ha messo in una posizione di scacco matto. Rivendica il fatto che non siamo i suoi genitori e non lo saremo mai: questo, a ben vedere, è un dato di fatto. L'unica questione su cui possiamo andarle incontro è quella della sua relazione con quel ceffo... lì, come si chiama? Carnevale.»

«Proprio così» *Carmela sigilla il discorso del marito.*

«Oppure» *soffia Cate. Oppure: e come tanti anni prima, tutti si fanno muti come pietre e la guardano, in attesa.*

Oppure.

È cominciata proprio da un "oppure" di Cate, la storia di Mandorla in quel condominio. Oppure: niente test del DNA, *aveva*

proposto Cate, dopo che la lettera di Maria era sbucata fuori. Gli altri condomini lì per lì avevano pensato: ma che follia! Però gli era bastato un attimo per decidere va bene.

Ci stiamo. Niente test del DNA. La signorina Polidoro adotterà Mandorla e noi la cresceremo tutti insieme. Niente test. Così nessuna famiglia rischierà di venire distrutta. Niente test. E tutto rimarrà identico a prima. Niente test. Maria d'altronde lo diceva sempre che bisogna risolvere i problemi con un po' di fantasia, altrimenti non se ne esce. Niente test del DNA: viviamo tutti all'oscuro di qualcosa che ci riguarda.

«Oppure» ripete Cate, «oppure possiamo proporre a Mandorla di fare il test del DNA.»

Muti come pietre: tutti.

Solo l'ingegner Barilla prova a ribattere: «Avvocatessa, che le sue intenzioni siano queste è evidente da parecchio tempo. D'altronde, scusi se mi permetto, ormai lei non deve più preoccuparsi degli effetti che avrebbe il risultato del test sulla sua famiglia».

«Eh, già» rincara la dose Carmela Barilla, «la sua famiglia, avvocatessa, si è già rovinata da sola. Ma le nostre?»

Samuele cerca con gli occhi gli occhi di Cate. Ma Cate li abbassa. Fissa lo sguardo sulle ginocchia e sospira. Aveva messo in conto questo tipo di obiezione: «I nostri figli vengono al mondo per misurarci» ripete le parole del suo Luciano, con la calma ferma di un oracolo. «Misurano la nostra lealtà, la nostra intelligenza, il nostro coraggio. Io credo che per noi sia semplicemente arrivato il momento di dimostrare di essere all'altezza di Mandorla. Se lei fosse stata serena rispetto a quello che abbiamo deciso molti anni fa, non ci sarebbe nessun motivo per fare il test. Ma Mandorla non è serena. Ce l'ha detto chiaramente, mi pare. Allora?»

Paolo stringe la mano di Michelangelo: «D'accordo» dice. Subito.

«D'accordo» dice Samuele.

«D'accordo.»

«...»

«...»

«D'accordo.»

«...»

«Paradossalmente» dice Lidia, «mi accorgo solo ora che l'idea che mi fa più paura è quella che Mandorla non sia figlia di Lorenzo...»

«Sei matta?» l'assale Lorenzo. «Ma che cazzata è questa?»

Tina invece capisce benissimo quello che intende Lidia: se Mandorla avrà un padre da poter considerare tutto suo, che ne sarà di noi? Come ci tratterà? Come dei parenti lontani? Quindi non chiederà più a me di accompagnarla a comprare una tuta? Lo chiederà al suo vero padre, di accompagnarla? Le viene da ricominciare a piangere. Ma ingoia un singhiozzo e sussurra: «D'accordo».

Una zanzara gigante entra dalla finestra e comincia a volteggiare pazza per l'ex lavatoio del sesto piano. Ognuno appende a quel volo i suoi pensieri.

In quasi tutti c'è Mandorla. Che fa una domanda delle sue, un silenzio dei suoi, che fa su e giù e giù e su per cinque piani di scale, che si mette per la prima volta il pezzo di sopra del costume, che urla mi fate schifo. In qualche pensiero c'è Maria. Che sorride e dice: "Ricordatevi che non c'è cosa lì per lì assurda che un domani non ci sembrerà naturale aver vissuto".

Finché la zanzara si posa sul ginocchio dell'ingegner Barilla. Con un colpo secco di mano, l'ingegnere la uccide.

Sua moglie aspettava solo un segnale, uno qualsiasi, per tornare in sé: «D'accordo, allora. Ma adesso dobbiamo decidere come dirlo a Mandorla».

«È così arrabbiata con noi, non ci saluta nemmeno...» pigola Tina.

«Proprio per questo, signorina Polidoro, dobbiamo muoverci con una certa cautela. Che ne dite, per esempio, di una specie di festa a sorpresa, a casa nostra? Mio marito e io l'abbiamo fatto tempo fa, per i quattordici anni di Giulia. Mandorla entrerà in casa, ci troverà tutti lì e non potrà fare a meno di parlarci.»

«Sicuri che alla piccolina farà piacere? Che non sia ancora troppo arrabbiata con noi, intendo...» insiste Tina.

Ma nessuno a questo punto sembra intenzionato ad ascoltarla.

Mandorla avrà il suo test del DNA. Solo questo rimbomba, in ogni cuore e in ogni testa.

«Siamo davvero tutti d'accordo?» domanda, un'ultima volta, l'ingegnere.

Tutti: ad aspettarmi, lì.

E io? Io che avevo ancora nelle ossa il freddo di quel pomeriggio e l'odore caldo del corpo tutto nudo di Palomo?

Io non potevo certo immaginarlo: ma avevo bisogno di averli con me. Proprio allora, proprio lì.

«Sorpresa!» hanno gridato loro. Efexor, grasso e vecchio, mi è venuto incontro rimbalzando come un'enorme palla di pelo, per saltarmi addosso e leccarmi un orecchio. Non ho fatto in tempo a realizzare che cosa stesse succedendo, che gli abitanti di via Grotta Perfetta 315, uno per uno, hanno cominciato a trascinarmi per un braccio e a volermi prendere in disparte, per parlarmi, parlarmi parlarmi e mentre spiegavano, seri, le loro ragioni, non capivano che a me, d'improvviso, non importava più niente di quello che ci aveva potuto allontanare, anzi: me l'ero perfino dimenticato.

M'importava solo che adesso fossero lì, tutti.

Che non mi lasciassero sola con quello che era e non era successo nella bocca del drago.

Che l'ingegner Barilla finalmente sciogliesse la sua aria di perpetuo rimprovero in una specie di sorriso, mentre osservava Giulia aiutare la madre a servire in tavola.

Che Lidia mi strizzasse il ginocchio per assicurarsi che c'ero, mentre Lorenzo, appena ci siamo seduti tutti a tavola, imbastiva un discorso dei suoi. «Vedi, Mandorla» ha cominciato, «io ci ho pensato. Questa telenovela: com'è che si chiama? "Cuore Selvaggio", ecco. Sai che ti dico? Secondo

me non è un prodotto da sottovalutare. Proprio per niente. Se ci pensi bene, bisognerebbe anzi considerarlo un poema epico contemporaneo: la televisione è l'aedo e quelli che la guardano sono nobili riuniti attorno al fuoco delle scopate di questo Juan del Diablo. Che ne dici?»

Tutti hanno riso a quel punto, perfino Tina, a cui la parola "scopate" di solito avrebbe dato fastidio: ma quella sera, prima di salire al quinto piano, nel buttare gli otto tortellini nell'immondizia anziché riscaldarli, evidentemente si era sentita allegra come in ottant'anni non le era capitato mai.

«Che bella festa, eh?» continuava a domandare a Gianpietro, che chissà quanto doveva sudare, in pieno giugno, nel completo di velluto blu con cui aveva fatto da testimone al matrimonio del fratello e che aveva tirato di nuovo fuori dall'armadio solo per quell'occasione, per non far sfigurare la maestra Polidoro di fronte ai suoi condomini.

«Bbbb...belll...lllisssss...sssima» confermava lui.

Mi dispiace per l'avvocato Pavarotti: ma è stata bellissima anche per Samuele, quella festa. Perché, dopo tanti anni, si è finalmente fatto vicino a Cate, e non solo per decidere con chi dei due Lars avrebbe trascorso il weekend.

«Tutto bene?» le ha chiesto. Lei gli ha risposto sì: e ha sorriso. Nonostante Giulia Barilla svolazzasse fra loro come un angelo, vestita di lino bianco, per cambiare piatti e posate. Perché non era stata certo Giulia, il problema: questo ormai Cate l'aveva realizzato. Il problema non era stato nemmeno Samuele. Erano stati Cate e Samuele insieme, il problema. La colpa non era di nessuno, a ben vedere. E forse, deve aver pensato quella sera Cate, al terzo bicchiere del vino speciale offerto a tutti da Paolo: forse, chissà? Oggi siamo cresciuti, siamo diversi. Potremmo riprovarci. Ma poi deve aver guardato Samuele negli occhi, lui deve averle raccontato nel dettaglio l'ultimo post ricevuto sul suo blog e lei allora deve essersi scusata, deve essere andata in bagno e, chiusa a chiave la porta, deve aver mandato col cellulare un messaggio a Pavarotti: "Per fortuna che ci sei" gli avrà scritto. O qualcosa del genere.

Mentre la festa, nel salotto dei Barilla, continuava, e il tavolo si riempiva e si svuotava velocissimamente di tartine al salmone, pasta alle olive, formaggi di tutte le forme e pasticcini alla frutta.

Mentre Giulia incantava chiunque con i suoi racconti su Londra.

«Si studia tantissimo, ma ne vale la pena» affermava.

E teneva sempre un orecchio attento alla musica che aveva scelto per la serata, perché potesse piacere a tutti.

Michelangelo intanto mi ricordava che dieci giorni dopo ci sarebbe stato il gay pride: mica me lo volevo perdere?

«Candy Candy ci rimarrebbe malissimo se tu non ci fossi!» è intervenuto Paolo.

«Posso venire anch'io, quest'anno?» si è provato allora a intromettere Matteo Barilla.

E ti pareva.

Fino a quel momento almeno aveva avuto il buon gusto di rimanere zitto!

Certo, mi ero accorta subito che c'era. Anzi. A dirla tutta è stato il primo sguardo che ho incrociato, il suo, appena ho aperto la porta di casa.

Speravo però che capisse quanta poca voglia avevo di avere a che fare con lui.

Perché non c'era verso. Non bastava il vino speciale, non bastava la festa a sorpresa, non bastava il pomeriggio con Palomo perché riuscissi a perdonarlo.

Di aver fatto la spia con gli altri condomini e di aver provocato così quella maledetta riunione di settembre? No. Di detestare il mio Amore Grande E Possibile? No, non era neanche quello il motivo. Non era per quello che ogni volta che apriva bocca, qualcosa mi strideva in testa e mi bruciava fra le gambe.

Non era per quello: e sinceramente ancora non lo so per che cosa fosse.

So solo che mi basta pensare a lui, anche adesso, anche qui, per sentire quel bruciore.

In testa e fra le gambe. Non è spaventoso come il buco,

quando mi si apre nello stomaco. È qualcosa di completamente diverso: il buco ingoia tutto quello che ho dentro e mi svuota.

Questo bruciore riempie.

Però fa male.

E allora appena uscirò di qui, devo proprio decidermi a farlo. A parlare con Matteo, intendo: anche solo per mandarci al diavolo definitivamente.

Almeno il bruciore mi lascerà in pace una volta per tutte.

Quella sera è esploso violento come non mai, quando Matteo si è voluto mettere in mezzo a me e a Paolo.

«Posso venire anch'io, quest'anno?» Imbecille. Ma che vuoi?, ho pensato. Perché non te ne vai da Eva invece di stare alla mia festa a sorpresa? Che te ne frega di venire al gay pride? Stai con Eva, no?

La soluzione migliore mi è sembrata fare finta che non esistesse: gli ho dato le spalle e ho continuato a chiacchierare con Michelangelo: «Come sta Candy Candy?» gli ho chiesto.

In quello stesso istante però l'ingegner Barilla si è alzato. Ha fatto tintinnare un cucchiaino sul suo bicchiere per attirare l'attenzione di tutti, ma per poi rivolgersi solo a me: «Mandorla, abbiamo una proposta da farti» ha detto.

Non credo ci sia bisogno che racconti a Pavarotti quale fosse, quella proposta.

No?

O festa,
facciamo a cambio,
così tu diventi me
e rimetti a posto
tutte le emozioni,
mentre io divento te,
e rimetto a posto
i piatti e i bicchieri,
in cucina,
nei cassettoni.
Pregavo così, una volta a letto.

Quella giornata era stata davvero troppo gonfia di cose, per le mie abitudini. Palomo, nudissimo, nella bocca del drago. Le mie famiglie, tutte insieme, in una serata sola.

Mio papà.

All'improvviso, fra lui e me, solo un test.

«Che ne pensi, Mandorla?» mi aveva domandato l'ingegner Barilla, alla fine del lungo, lungo lungo discorso che poteva riassumersi in cinque parole.

Saprai chi è tuo padre.

Che ne pensavo? E come si fa a pensare, quando aspetti qualcosa da una vita e quella all'improvviso, come niente fosse, succede?

«Grazie» ho risposto all'ingegnere. «Grazie» ho ripetuto, guardando Tina per tutti.

In che senso: grazie?, credo che avrebbe voluto chiedermi l'ingegnere. Ma per fortuna ha lasciato stare.

Grazie significava grazie. Punto.

«Non ci devi ringraziare, Mandorla.» Lidia non avrebbe mai potuto rischiare di rimanere in silenzio proprio in quel momento. «È tuo diritto avere il risultato di quel test, se lo desideri, ed è nostro dovere fartelo avere.»

«Domani?» Quella domanda ha tagliato l'aria come un tappo di champagne al momento del brindisi. L'ha chiesto Cate: «Domani?».

Nel senso proprio di: domani.

Come mi sono sentita, in quel momento? Esattamente come mi ero sentita già un'altra volta, tanti anni prima, quando all'uscita di scuola cercavo mamma, nel cortile. Ma mamma non c'era.

Allora: «Un attimo, Cate». Ho incollato gli occhi alle punte delle scarpe, per non vedere l'effetto di quello che stavo per dire sulle facce delle mie famiglie. «Sono troppo contenta per quello che avete deciso. Troppo, davvero. Ma fra pochissimi giorni devo andare in Irlanda! Non ho ancora cominciato a preparare la valigia, dove lo trovo il tempo per il test? Facciamolo dopo le vacanze... no?»

Maledetta me che non so esprimere fino in fondo

quello che mi passa per la testa e ancora meno ci riesco con quello che mi passa per il cuore: perché altrimenti avrei dovuto dire: "Vi pare che dall'oggi al domani – nel senso proprio di: domani – io prenda e vada a fare il test? Vi pare che voi decidete ok, è fatta, è giusto che Mandorla conosca l'identità di suo padre, e che io accetti questa cosa così, come una caramella che qualcuno mi offre? Vi pare che la mia vita possa cambiare tutta d'un colpo senza darmi la possibilità di prepararmi? Mi è già successo una volta, no? Adesso basta".

Fortuna che alle mie famiglie è comunque sembrata credibile la scusa assurda che mi sono inventata. Perché a quel punto ho alzato gli occhi dalle mie scarpe e li ho guardati: non erano arrabbiati per l'ingratitudine di cui avrebbero potuto accusarmi. Anzi: sorridevano tutti, beati! Evidentemente che io preparassi la valigia per l'Irlanda era molto importante per loro.

«Ci mancherebbe, Mandorla.» Di nuovo Lidia, a bomba. «Qui nessuno vuole costringerti a fare niente.»

«Non più» ci ha tenuto a specificare Cate.

Dopo l'estate, quindi.

Dopo l'estate avrei saputo. Dopo l'estate tutto sarebbe cambiato. Dopo l'estate chissà Palomo, chissà Eva, chissà Matteo. Perché non facevo in tempo a concentrarmi su mio papà, quella notte, che i pensieri, al solito, si moltiplicavano e se ne andavano per conto loro. È assurdo, no? Avrei scoperto presto prestissimo di chi ero figlia! E a che pensavo? Al pisello di Palomo. A Matteo che diceva solo cose sbagliate. Al vestito elegante di Gianpietro Costanza.

Quando dalla brandina accanto al mio letto, ho sentito uno strano cigolio. Che ad ascoltarlo bene non era un cigolio: era un pianto. Disperato e sommesso.

«Giulia, che succede?» ho chiesto. «Vuoi che accendo la luce?»

«Non ti preoccupare, Mandorla» ha risposto lei, con la voce spezzata.

Allora ho allungato un braccio, dal letto alla brandina.

Nel buio le ho toccato una spalla. Sussultava come un terremoto, povera Giulia. E nel cuore, il terremoto ce l'aveva davvero.

«Un mese fa ho abortito, Mandorla. Proprio così. Era del mio insegnante di storia dell'arte. Uno che è famoso *all over the world*, per i suoi testi universitari. Uno che sa tutto, ed è così straordinario da non fartelo nemmeno pesare. Peccato abbia una moglie e tre figli. E non voglia rinunciarci. Se ti servono i soldi per l'operazione figurati se non te li do, dice. L'hai sempre saputo che le cose stavano così, dice. *I am so sorry*, dice. E sai qual è il lato comico della faccenda, Mandorla? Che ha ragione lui. È vero che non può farci niente, sarà vero anche che gli dispiace e sicuramente è vero: verissimo che io ho sempre saputo che le cose stavano così. Ma che ti devo dire? Sono innamorata pazza, incapace di razionalizzare. E poi perché, prima di lui? Non c'è forse stato il marito della mia dirimpettaia? E prima ancora? Non c'è stato un tizio con la moglie incinta di otto mesi?»

Non c'è stato Samuele?, ho pensato io. Ma non l'ho interrotta. Doveva solo parlare, Giulia. Non c'era risposta, sembrava, che non si fosse già data da sé, non c'era impossibile conforto che non avesse già provato a cercare da sola.

«Sono stata da uno strizzacervelli a Londra, sai? Ci ha messo tre anni, ma alla fine me l'ha fatto capire per bene, dov'è il mio problema. È nel corpo di suo padre, miss Barilla, il problema: un giorno ha smesso di girarci intorno e me l'ha detto chiaro e tondo. È lui, è suo padre che cerca, negli uomini sposati con cui si accompagna. È l'Uomo Sposato per eccellenza, che lei insegue. È lui, che vuole affrontare. L'inviolabile: così l'ha chiamato. Ma che ci posso fare, gli ho chiesto, se lui mi è sempre sembrato *the best, the boss*, il migliore del mondo? Se nessuno è mai riuscito a farmi sentire al sicuro come mi faceva sentire lui, quando tornavo dall'asilo e gli dicevo papà ho un problema e lui mi giurava adesso ci penso io? Lo strizza qui mica è riuscito a rispondermi. Zitto, è restato. Perché sai qual è la veri-

tà, Mandorla? Chi ha un padre imperfetto è più fortunato di chi ha un padre perfetto.»

Allora chi non sa nemmeno chi è suo padre sta meglio di tutti?, mi sono domandata io. Ma come? Se proprio stasera io finalmente, finalmente finalmente ho ottenuto la libertà di conoscere l'identità del mio!

Non ho fatto in tempo a rifletterci davvero su che Giulia, irrefrenabile, è andata avanti.

«E adesso che ho scoperto qual è il problema, poi, che cosa ci guadagno, scusi? Siccome lo strizza continuava a fare il muto, io naturalmente ho insistito. Posso forse cambiare le cose, così come sono andate? Posso cambiare mia mamma? Eccerto, Mandorla, sì: mia mamma. Perché non credere che anche lei non sia in parte responsabile di tutto questo... *shit!* Se si fosse ossessionata lei, al corpo di papà, se fosse stata capace di assicurarmi di tenerselo stretto, forse non mi ossessionavo io! Forse non si ossessionava lui, con tutte le stronze con cui ho sempre sospettato che mi tradisse... È sua madre, mi ha fatto notare lo strizza. È sua madre che suo padre potrebbe aver tradito: non è lei, signorina. E comunque sono affari loro, esclusivamente loro: non sono affari suoi. La generazione dei suoi genitori non faceva affidamento sulle passioni quanto lo fa la generazione a cui appartiene lei: capisce? D'altronde da quanti anni è che sono sposati, sua madre e suo padre, e garantiscono serenità e armonia a lei e a suo fratello: trenta? Più o meno trenta, ecco. Sa qual è la vita media di una coppia, al giorno d'oggi? Pensi a quanto è durata la sua ultima relazione. Sei mesi? Quattro mesi: appunto. Quindi la smetta di giudicare dinamiche che non è in grado di comprendere. Abbandoni suo padre: dentro di sé, intendo. E si concentri esclusivamente sulla sua vita affettiva. Ci vuole provare, una volta per tutte? Ci provo, gli ho promesso io, allora. E in effetti ci sto provando, Mandorla. Per carità, la storia col mio professore non riesco ancora a interromperla. Stupida come sono dieci minuti fa gli ho mandato un messaggio per augurargli la buonanotte, figurati. Ma, per esempio: la sai una bella novità? Io non ti odio più. Ecco, l'ho detto.»

Con la mano mi ha afferrato la mano, sempre al buio.

«Sì, non ti odio più. Ti ho odiata, certo che ti ho odiata: perché eri la rappresentazione vivente di tutte le mie angosce. Tua madre era una donna bellissima, unica al mondo: pensare che mio papà fosse stato con lei mi uccideva. Ancora di più che la possibilità di avere una sorellastra era quello, soprattutto quello a farmi male. Immaginare tua madre e mio papà insieme. *Oh, Jesus*. Immaginarlo ridere con lei. Carezzarle i capelli meravigliosi che aveva. Sognare di lasciare me, mia mamma, Matteo: di lasciarci tutti, per lei.»

Il test, la bocca del drago, il test, la pioggia, il test, i calici di vino uniti per un brindisi, il test, il test, il test, tutto mi volteggiava dentro e girava impazzito attorno al centro del pianto di Giulia.

«Ma adesso ci sono quasi. Lo sento. Mi manca poco così, Mandorla. Venisse anche fuori che tuo padre e il mio sono la stessa persona, a questo punto, nemmeno mi sconvolgerebbe più.»

Volteggiava tutto, e girava: impazzito. Saprai chi è tuo papà, Mandorla, saprai chi è tuo papà, mi ripeteva una voce che per un attimo era quella di Tina, l'attimo dopo era di Lorenzo, poi di Paolo, di Cate. Di Matteo. Mentre la vera voce di Giulia si faceva largo, dalla sua brandina, fra tutte quelle che mi rimbombavano dentro.

«Con la testa l'ho capito, adesso devo solo convincere la pancia, dice il mio strizza. Perché tanto dobbiamo farcene una ragione: tutti quanti. Niente, in questa cazzo di vita, può andare esattamente come avremmo voluto noi. Niente. Possiamo mettercela tutta, sì, per cambiare le cose che non ci piacciono. Ma ce ne sono certe che dobbiamo solo accettare così come sono. Il gioco sta nel riconoscere quali sono quelle e quali sono queste. *Shit*. Non è un gioco facile.»

Agosto 2010

«Dadàààn. Ecco qui.» Eva si sfila il costume bagnato: ora ha addosso solo i segni dell'abbronzatura. Matteo, dal suo sacco a pelo, le fa cenno di avvicinarsi. Sono arrivati al campeggio da due giorni, non fanno che rosolarsi al sole e barricarsi in tenda.

È la prima volta che partono insieme: finalmente, dopo un anno passato ad affannarsi per approfittare di ogni momento in cui la casa dell'uno o dell'altra era vuota, sono liberi di fare come gli pare. Per due settimane di fila.

«Proprio come fossimo marito e moglie!» ha sussurrato Eva a Matteo, sul battello che li ha portati fin lì. Lui l'ha stretta a sé. Ma non ha detto niente.

È strano Matteo in questi giorni, riflette Eva: anche adesso che ha cominciato ad accarezzarle una gamba, e con le dita va su e va giù, è... strano, ecco: a Eva non vengono altre parole per definire il comportamento del suo ragazzo.

«Amore, sei strano» gli fa notare, e gli prende la mano e la allontana da sé.

«Ma che dici, cucciolo?» ribatte lui.

«Sei strano! Ecco che dico» ripete lei.

«Ma strano in che senso?»

«Strano...» Eva rotea gli occhioni grigi per la tenda, come in cerca delle parole che non riesce a formulare. «Strano nel senso di strano!»

Matteo prova di nuovo ad accarezzarla, lei gli blocca il polso.

«Se tu non mi dici perché sei strano io non ti permetto di toccarmi!» s'impunta.

Matteo sbuffa: questa proprio non se l'aspettava. Prova a farla ragionare: «Eva, cucciolo, ma che cosa vuoi che abbia? Sono cotto dal sole, sono rilassato... non sono strano!».

«Ma sembri preso da pensieri tutti tuoi!» Ecco: finalmente Eva riesce a spiegare la sua sensazione. Una sensazione vaga, che a dirla tutta prova dalla prima volta che ha baciato Matteo e che però da quando sono partiti si è fatta pungente.

«Che ti devo dire, cucciolo?» sospira lui. «Ho le mie preoccupazioni, ma non riguardano certo noi due...»

Eva pare immediatamente sollevata, ma non molla la presa: «E chi riguardano, allora?».

Matteo punta gli occhi sulla torcia spenta che penzola dal tetto della tenda.

«Be'?» insiste Eva.

«Be', riguardano Mandorla» risponde Matteo, stizzito.

Rimangono muti, Matteo a guardare la torcia, Eva a guardare Matteo.

«Sono preoccupato per lei, tutto qui» rompe finalmente il silenzio lui, con il tono amorevole di sempre, che comincia a rassicurare Eva.

«Non c'è altro?»

«No.»

«Giuri?»

«Giuro.»

«Per fortuna!» trilla allora lei. «Si tratta solo di Mandorla. Chissà che mi credevo» sospira. «Per carità, per lei sono preoccupata anch'io, ci mancherebbe: accompagnarsi a uno come Palomo è una follia...» sospira di nuovo. «Ma vuoi sapere di che cosa avevo paura, io?» Ride, gli fa il solletico. «Che ci fosse un'altra ragazza, avevo paura! Capisci? Credevo che, mentre stavi qui con me, tu in realtà avessi in testa un'altra!»

Anche Matteo ride. Ricambia il solletico. Di nuovo ride. Ma in realtà sta pensando: perdonami Eva, ma non è forse un'altra ragazza, Mandorla? Non è forse la sola che mi sia sempre piaciuta? Non è forse l'unica che non potrò mai avere, perché mi tocca considerarla una sorella, porca puttana, e forse dopo l'estate si scoprirà che lo è per davvero? Non sarebbe tutto sommato meglio

che fosse così, almeno me la metterei via una volta per tutte, perché comunque è evidente che per lei io ho sempre contato meno di zero? Non l'hai mai capito, Eva? Che ci sono volte, come per esempio adesso, in cui chiudo gli occhi e mi convinco che ci sia Mandorla, al posto tuo? Che sia lei che prendo in giro, solo per osservare il broncio che fa quando si offende, ed è convinta che nessuno se ne accorga? Che sia con lei che chiacchiero del più e del meno, mi addormento sulla spiaggia e magari ogni tanto litigo? Che sia con lei che mi sforzo per venire nello stesso, identico istante? Davvero Eva, non l'hai mai capito?

È mattina, non c'è che dire.
Sento tutto uno sferragliare di chiavi e serrature, dalla mia (chiamiamola) stanza.
Vuol dire che l'avvocato Pavarotti sarà da me a momenti.
Vuol dire che presto sarò fuori di qui.
Perché su, forza: mica il pubblico ministero penserà davvero che io sapessi da dove venivano i soldi che nascondevo nel baule delle bambole di Giulia Barilla!
Come potrà pensarlo davvero?
Che io aiutassi Palomo e i suoi amici a rapinare dei poveri vecchi? Che io avessi la fantasia per sospettare che il famoso Capo gestiva un giro di donne e pasticche, e che quel giro lo chiamava pub giusto per dargli un nome qualsiasi?
E poi, soprattutto: se ho capito bene quei poveri vecchi avevano una famiglia tutta loro. Nonostante questo, però, sentivano il bisogno di passare la serata con una delle donne di Capo. Per noia? Per curiosità? Qualunque sia la risposta, non ho decisamente il passato giusto per prendere alla leggera una cosa del genere, no? Figuriamoci per guadagnarci sopra.
Insomma, non ci credo che il pubblico ministero potrà credere che fossi complice di tutto questo bordello, nel vero senso del termine.
Non ci credo che crederà che io riesca anche solo a immaginare dove siano finiti, adesso, Palomo, i suoi amici e Capo.

Saprei spiegarglielo io stessa, senza nemmeno l'aiuto di Pavarotti, come sono andate davvero le cose.

Saprei spiegargli che dopo quell'estate, tornata dalla mia vacanza studio in Irlanda, ormai non vedevo Palomo quasi mai. Non rispondeva alle mie telefonate, non rispondeva ai miei messaggi. Di punto in bianco, quando pareva a lui, veniva a prendermi a scuola. Nemmeno più al Luna Park andavamo. Mi dava un bacio veloce sulla testa, mi consegnava i soldi e mi prometteva che presto sarebbe finito tutto.

Esattamente così grugniva: «Finirà presto tutto, Mandorla, non ti preoccupare».

«Ma che cos'è che deve finire, Palomo? Non deve forse tutto ancora iniziare? Non inizierà quando finalmente partiremo per Città del Messico?»

Lui faceva cenno di sì con la testa e sgommava via.

Ogni volta pensavo adesso basta, appena abbiamo un attimo di calma gli parlo e gli dico per filo e per segno quello che sento. Perché nel frattempo ci avevo riflettuto, e non ero più così convinta di voler mollare tutto per andare a Città del Messico. "Posso accompagnarti, certo, e venire con te la prima volta, quando finalmente riabbraccerai tua madre. Ma poi dovrò tornare in Italia per finire il liceo: le mie famiglie altrimenti mi romperebbero le palle a vita. Quando sarò diplomata, allora sì: potrò raggiungerti. E vivere insieme a te, una volta per tutte." Questo, più o meno, il discorso che mi ero preparata e che avrei voluto fargli. Avrei evitato di confessargli che cominciava a strisciarmi dentro un desiderio nuovo: quello di andare a Londra, una volta finito il liceo, a studiare nella stessa scuola prestigiosa di Giulia Barilla.

L'avevo capito mentre ero in Irlanda.

Volevo diventare bella, elegante e capace di parlare dei miei sentimenti com'era Giulia. Tanto per cominciare, avevo buttato la tuta arancione. Raccontavo a tutti che evidentemente sull'aereo per Dublino, mentre dormivo, un'hostess irlandese aveva frugato nella mia valigia, si era provata la tuta e se l'era tenuta. Ma la verità è che volevo vestir-

mi anch'io come si vestiva Giulia. Non uguale a Giulia, sia chiaro. Come, Giulia: nel senso che mi ero messa in testa di scoprire che cosa stesse bene a me come a lei stavano bene i suoi vestiti da maschio che però la facevano sembrare profondamente donna, anzi donnissima. Così passavo i pomeriggi a spulciare tutti i mercatini di Dublino, in cerca d'ispirazione.

Mi sono innamorata delle gonne lunghe e delle camicette da legare in vita. Delle cinture alte e degli orecchini giganti, d'argento. E quando ai piedi mi infilavo gli anfibi che usavo prima di conoscere Palomo, l'effetto nel suo insieme non era davvero niente male.

Se Giulia aveva la bombetta, poi, io mi ero comprata tante fasce colorate, da intonare alla gonna che decidevo di mettere quel giorno.

Chissà se vestita così sarei piaciuta a Matteo, mi ritrovavo a immaginare, ogni tanto. Ma mi rispondevo sempre chi se ne frega e non vedevo l'ora di cambiare pensiero.

Per esempio mi piaceva sperare che, chiunque fosse mio padre, sarebbe stato fiero di me, a vedermi così, come l'ingegnere lo era di sua figlia.

Mio padre, sì.

In Irlanda quella che riguardava il mio abbigliamento non era stata l'unica decisione che avevo preso.

Appena tornata a casa, la prima cosa che ho fatto è stata suonare alla porta del secondo piano.

«Cate, scusa: e se il test lo facessi a gennaio?» le ho chiesto, senza nemmeno dirle ciao.

«Perché, Mandorla?» ha chiesto lei, mentre dal bagno la voce di un uomo cantava *Nel blu dipinto di blu* (a proposito, dovrò ricordarmi di fare i complimenti a Pavarotti: non sarà parente del tenore neppure alla lontana, ma che bella voce!).

«Perché adesso sta per riprendere la scuola e non vorrei cominciare l'anno con la testa da un'altra parte.»

In effetti Giulia Barilla non faceva che ripetere quanto bisognava studiare, nel suo istituto, e volevo entrare in quell'ordine di idee. Ma se, al solito, avessi saputo davvero dar voce a

quello che avevo realizzato quand'ero in Irlanda, avrei detto: "Cate, perdonami. Ancora non sono pronta a che tutto cambi. Non vedo l'ora di sapere chi è mio padre, certo. Ma per la prima volta in vita mia l'ultimo pensiero che faccio prima di addormentarmi è: come mi vestirò domani? Insomma, è un pensiero che riguarda me, esclusivamente me. Non so se mi spiego. Non riguarda Matteo, non riguarda Eva, non riguarda nessuno di voi, non riguarda Palomo. E siccome non sono la bella persona che voi credete io sia, non voglio che me lo occupi nessuno, questo pensiero. Neanche papà. Almeno per ora, almeno per un po', ho bisogno che questo pensiero riguardi solo me. Che sia tutto mio. Mica perché credo di essere così interessante da meritarlo: ma perché mi sono accorta che non c'è pericolo che mi si apra il buco nello stomaco, quando faccio quel pensiero lì. Strano, no?".

Non avrebbe avuto senso spiegare a Palomo tutto questo, dal progetto di Londra all'abbandono della tuta: gli avrei provocato un dolore inutile, pensavo. Rimane sempre e comunque il mio Primo Fidanzato: gli devo quel pomeriggio nella testa del drago, la fine del mio terrore per Porcomondo, il murales rosso nell'androne del palazzo, i baci di gomma americana e sigaretta. Non c'è ragione di andarci giù troppo pesante.

Il discorso così come l'avevo confezionato, dunque, mi sembrava perfetto.

Peccato non ci fosse verso di farglielo.

Peccato non ci sia stato il tempo.

Perché a quel punto Pavarotti e il pubblico ministero lo sanno meglio di me come sono andate le cose.

Sanno che ieri era il mio compleanno.

Non sanno che Eva Brandi mi ha proposto di andare al cinema: un pomeriggio solo per noi due, mi ha detto, come ai vecchi tempi.

Quei tempi non potevano essere vecchi, perché non c'erano mai stati – ma fa lo stesso.

Stavo scegliendo quale fascia colorata mettermi, quando mi è squillato il cellulare.

Pavarotti e il pubblico ministero sanno anche che era Palomo.

«Mandorla, fra mezz'ora sono sotto casa tua. Scendi con i soldi. Non fare la stronza, mi raccomando.»

Questo, voleva dirmi. Neanche un comunque tanti auguri, qualcosa così. Niente.

Dopo mezz'ora, insomma, ero sotto ad aspettarlo. Lui però non arrivava mai. È passata un'altra mezz'ora e allora sono risalita, ho sistemato di nuovo i pacchetti di carta stagnola nel baule e sono andata al cinema.

Eva Brandi era già lì: e non era sola.

«Ti pare che potevo mancare proprio io, al tuo compleanno?» mi ha chiesto Matteo. I soliti due pulsanti si sono accesi, in testa e fra le gambe.

Così del film non ho capito una parola. Nemmeno se fosse d'amore o di fantascienza, ho capito. Un po' per colpa dei pulsanti, un po' perché Eva e Matteo non facevano che baciarsi. Ma soprattutto perché: che voleva dire Matteo, con quel "proprio io"? Proprio lui che cosa?

Ecco, a proposito. Anche questo, quando uscirò di qui e parleremo, gli voglio chiedere.

Perché "proprio tu" non potevi mancare?

Per farmi capire che al cinema gli ADME stanno in coppia, mentre i taroccati, pure quando compiono gli anni, stanno da soli?

Come se non bastasse, all'uscita Eva ha proposto di andare ad aspettare le stelle allo Zodiaco, sempre tutti e tre insieme.

Quando è troppo però è troppo: non che io sia ancora innamorata di Matteo e che forse non abbia mai smesso di esserlo. No, no no.

Insomma, non credo.

È che: non lo so che è.

Fatto sta che mi sono inventata che Gianpietro si era fermato al primo piano apposta per farmi gli auguri e dovevo tornare subito a casa.

«Ci tiene moltissimo» ho aggiunto, per non sembrare

quella che, mentre loro due avrebbero aspettato le stelle, non avrebbe avuto nessuno che aspettava lei, la sera del suo compleanno.

Ma qualcuno ad aspettarmi, invece, c'era davvero: la polizia.

Con il tabulato dei numeri chiamati dal cellulare di Palomo e un mandato di perquisizione.

Nessuno potrà togliermi dal cuore la faccia di Tina, mentre la volante mi portava via. Tutti gli altri non facevano che agitarsi, avanti e indietro, per l'androne e attorno all'ingegner Barilla che mulinava le braccia e ripeteva calma, calma. Tina era pallida: e basta.

Il resto è adesso.

Adesso mi lavo la faccia e mi sistemo bene la gonna, che si è tutta spiegazzata, perché voglio fare immediatamente una buona impressione al pubblico ministero.

Adesso voglio capire che cosa sarà bene raccontare e che cosa sarà bene evitare di raccontare.

Soprattutto dovrei disperarmi per essere stata ingannata dal mio Primo Fidanzato, adesso.

Perché non solo il mio Grande E Possibile Amore è una specie di criminale. Ma non ha nemmeno una madre che fa la cuoca a Città del Messico e che era amica di Eduardo Palomo. Non ha un padre che è davvero il suo.

Pavarotti, dopo avermi fatto sentire una nullità per aver creduto a tutte quelle storie, me lo ha spiegato chiaramente: «I bambini adottati, Mandorla, spesso hanno bisogno di inventarsi una vita immaginaria per sopportare meglio la loro. Il tuo Palomo in realtà è cresciuto prima in un istituto di suore, poi in una casa famiglia, finché non è stato preso in affido dai signori Carnevale, due bravissime persone. Purtroppo la signora, un paio d'anni fa, ha cominciato a soffrire di depressione e il marito si è dovuto arrangiare da solo, fra il bar che gestisce e Palomo. Ha fatto quello che ha potuto, poveraccio».

Io l'ho ascoltato con attenzione, certo: ma nonostante tutto, che ci posso fare?

Non mi sono sembrate rivelazioni così sconvolgenti. Viviamo tutti all'oscuro di qualcosa che ci riguarda, no? Tutti.

Non possiamo sapere perché la nostra professoressa ogni tanto arriva in classe con le occhiaie, per esempio. Oppure perché al panettiere che ci fa sempre una battuta spiritosa, in certi giorni non vada per niente di scherzare. Non sappiamo che cosa fanno (la maestra e il panettiere, intendo) di domenica pomeriggio. Non sappiamo chi è passato prima di noi a un bagno pubblico che puzza da fare schifo. Perché il cane che abbiamo trovato è stato abbandonato. Chi l'ha legato a un palo, con quale criterio abbia scelto proprio quel palo: non lo sappiamo. Che cosa dicono le persone quando parlano di noi ma noi non ci siamo: nemmeno questo sappiamo. Possiamo illuderci d'immaginarlo, ma non lo sappiamo. E poi, un mondo di altre cose. Chi ha deciso perché quando diciamo "albero" intendiamo un tronco con i rami e le foglie e non, che ne so, un coso scivoloso per lavarci che invece chiamiamo "sapone": anche quel nome lì qualcuno l'avrà stabilito. Ma come? Quando? Non lo sappiamo. E perché? Di che colore è il retro del cielo? Che cosa pensa una formica che ci passeggia su un braccio? Boh.

Ma quello che soprattutto non sappiamo è quale, fra le persone con cui siamo abituati ad avere a che fare, sarà la prossima a morire. E allora, se perfino nonostante questo continuiamo a vivere come niente fosse, che sarà mai andare avanti senza sapere fino in fondo chi era il nostro Primo Fidanzato?

«E senza sapere fino in fondo chi è tuo padre?»

Oddio: Pavarotti! È già qui?

«Ma quale Pavarotti...»

Mamma!

«Dovevo tornare per rispondere a quella domanda, no?»

Mamma, mamma mamma. Rispondimi, sì, ma poi non te ne andare di nuovo, però. Rimani!

«Tesoro mio.»
Mamma.
«Mandorla.»
Chi è papà, mamma?
«Vuoi davvero saperlo, tesoro?»
Certo che sì! È meglio saperlo da te, no? Tanto appena uscirò di qui andrò dritta a fare il test del DNA!
«Ah, sì? E non lo rimanderai, come continui a fare da mesi?»
Perché dici così, mamma?
«Perché se non te la dico io la Verità, chi può dirtela?»
La Verità!
«La Verità, Mandorla, sì.»
Appunto: qual è, mamma? Qual è la Verità?
«La Verità, tesoro mio, è che sapere fino in fondo chi sono i nostri genitori non ci serve proprio a niente. Dobbiamo conoscerli, certo. Ma conoscere una persona secondo te significa sapere tutto, proprio tutto di lei? Tu non sapevi praticamente niente di Palomo, mi pare.»
Non sapevo niente, no. Però.
«Però?»
Però l'ho conosciuto bene.
«Cioè?»
Cioè. Cioè... be': cioè sono successe delle cose, fra Palomo e me. Belle e brutte, ma sono successe. Se non ci fosse stato lui, per esempio, io adesso avrei ancora paura di Porcomondo. Avrei ancora bisogno della maschera di Faccia Da Scema. Ma non sarei mai finita in carcere.
«Dunque conoscere una persona significa permetterle di darci o toglierci qualcosa. Significa farla entrare nella nostra esistenza: fargliela sporcare, il giorno che quella persona avrà le scarpe piene di fango. Fargliela illuminare, se a quella persona verrà in mente di portare con sé una lampadina. Fargliela modificare, insomma. Mentre noi modifichiamo la sua. Senza che magari nessuno – né noi né quella persona –, mentre succede, se ne renda conto.»
Che cosa stai tentando di dirmi, mamma?

«Lo sai perfettamente che cosa sto dicendo, tesoro.»
Mamma.
«Tu lo sai di essere innocente. E sai perfettamente che il pubblico ministero te ne dovrà dare atto. Ma nonostante questo, quando è spuntata l'alba, qualcosa ti ha spaventata.»
Mam...
«Non hai paura del verdetto del pubblico ministero, Mandorla. Hai paura della promessa che ti ha fatto Pavarotti: quella di occuparsi personalmente e subito del tuo test.»
Mamma.
«Tu non lo vuoi fare, quel test. Non hai nessunissima voglia di conoscere il nome, il cognome e il gruppo sanguigno di tuo papà. È per questo motivo che ieri sera, prima di questa lunga notte, hai fatto tutti quei capricci col povero Pavarotti.»
Ma no, mamma...
«"Avvocato, lei mi tiri fuori di qui: ma io il test non lo voglio fare." È questo che avresti voluto dire ieri a Pavarotti, tesoro! Ed è questo che gli dirai, stamattina.»
Mamma, non mi giudicare male, è solo che...
«Ma, tesoro, io sono d'accordo con te! Hai perfettamente ragione a non volerlo fare, quel maledettissimo test.»
Che cosa?
«I genitori fanno quello che possono, Mandorla: tutti. Anche quando sembra proprio il contrario. Il problema è che mentre sono madri e sono padri, non smettono di essere anche esseri umani. Ecco perché sbagliano, inevitabilmente. Chi più, chi meno: sbagliano. Ma prima o poi bisogna perdonarli. E lo sai qual è l'unico perdono possibile?»
Qual è, mamma?
«L'unico perdono possibile che possiamo concedere alle nostre mamme e ai nostri papà è lasciarli andare, a un certo punto. Continuare a volergli bene, se pensiamo che l'abbiano meritato. Ma smetterla di far dipendere il nostro destino dal loro. Altrimenti avremo solo una buona scusa per non combinarci niente, con quel destino. No?»
Mamma...

«Tesoro mio, ragiona: quando ti sei arrabbiata con le tue famiglie, che cos'è che pretendevi?»

La libertà di fidanzarmi con Palomo.

«Quindi, a ben vedere, la libertà di sbagliare. Giusto?»

Giusto.

«Ecco. Se i genitori devono dare ai figli quella libertà, lo stesso devono fare i figli con i genitori. Non credi, tesoro?»

Mamma.

«Insomma, Mandorla: perché cavolo dobbiamo andarci a schiantare, col motorino della nostra vita, sulla macchina parcheggiata in seconda fila dalle bugie, dai segreti, dalle debolezze e dai fallimenti di nostro padre e di nostra madre?»

Mamma...

«Prendiamo un'altra strada, con quel motorino!»

Ma come si fa, mamma? Come si fa?

«Basta smetterla di aspettare che siano i nostri genitori a cambiare, per decidere di essere noi a farlo. Mi segui, amore mio?»

C'entrano le gonne che ho comprato in Irlanda, mamma? C'entra l'istituto di Londra?

«Sì amore, in parte c'entrano. E lo sai. Ti sei presa tutto il tempo che ti serviva per scegliere che tipo di persona voler diventare, fra le infinite possibilità che ci sono al mondo! Che motivo hai, adesso, di rimettere tutto in discussione? Ricordati: tu, un papà, già ce l'hai. Ne hai tanti. Li conosci profondamente, se conoscere qualcuno – come hai detto tu – significa mettersi a sua disposizione per scambiarci cose belle e cose brutte. Concentrati su di loro, per un attimo. Sui tuoi papà. Che cosa vedi?»

Samuele che mi porta al laghetto delle papere. Michelangelo che si addormenta sul divano, vicino a me. Lorenzo che mi spiega che cos'è l'amore. L'ingegner Barilla che mi spiega un'equazione. Gianpietro che intinge un biscotto nel tè e mi chiede se ho nostalgia di te.

«Tutti gli uomini che finora ti hanno cresciuta ti amano davvero, Mandorla, per quanto ognuno di loro è in grado

di farlo. Fidati di quell'amore. C'è poco da pretendere, oltre a quello, da un padre.»
Mamma?
«Accontentati di quello che di buono gli uomini di via Grotta Perfetta 315 ti hanno dato e potranno darti. Ti sei già occupata abbastanza di loro: non credi?»
Credo. Sì.
«E allora perché continuare a guardarti indietro?»
Vediamo, mamma. Vediamo se ho capito. L'unica Verità Dei Fatti è che il mondo, come direbbe Tina, si divide in due categorie. È così, mamma? Da una parte ci sono i morti come te e dall'altra ci sono i vivi. Giusto? I primi sanno sempre tutto e non ci deludono mai. I secondi ci deludono sempre e non sanno mai niente. Come se non bastasse, a differenza dei morti, sono ancora costretti a una serie di rotture di scatole: per esempio devono decidere come vestirsi. Però chissà. Magari proprio mentre sono in fila alla cassa di un negozio, se si guardano intorno anziché guardarsi indietro, può succedergli qualcosa. Qualcosa di nuovo. Qualcosa di esclusivamente loro. Qualcosa che da tutto il bordello che hanno alle spalle prenderà solo uno spunto. È questo che intendi dire, mamma? Intendi dire che se si sta nella categoria dei vivi tanto vale provarci davvero, a esserlo? Tanto vale inventarsi un destino, anziché copiare quello di qualcun altro, che sia quello del più di marca degli ADME o quello di nostro papà? Ho capito bene?
Mamma!
Mamma?
Mamma.
Mamma mamma mamma mamma mamma, mamma mamma mamma mamma mamma.
Mamma.
Rispondimi solo: sì Mandorla, hai capito bene, oppure: no Mandorla, non hai capito niente.
Eddai.
Mamma!

Mamma?
Mamma.
«Buongiorno, sono l'avvocato Luciano Pavarotti.»
Eccolo! Sta parlando con le guardie, qui fuori.
È arrivato, finalmente.
Mamma, quanto sei matta. È il tuo modo per rispondermi "Sì Mandorla, hai capito bene", questo!

E allora?
Allora appena esco fuori da qui, la prima cosa che faccio sarà comprarmi una nuova fascia colorata per i capelli.
La seconda, parlare con Matteo Barilla.

Per il momento però, devo solo aspettare che bussi l'avvocato Pavarotti.
E allora?
Allora prego.

O DNA,
facciamo a cambio
io divento te
e tu rinunci a me,
una volta
per
tutte
mentre
tutti,
da persone
vere e proprie,
fanno a cambio
(pure loro)
e
si trasformano,
che ne so?,
in puntini
che allora
così piccoli,

va da sé,
non possono
farsi davvero del male
anche se si chiamano
Palomo Carnevale:
ma se divento te,
o DNA,
e tu rinunci a me,
allora prendo io
il comando
e
determino
un destino
per ogni puntino.
Dunque
in piena libertà,
mio caro DNA:
io voglio
per Tina
tanti amici sinceri
(non finti, veri!)
nella sua stanza
dove sempre ci sia
Gianpietro Costanza.
Per Samuele
l'Oscar alla Regia,
per Cate
Pavarotti,
per Paolo e Michelangelo
un matrimonio,
la torta che più mi piace,
fuochi e botti,
poi ancora silenzi e pace
per Lidia e Lorenzo
(ma nessun bambino:
basta e avanza un cagnolino),
per la signora Barilla

una frase, bisbigliata:
"Sono fiero
di averti sposata",
per Giulia
un marito,
tutto suo però:
e per Matteo?
Ecco,
questo
proprio
non lo so.

Marzo 1993

Hanno appena finito di fare l'amore, convinti, come sempre, che a nessuno al mondo riesca come riesce a loro due.

«Fa freddo...» sussurra Maria.

«Ci credo, siamo tutti nudi» fa lui, serio.

Tipico suo, pensa Maria, allontanare al più presto l'emozione con una frase del genere. Ma lei lo conosce bene. Meglio di quanto lui stesso si conosca, lo conosce Maria.

Gli sale a cavalcioni sul petto.

Sulla schiena di Maria, e sulle sue braccia, la luce della sera proietta il riflesso viola dell'unica finestra dell'ex lavatoio al sesto piano. *Vorrei morire adesso, con Maria sopra di me, negli occhi il suo corpo viola*, pensa lui.

Maria lo bacia in bocca, per impedirgli di pensarlo di nuovo. Può leggergli nel cuore, lei.

Sa che succederà presto: l'ha sempre saputo. È da quel giorno che nel bar della piazzetta di Poggio Ameno lui le ha chiesto una sigaretta, che lo sa.

Sa che non durerà, che non potrà durare. Però sa anche che mai, in tutta la sua vita, si è sentita felice, a casa e nello stesso tempo in una galassia sconosciuta, come si sente quando lui le bacia le orecchie e scende attraverso il collo, arriva fino all'ombelico.

«Sei bella» le dice, a quel punto. *E allora se sono bella, se davvero ti piaccio tanto, perché non la pianti con quella porcheria?*, gli ha chiesto mille volte Maria, in questi anni, e lui mille volte ha promesso giuro che la pianto: ma non ce l'ha fatta. Maria allora ha smesso di chiederglielo.

Ormai poi è così magro: è così stanco.
«Basterà un raffreddore a portarti via, se non ti decidi almeno a mangiare un po' di più.»
«Da quando in qua un'overdose si chiama raffreddore?»
Parlano della morte come se niente fosse, lui e Maria.
A volte perfino mentre fanno l'amore, ne parlano.
«Mi lascerai» *gli soffia in un orecchio lei.*
«Non lo farò apposta» *le risponde lui.*
Nessuno può anche solo vagamente immaginare quella storia. Maria la tiene da sempre nascosta a tutti. Anche a Michelangelo, il suo migliore amico. O agli altri condomini di via Grotta Perfetta 315, con cui è tanto in confidenza. Perfino a Tina, del primo piano, che è come una madre per lei. O a Lidia del quarto e a Caterina del secondo: praticamente due sorelle. Ai signori Barilla, del quinto, che ogni volta che non riesce a pagare una bolletta, le firmano un assegno e la invitano a non diventare matta per restituirlo. Ma non capirebbero: non potrebbero capire. Si preoccuperebbero e basta. Tutti quanti.
Dovrò inventarmi una bella bugia, viene in mente all'improvviso a Maria, una di quelle a cui sarà impossibile non credere, se un giorno o l'altro succederà quello che più di ogni altra cosa al mondo desidero succeda. Perché chi se ne frega di noi due: ma bisognerà pur proteggerlo, il figlio di una sciroccata come me e di un eroinomane con i giorni contati.
Le viene un po' da piangere e un po' da ridere.
«Che c'è?» *le chiede lui.*
«C'è che ti amo» *gli risponde lei.*
«Ti amo anch'io» *le dice Porcomondo.*
E si addormenta, con la testa sulla pancia di Maria.

Ringraziamenti

A costo di somigliare a Samuele Grò, anch'io ho un po' di persone da ringraziare.

Grazie a (in rigoroso ordine alfabetico, fosse mai che s'offendono, penserebbe Grò) Anastasia, Cristiana, Daniele, Elisa, Errico, i Fabrizi, Federica, Francesca, Raffaella, Teresa, Umberta e Walter.

Un grazie diverso da tutti (e qui Grò li guarderebbe uno per uno dritto negli occhi) ad Antonio F., Antonio R. e Massimo.

Un altro ancora diverso (che meriterebbe sì un documentario) a Giulia.

Uno, sempre diverso, ad Ale.

Cinque piani di ringraziamenti a Daniela e a Luigi.

A Laura, giraffa-cagnolino.

Ai disegni di Ilaria.

Al diario di Georgie.

A quei due che, partendo da Padova e da Agnone, un giorno sono capitati a Poggio Ameno e si sono fermati lì.

Grazie ai 12. Hanno scelto loro il nome di Mandorla: sono la sua prima famiglia.

Indice

11 *Prima*

21 *Dopo*

41 *E poi?*

55 *Due settimane dopo, o giù di lì*

69 *E adesso? (Undici anni dopo)*

75 AL PRIMO PIANO
    O tendine, 86
    O taxi inglese, 96
    O palo, 124

127 AL SECONDO PIANO
    O cintura, 137
    O documentario, 143

171 AL TERZO PIANO
    O orecchini d'oro e di corallo, 188
    O striscione, 213
    O guardaroba, 224

227 AL QUARTO PIANO
    O libro di algebra, 245
    O parole, 260

289 AL QUINTO PIANO
    O luci nelle case degli altri, 331
    O cuore, 357
    O festa, 368
    O DNA, 388

393 *Ringraziamenti*

Arnoldo Mondadori Editore S.p.A.

Questo volume è stato stampato
presso Mondadori Printing S.p.A.
Stabilimento Nuova Stampa Mondadori - Cles (TN)

Stampato in Italia - Printed in Italy